W0221813

COLLECTION FOLIO

René Fallet

Y a-t-il un docteur dans la salle ?

Denoël

© Éditions Denoël, 1977.

Fils de cheminot, René Fallet est né en 1927 à Villeneuve-Saint-Georges. Il travaille dès l'âge de quinze ans. En 1944, à moins de dix-sept ans, il s'engage dans l'armée. Démobilisé en 1945, il devient journaliste, grâce à une recommandation de Blaise Cendrars qui a aimé ses premiers poèmes.

Il a dix-neuf ans quand il publie, en 1946, *Banlieue Sud-Est*. René Fallet a reçu en 1964 le prix Interallié pour *Paris au mois d'août*. Ses romans ont inspiré de nombreux films.

D'après René Fallet lui-même, son œuvre est irriguée par deux artères principales, la veine whisky où se noient les amants déchirés de ses romans d'amour : *Les pas perdus, Paris au mois d'août, Charleston, Comment fais-tu l'amour, Cerise ?, L'amour baroque, Y a-t-il un docteur dans la salle ?, L'Angevine*, etc., et la veine beaujolais qui arrose de plus heureux personnages, ceux du *Triporteur*, des *Vieux de la vieille*, d'*Un idiot à Paris*, du *Braconnier de Dieu*, du *Beaujolais nouveau est arrivé* et de *La soupe aux choux*.

René Fallet est mort en 1983.

Y a-t-il un docteur dans la salle ?
est dédié à
MARIE-MICHELLE ET JEAN O'NEILL
ainsi qu'à

Angèle
Béatrice
Catherine
Dominique
Élodie
Fadhila
Geneviève
Hélène
Isabelle
Janine
Karen
Laure
Martine, Maryse, Mette, Myriam
Nadine
Odile
Pascale
Querida
Régine
Sabine, Simone
Thérèse
Ursula
Véronique
Wilma
Xavière
Yvonne
Zoé

Pour la vie,
R. F.

It' a long way to tickle Mary...
(Version populaire.)

Les jets d'eau que je regarde
retombent toujours.
REMY DE GOURMONT.

Et quand il veut serrer
son bonheur il le broie...
ARAGON.

La musique de ce livre est de Bix Beiderbecke (1903-1931)

L'auteur adresse ses remerciements

aux whiskeys *Paddy, Powers, Jameson,*
aux scotches *Ballantine's, J. and B., Chivas,*
à la maison *Pernod,*
aux *Françaises filtre* de la Seita,
aux minicigarillos de *Zino Davidoff,*
au dextromoramide bitartrate,
pour la part plus ou moins prépondérante qu'ils ont prise à la rédaction de cet ouvrage.

R. F.

1.

Tonton allait souvent en Belgique. Il y avait des amis. Il aimait ce pays de province, les bières des Trappistes, mâchonnait sans faiblir les *caricoles,* ces affreux escargots de mer que vendent à Bruxelles les marchands ambulants de la place du Jeu-de-Balle. Ses mélancolies d'adulte s'accordaient aux maisons de briques, aux canaux, aux terrils du plat pays de Brel. Amours en griffes à son foie attachées, tonton Prométhée avait bourlingué dans Bruges-la-Morte, aux accents langoureux d'une *Brabançonne* susurrée en flamand par les gondoliers locaux.

Les amours en question s'appelaient Mouche. Ce n'était pas, bien sûr, leur véritable identité. Elle se prénommait Suzanne, l'étudiante en lettres qu'aimait à l'époque tonton. Suzanne, pour lui, ce n'était pas possible, vous écorchait ses oreilles d'artiste. Pourquoi pas Mauricette, Mélanie ou Georgette ! Elle avait vingt-trois ans, lui quarante-quatre. Il aurait pu être son père. Comme il ne l'était pas, la morale était sauve.

L'étudiante portait un bonnet de cheveux noirs

coupés en frange « à la Vidal Sassoun », le coiffeur pour dames en vogue du déjà lointain Swinging London. Svelte et vive des voltes et virevoltes de son âge, brune charbon de bois, elle avait été rebaptisée Mouche par l'oncle. Avec succès. C'était joli, lui convenait comme une bague. Il paraîtrait que cela lui est resté. A soixante-dix ans, cela sonnera bizarre, Mémée Mouche. Nous n'en sommes pas là. Mais il est notoire que tonton s'y entend en tendres sobriquets, et fait autorité en matière sentimentale. Il obtiendrait à l'unanimité le prix Nobel de l'amour, qui demeure hélas à créer. La peine de cœur, c'est son village natal, son fief, bref, la spécialité de la maison. Il prétend que les chagrins ont nourri son inspiration, gonflé son compte en banque. Tonton écrit des pièces de théâtre. Il a du succès. De son écolière, il sait qu'il tirera *L'Année scolaire* en trois actes et cinq tableaux noirs.

Je l'admire, tonton. Il a vingt ans de plus que moi, qui suis un authentique jeune, majeur depuis Mai 68. On ne peut pour autant le traiter de vieux con, l'assimiler aux pantouflards de sa génération pas du tout spontanée. Sa quête hagarde du Graal l'a conservé, pétrifié là où il se trouvait quand il a vu la première robe de sa vie.

Qu'on ne le prenne pourtant pas pour un vulgaire « homme à femmes ». Il n'a pas l'âme charcutière, ni collectionneuse. S'il ne les aime pas d'amour torrentueux, elles ne l'intéressent que très médiocrement. Elles ne sont là que pour ses envolées, l'exalter, le froisser. Elles le maintiennent en rires et en larmes, en forme, donc.

Il assure qu'elles sont le sport idéal du citadin, qu'il s'en préoccuperait moins s'il pouvait pédaler sans danger dans Paris sur son vélo de course. Je ne pense pas qu'il soit sincère. Il faut se défier des auteurs dramatiques, ils ont par définition le sens de la boutade, le don de la réplique. Tonton, ainsi, ne tenait pas à ce que fussent simples ses liaisons. Si elles venaient à lui dépouillées, il les compliquait à loisir, leur ajoutait sel et poivre jusqu'à ce qu'elles virent vinaigre. Il y avait du maso et du parano, dans l'oncle. Mais sans ces menus travers, eût-il garni les fauteuils de la Comédie des Champs-Élysées ? S'il se battait si fort les flancs, c'était du moins pour qu'en sortît de la musique.

Tonton n'a guère d'affection pour les enfants, qu'il considère comme des ébauches d'hommes et des bourreaux de chats. Quand j'étais petit, il me piquait avec des épingles, s'étonnait auprès de mes parents de mes hauts cris :

— Hugues est possédé par des puissances malignes. Il serait judicieux d'aller le tremper dans les piscines de Lourdes.

Ma mère — sa sœur — était disposée à le croire, jusqu'à ce qu'il lui pique les fesses à son tour. Il y a du bon vivant chez tous les oncles.

Je ne m'appelle pas du tout Hugues. Je suis un fruit sec du Far West. A la tête d'une farouche tribu Comanche de camarades de communale, j'attaquais des diligences constituées par un train de poubelles et de brouettes. Des cow-boys les défendaient. J'avais le chef hérissé de rémiges de plumeau. Entre deux scalps et deux boîtes de conserve en pleine gueule, nous poussions des « Hug ! Hug ! » sauvages, cris de guerre, comme chacun sait, de tous les Peaux-Rouges du monde. Nous étions vingt, allez donc savoir pourquoi ce fut moi, et moi seul, qu'on baptisa « Hug » ? « Hug » me suivit au lycée, indécollable, et le premier baiser qu'on me donna fut servi sans malice à un nommé Hugues... A quoi bon s'insurger, me voilà Hugues pour la vie, tout comme Suzanne un jour s'est réveillée Mouche dans les bras de mon cher vieux tonton.

Leur aventure, cela va de soi, était entrecoupée d'orages fabuleux, de ruptures sanglantes, de folles réconciliations, d'entractes brusques. Ce fut à la faveur d'un de ceux-ci que, furibard, pour mettre un coussin d'air entre elle et lui, il se rendit à Bruxelles.

Mais ce qui devait arriver arriva. Tonton rencontra Marie.

Petite Marie, cela se dit Marieke en flamand. En l'honneur de la chanson de Brel, déjà cité, elle fut Marieke tout naturellement. Pauvre Marieke ! Elle ne savait pas où elle mettait les pieds en posant ses yeux bleu polder sur mon tonton terrible. Marieke ! *Zonder liefde, warme liefde !* Sans amour, brûlant amour !

2.

Régis Ferrier n'avait pas oublié Else [1]. Il avait porté leur histoire à la scène. La pièce avait très bien marché. Les droits de *La Dame du Luxembourg* lui permirent d'acheter un studio rue de Montmorency, dans le Marais, à deux pas de chez lui.

Transposées sur le plan théâtral, les fesses d'Else lui offraient le moyen d'en recevoir à domicile d'autres,

1. Voir *L'Amour baroque*, Éditions Julliard et Livre de Poche.

des vertes, des pas mûres, de moins tragiques, espérait-il. Non, il ne les avait pas oubliées. Les suivantes ne les avaient ni effacées ni jetées à la nuit. Au vrai, c'était par élégance, besoin de pureté qu'il évoquait la croupe d'Else alors qu'il ne pensait qu'à ses yeux. Des yeux pour toujours fermés à lui.

Mais aujourd'hui il aimait Mouche, s'était « recyclé » en elle selon le jargon des technocrates du temps. Mouche qui disait innocemment « J'aime bien faire l'amour » comme elle eût dit qu'elle prisait la tarte Tatin. Il la conduisait parfois à la Fac de Censier. Ce rôle nouveau de bon papa-gâteau un brin salace ne pouvait que le séduire. Sa profession, en outre, lui ouvrait majestueusement l'éventail de toutes ces étudiantes en lettres avides de beau langage. Ne tenait-il pas boutique de frivolités philologiques ? N'avait-il pas connu Mouche sur un coup de téléphone qu'elle lui avait donné un soir de panique et d'ennui ? Tombée du ciel, l'enfant.

Ils étaient convenus d'un rendez-vous. Soupçonneux envers ces laides qui écrivent aux gens de son milieu, ou les appellent, il ne s'était pas montré sur-le-champ, avait dépêché une éclaireuse qui lui était revenue frétillante :

— Un écureuil, Régis, un véritable petit écureuil !

Il emporta immédiatement l'écureuil en week-end, en Normandie, et le mangea tout cru.

Il alla en vacances aussitôt après, mais y songea, puis y songea encore. Au retour, il l'aimait. Elle l'aima. Il reprit le sentier de la guerre des nerfs. « Tonton était reparti pour un tour », eût gouaillé son neveu. Le soleil de septembre éclairait, dans le studio, le marbre de la table de bistrot sur laquelle ils firent leur première « dînette d'amoureux ». Régis se souvint longtemps de l'ombre qui recouvrit son cœur quelques secondes à cet instant précis. Heureux auprès de cette toute jeune femme aux très grands, très beaux yeux noirs, il sut qu'il ne le serait plus, un jour, entrevit leurs deux squelettes mieux qu'au travers d'une radiographie. Les heures de joie sont, à notre image, mortelles. Feux d'artifice d'artifices...

L'ombre passée, il se dit que, malgré ce voile, il leur demeurait un sursis avant le temps des ossements. Qu'il fallait somme toute les cueillir, ces nom de Dieu de roses de la vie ! Ils les ramassèrent par brassées, en ornèrent les vases de leur « nid d'amour », pour employer le style ineffable des cartes postales de 1900.

Mouche n'était pas de ces étudiantes dorées sur tranche par leurs parents, de ces minettes et minets qui traînassent dans le quartier Latin, quelques livres jamais ouverts sous le bras. Courageuse, elle se levait par des aubes glacées qui n'enchantaient personne, Ferrier moins que quiconque, qui préférait le chant de l'alouette à celui du réveille-matin. Elle courait s'instruire puis, l'après-midi, vendait des babioles chez Jeff Debbas, magasin de brimborions de Saint-Germain-des-Prés.

Malgré son grand âge, Régis Ferrier estimait n'avoir pas encore atteint celui où l'on entretient les demoiselles. Honnête fille du peuple, celle-ci n'y eût d'ailleurs pas consenti. Elle venait de vivre quatre années avec un comédien aussi mûr que Régis. Elle se reconnaissait un « complexe du père ».

Elle avoua à l'auteur dramatique qu'il était son sixième amant. Il estima, rogue, le chiffre plutôt élevé. Elle en rit. La candeur de ces hommes faits lui semblait impayable. Le fameux fossé des générations, elles l'avaient comblé de slips, de soutiens-gorge et autres accessoires et produits de beauté. Mouche apprit à l'innocent Ferrier qu'elle était chaste et pure auprès de la plupart de ses contemporaines qui, « libérées sexuellement », rebondissaient comme des puces de lit en lit. « Elles y laissent leur âme ! » s'indignait le naïf sans songer qu'elles n'en avaient peut-être pas, ou qu'il était question de tout autre chose.

Les femmes, ces êtres si soucieux de leur avenir, se complaisent souvent à évoquer leur passé amoureux. C'est leur côté sportif. Leur Tournoi des Cinq Nations. Leurs étapes de montagne du Tour de France. L'homme du jour est un auditeur de choix si l'envie leur prend de parler de celui de la veille.

Un soir de confiance, Mouche parla d'Albéric Nicaise, professeur de lettres qu'elle avait, sinon aimé, du moins comblé. Il est en tout homme, d'après Saint-Exupéry, un Mozart assassiné. En tout prof de lettres, d'après l'opinion — vraie ou fausse — de Ferrier, gisait le corps d'un écrivain assassiné. Avorté paraît plus juste. Raté, quoi ! Un moniteur d'auto-école n'est pas Fangio, cela se saurait à la longue, non ?

Albéric travaillait, à l'époque, dans le « gadget » à la mode, tortillait de la virgule dans ce Nouveau Roman qui, toujours d'après Ferrier, « avait enfin permis à ceux qui n'avaient rien à dire de pouvoir s'exprimer ». Les éditeurs, peu désireux de louper encore Proust, publiaient à tour de bras Monsieur Jourdain. Ils publièrent ainsi *Le Goémon sporadique,* nouveau roman du professeur Nicaise. Il n'y avait dans ce pathos pas davantage de nouveau, de roman, de goémon, de mer ou de palourdes que de beurre au cul, sauf votre respect. Il n'y avait rien. Du tout. Que de l'art. Du majuscule.

La postérité osa ratifier les dires insolents de Ferrier.

Elle renvoya le génial Albéric à ses chères études, à ses chères étudiantes plutôt. Une fac, pour un prof, c'est tout de même mieux que le bordel. Le personnel y est plus frais, et c'est gratuit. Le galimatias épate les élèves crédules et bouche bée, les fait rougir dès que le maître abat sur elles ses yeux d'intellectuel de gauche garanti par le gouvernement de droite. De surcroît, se coiffer du slip du prof équivaut à une auréole, auprès des copines.

Mouche expliqua à Ferrier la technique de séduction de Nicaise. Durant ses cours, il fixait une fille, sans un regard pour les autres. Son œil ne quittait pas sa proie d'une seconde, et elle se troublait, flattée, n'écoutant même plus, perdue dans son rêve, le don Juan à peaux d'âne traduire en un français approximatif le papouasien qu'écrivaient couramment, eux, les Michel Butor ou les Claude Simon. Après deux ou trois séances d'hypnose, la souris tombait toute chaude et rôtie dans la gueule du boa des Universités.

Mouche n'avait pu échapper à ce charme d'assaut. Elle en parlait sans honte ni regret, avec simplicité. Ce qui lui était tout naturel ne l'était pas le moins du monde pour un Ferrier derechef mis à frire sur le barbecue de la jalousie rétrospective. Il les haïssait tous, ces prédécesseurs, celui-là en particulier, ce champion d'intellectualismes qui le hérissaient. Il railla :

— En somme, tu as joui de toutes tes facultés !

Ce trait ne fit pas rire Mouche, la rebella. Elle lança, au nom de toutes les étudiantes de France :

— Nous n'avons pas l'esprit étroit !

— Le reste non plus ! riposta l'auteur dramatique satisfait de sa réplique.

Ils s'aimèrent donc vaille que vaille, cahin-caha,

parfois clopin-clopant. Se disputaient, formant de la sorte un vrai couple. Faisaient très bien l'amour. Comme tous les hommes, Régis espérait de ses partenaires des certificats de mauvaise conduite — qui est la bonne — en ce domaine. Moins plastronnant toutefois que le mâle ordinaire, il savait que, malgré tout, montées aux étoiles ou restées à la cave, les sombres jeux du lit ne les empêchaient pas de disparaître. Qu'ils ne revêtaient pas, pour elles, l'importance exagérée que leur attachaient leurs cavaliers. En sa jeunesse, il avait très bien fait l'amour, aussi, avec madame Y. Et elle était partie. En sa maturité, il avait très bien fait l'amour, aussi, avec Else. Et elle était partie. Lettres à l'appui, elles avaient été heureuses avec lui, de ce côté-là. Et elles s'étaient envolées à jamais sans se retourner. Et celle-là s'évanouirait aussi, le temps venu. Pourquoi ? Cela demeurait sans réponse aux yeux d'un être du genre masculin.

Ferrier avait, au fond de ses brouillards, un versant enfin positif, celui d'aimer — et simplement, pour une fois — l'amour physique. Ce penchant primitif lui était utile quant à la réussite de ses étreintes. Ce monsieur Régis Ferrier, que d'aucunes eussent à la légère traité de misogyne, aimait profondément la femme. De fait, il lui suffisait de l'aimer tout bêtement d'amour et c'était, nous l'avons dit, sa spécialité. Il ne pouvait baiser comme on bouffe. Il faisait l'amour comme on aime. Cette seule nuance était déjà pour moitié dans son malheur de se traîner sur terre.

— Tu as des seins de hold-up, disait-il à Mouche. Des seins braqués sur les caissiers des banques. En les voyant, ils lèveraient les bras.

Elle avait de ces seins si jolis au printemps, de ces seins ni trop ni trop peu, frais, bons à mordre et beaux à croquer, des seins de joie, des seins de vie auxquels ne s'était pendue aucune patte rose de bébé pour des fins bassement alimentaires. Quand il les embrassait, Ferrier oubliait, de gré ou de force, la bouche de cette limace d'Albéric, les lèvres des autres qui s'étaient écrasées sur eux comme autant de crachats. Ils n'étaient plus qu'à lui, craquaient en fruits tout neufs entre ses dents.

— Mouche, disait-il encore quand, par exemple, elle se coiffait, poitrine brandie et nue, tu es la porteuse de seins, la sorteuse de seins...

Elle riait. Et ils étaient heureux, les seins et eux... Régis buvait Mouche, puisait à cette jouvence, plongeait en ses fontaines. Jadis, il préférait les femmes plus âgées que lui, avait appris à aimer avec madame Y., mère de trois enfants et qui était de cinq ans son aînée. Car on apprend à aimer comme à conduire. Il sut très vite, mais oublia souvent le code, ce qui l'expédia quelquefois dans les décors. Aujourd'hui, il ne pouvait, hélas, les souhaiter plus vieilles.

— Je serai forcé, blaguait-il, d'aller draguer à la sortie des maisons de retraite...

Hélas, il ne buvait pas que Mouche. Il buvait tout court. Pas encore au goulot, ce serait pour plus tard. L'alcool assurait, d'après lui, le taux de décompression nécessaire à ses angoisses. « Pansements de l'âme », disait-il. Il savait qu'il mentait. Avec ou sans angoisses, il buvait par goût, sinon par besoin. Il n'y avait pas de quoi se vanter. Il ne se vantait pas, demeurait modeste.

Il n'avait pas le vin gai du poivrot épanoui. Il perdait tout esprit après quelques whiskies, devenait chagrin, agaçant, mécanique. C'était, paraît-il, navrant pour son entourage. L'auteur à succès chutait lourdement dans l'ivrogne ordinaire. En cet état, il se coiffait parfois d'un accessoire ridicule de cotillon, un chapeau pointu turlututu de clown et bafouillait devant sa glace, larmes aux yeux, qu'il n'était qu'un « pantin dérisoire et tragique ». Ce qui était parfaitement exact, et désolant. Il ne savait pas toujours s'arrêter à l'euphorie qu'il recherchait, passait alors derrière des miroirs où ne se trouvait certes pas Alice.

Une nuit qu'il délirait ainsi au lit, assommant Mouche d'âneries, il reçut une superbe claque qui le dégrisa net. Ils se demandèrent pardon. Tout cela n'était pas digne d'eux. « Auteur dramatique reconnu par la Sécurité sociale, songea-t-il avec amertume, souffleté par une petite étudiante en lettres. L'enfant calottant le père ! » Il la prit dans ses bras, répara son jouet, se répara lui-même.

Le temps passa, qui ne sait faire que cela, et va au plus facile. Il y eut l'hiver, comme d'habitude, vint le printemps, comme de coutume, puis, fatalement, l'été. Ils allèrent quinze jours en Bretagne où Ferrier, regardant l'Océan, put se dire aigrement que l'amour, le sommet de sa vie, le privait sans merci des menus plaisirs de la vie.

Il ne serait pas, cette année, seul et debout sur ces rochers à marée haute, à pêcher les bars et les lieux. S'il avait osé manier la canne à lancer, Mouche, sur la plage, derrière lui, n'aurait pas tardé à lui crier qu'elle s'ennuyait, qu'elle était sur le sable et qu'on la négligeait. Ils se seraient mutuellement traités d'égoïstes. Le soir, à l'hôtel, la soupe de poissons aurait fait la grimace...

Il ne pêcha pas. Ils firent l'amour, comme la mer toujours recommencée...

Au mois de novembre, un an et demi après la naissance ensoleillée de leur aventure, éclata leur première rupture, ce bébé monstre entre eux conçu par des infinités d'imperceptibles incompréhensions, de futiles discordes, d'énervements, de lassitudes ravalées.

Ferrier revenait de ses terres nivernaises, de ce village comiquement nommé Savigny-Poil-Fol où il lui arrivait de vivre des à-peu-près de bonheur entre deux guerres de 14 sentimentales. Il avait travaillé sur une pièce, rentrait à Paris satisfait, le cœur enfariné. Il tomba de haut sur une Mouche froide, refermée, désailée. Qui avait, d'après elle, rencontré des « gens très intéressants ».

— Lesquels ? rugit Ferrier. Tu as déjà rencontré Brunel et moi, je n'en vois pas d'autres !

Germain Brunel, célèbre metteur en scène de cinéma, était l'un de ses meilleurs amis. Pour l'en remercier, Régis lui présentait impitoyablement toutes ses femmes.

Quand elles se mettent à dénicher des « gens très intéressants », il convient de se méfier. Ils ne le sont pas souvent et ce sont elles qui, par contagion, perdent leur intérêt. Les « gens très intéressants » sont ainsi nommés parce qu'ils se montrent très intéressés par leurs fesses. Celles de Mouche, cette nuit-là, boudèrent Ferrier qui sut — il le savait, mais l'avait oublié — que les « techniques » ne sont que lettre morte lorsque l'amour est en proie aux termites. « Je me suis tapé une planche et un " bide " », se dit l'auteur dramatique avant de s'endormir. Au matin, le fantôme de Mouche tintinnabula de toutes ses chaînes :

— Je ne suis plus amoureuse de toi...

Ce qui est toujours désagréable à entendre. Le lendemain soir, même jeu. Ils gelèrent côte à côte, et elle lui lança :

— Je n'ai plus envie de faire l'amour avec toi.

Le moment était venu de souffrir. Ferrier n'avait pas trop perdu la main, depuis Else. Il retrouva, plongé dans l'eau, les mouvements de cette brasse, et souffrit donc. Cet intempérant ne pouvait souffrir sobrement. Mouche avait regagné sa chambre de bonne des Grands Boulevards. Indépendante, elle n'avait jamais vécu à temps complet dans le studio de Régis qui s'y planta seul en scène, le chapeau de clown sur la tête. Histoire de mourir davantage, il n'allumait pas le chauffage et grelottait à la lueur de deux bougies, les coudes sur le marbre glacé de la table aux « dînettes d'amoureux ». On n'y servait plus que du whisky. A volonté. Sans souffleur, Ferrier massacrait son texte. Il se prenait pour Hamlet, il n'était que Paillasse. Il se voyait sombre, il n'était que noir. Ce qui, honnêtement, ne l'empêchait pas d'avoir mal. Très mal, même. Il « chargeait », soit, mais il n'y avait pas que de l'hémoglobine en ce mélo. Il y coulait du sang. Il aimait Mouche.

Ce studio vidé de leurs cris, de leurs rires, de leurs soupirs comme on vide un lapin, n'était plus qu'un caveau mortuaire privé des fleurs qu'ils achetaient ensemble le dimanche matin rue Rambuteau. « Je perds la vie, je Père Lachaise ! » déclamait Régis. Ce mot ne deviendrait jamais tirade. Le mauvais comédien, le « crabe », le « ringard » s'interrompait, revêtait un gilet rayé, s'armait d'un 7,65, fonçait par la pensée boulevard Poissonnière, forçait la porte, apparaissait à Mouche et la criblait de balles au son de « Madame est servie ! »

Cela dura dix-huit jours, davantage qu'il n'en fallut à Dieu pour inventer le Diable. Il l'avait revue quelquefois « en amis ». Dérisoire, lamentable « amitié ». A ses côtés lointains, il se demandait s'il avait vraiment couché avec cette évasive, s'il ne l'avait pas rêvée nue.

Françoise, leur confidente commune, ne pensait pas qu'il eût un remplaçant, même au sein du chœur antique des « gens très intéressants ». C'était une consolation de choix. Cela lui épargnait les classiques images qui vous poignent le cœur. Privé de ce grief, il ne comprenait plus qu'on ne l'aime plus, tout à trac. On croit toujours de bonne foi que les désaffections ne surviennent que du jour au lendemain, comme par désenchantement, alors qu'elles ne sont que la démarche à l'envers des fameux rameaux de Salzbourg...

Il décida de lui laisser au moins un souvenir. Un vrai. Solide. Pas un de ces rayons de soleil fou qui s'enfuient de leur tête aux premières gouttes de pluie. Il lui acheta un bijou, une mouche en or qu'il fit monter en collier. Le soir du dix-huitième jour, son écrin en poche, il se rendit au studio pour s'y livrer en solitaire à une séance supplémentaire de délectation morose. Il n'avait pas fini de se verser un verre de désespoir à 43 degrés qu'il entendit tourner la clé dans la serrure. Mouche entra.

Cette rencontre inopinée leur apparut comme dictée par leurs bons anges. On peut avoir de ces superstitions. Leurs horoscopes avaient dû s'emballer. Il lui offrit sa mouche sans un mot, et ils craquèrent. S'il est avec le ciel des accommodements, il en est, Dieu merci, davantage avec les femmes. La nuit fut chaude, bouleversée. Ce qu'il avait cru perdu était revenu à la vie sous ses mains, chantait encore sous son corps avec un goût tout neuf.

Ils s'accrochèrent à cette idée de renouveau, rafraîchirent toutes leurs promesses comme on repeint une cuisine, se rebaptisèrent ainsi que des bateaux « Mouche Deux », « Régis Deux ». Il subsiste toute une nostalgie d'enfance, une panoplie d'innocence en toute histoire d'amour, ce qui explique en partie le succès de l'amour aux yeux de quelques insensés. Ne sont-ils pas, leurs serments pathétiques, frères de ceux qu'échangent trois ou quatre marmots dans une cave de grand ensemble ou un grenier de vacances, avec parfois, à l'appui, l'échange du sang versé par une pointe de canif ? « On ne se quittera jamais ! — On fera toute la route côte à côte ! — Le premier qui trahira mourra ! — Jurons ! » On jure, on se sépare, on s'oublie, on ne tue personne, et on meurt. Les Indiens ne parviennent jamais à l'âge adulte. Leurs flèches se sont tordues en spaghetti sur les flancs de bison de nos autobus. Le Peau-Rouge, c'est comme la petite fille ou le petit garçon, cela ne devrait jamais grandir. Cela ne le mérite pas.

Mouche et Régis vécurent donc leur embellie, jouèrent le jeu en capitaines courageux. Ils « redoublèrent », selon le langage scolaire.

— Ce n'est peut-être que la rémission qui précède la mort ? supposait cet éternel optimiste de Ferrier.

— Non, répondait-elle — elle était jeune —, c'est une renaissance.

Elle avait de longs cils noirs qu'elle recourbait savamment à l'aide d'un instrument bizarre qui ressemblait à une pince à escargots. Il aimait la voir, les voir, se maquiller, se démaquiller, se coiffer. Elles apportaient à ces exercices de haute précision une gravité qui ne leur était pas coutumière, que Régis estimait émouvante. Elles s'accrochaient à leur beauté avec la rage du naufragé à sa bouée. Il ne persiflait pas, lui : « Forcément !... Que leur resterait-il d'autre ?... » Elles en savaient l'importance. Était-ce leur faute si elle était démesurée ? Elles n'ignoraient pas que l'esprit — quand elles en ont — des laides ne leur attire pas pour si peu le regard des hommes. Et que faire, que devenir, qu'être sur terre, sans ce regard qui se détourne d'elles bien assez tôt ? Quand il s'en va, peu à peu, puis à tout jamais, il emporte avec lui leur jeunesse, le plus clair de leur vie, tout le vertige de leur corps. Leur regard qui s'enfuit, n'est-ce pas, pour eux, leur seule — mais atroce — façon de se venger de n'être que des hommes ?

Oui, il aimait l'odeur des salles de bains où elles avaient traînassé, impudiques et naturelles, enfin sans masques, telles qu'elles sont entre elles. Il aimait leur désordre intime, leurs objets secrets, les draps de bain mouillés par tous les parfums de leur peau, les épingles à cheveux semées sur les tablettes comme des miettes de coquillages sur une plage, les soutiens-gorge fusillés, pantelants sur un dossier de chaise, jusqu'aux étoiles de nacre dont elles criblaient le miroir en se lavant les dents. Un homme, physiquement, cela n'a aucun de ces mystères, de ces troubles, de ces apartés un peu louches face à son visage. Un homme se nettoie. Quand une femme se lave, ce n'est pas seulement dans un cabinet de toilette, c'est aussi et surtout dans un cabinet noir. Celui de l'érotisme et même celui de l'érotisme flamboyant, quand on aime cette femme.

3.

Puisqu'elle était partie, elle repartirait. Ou moi. Ou les deux. Le ver était dans le fruit et regardait Caïn. La mouche en or, à son cou, je l'aurais plutôt souhaitée fil à sa patte, boulet à sa cheville. Cette mouche, elle la méritait, certes, pour tous ces instants de bonheur vécus côte à côte, ventre à ventre. N'avais-je pas été heureux jusqu'à des cinq minutes entières, auprès d'elle ?

J'étais donc amoureux d'elle pour la seconde fois, mais nous n'étions pas seuls, un troisième élément s'était joint à notre « nous deux » qui s'appelait ma peur. Je n'avais plus près de Mouche cette liberté qui précède les ruptures, ce sentiment hélas trop confortable et fait de sécurité, d'impunité, d' « éternité ». On pense, par inattention, les choses acquises. Elles ne le sont jamais.

Le vent du boulet m'avait fort ébouriffé. Il me fallut pour cette reconquête abdiquer tout ou partie de ma personnalité. Si la nature a horreur du vide, les femmes le redoutent moins qu'elle. Je ne suis pas, je ne serai jamais l'horrible « garçon gentil » de leurs rêves. Pas plus que je ne me vois avec, à mon bras, une atroce « gentille fille ». Mon centre de gravité ne saurait être le juste milieu. Mouche, « gauchiste » tendance Saint-Germain-des-Prés, friande selon elle de marginaux du style fonctionnaire prof de lettres, me soufflait souvent : — Ne te fais pas remarquer.

Heureusement que je m'étais fait « remarquer » ! Dans mon métier, c'était préférable à l'anonymat. Bref, pour ses beaux yeux, je me fis *tout petit devant une poupée.* Je mis au propre comme au figuré de l'eau dans mon vin. Quitte à le boire pur les jours où je ne la rencontrais pas. Je me transformais, pour son beau cul, en demoiselle de vestiaire, l'aidant à retirer son manteau, à enfiler son manteau, à la débarrasser de son manteau, à lui remettre son manteau. Il y a pire, sur terre et sous la terre des mineurs de fond. Pour ses beaux seins, je baisais ses beaux pieds. Au théâtre, j'étais quelqu'un. Ici, je n'étais que Régis. Au théâtre, quatre ou cinq cents personnes m'écoutaient chaque soir. Ici, j'écoutais. Cela ne me gênait aucunement puisque c'était elle qui parlait, me parlait. Elle ne proférait pas davantage de bêtises que les autres, plutôt moins. Elle avait mauvais caractère. Moi aussi. Nous n'étions pas, entre nos quatre murs, de ces ectoplasmes prêts à fonder une famille de Français moyens.

Je l'aimais. Il faudra qu'un jour je lui demande si elle m'a aimé. Deux ans plus tard, cela ne l'engagera plus à rien de me dire la vérité, toutes s'il le faut. Il y a prescription. A moins qu'elle ne s'en souvienne plus [1] ?... Je l'aimais, mais cela ne m'empêcha pas, un mois et demi après notre replâtrage, de « séduire » Marieke. Dans mon subconscient, je voulais peut-être me venger d'avoir été abandonné. C'est ce que vous ânonneront les professionnels, les tripoteurs diplômés du subconscient, cette gélatine où pataugent les esprits flous. Je n'ai pas de subconscient, là ! Ni de religion. Ni de scrupule. Je ne suis rien. Que moi, et ce n'est pas facile. Je ne voudrais pas être aussi souvent dans ma peau, plus souvent dans la tienne, MARTHE.

Il m'arrive de m'entretenir avec de jeunes auteurs qui espèrent voir jouer leurs pièces. Ayant été moi-même petit, tout petit, socialement plus petit qu'eux, je les écoute m'exposer leur cas. Une fois, j'en ai vu un, sûr de lui comme ils le sont tous pourvu qu'ils n'aient aucun talent. Mais celui-là exagérait. Il était là, paisi-

1. Je lui ai posé la question. Réponse (en un soupir) : « Ah, ben oui !... »

ble, souriant, bon élève à dix ans, déjà bon pépère à trente. Je m'amusai à l'interroger :

— Vous êtes marié ?

— Oui, monsieur Ferrier.

— Heureux ?

— Oh oui ! J'ai eu la chance de tomber sur une femme exceptionnelle.

— Des enfants ?

— Deux. Un garçon, une fille. Toujours la chance...

— Charmants, sans doute ?

— Adorables. Ils travaillent bien, à l'école.

— Je m'en doutais. Vous avez des amis ?

— Je n'en manque pas. Des ingénieurs, comme moi. Nous nous réunissons pour un bridge, le samedi.

— Vous buvez ?

— Dans mon métier, ce serait difficile. Un verre, par-ci, par-là...

— Oui. Un verre par semaine. Vous trompez votre femme ?

— Monsieur Ferrier !

— Vous n'avez jamais été amoureux d'une autre ?

— Certainement pas !

Il s'indignait. Je poursuivis, impitoyable :

— En somme, vous n'avez aucun vice, vous n'avez jamais souffert d'amour, encore moins je le suppose de la faim ou du froid. Votre vie de camomille est d'une platitude d'un modèle extrêmement courant, et vous voulez écrire ? Mais avec QUOI, monsieur, avec QUOI ? Avec seulement un stylo ?

Il était parti sans comprendre, reparti noircir au fil de la plume des actes et des actes de néant, des actes qui ne lui coûtaient rien, ni peine, ni cris, ni larmes, ni foutre, ni sueur, ni solitude, ni folie, des actes sages qui ne sortiraient jamais de ses tiroirs car il y a, quand même, un semblant de justice.

Comment aurait-il pu soupçonner, ce pauvre diable, qu'elle réclame à manger la bête qui nous bouffe le cœur ? Qu'elle refuse toute pâtée en boîte ? Qu'elle ne se nourrit que de viande fumante, ruisselante ? Qu'elle en déchire et dévore soixante-dix kilos par jour ? Chaque jour ? Chaque jour ?

Mais revenons à nos moutons, puisque c'était une agnelle, ma petite Belge. Une agnelle un peu triste, comme je les aime, quand je la rencontrai. Elle allait avoir vingt-sept ans. Marieke ! *Zonder liefde ! Warme liefde !*

Avec deux amis — qui jouaient infiniment mieux au con qu'au bridge — j'étais allé voir tourner Brunel à Bruxelles. Roro, mon ami belge, était sur le plateau. Il me chuchota :

— Marieke n'est pas contente. Tu ne l'as pas reconnue.

Elle boudait dans un coin. Il me revint que je l'avais entrevue, qu'il me l'avait présentée, l'année précédente, je crois. Nous nous étions même écrit deux ou trois fois. Elle s'intéressait au théâtre, m'avait défrisé en ne goûtant pas ma meilleure pièce, *La Dame du Luxembourg*. Celle où j'ai le plus étalé mes tripes, exposé la chair de ma chair, Else mon Elseneur, Else à poil, Else de noir vêtue, Else trop belle, Else morte, Else vache sacrée. Else, quoi ! On ne titille pas un auteur là-dessus, et j'avais envoyé sans ménagement la nommée Marieke sur les houblons qui lui servaient de roses, à mon idée.

— Si, fis-je, bougon, je la reconnais. Même que ce n'est pas Merckx.

C'était péjoratif, ce refus de l'identifier, fût-ce pour

rire, au plus grand champion cycliste de tous les temps. Qu'importe, elle fut ravie qu'enfin je la reconnusse entre toutes les femmes, quoique il n'y en eût que trois ou quatre dans le décor.

Blonde cendrée, yeux d'un bleu du Nord un peu pâle, un mètre cinquante-six, elle était menue, mignonne. On lui laissa une place proportionnée à sa taille au sein de notre groupe. Après le tournage, nous allâmes dans l'Îlot-Sacré siffler chez N'a-Qu'une-Patte quelques Westmalle, Orval et autres bières des Trappistes.

— Demain annonça Roro, festival chez Jan, à Wemmel !

Jan, Flamand tonitruant, déboutonné, était de nos amis. Il disait, Jan, ce joli mot : « Je n'aime pas que ce soit dimanche dans une maison. » Je souris brusquement à Marieke :

— Si tu veux, viens nous rejoindre avec ta bagnole.

Je pouvais bien la tutoyer puisque j'aurais quasiment pu être son père, comme d'habitude. Je vous en prie, mesdames, ne respectez jamais mes cheveux blancs, passez-y la main, les seins, tout ce qu'il vous plaira. Ils n'en rougiront pas. Elle rougit et fit :

— Peut-être...

On n'y attacha pas davantage d'importance. On se saoula entre hommes, sous des yeux d'ardoise qui ne comptaient pas.

Le lendemain, ce ne fut pas dimanche dans la maison de Jan, mais jour de fête. Vivre sans femmes. Seul Adam a eu un moment cette chance, nom de Dieu ! Pas longtemps, le pauvre. Rire entre copains. Dire n'importe quoi sans que cela crée de l'ombre ou du drame. Jouer aux billes. Au ballon. Même à quarante, à cinquante ans. Sans l'avoir dans son dos, ELLE, qui s'embête. Veut qu'on s'occupe d'ELLE. Qu'on ne pense qu'à ELLE. « C'est un rêve modeste et fou », dit Aragon en parlant d'ailleurs d'autre chose.

Marieke était venue. Elle ne nous gênait pas. Personne n'en était amoureux, c'était donc un garçon comme les autres. Pour mieux nous donner le change, nous tranquilliser, elle portait un pantalon et deux seins plus modestes que fous, eux. Adulte, elle ressemblait à une toute jeune fille. Joues roses. Teint d'angelot. Fesses de bois. Je la regardais de plus près. Mouche n'avait pas tort, après tout, on pouvait rencontrer des « gens très intéressants ». Je finis par en rater le ballon que m'avait expédié Roro.

— *Zonder liefde ! Warme liefde !* gueula Jan.

Marieke me sourit, je souris à Marieke, j'étais un monsieur poli. Dans la prairie, nous prîmes des photos. Nous nous étions coiffés qui d'un haut-de-forme, qui d'une toque de cuisinier, qui d'un melon. Le canotier que j'arborais m'était certes moins tragique que le chapeau de clown de mon studio.

Je le haïssais, ce chapeau de Gugusse, sans pouvoir le jeter. Il me manquerait trop, la « prochaine fois », pour sangloter devant ma glace et y postillonner des larmes de White Horse. Il y aurait une « prochaine fois ». Mais quand ? Ils se moquent de moi, tous, quand je souffre à tous les échos de tous les quatre vents. Ils ne savent pas que je souffre aussi très bien tout seul, hors de leur vue, *comme un homme,* enfin. Qu'ELLE — qu'importent son nom et son visage — me réveille alors la nuit toutes les nuits pour me susurrer d'une voix mauvaise que c'est fini, que tout est fini. Je ne me rendors pas et tourne dans mon lit à la façon d'un noyé que brassent et renversent les vagues. Cela, ils ne le soupçonnent pas. Ils ne voient que l'écume de mes eaux troublées. Ils sont le public qui ne distingue que la marionnette et n aperçoit jamais les fils qui l'animent.

— Souris ! ordonna Roro masqué par le viseur de son appareil. Je souris encore à Marieke. Pour une photo, je la soulevai de terre, la pris dans mes bras, effleurai de mes lèvres les siennes, sans qu'elle protestât. Je lui chuchotai un péremptoire « Tu me plais » qui, sans la laisser hagarde, ne l'effara apparemment pas.

Elle riait. Il n'y avait pas de quoi. Elle venait de rencontrer le malheur. Par bonheur, elle ne s'en doutait pas. On ne s'en doute jamais, quand on part la fleur au fusil, qu'il y a quelque part un pays qui s'appelle Verdun.

J'ignorais autant qu'elle que je la massacrerai plus tard, l'abandonnerai en sang sur le ring, me conduirai en lâche, en salaud. En femme.

Nous devions rentrer à Bruxelles.

— Je peux monter avec toi, Marieke ? J'en ai assez des garçons, ils passent leur vie à s'amuser.

— Et vous ?

— Tutoie-moi. Ça me gomme les rides et me teint les cheveux.

— Ils sont noirs, tes cheveux.

— C'est parce que je suis bleu de toi.

En Belgique, « être bleu » de quelqu'un, c'est avoir un faible pour lui. Elle rit encore. Dans la voiture, tout en conduisant, elle me jetait des coups d'œil de côté, riait de nouveau. Je maugréai, rieur aussi :

— Tu as fini de te foutre de moi, petite oie belge ?

Elle avait une jolie pointe d'accent bruxellois, musicale, sans ridicule :

— Je n'aime pas les Français.

— Ah ! tu n'aimes pas les Français ! Tu vas voir ce

qu'il va t'arriver au prochain feu rouge, parole de cochon de Français !

Elle eût pu aisément passer au feu orange, une minute plus tard. Elle ralentit avec ostentation, s'arrêta.

— Sais-tu, petite punaise belge, comment s'appelle ce rouge ?

— Non, sale Français.

— Il s'appelle : rouge à lèvres.

Je l'embrassai, tout doucement d'abord pour ne pas l'effrayer, puis plus brutalement, comme j'aimais, dès que je la sentis moins raidie dans mes bras. Derrière nous, Roro klaxonna d'un coup léger, comme pour s'excuser. Le feu était vert. Déjà.

— Je veux qu'ils nous doublent, ces voyeurs, fis-je en leur donnant du geste l'ordre de nous dépasser. Roro obéit et nous le suivîmes à distance. Les feux étaient tous verts, d'un vert inexorable. Je grommelai :

— Quelles truffes, ces Belges ! Il faudra qu'on leur exporte des feux rouges, ils n'en ont qu'un tous les dix kilomètres !

— Tu as raison, murmura-t-elle, c'est bien la peine de payer des impôts !

Elle put stopper, enfin. Je repris aussitôt sa bouche. Marieke était plus inexpérimentée que les filles de quatorze ans de mes banlieues natales. Je me détachai à peine d'elle pour souffler :

— Tu as perdu ta langue ?

Gauche, elle me la donna. Me la redonna mieux au feu rouge qui succéda à celui-ci. C'était devenu un jeu, cette quête du feu rouge, et qui impatientait les automobilistes qui roulaient derrière nous. De baiser en baiser, Marieke s'apprivoisait, le feu bleu de ses yeux s'attardait dans les miens. J'étais à cent lieues de

Mouche, soixante-dix-huit lieues soixante-quinze pour être précis.

Vieux routier jamais pressé d'assassiner les charmes, je sus me contenter de ces lèvres que m'offrait la Belgique. Outre que tant d'inexpérience me paraissait inquiétante à cet âge, j'avais toujours, sauf circonstances exceptionnelles, laissé aux femmes le temps de se retourner, si j'ose dire. Le temps de penser à moi. Cette réserve les étonne. Qu'on puisse simplement ne pas leur arracher leur slip sur-le-champ les touche au cœur alors que leur toucher poitrine ou cuisses *comme tout le monde* ne peut que leur sembler banal. Il est important qu'elles songent, attendries, que vous n'êtes pas ce *tout le monde.* Puisque cela ne change rien au résultat, pourquoi se refuser le luxe de cette parade, de cette fuite en avant, de cette plume au chapeau ? Lorsqu'elles ne sont pas féminines, je le suis pour elles.

De plus, le style de Marieke n'était pas celui d'une dévastatrice. J'étais avisé de ne pas la brusquer. Ces étrangères, quel exotisme ! Ne me racontait-elle pas, mise en confiance, qu'elle était catholique ? S'appuyait la messe tous les dimanches que le Bon Dieu faisait ? Chantait à tue-tête dans une chorale ? Oui, oui, une chorale ! Trente à brailler *Mon Beau Sapin ! A la claire fontaine !* L'oiseau devenait rare, et je le voyais tout à coup d'un autre œil. Ça ne court pas les lits, la catholique pratiquante. C'était charmant, ce qu'elle confessait au diable. J'en avais le pied qui fourchait dans la chaussure.

— Tu sais que c'est un péché que d'embrasser un homme marié ?

— Mais non. Pas du tout ! fit-elle sans hésiter.

Nous n'avions pas les mêmes conceptions du dogme. Marieke était plus moderne que moi. Le catalogue des péchés avait dû être remis à jour depuis ma première communion. Je me promis d'en faire découvrir à ma chrétienne des inédits, des rigolos. A en juger d'après ses bises de bonne sœur, ce ne serait pas une tâche insurmontable.

Marieke ferrée, l'hameçon triple fiché dans le palais, je n'avais plus qu'à rentrer à Paris, attendre qu'elle mûrisse et tombe.

4.

Il ne se vanta pas de ses exploits brabançons auprès de Mouche. Il la considérait avec défiance : l'avait-elle trompé durant son absence ? Elle lui paraissait limpide mais comment, sous ces menteuses, déterrer une vérité ? De son côté, elle ne vit pas l'ombre d'un feu rouge sur le visage innocent de Ferrier.

La vie continua. Pas longtemps. Comme il se rendait chez l'éditeur qui publiait ses pièces, on lui planta une serpette entre les deux épaules. Des tourteaux frétillèrent dans ses bras. Une pluie glacée lui cingla la figure. Elle n'était que de la sueur. Il crut crever, sombrer, éclater dans la rue. L'éditeur s'affola à la vue de ce fromage blanc : — Je vais appeler un docteur.

Ferrier aplati dans un fauteuil eut le courage de plaisanter :

— Pas de Diafoirus pour Molière, s'il vous plaît !

N'ayant jamais été malade sérieusement, il dédaignait la médecine et les disciples d'Esculape, affirmait qu'ils n'avaient remplacé clystères et saignées que par des gouttes ou des gélules, sans amélioration notable du sort du grabataire.

— Ça va passer. Parce qu'il faut que ça passe.

La crise cessa, en effet, après un temps de repos. Sans regarder les femmes, il rentra chez lui. Ce vagabond sentimental avait un havre. Dans la presse, on critiquait ses œuvres. Agnès était le censeur de sa vie. Elle lui tenait la tête hors de l'eau, lui épargnait les bulles, les gargouillis. Quand il souffrait d'amour, elle le soignait à la raillerie. Comme il souffrait dans son corps, cela l'émut davantage.

Il avait établi son propre diagnostic : rhumatismes, puisqu'il était vieux, d'après les jeunes. Il avala toute une pharmacie d'anti-inflammatoires. En vain. Les crises se multipliaient, à heures fixes. Une Gestapo anachronique et sporadique. Il consulta malgré tout un « médecin malgré lui ». Le toubib abonda dans le sens arthritique qui convenait à son client, lui ordonna d'autres cachets et de se frotter gaiement les points douloureux avec une préparation née de son imagination fertile. Il n'en résulta rien. Autant oindre de cet onguent les pieds de chaise, ce qu'il fit. Et les pieds de chaise guérirent de leurs vers.

— Je vais aller à Lourdes, grinçait-il. Marieke me donnera un coup de main, qui priera pour moi à tour de bras.

Il n'alla pas à Lourdes, vit un rhumatologue qui, moins léger que le généraliste, n'élimina pas d'emblée l'arthrose qui séduisait Ferrier, mais lui conseilla de passer à tout hasard un électrocardiogramme. Il fut recalé à cet examen, s'écrasa contre un mur, rebondit, vola par la fenêtre, se fracassa du cinquième étage sur le trottoir.

— Petite angine de poitrine, déclara le cardiologue

qui, humainement, ne pouvait lui en annoncer une splendide et de derrière les fagots. Le praticien interdit à Ferrier la trinité que celui-ci avait toujours appelée avec ironie l'A.B.C. de la médecine : le tabac, le boire et le manger.

— Et l'amour ? balbutia l'intéressé.

— Tout doucement.

Tout doucement, lui ? Il ne saurait pas. Les braises oublient peut-être qu'elles ont été le feu. Il ne pourrait pas être braise. Plutôt mourir. Mais il mourrait sans même qu'on lui demande son avis... En cas de spasmes coronariens, il devait absorber un vaso-dilatateur. De la trinitrine, qui n'est autre que de la nitroglycérine employée en thérapeutique. « Il veut que j'explose », se dit Régis qui n'avait pourtant plus, le cœur gros, le cœur à rire. Il repartit désespéré.

La mort frappait les trois coups. Le rideau se levait sur un cimetière. « Trop cher à monter, blagua-t-il sans foi, trop de personnages. » Il y avait des héros dans ses pièces. Il n'y en avait pas dans sa vie, son restant de vie, plutôt. Il n'avait pas l'âme parachutiste. Portant la main à sa poitrine, il songeait que ni les cigarettes ni l'alcool n'étaient les vrais responsables de la défaillance de son muscle creux. Il accusait toutes celles qui l'avaient piétiné, laminé, usé, étaient entrées en lui sans s'essuyer les talons hauts. Elles avaient brûlé ses vaisseaux. Toutes ses artères encrassées l'étaient, ainsi que des tuyauteries de lavabos, par un tapon de cheveux noirs et blonds.

Il pleura quelques larmes sur lui — moins que sur ses femmes perdues —, cafarda au coin du *feu* Régis Ferrier. A quarante-cinq ans, il briguait le titre de plus jeune vieillard de France. « Reposez-vous », lui avait recommandé le spécialiste. Ce qu'il traduisait, mélancolique, par « Ici repose... » Il voulut, gentilhomme des faubourgs, rendre sa liberté à Mouche :

— A ton âge, on n'a pas besoin d'un infirme.

Non moins digne, elle refusa. Ces filles du peuple avaient encore quelque morale. Pour elle, « cela ne se faisait pas » d'abandonner un garçon dans des conditions pareilles.

— Merci, lui dit-il, mais je vois que tes ongles portent déjà mon deuil ? Elle sourit. Elle se les mangeait jusqu'à l'os depuis toujours, cachait ses mains dans toutes ses poches, les crispait sur tous ses seins pour que ne se vît pas cet attentat à sa beauté.

Ils refirent l'amour, au figuré sur la pointe des pieds.

— N'aie pas peur, Mouche. L'amour, on n'en meurt pas, c'est bien connu.

Il était toutefois moins rassuré qu'elle qui n'en mourrait pas, effectivement, ne connaîtrait que le désagrément mineur d'avertir Agnès de l'heureuse nouvelle. Le spectre de Félix Faure, Président de la République mort en plein septième ciel de gloire, ne cessa de planer sur leur étreinte. Elle eut valeur inestimable de test, et Régis ne regretta pas d'avoir escaladé à pas comptés les trois étages qui menaient au studio. Il découvrait, de là-haut, un horizon moins sombre.

La trinitrine l'empêcha de souffrir. Il tâta de l'acupuncture, se travestit en hérisson. Les crises demeuraient quotidiennes, il s'y habituait. Ferrier défila seul sous la double voûte des épées brandies au-dessus de sa tête par le corps d'élite des escrimeurs de Damoclès. Il s'accrochait tout à coup à la vie avec la hargne qu'apporte un coureur cycliste à garder la roue de celui qui le précède. Il s'ennuyait sur terre mais subodorait que dessous cela devait être pis. Il enviait Marieke, vouée au bleu d'une éternité garantie par le bon Jésus contre tout vice de construction. Il se moquait :

— Moi aussi, j'y crois à l'immortalité. Malheureusement, je ne vivrai pas assez vieux pour en profiter.

Il découvrait l'authentique solitude, celle de la maladie. Celle du chagrin d'amour n'est pas aussi absolue puisque, bon gré, mal gré, bouge en elle un second visage. Le malade est retranché d'un monde auquel il n'appartient plus, qui le repousse. S'il le quitte, on dit, au mieux, de lui : « Le pauvre vieux !... », à moins qu'on ne lâche un « Merde » attristé, le tout aussi vite oublié qu'énoncé, sans parler des gens que ravit l'annonce de son trépas.

Régis attendit un mois, deux mois, un coup de grâce qui ne vint pas. Il l'attendit la cigarette aux lèvres et fort des prétendues vertus vasodilatatrices du whisky. Il acceptait de se soigner mais estimait que conserver la vie ne signifiait pas la gâcher. Le plaisir était plus important qu'elle. S'il n'y avait pas de héros, en cet homme, il y avait du moins de l'aventurier, du fou, du joueur de roulette russe. Il en fut récompensé. S'il était condamné, ce fut avec sursis. Le ciel n'avait pas rejeté son pourvoi. Ironique, Ferrier y vit la main de Marieke dans la culotte de Dieu.

Le printemps vint que Régis, rescapé de la nuit, déchiqueta à belles dents. Il ne savait pas conduire, acheta à Mouche une voiture d'occasion. Ils reprirent la route de la Normandie, de la maison de son ami Marcel, de la pêche à la truite sous les bouquets des pommiers, la route de ces paysages d'un beau vert chou d'espérance.

A la mi-mai, Ferrier constata, sans oser le crier sur les toits, que s'espaçaient les crises, que le rat qui gîtait en lui s'endormait, cessait des jours entiers de lui ronger les bras, de trottiner entre ses côtes. Parallèlement il s'aperçut, non sans dépit, non sans mélancolie, que Mouche l'agaçait sans raison, qu'il la traitait en petite cousine, qu'il ne l'aimait plus avec la furie de l'hiver passé. Elle semblait d'ailleurs aussi lasse que lui d'une histoire tant de fois rapetassée, perdue, sauvée, reperdue, resauvée. L'angine de poitrine et ses angoisses avaient aussi trop détourné l'attention de Régis des « futilités » de l'amour.

Par un de ces clairs après-midi où ils n'avaient plus rien à se dire, il lui prit les deux mains, la considéra doucement, murmura, presque malgré lui :

— Mouche, il ne faut plus continuer de la sorte. Quittons-nous avant de nous détester.

Elle fut soulagée de l'entendre prononcer lui-même les mots qu'elle pensait sans doute. Ils furent tous les deux libérés de ce poids qu'était devenu leur couple usé. Et, singulièrement, le simple fait d'avoir désuni cette obligation, cette entité de couple, les rapprocha. Leurs silences de mort rompus, ils bavardèrent enfin et, reprenant haleine, émus, se jurèrent tendresse et amitié. Leur intelligence les flattait. Leur deuxième rupture n'était-elle pas un modèle de raison, d'équilibre de soi ? Ils ne voulaient pas voir que ledit équilibre n'était que le noyau d'un fruit véré, que tout eût basculé dans la douleur si l'un d'eux avait aimé, fût-ce d'un rien, davantage que l'autre.

Comme ils ne s'aimaient plus sur les monts des orages, ils s'aimèrent encore un mois dans la plaine, se séparant sans se séparer tout en se séparant, couchant ensemble avec un plaisir renouvelé que ne ternissait plus la notion de durée. Jamais ils ne furent plus à l'aise, plus sereins qu'au sein de cette affection tout à fait délicieuse, et trouble sans regret. Ces amours buissonnières les conduisirent par la main aux portes de l'été...

Ferrier se mit en vacances, et en vacances sentimentales. Il revint à Paris peu après, car ils devaient encore se revoir. Ils ne se revirent pas. Mouche avait déniché un emploi de suppléante en linguistique, ou quelque chose comme ça, dans les Pyrénées. Ils s'étaient ratés. Quand ils se retrouveraient, à la rentrée, ils auraient fait l'amour chacun de leur côté, cassant leur corde de rappel. Ils n'avaient pas eu le temps de fêter leur second anniversaire. Le gâteau, les bougies seraient pour les souris.

Régis, ce serait mal le connaître que de le croire un seul jour délassé, conçut de cet achèvement dans l'ombre toute une vague désolation. Il ne nourrissait guère d'illusions sur son cas très particulier. Il aimerait encore. Mais qui succéderait à Mouche ? QUI ? Une fois de plus, tout était à recommencer. C'était enthousiasmant et accablant. Les Pyrénées, oui... Il regarda celles tracées par les à-pics de son dernier électrocardiogramme, « pas mauvais du tout, celui-là », avait déclaré son cardiologue. Ces feuillets tourmentés lui tiendraient-ils à tout jamais lieu de Carte du Tendre ? Il n'osait l'espérer. Autrement dit, il le redoutait.

5.

Pauvre cher vieux tonton ! Le plus dangereux de ses destins était braqué sur lui depuis l'année passée. Il l'ignorait comme nous l'ignorions tous.

Nous n'étions pas, nous autres jeunes, garçons et filles, des êtres capables — ou désireux — de nous dérober à nos modes. Elles étaient, entre autres, de voyager éperdument, d'aller partout où nos papas n'avaient pas mis les pieds. Ils voulaient, eux, nous envoyer visiter l'Allemagne, où ils avaient souvent vécu cinq ans derrière des barbelés. L'Allemagne, ça va bien cinq minutes.

L'année dernière, donc, avec Nadine ma fiancée, Pascale et Jo, nous avons *fait* l'Asie. Attention, pas comme les Durand *font* la Costa Brava ! Nous n'avons pas leur fric, ni leurs besoins super-débiles de bouffe et de douche entre chaque bouffe. En camionnette Deux-Chevaux qu'on s'est tapé la Turquie, l'Iran, le Pakistan, l'Afghanistan. De quoi effrayer tous les parents soucieux de nos santés. Ils ont beau avoir entendu dire, les vieux, que « les voyages forment la jeunesse », ils laisseraient volontiers cette formation accélérée aux enfants des autres. On a vécu là-bas à 200 à l'heure — nous, pas la camionnette — un joint de H au bec, nourris de poussière, de soleil et de merde.

Cette année, à l'heure d'été où tonton joue au yoyo entre Mouche et Marieke, nous sommes repartis. Les mêmes, plus l'ami Patère, le suisse Gewurtstraminer et sa nénette. Direction l'Amérique du Sud ! Tupamaros ! Guérilleros ! Fidel ! Le Che ! Un charter nous lâche au Pérou. Après, l'Équateur, la Colombie. L'Amazone ! A pied, en cars, en avions réformés de la dernière guerre. On a failli frire, dans un de ces coucous. Un moteur en flammes ! Que ferons-nous de toutes nos aventures de Pied-Nickelés ? Rien, je le crains. Tonton l'assure, lui :

— Vous ne faites pas du tout le tour du monde, c'est le monde qui fait le tour de vous.

Sceptique, l'oncle, qui ajoute, pour la bonne mesure,

un proverbe probablement arabe : « L'âne qui part en voyage ne revient pas à cheval. » On a les histoires qu'on peut, celles qu'on recherche. Tant mieux si on plane dessus... L'épopée immobile de tonton, c'est l'amour, on le saura. On ne voit pas ce qu'il y trouve. C'est avec les quatre moteurs en feu, lui, qu'il se viande sur le bitume. Antée du traversin, il reprend force en touchant terre et, couvert de pansements, béquillard, aveugle au royaume des borgnes, il se traîne jusqu'au comptoir de l'Eros Bar, grogne au patron :

— La même, chef. Remettez-moi ça.

On lui remet ça. Après, s'il le faut, c'est la tournée du patron. Mais enfin, qu'est-ce qu'il veut, le frère de maman ? Une balle dans la tête ? Tirée par lui, un amant, un mari ? Jusque-là, il est passé entre les gouttes, mais la foudre est si vite arrivée... Amoureux, ce type ? Oui. De l'utopie. Du désespoir. Et de son métier. C'est le seul truc qui puisse le distraire un peu de ses romances pour épingles à cheveux et soutiens-gorge. Là encore, faux-semblants, trompe-l'œil. Théâtre et femmes, femmes et théâtre.

Tout doit se mélanger dedans sa pauvre tête, salade russe, rhapsodie, mosaïque. Il rêve sa vie, ce pseudo bon vivant, ce guignol crucifié. On vit la nôtre, nous, vous, tous, en rase-mottes hélas. Mais je ne l'envie pas. Être d'exception, malheureusement pour lui. Je n'ai jamais vu quelqu'un qui puisse plonger en des états pareils pour une lulu. Un autre freinerait pile à l'endroit même où il accélère. C'est un délirant pleins gaz, plein pot, le père Régis.

En revanche, habile comme un gibbon quand l'amour dingue ne le flingue pas à bout portant. Ainsi avec sa Belge. Depuis la séance des feux rouges — qu'il m'a narrée plaisamment —, il avait de loin soufflé la tempête sur les tisons que couvait la petite. Le don Juan fourbu, de sang-froid, connaissait la musique, et tirait du violon des P.T.T. des accents au poil près émouvants. Elle s'y laissa prendre, qui ne demandait pas mieux que d'être prise. Elle n'était ni la première ni la dernière. Il avait ce don d'éclairer de plein fouet les existences neutres.

Quand Marieke grimpe dans le train Bruxelles-Paris pour rejoindre tonton, nous sommes, je le répète, aux sources de l'Amazone, le sac au dos, la dysenterie dans les boyaux. Quasiment aux antipodes de ce couple maudit. Je suis avec mes amis. Je crois en l'amitié éternelle. A ma décharge, j'ai vingt-six ans, j'aime bien Nadine et j'ai peur en avion au-dessus de la Cordillère des Andes.

Ce qui va suivre, Régis me l'a raconté plus tard. En détail, pour ne pas changer. Un de ses amis n'a-t-il pas dit de lui, de ce baladin du monde horizontal, qu'il était « mystérieux comme un cor de chasse » ?

6.

Marieke m'avait écrit qu'elle viendrait à Paris pour le 14 juillet. C'était par trop imprécis. Voulait-elle me visiter, moi, ou grimper sur la tour Eiffel, prier sur le tombeau de l'empereur, voguer sur bateau-mouche ? Je n'avais nulle envie de lui servir de guide de la capitale. Par retour du courrier, je n'eus rien de plus pressé que de dissiper cette équivoque. Si Marieke venait, qu'elle n'ait surtout aucun souci de chambre d'hôtel. Elle coucherait dans mon studio. Avec moi.

Elle me répondit, sans commentaires, qu'elle débarquait de plus belle à la gare du Nord. Paraphrasant l'appel de Verlaine à Rimbaud : « Venez, chère grande âme, on vous attend, on vous désire », je lui expédiai un « Ça marche » moins littéraire. Mon vieux copain André, qu'avait déjà sidéré ma séparation à l'amiable d'avec Mouche, divorce sans drame qui n'était pas dans mon style, eût dit, à propos de Marieke qu' « il y avait du pied dans la chaussette ». Cela y ressemblait.

Je n'avais pas revu la Belge depuis les fameux feux rouges de janvier. J'avais failli périr entre-temps. Superstitieux, je lui savais gré de s'être agenouillée pour moi sur tous les prie-Dieu du royaume. Les résultats étaient là, je revivais. Le ciel de Marieke avait la stratosphère concrète, la Vierge diablement efficace.

Ce fut une enfant que j'accueillis à la gare. Dans sa fraîche robe courte d'été, elle paraissait avoir seize, dix-huit ans, au lieu de ses vingt-sept. On dut me prendre, quand je l'embrassai, pour le satyre de service, le vieux cochon délégué au tourisme. Nous aurions pu être intimidés, nous ne l'étions pas. Ses yeux clairs riaient au soleil, sa bouche à je ne sais quel bonheur d'être à mon bras. En portant sa valise — ce qui m'était interdit par la Faculté, mais je ne pouvais décemment me proclamer d'emblée diminué physique —, je la regardai de côté, cette petite fille prête à faire l'amour avec moi, prête à tout. Nul embarras ne se lisait sur son visage fragile de porcelaine. Je ne pus m'empêcher d'en rire.

— Pourquoi ris-tu ?

— Parce que tu es là. C'est drôle.

— Qu'est-ce qui est si drôle ?

— Les filles...

Un taxi nous transporta au studio. Paris dans la lumière, Paris, ce jour-là, était moins sale, moins triste, moins laid. Cette ville saccagée, cette Carthage livrée aux Versaillais démolisseurs, à des Pompidou constructeurs de musée-usine à gaz, cette ville renaissait de ses cendres. J'étais paisible, la main sur la cuisse de Marieke, sur ses cuisses qui, tout à l'heure, se disjoindraient pour moi. Je ne suis pas toujours le fou furieux chanté par mon neveu. J'étais encalminé, toutes voiles repliées sur une mer pour sardines à l'huile, bourrasques éloignées, le soufflé Mouche retombé. J'étais enfin « cool », « relax », « décontracté » comme me le recommandait Hugues, encore lui.

Rue de Montmorency, j'ouvris à Marieke la porte du toril dont sa devancière m'avait récemment rendu les clés pour la deuxième fois.

Ce studio leur plaisait beaucoup quand elles le découvraient. C'était « Mignon », décrétaient-elles. Elles ajoutaient : « Intime », en déposant les armes et le sac à main.

L'ameublement était succinct : une table et un guéridon à plateau de marbre, quatre chaises noires de bistrot, un lit-bateau pudiquement recouvert de coussins de toutes teintes. Un mur était caché par un assemblage d'étagères encombrées de livres, de bibelots, de chandeliers. Les autres étaient ornés d'affiches, de tableaux, de photos, de sous-bocks de bière de tous les pays. J'avais comblé les rares vides par des citations de poètes écrites au marqueur. Le regard hésitait, ne sachant où se poser. Si le mobilier était discret, la décoration ne l'était guère. Marieke tournait la tête en tous sens.

— Tu as la salle de bains en face, si tu veux t'en

servir, fis-je. A gauche la cuisine. Dans ton dos les toilettes. Tu es chez toi.

— Il est bien, ton studio.

— Je l'appelle ma bulle. La nuit, tous rideaux tirés, on se croirait dans un bathyscaphe, tu verras.

Elle verrait, ce soir.

— Musique! commandai-je avec autorité en appuyant sur une touche de magnétophone. De deux baffles surélevés s'éparpilla, s'ébroua dans la pièce tout un essaim de mandolines de Vivaldi. Les baroques, c'était pour le culturel. Cela décrispait l'âme et relâchait la fesse hypertendue. Sur le guéridon, je nous servis deux bières. Rien ne pressait, pas même la mise à mort. J'aimais qu'elles s'alanguissent, *avant,* qu'elles prennent confiance, qu'elles rêvent un instant en feuilletant les murs pour y lire, entre autres, du Mallarmé : « *C'était le jour béni de son premier baiser* », du Apollinaire : « *Nous ne nous verrons plus sur terre...* » ou du Verlaine : « *O dis-moi vers quels — Mornes et cruels — Désastres...* »

Je m'excusai :

— Le ménage n'est pas très bien fait...

Elle rit à nouveau. Elle n'était pas venue pour admirer une moquette plus riche en cendres que le Panthéon, ou se mirer dans des vitres opaques. Un brin de tristesse me chatouilla, je me mis à songer que mon « intérieur » personnel n'était pas mieux tenu que celui-là, que j'étais un homme extérieur. Je réagis contre ce courant d'air. Je me jetai à l'eau dans les eaux fraîches de sa bouche.

Quoiqu'elle fût plus lourde que sa valise, je soulevai Marieke, l'étendit sur le lit. Je la dépouillai de sa robe sous couleur de ne pas la froisser. Je lui laissai ses sous-vêtements, caressai autour d'eux sa peau pâle où frisaient des blondeurs sous le soleil de ce Paris d'été. Marieke demeurait inerte, à peine frémissante, yeux fermés, narines pincées. Il convenait de sacrifier l'agnelle, puisqu'il ne manquait pas un bouton de guêtre pour la réalisation de ce projet grandiose. J'abandonnai la couche nuptiale pour me déshabiller promptement. Je revois la scène, la reverrai toujours. J'étais occupé à retirer la première de mes chaussettes quand un doute affreux me sauta à l'esprit. Un œil méfiant braqué sur Marieke, je bredouillai :

— J'espère... J'espère... que tu as déjà fait l'amour ?...

Elle ne répondit pas tout de suite. Ma main s'était immobilisée sur ma chaussette. La petite Belge murmura enfin, toute piteuse :

— Non...

Ma main se crispa sur ma chaussette. Tout ne fut plus, dans ce studio, qu'immobilité et silence. Je restai pétrifié dans ma pose grotesque. Je fus tenté de remonter au plus vite cette damnée chaussette, de me relever et d'abandonner cette virginité tombée du ciel à qui voudrait en affronter les risques et périls. Le studio, qui n'avait jamais été le témoin d'une pareille situation, le studio lui-même semblait retenir son souffle.

Je pensais, d'après les baisers malhabiles du sujet, qu'il avait dû, à vingt ans, être déçu par un partenaire mal informé, un flic wallon ou un abbé flamand. Je pensais que Marieke, blessée, n'avait plus, depuis lors, remis son ouvrage sur le métier. J'avais pensé à tout sauf à cette extrémité. Je n'avais plus que l'embarras du choix : ôter ou rajuster cette nom de Dieu de chaussette. Chaussette, chaussette, je m'imaginai mon ami André me répétant, me gloussant à l'oreille qu' « il y avait du pied dans la chaussette ». Pour en avoir, il y en avait, et qui ne savait plus que faire de ladite...

Marieke sentit mon hésitation, crut qu'elle sortirait indemne de mes appartements. Ce fut avec une panique et des larmes dans la voix qu'elle lança, vaillante, ces paroles pour le moins surprenantes :

— Mais... mais je prends la pilule !...

Elle était trop mignonne, vraiment. Tant de naïveté me fit enfin me décider au pire. J'arrachai ma chaussette, la balançai tel le bonnet de Marieke par-dessus les moulins. Enfin nu, je revins à elle, la mis à nu. J'avais souvent eu affaire à des dames pas très catholiques. Pour une fois que j'affrontais une catholique militante, j'étais gâté, comblé. Je n'avais pas rencontré de pucelage depuis près de vingt ans. Autant dire que je n'étais pas un expert en matière d'hymen. En approcher un autre à bientôt quarante-six ans me laissait rêveur et pantois.

Je caressai distraitement les seins de ma vierge Marieke. Ils se gonflaient d'une sourde envie de pleurer. J'étais un homme fait, beaucoup trop à mon goût. C'était une enfant. Pis que cela. Une vraie jeune fille. A son âge ! A mon âge ! Je réfléchissais, les mains sur sa poitrine. Pour elle, il revêtait une importance démesurée, capitale, cet amour que nous allions faire. Davantage, et pour cause, que pour moi. Il me fallait me montrer d'une délicatesse inusitée alors que j'obtenais en ce domaine mes meilleurs résultats grâce à toute une gamme de rudesses qui étonnaient avant de plaire. Il me fallait, là, travailler dans la douceur, la brise et la violette. Je ne devais pas, cette gosse, la froisser, la meurtrir, la dégoûter. Elle avait choisi un auteur dramatique, pas un légionnaire. Il me revenait cette responsabilité : qu'elle comprît à tout jamais que la chair est belle, est grande, n'est pas cette viande qu'un vain peuple dévore avec bruit avec les doigts.

— N'aie pas peur, Marieke, soufflai-je près de sa bouche entrouverte. N'aie pas peur, petit bébé. Tu vas avoir un peu mal, je vais essayer de ne pas trop t'en faire. Calme-toi, je ne vais pas te violer. Aide-moi. Aime-moi. Fais comme si tu m'aimais.

— Oui, Régis, oui...

Elle croyait en moi, en Dieu, en n'importe qui.

Ma main la prit. Longuement. Comme dans les dortoirs de pensionnat. Comme sous les tentes des colonies de vacances. Comme une amie. Comme elle la nuit tous feux éteints. J'avais distendu ses cuisses. Je lui mordis méchamment une épaule pour la distraire de ce qui se tramait ailleurs. Elle geignit. Je m'allongeai sur elle :

— Marieke, tu vas recevoir un homme en toi pour la première fois. Pour la première fois un homme va jouir de ton corps dans ton corps. Adieu, petite fille, tu vas être femme...

C'était plus facile à chuchoter qu'à réaliser. J'étais à demi entré en elle, qui se nouait. Je me heurtai à une barrière qui ne cédait pas. Je serrai les dents. Marieke cria. Cria encore lorsque j'insistai.

— Non... non..., supplia-t-elle.

— Tais-toi !

Elle se tut, se mangea les lèvres. Je suai. Ce n'était pas un pucelage mais un cartable. Je me sentis plier contre l'obstacle. « Je plie, mais ne romps pas ! » me dis-je, agacé. Je savais que je m'écorchais, que, très vite, je ne serais plus en état de la forcer. Qu'elle rentrerait en Belgique comme elle était venue. Que seul un Congolais équipé d'un démonte-pneu en aurait raison. Que la France éternelle — et fille aînée de l'Église ! — serait déshonorée, bafouée comme elle l'est chaque année dans la course cycliste Paris-Roubaix par les coursiers d'outre-Quiévrain. Cette pensée patriotique me redonna du nerf et même du nerf de bœuf. Je me roidis de rage et, sans plus me soucier des cris qu'elle poussait, étouffait dans son poing, lui fis violence. La barrière sauta, s'écarta alors que je ne l'espérais plus. Je fus alors en Marieke tout à fait. Je lui pris la bouche. Quelques larmes brillaient sur ses joues.

— Ne pleure pas. C'est fini. Je te fais l'amour, maintenant. Fais l'amour avec moi.

Je le lui fis avec tendresse avant de la broyer contre moi au moment du plaisir. Ce fut à mon tour de gémir. J'avais droit au sucre de la récompense.

Il y avait du sang partout. Mon matelas garde encore, comme un drapeau relevé sur un champ de bataille, les traces indélébiles de ce vendredi 13. Plus tard, j'ai raconté l'exploit à Eddy Merckx lui-même, cinq fois vainqueur du Tour :

— Encore un que les Belges n'auront pas ! Enfin une belle victoire française !

Je l'ai également relaté par écrit à un ami qui me répondit :

— A propos de ton angine de poitrine, ne crois-tu pas que ce sont plutôt tes bretelles qui te serrent ?

L'ex-vierge fondait de reconnaissance, couvrait son paon, son coq, son homme de baisers sans toutefois oser prononcer les seuls mots qui m'eussent ému. Elle garda en elle, par pudeur, par respect humain, ses « Je t'aime ». Je ne pouvais pas les deviner. J'étais si peu psycholoque. Je lui tins grief, par la suite, de ses silences, moi qui étais incapable de tenir secret un bouillonnement. Ils lui portèrent grand tort.

Le lendemain 14 juillet, nous expédiâmes en Belgique quelques cartes postales pour annoncer aux copains que nous avions dignement célébré toutes les fêtes nationales, englobant la belge du 21 dans notre enthousiasme. L'amour lui fut moins douloureux, qui me fut moins pénible. Maître du jeu, j'entendais que mon élève fût douée. Je la familiarisai tout d'abord avec le physique des garçons, elle qui n'avait jamais approché que le Manneken-Pis. Je lui appris à me montrer son corps, tout son corps, lui en parlai avec une liberté inconnue qui dut la surprendre. On ne s'exprimait pas de la sorte, à coup sûr, sur les bancs de sa chorale. Personne avant moi ne l'avait vu, touché, ce corps que je palpai, caressai, fouillai et dévoilai sans gêne pour qu'elle n'en eût pas. Je ne tenais pas à ces priorités. Puisqu'elles existaient, je ressentais des affections pour elles. Neuve comme un sou neuf, c'était nouveau pour le sixième amant de Mouche. Il n'y avait sur elle ni trace de doigts ni de lèvres, pas l'ombre d'un souvenir, je ne trouvais pas cela désagréable. Je l'interrogeai sur les raisons qui l'avaient menée à se replier si longtemps sur sa vertu.

— Ils me répugnaient, dit-elle. Ils ne pensaient qu'à ça.

— Moi aussi.

— Ce n'est pas pareil. Tu aimes les femmes, toi. Tu ne regardes pas que leurs fesses, tu regardes leurs yeux. Car nous avons aussi des yeux. Une âme aussi, peut-être...

— Pas de grands mots, Marieke, pas de grands mots, ou je te baise !

— En ce cas, je vais te parler de l'agnosticisme. Elle riait. J'aimais son rire. Le dimanche, alors que nous étions au lit, elle se leva, fit sa toilette, s'habilla. Je me mis sur un coude, ahuri :

— Qu'est-ce que tu fais ? Tu vas chercher des croissants ?

— Non.

— Où vas-tu alors ?

— A la messe.

Dieu me pardonne si je faillis en avaler, de joie, un oreiller. Je parvins enfin à balbutier :

— Qu'est-ce que c'est que cette blague ?

— Je vais à la messe tous les dimanches.

— Même aujourd'hui ?

— Pourquoi pas ?

Je l'excommuniai, un doigt tendu vers elle :

— Tu es une salope, Marieke ! Tu vas nous trahir, tu vas déballer à un curé tout ce que nous avons fait ensemble, et il te dira que c'est un péché alors que ce n'est pas vrai !

Elle rosit :

— Je le sais, Régis, que ce n'est pas vrai. Je n'ai pas à me confesser, mais je vais à la messe.

Je sautai à terre :

— Parfait. Moi aussi.

Ma coccinelle de sacristie pouffa :

— Toi !

— J'ai besoin de me purifier, après toutes ces turpitudes.

Je l'accompagnai donc. Elle avait choisi Saint-Séverin. La messe, en cette église de la rive gauche, y était, à ce qu'il paraît, plus « moderne », plus à la page qu'ailleurs. Les prêtres, en pull-over, shorts ou culotte de golf y grattaient de la guitare, tapaient sur des bidons. Enfin, presque. Du moins ne prenaient-ils pas la religion trop au sérieux, qu'ils administraient sans pompe à leurs ouailles, à la bonne franquette. Homme de métier, j'estimais qu'ils jouaient faux, qu'ils auraient dû psalmodier leur texte en play-back, doublés par de bons comédiens. Je communiquais mes impressions à Marieke, lui gâchais le spectacle.

— Quand je pense, grognonnais-je, qu'ils ont fait des dizaines de milliers de représentations avec ça, ce n'est pas juste. C'est mal construit, fabriqué sur mesure pour une vedette. Des longueurs. Pas d'action. Pas de chute. Du patronage, quoi !

Je me levais, m'asseyais, me relevais, me rasseyais toujours un temps après Marieke qui évoluait dans tout ce cérémonial comme un goujon dans l'eau bénite. Quelques hippies écroulés parmi l'assistance cuvaient leur « acide » métaphysique.

— C'était mieux en latin, commentais-je encore. On ne s'aperçoit pas des faiblesses du texte. En français, c'est très mauvais. Ils devraient se payer Anouilh pour rewriter tout ça.

J'émis aussi l'idée révolutionnaire de coller de la publicité sur les surplis et les chasubles, comme sur les maillots des footballeurs et des cyclistes. Saint Séverin prierait pour R.T.L., saint Merri pour le B.H.V., saint Eustache pour l'eau Perrier, etc. Marieke ne pouvait s'empêcher de sourire et j'étais d'excellente humeur. Après la messe, il y eut distribution d'hosties. Ma voisine ne bougeait pas. Je lui fis du pied :

— Tu ne communies pas ?

— Non.

— Parce que tu ne t'es pas confessée ?

— On n'a plus besoin de se confesser. Pas plus que d'être à jeun.

Le profane que j'étais en resta ébaubi. Il réagit :

— Alors, va communier.

— Non.

— Si tu ne communies pas, j'y vais à ta place.

Elle me retint alors que je me dressai pour gagner les travées.

— Ne fais pas ça, Régis.

— Si. Je n'y renoncerai que si tu y vas.

— C'est du chantage !

— C'en est.

Elle soupira, se décida, et je la vis de loin tirer la langue au prêtre. Il y déposa un jeton qui ressemblait comme un frère aux cachets que j'avalais les lendemains de cuite.

J'avais en tête une sombre arrière-pensée de derrière tous les fagots de l'enfer. Je la mis en application dès que nous regagnâmes le studio. Marieke devait brûler les étapes de son initiation. Ne repartait-elle pas ce soir ? Puisqu'elle avait reçu Dieu dans sa bouche, elle allait y recevoir un homme. Qui peut le plus peut le moins.

Elle y consentit crânement, appliquée, résolue à tous mes plaisirs, à tous mes désirs. Je l'embrassai aussitôt après pour lui prouver que rien, dans tout cela, n'était très effarant, que c'était même, entre nous deux, la moindre, la plus pure et la plus simple des choses. Elle m'aimait déjà, probablement. Elle avait beaucoup vécu, en trois jours. Le plus *clair* de sa vie.

— C'est aujourd'hui, Marieke, aujourd'hui seulement que tu as fait ta première communion, fis-je avec gravité.

Tout ronronnant, je m'étirai sur le dessus de lit, la serrai dans mes bras, raillai les absents :

— Et dire que Hugues et ses copains arpentent l'Amérique du Sud sac au dos ! Pour quoi faire ? Elle est partout, l'Amérique du Sud. Ici. C'est toi. C'est moi.

L'Amazone, c'est toi, et je m'appelle le Popocatepetl.

— C'est au Mexique, le Popocatepetl.

— Qu'est-ce que ça change...

Elle rentrait à Bruxelles. Demain, je partais dans la Nièvre pour deux mois de vacances. Six cents kilomètres allaient nous séparer. Elle rêverait de moi et je jouerais aux boules sur la place du village. Je lui ordonnai de se caresser souvent pour moi, et de croire de toutes ses forces que c'était, sa main, la mienne. Moi, pendant ce temps-là, je pédalerais sur mon vélo. Le soir, à la terrasse du café, je boirais l'apéritif. Les apéritifs, plutôt, pendant qu'un soleil rouge tomberait en flammes sur le coq du monument aux morts.

7.

Marieke lui avait écrit un mot, un seul, qu'elle ne lui donna qu'au moment où s'ébranla son train. C'était : MERCI. Il le garda. Plus jeune, il l'eût fait encadrer. Il n'avait plus de ces gloires pour niais.

Fatigué des femmes, de leurs départs et de leurs arrivées, il passa d'heureuses vacances. Il était en paix. L'angine de poitrine l'oubliait, il l'oublia de même. Il recevait des lettres — amicales — de Mouche, de Marieke — tendres —, leur répondait dans le sens souhaité, puis s'en allait pêcher la carpe aux bords d'étangs perdus au creux de bois de chênes. Les vergers de cet été-là lui tendirent les pommes d'or de la santé, de la sérénité. La mort et l'amour s'éloignaient de lui. Il aurait dû s'en montrer satisfait. Il ne l'était qu'à demi, se méfiant de ces sommeils qui sentaient le rance, le fade de la vieillesse. Il redoutait d'avoir à renoncer un jour, de ne plus éprouver d'autres envies que celles de planter des graines dans le sol, de tailler des rosiers. Ce calme-là l'épouvantait, semblable à celui du tombeau. A tout prendre, il lui préférait les orages, les tremblements de terre, les incendies, tout ce qui pouvait encore l'abuser sur son âge. Tant qu'il se débattrait dans les brumes et les cafards que lui créaient ses excès de sensibilité, il ne serait ni vieux ni mort. C'était sa seule certitude.

L'automne le ramena à Paris. Gaillard, il écrivit à Marieke : « Recommande tes fesses à Dieu, embrasse-les pour moi, j'arrive ! » Il se rendit en Belgique pour tenir ses promesses. Par la grâce de cette aventure, il héritait d'un pied-à-terre à Bruxelles, l'appartement de sa « conquête ». Il répétait, cynique, sa formule : « Une femme dans chaque port, un porc dans chaque femme. »

Sa tranquillité dura peu. C'était, en lui, un état suspect et toujours provisoire. Ce cessez-le-feu entre lui et lui, Mouche le rompit en revenant à la surface de sa vie à la manière d'un ludion. Elle lui téléphona, lamentable, et il l'invita à dîner. Elle n'était pas non plus un modèle d'équilibre. Elle collectionnait les dépressions nerveuses, il se souvenait de crises qu'elle avait parfois piquées en sa présence et où elle sanglotait, grinçait des dents, livide, effrayante, tous les muscles tétanisés. Elle avait traîné chez des « médecins de l'âme », subi des séances de psychothérapie, toutes pratiques de sorcellerie qui étonnaient Ferrier, lequel s'en remettait plus volontiers au pernod ou au wiskhy pour soigner ses douleurs morales.

Ce soir-là, Mouche l'émut par l'étendue de ses déboires. L'été passé, elle avait emprunté le chemin des écolières pour aller dans les Pyrénées. En veine d'altitude, à bord de « leur » voiture, elle avait séjourné quelque temps dans les Alpes pour y rencontrer son amie Françoise. Elle y avait pêché, non l'omble chevalier, mais un de ces « gens très intéressants » qui la poursuivaient comme par hasard depuis sa puberté. N'était-elle pas libre ? Elle s'était donc « fiancée » avec un garçon de son âge à l'instant même où se « fiançaient » Marieke et Régis.

Ferrier, que n'étouffait pas la logique, savoura sur-le-champ le flot de bile qu'est la jalousie physique, cet instinct fou de bête que broient à mort les mâchoires du piège. Mouche était là, devant lui, coupée de son « chasseur alpin » ainsi qu'il le surnommait déjà haineusement, seule, désespérée, sans argent ni travail. Ainsi qu'autrefois, elle pleurait, blême, et se rongeait des ongles qui n'existaient pas. Sa panique excita Régis. Il se découvrit brusquement sadique, bouleversé par la vue du sang.

Elle le suivit dans « leur » studio qui sentait le désert, la poussière, l'abandon. Accessoirement, bien des mélancolies et bien des nostalgies. Il but ses larmes, ses lèvres. Elle faillit faillir entre ses bras, ne faillit pas et repartit chez elle par la plus sale des nuits. « J'aurais dû la violer », se dit Ferrier anéanti par la mauvaise nouvelle. Il l'aimait encore, n'avait jamais cessé de l'aimer. Il n'était plus question de Marieke. Ce qui se dérobait à lui le ravageait davantage que ce qu'il possédait. Il ne pouvait plus à nouveau vivre sans Mouche. Il le fallut pourtant. Des semaines. La Belge était *le jour,* mais l'autre était *la nuit.* Il préférait de loin la nuit. Noire. S'il avait été honnête, il aurait dit à Marieke que tout était fini entre eux, mais il n'était pas honnête. S'il avait été cruel, il se serait dit qu'il devait se conserver une poire pour la soif, mais il n'était pas cruel. Même pas.

Mouche alla à Annecy auprès de son minet des neiges. Ferrier ne le supporta pas, lui trouva un emploi temporaire pour les fêtes au rayon librairie d'un grand magasin, la fit revenir. A Paris, du moins, elle était à portée de sa main, quoiqu'elle ne retombât pas dedans, la rosse. Alors qu'elle avait été à lui de A à Z, de fond en comble, deux ans ou presque, il était à présent obligé de la courtiser comme une inconnue. En pure perte. Il la voyait parfois chez elle où il passait, la casquette du mendiant tremblotante au bout des doigts. Elle lui donnait vaguement ses lèvres, par charité. Il sut d'elle l'indifférence. Des deux, l'étrangère n'était certes pas la Bruxelloise. Le studio redevint l'asile du « pantin dérisoire et tragique » et le chapeau de clown reprit sa place sur le crâne de l'idiot. L'idiot n'avait jamais autant désiré une fille. Sa lâcheté paraissait navrante à ses amis. Il n'en avait cure. Il savait de source amère et sûre qu'amour et amour-propre sont incompatibles.

Un soir que la solitude devait lui être plus poignante que les autres soirs, Mouche céda enfin. Après s'être pris et repris en un sombre naufrage de tout leur corps, ils parlèrent. Elle de son « môme », lui de Marieke. Elle constata en un soupir :

— Ils existent, maintenant.

Elle fut, la nuit suivante, froide, ailleurs, ne permit pas, « fatiguée », qu'il la touchât. Il dormit, les deux mains dans les poches. Puisqu'elle le rendait « chèvre », il bêlait à tue-tête. Le lendemain matin, du lit, il la regarda se maquiller minutieusement, en slip dans la salle de bains. Il lui découvrit avec ravissement un rien de cellulite aux cuisses, mais le garda pour lui.

En un sursaut, il s'enfuit encore en Belgique. Les

dégâts étaient importants. Aux côtés de la blonde, il ne pensa strictement qu'à la brune. Même en elle. Il lui arriva de geindre un « Mouche ! » à l'instant précis où il ne le fallait pas. La pauvrette fit mine de n'avoir rien entendu. Ces huit jours ne furent pas de bonheur sans taches. Marieke comprenait vite, trop vite que l'amour était pétri d'autre matière que les roses bonbon de sainte Thérèse. Elle n'en était qu'au début.

Ferrier multipliait, éperdu, aller-retour, chassés-croisés. Commis voyageur en articles de ce bonheur insaisissable, il regagna Paris. Clochard du cœur, il rebondit sur une Mouche charmante mais toujours préoccupée par son avenir incertain. Puisqu'il l'avait en somme à peu près récupérée sentimentalement, il proclama son honneur sauf. Il l'acheta alors qu'elle lui était gratuite. Il n'en était pas à une inconséquence de plus ou de moins. Le directeur du théâtre où l'on jouait sa dernière pièce, son ami Harry, lui offrit une secrétaire pour six mois. Glorieusement ou pas, là n'était pas la question, Mouche accepta le marché. En prime, la tête du chasseur alpin roulerait dans le panier de son le premier janvier, après les fêtes. Fêtes que Ferrier vécut en Nivernais. Il y reçut deux lettres de vœux. Celle de Mouche se terminait par « Je t'embrasse tendrement », celle de Marieke par « Je t'embrasse tendrement ».

— Ni délire ni imagination, conclut-il.

Mais il avait « gagné » la partie.

— En fait, goguenarda-t-il, elle siffle et j'accours, frétillant de la queue, épagneul crotté qui fait le beau pour avoir de la belle...

Sa secrétaire n'était autre que sa patronne. Il lui redonna pour la troisième fois les clés du studio, et pour la troisième fois les choses recommencèrent à zéro, un zéro quelque peu cabossé. Ferrier saisit alors que, matériellement, il n'aurait pas le temps de s'occuper de trois femmes, dont la sienne. Après avoir souffert du vide, allait-il pâtir du trop-plein ? Il tenait à Agnès pour des tas de raisons affectives, il aimait Mouche. Restait Marieke, qu'il n'aimait que beaucoup, qui pleurait au téléphone depuis quelques jours, sentant sa fin prochaine. Puisque Mouche lui avait non sans mal sacrifié le chasseur alpin, il devait répudier Marieke.

Il commit la mauvaise action qu'il n'avait, de sa vie, jamais perpétrée, en souvenir du mal qu'on lui avait fait sans pitié dans ce domaine. Il écrivit une lettre de rupture. Qui eût dit qu'un jour il reprendrait, lui, LUI, le couteau tombé des mains d'Else ? Circonstance aggravante, pour saigner une innocente... Celle-ci lui répondit par des mots de détresse. Cela lui fut insoutenable. Chaviré de remords et, pis, de regrets, il accourut par le premier train pour la consoler. Elle le bouda, malgré ce beau geste. Il eut le front de lui reprocher l'orangeade de ses sentiments. Il était trop fort, elle trop faible, elle lui cria qu'elle l'aimait depuis leur voyage aux feux rouges. Il ne pouvait pas le savoir, elle aurait dû parler... Elle se demanda à son tour avec QUOI il fabriquait ses pièces.

Il fut tendre tout un week-end, évita sur elle de chuchoter le nom de l'autre. Veule, il ferma les yeux sur la meurtrissure dont il pressentait qu'elle souffrirait longtemps.

Il n'était qu'un homme, qu'un pauvre homme qui improvisait, en rentrant une fois de plus à Paris, ces vers de mirliton pour éternel chapeau de clown :

Mais le vert paradis des amours quasi quinquagénaires,
Est-il devant ? Est-il derrière ?

8

La révolution a perdu gros en perdant son Lénine français. Je viens d'épouser Nadine. Nadine veut un enfant dont je ne veux pas. Tonton a assisté, ironique, au mariage. Il ne devrait pas tant crâner, lui qui n'a récupéré sa Mouche que d'extrême justesse, en rampant *ventre à terre.* Les histoires d'amour l'ont toujours fait rire, sauf les siennes.

Fin mai, cinq mois après son reluisant replâtrage, il mettra enfin les pouces. Mouche et lui se sépareront d'un commun accord et pour de bon, apparemment. Elle lui restituera pour la troisième et dernière fois les clés du studio. Vaille que vaille, *grosso modo,* ils auront bouclé leurs trois ans, un maximum pour l'oncle. Je l'ai questionné sur cette conclusion, ce baisser de rideau. Il m'a répondu, un peu triste :

— On dormait, à la fin, comme frère et sœur. Ne plus faire l'amour, entre êtres qui l'ont tant fait et se sont tant aimés, c'est la mort. On n'était même plus copains *comme cochons,* Hughes. Alors ?...

Il y avait toute la déception de ce monde imparfait, en cet « alors ?... » La gêne, aussi, d'avoir à ce point meuglé, bramé après elle pour n'en faire plus grand cas aujourd'hui...

Désolé d'un côté, mais ravi de l'autre, il s'exila dans sa maison de Savigny-Poil-Fol pour y passer l'été.

— Je ne regagnerai Paris qu'à l'hiver, déclara-t-il. Quand la neige tombera, et tous les seins avec !

Il possédait une autre maison, à cinq kilomètres de

la sienne. C'était une ruine que cette baraque, mais il me la prêtait. Nous nous y rendions, ma bande de potes et moi, depuis des années. Elle était le château de tous, nous l'appelions Chambord. La Maison-Chambord. Nous y vivions des fins de semaine, des bouts de juillet-août, des Noël sans chauffage, barbus, sales, heureux. Nous avions tous, filles et garçons, entre vingt-quatre et vingt-huit ans. Nous nous trouvions formidablement jeunes, merveilleusement beaux, supérieurement intelligents. Le monde qui décevait mon oncle était à nous, à nos pieds.

Mais ce deux juillet de malheur, ce qui devait arriver arriva. Tonton rencontra Marthe.

Moi, je l'avais connue en Asie deux ans auparavant. De Gorgan (Iran) à Savigny (Nièvre), la route est longue. Celle que tonton allait emprunter le fut davantage.

9.

Capitaine ! Prends garde aux yeux bleus !

TRISTAN TZARA

Ce deux juillet, il fit trente-cinq kilomètres à vélo. Seul sous le soleil. Enfin seul. Cette fois, il avait définitivement renoncé aux femmes. A l'amour, tout au moins. Marieke, sale caractère, avait osé rompre avec lui. Basse vengeance. On ne le reprendrait plus à dépuceler les gens. Quand il songeait à Mouche, il se disait : « Le trait est tiré, il faut le boire. »

Il ne pensait plus guère à elles que dans les côtes. Piètre grimpeur, il avait du temps devant lui avant d'atteindre les sommets. Il rêvassait aussi, en danseuse dans les rampes, à cette lettre M qui le poursuivait tout au long de sa vie. Il avait connu des Micheline, des Michèle, des Maryse, des Mette, des Marieke... Il avait quelque peu triché sur Mouche, en revanche, mais ne l'avait pas baptisée Bouche, ou Louche, était resté fidèle à l'initiale fatidique. « A présent, soliloquait-il, *Ce soir j'attends Madeleine,* comme le chante Brel. »

Calmé, aux antipodes de son chapeau de clown de sinistre mémoire, il était déguisé en coureur cycliste, des socquettes blanches à la casquette, en passant par le cuissard et le maillot de course à quatre poches. Dérisoire à coup sûr, mais nullement tragique, pour une fois. En sueur, il s'arrêta au bistrot du village pour s'y désaltérer. Désirée, la patronne, le servit à cette terrasse d'où il aimait regarder s'écouler, au goutte à goutte des anis, l'existence du bourg.

— Dis donc, Régis, fit-elle, j'ai vu ton neveu.

— Ah bon ? Il est là ?

— Il est avec toute une bande. Et ça manque pas de cheveux. On dirait tous des filles !

— C'en est.

Il était mécontent. Hugues aurait pu venir le saluer. Cette jeunesse ne respectait plus ceux qui gagnaient en imagination le Tour de France plusieurs fois par jour. Comme il était seul chez lui pour quelque temps, il décida qu'il pouvait s'inviter à déjeuner à la Maison-Chambord. N'en était-il pas le propriétaire ? Ces enfants le réjouiraient de leur joyeux babil.

Il avait assez pédalé pour aujourd'hui. Il troqua la bicyclette de compétition pour le vélomoteur, et fouette cocher, le fouet on va vous le donner. A grands coups de manche sur le crâne !

Le ciel était d'un bleu absolu. La vie aussi. Bercé par les abeilles de son moteur, Régis, pas rasé, en short et vieille chemisette, Régis Ferrier filait sur ses chemins familiers qui le menaient sans qu'il le sût vers son destin. Il se fût « craché » contre un mur que ce mur eût été sans doute préférable à ce qui l'attendait, alors que nul ne l'attendait. Roulez, monsieur Ferrier, vous êtes indubitablement Mozart, et seul votre chien suivra votre enterrement, alors que vous n'avez même pas de chien, vous. Régis roulait à l'aveuglette et s'appelait, de plus, Colin-Maillard. Dans l'orange de ce soleil se trouvaient des pépins perceptibles seulement à la radiographie. Demi-tour, monsieur Ferrier, demi-tour et vous êtes sauvé !

— Pourquoi ferais-je demi-tour, je veux voir mon neveu.

— Retournez d'où vous venez, monsieur Ferrier, et ne vous montrez pas s'il arrive chez vous avec ses copains, votre fameux neveu !

— Je veux le voir.

— Vous l'aurez voulu.

— Je le veux.

— En ce cas, que Dieu vous protège ! S'il y pense !

Dieu ! Il en serait question bien assez tôt, de celui-là ! En un éclair, qui ne pouvait être que de chaleur, le vélomoteur vira, s'engagea très vite dans la cour herbue de la Maison-Chambord, aire où se dressait un obstacle inattendu. Régis n'eut que le temps de freiner pour que pût s'immobiliser la roue avant juste entre les jambes nues d'une baigneuse pourtant loin de toute mer, et de toute rivière, et de tout étang.

L'apparition en deux-pièces était longue, fraîche,

femme, pêche, les cheveux blonds sur les épaules, la naissance des seins offerte librement à l'été.

Elle et lui se sourirent, avant, bien avant de se haïr.

Ils se tutoyèrent sur-le-champ. Jamais, non, jamais ils ne dirent « vous », elle et lui.

— Bonjour, fit Régis. Sans mon habileté diabolique, je t'écrasais. Mon neveu n'est pas là ?

— Ton neveu ?

— Hugues.

— Tu es l'oncle de Hugues ?

— Oui.

— Il doit être par là...

Elle eut un geste flou pour signifier qu'ici tout le monde vivait sans dépendances. Plus tard, beaucoup plus tard, il lut quelques vers de Vildrac qui lui semblèrent convenir à souhait à leur rencontre :

Mais le désir lui vint de regarder sa bouche
Et ce fut le départ de tout.

Au vrai, il ne regardait pas sa bouche, mais sa poitrine, qui avait des allures de menace sous l'étoffe qui la cachait si mal. Il vit aussi que ses yeux étaient de ce bleu qu'il aimait tant, de ce bleu qui lui avait coûté si cher, de ce bleu qu'il n'avait jamais fui alors qu'il l'aurait dû toujours à toutes jambes. Vildrac poursuivait à mi-voix :

Mais le besoin lui vint de regarder ses yeux
Et ce fut la cause de tout.

Il n'avait pas pris le temps de descendre de sa machine qu'il attaquait déjà de front, avec l'aisance d'un homme public accoutumé à s'adresser aux foules par l'intermédiaire des mass media :

— Tu as de beaux yeux. J'espère que je suis le premier à te le dire.

Elle rit, ce qui fit frissonner ses seins :

— Non.

Il bouda. Il avait bien fait de ne pas se raser, ce matin. Il lui plaisait de jouer la difficulté. De pianoter sur le seul Pleyel, fût-il désaccordé, de son « charme », comme elles disaient dans leurs bons jours. Il leur paraissait moins laid, après, quand il se montrait à son avantage. Il grogna :

— Tous les mêmes, les hommes. Ils feraient n'importe quoi pour se lever une fille. Tes yeux, ils te l'ont dit aussi, qu'ils étaient bleus ?

La poitrine rit encore :

— Oui.

Lui, plus direct :

— Eh bien, ne les crois pas. Ce n'était pas du tout le même bleu.

Il se décida enfin à poser son vélomoteur contre un mur, revint à elle, la regarda mieux, une pointe trop célèbre d'émotion entre les côtes. Qui était-elle ? Que serait-elle ? Tout ou rien ? L'aimerait-il ? L'aimerait-elle ? Se reverraient-ils, seulement ? L'ignorance de tout cela l'étourdissait. Oui, c'était cela, le grand vertige de sa vie, son ressort dramatique.

Il fixait cette bouche venue au monde depuis déjà presque cinq minutes. Serait-elle à lui, cette bouche, sur ses lèvres et partout sur lui comme il se doit ?

Elle s'amusait de cette attention de diamantaire. « Amuse-toi, fille, songeait-il. Encore trente secondes, et tu t'émeus. » Du moins, elle ne savait pas trop comment se sortir de ce silence embarrassant. Elle devait se sentir peut-être un peu trop nue devant ce monsieur qui n'avait guère l'air d'un ange.

— Tu t'appelles comment, les yeux bleus ?

— Marthe.

Un M. Encore un M. C'était à la fois très bon et très mauvais signe.

— Et toi ?

— Régis. Régis Ferrier. Hugues ne t'a pas parlé de moi ?

— Pas beaucoup. C'est toi qui écris des pièces ?

Il en voulut à cette innocente des jeunes générations de ne pas s'extasier davantage sur son personnage, s'en voulut, à lui, de n'être pas Bob Dylan.

— Oui, je suis dans le théâtre. Et toi ?

— Je suis docteur.

— Docteur ?

— En médecine.

Ce fut le premier coup qu'elle lui porta. Docteur ! Il en avait déjà vu, certes, mais jamais dans cette tenue, jamais avec des yeux, ni une bouche ni des seins pareils ! C'était un peu comme si elle lui avait annoncé qu'elle était carmélite. Cela le troubla bêtement, lui qui aimait troubler. *Il avait trouvé sa maîtresse.* Ce n'était pas de la vendeuse de Monoprix. C'était du gros poisson ainsi qu'on nomme les champions dans les communiqués des courses cyclistes. L'auteur dramatique s'épatait du docteur, que n'épatait apparemment pas l'auteur dramatique. Ferrier fut conscient de ce ridicule, s'empara des deux mains de cet invraisemblable toubib et s'écria gouailleur :

— C'est formidable, ça ! Moi qui ne rêvais que d'une infirmière !

Sa nièce, son neveu, d'autres encore leur tombèrent dessus, les séparèrent. Ils étaient deux. Ils furent dix. Il en connaissait de vue, on lui en présenta d'autres, dont un blondinet de vingt-quatre ans qui s'exprimait avec un fort accent alémanique.

— Celui-là, c'est Gewurtstraminer, peintre de génie.

— Ne m'appelle pas comme ça !

— C'est vrai, rectifia le neveu. Il n'est pas peintre de génie. Il ne s'appelle pas non plus Gewurtstraminer, mais il a un nom encore plus atroce à prononcer, comme tous les Suisses allemands.

— Je suis Suisse jurassien, merde !

— C'est pareil. Ne joue pas sur les mots.

Hugues compléta tout naturellement :

— Il est avec Marthe.

Régis jeta sur l'Helvète un coup d'œil plus approfondi. Ainsi, c'était là le rival. Il en est toujours un pour traîner dans les coins d'ombre, dans les coins chauds. Régis en avait vu d'autres, dans sa carrière, et jugea celui-ci négligeable. En matière de séduction, il importe surtout de ne douter de rien sous peine de demeurer sur place. La statue du commandeur est celle du doute. L'oncle prit le neveu par le bras, l'entraîna à l'écart du groupe turbulent :

— Tu es une sacrée petite vache, môme, de me l'avoir toujours caché, ton toubib de course.

— Pourquoi, tonton ?

— Ne fais pas l'idiot. Parce qu'il me plaît.

— Justement ! Je le savais, qu'il te plairait. Il répondait un peu trop à toutes tes cotes, à tous tes signalements.

— Et alors ! Raison de plus pour me le montrer !

— Raison de plus pour le planquer, oui ! Tu vas encore te viander dans les étoiles, tonton. C'est ça que je voulais éviter.

Régis bougonna, tout de go pathétique :

— Tu ne comprends pas, fils. A force de chercher, il

faudra bien qu'un jour je trouve. C'est peut-être pour aujourd'hui.

Il ajouta en le pinçant au bras puisqu'il n'avait pas d'épingle pour le piquer comme autrefois :

— Écoute. Le bonheur, c'est comme Dieu. On n'y croit pas, mais on laisse toujours une porte entrebâillée à tout hasard, pour la vie d'un côté et pour la mort de l'autre. C'est de la philo, ça, Hugues ! Et pas de la mince ! De la thermonucléaire ou quelque chose du même tonneau.

Hugues grimpait déjà à un arbre. Son oncle resta au pied, leva la tête pour s'enquérir :

— Oh ! singe ! Le Suisse, qu'est-ce que c'est ?

Une voix tomba des branches :

— Une truffe.

— Je la subodorais.

La voix reprit dans les feuilles, un peu inquiète :

— *Achtung* quand même ! Elle y est attachée, la mère. Ça fait trois ans que ça dure, tous les deux.

Hugues était au faîte du noyer. Cette imitation de Tarzan semblait à son oncle plus périlleuse qu'un plongeon dans les yeux de Marthe. Laissant son parent voleter de liane en liane, il s'éloigna en haussant les épaules. Ces trois ans de cohabitation entre le surnommé Gewurtstraminer et la Bardot du tensiomètre, qui paraissaient à Hugues comme un rude obstacle à enjamber, rassuraient au contraire pleinement Ferrier.

— Que voilà, pensait-il en retournant à la maison, une heureuse nouvelle ! Ils ont passé le temps béni des premiers temps. Ils abordent à ceux de la lassitude et du besoin de changement. Même s'ils ne le soupçonnent pas encore, même si cela devait les sidérer. Ils sont jeunes, c'est un avantage. Je ne le suis plus, c'en est un autre. A chacun ses armes.

Il se sentait quant à lui autant « enfouraillé » qu'un lieutenant d'Al Capone. Alerte vétéran, il s'assit au milieu des adolescents en vacances. Il n'était qu'en transit dans cette adolescence, dans ces vacances. Il ne les gênait pas encore. Il pouvait même les intéresser, les apprivoiser. C'était le moment ou jamais d'être drôle, il le fut. Ces hirsutes à demi nus occupaient ou guignaient tous des professions libérales. Psychologiques... artistiques... pédagogiques... pharmaceutiques... médicales... Il y aurait des ratés, là-dedans, mais pas un seul plombier. Tous de « gauche » et tous en « jean ».

Ferrier nota que le Suisse s'appelait Rudi. Qu'il n'avait certes pas auprès de Marthe des prévenances d'amoureux. Tous camarades. Tous « relax », « cool », « décontract's » comme d'habitude, comme il se doit. Tous ennemis des grands sentiments, sauf en politique. La faim dans le monde les « concernait vachement », dont ils parlaient la bouche pleine sans souffrir la moindre contradiction. Ils pratiquaient l'intolérance des faibles, ce qui ne surprenait pas Régis. A vingt-huit ans, Marthe était l'aînée du lot, ce qui, en revanche, étonna Ferrier, car elle en paraissait vingt-cinq à peine.

— La médecine conserve son homme, remarqua-t-il au risque d'entendre traiter de périmée une expression, fût-elle modeste, de galanterie. Il exposa ensuite, sur la pointe des pieds, qu'ils n'étaient peut-être pas aussi jeunes qu'ils le clamaient :

— Les jeunes, ça va de seize à vingt, vingt-deux ans. A bientôt quarante-sept, je peux bien vous le dire, je ne suis plus dans la fourchette.

— J'ai peur de vieillir, lâcha Marthe en un soupir

qui ne sonnait pas faux, il le comprit. Il plaisanta, mais fut le seul à n'en pas rire.

— Moi aussi.

Il n'avait qu'un point commun avec eux : elle. Il ne quittait pas des yeux ces yeux bleus, appliquant la méthode employée avec succès par le professeur Albéric Nicaise auprès de ses chères élèves. Et les yeux bleus ne fuyaient pas ses yeux.

Allongés en désordre dans l'herbe, les révolutionnaires attendaient que se fît sans eux la révolution. Toutes barricades cessantes, ils préparaient surtout leurs départs du lendemain. L'« Afgha » et le Pérou rétrécissaient. Hugues et Nadine s'en allaient au Maroc, Marthe et Rudi en Italie, les autres à l'aventure de grand-mères de province...

— Toi, tonton, fit Nadine, tu ne bouges pas de Savigny ?

— Sûrement pas. Un littéraire n'a pas besoin de beaucoup d'horizon. C'est une vache dans un pré. Pour lui, hormis justement la littérature, tout le reste est littérature. Une fois, à la télévision, j'ai entendu la plus parfaite définition de la littérature qui soit. Pierre Lazareff, journaliste et ami de Blaise Cendrars, auteur de ce fabuleux poème qu'est *La Prose du Transsibérien*, racontait lui avoir demandé un jour : « Blaise, tu peux bien nous l'avouer, aujourd'hui, que tu ne l'as jamais pris, le Transsibérien ? » Cendrars lui avait répondu sublime : « Qu'est-ce que ça peut te foutre, si je te l'ai fait prendre ? »

Non sans intention, il s'adressa directement au docteur :

— Ainsi, Marthe, de l'amour. Si une femme me posait cette question : « Avoue que tu ne m'as jamais aimée ? », je lui dirais : « Qu'est-ce que ça peut te foutre, si tu m'as aimé ? » L'amour est le plus personnel de tous les sentiments. Il ressemble à ce soleil. Vous ne le sentez pas sur ma peau, et je le sens. On ne sait jamais rien du soleil des autres.

— Tout ça, c'est de la littérature bourgeoise, affirma Rudi à tout hasard.

Ferrier le considéra avec ironie :

— Erreur, mon cher Gewurtstraminer. En l'occurrence, c'est le soleil qui est bourgeois.

Ils rirent tous du Suisse, qui rougit. Il parut à Régis que Rudi servait quelque peu de souffre-douleur au reste de la bande, non seulement en raison de son accent, mais aussi de ses manifestations d'irréflexion, d'intransigeance qui agaçaient jusqu'à ses pairs. Hugues, lui, tenait d'évidence lieu de chef de groupe. Ce fut lui qui donna le signal du déjeuner par un « On bouffe ! » péremptoire. Tous s'agitèrent aussitôt, se mirent par affinités électives à cuisiner des pâtes et des saucisses ou à dresser la table. Les plus Français du lot servirent des verres de vin en guise d'apéritif. Au privilège de l'âge. Régis ne participa pas aux préparatifs gastronomiques, demeura étendu dans l'herbe. Sa nièce lui apporta un verre.

— Comment tu la trouves, tonton ?

— Qui ?

— Tonton !

— Bon, bon. Très belle.

Elle en sembla heureuse :

— Tu verras, elle est très douce.

Il sourit :

— Oh ! moi, je veux bien voir, je veux bien croire ! Mais je m'en méfie, des douceurs. La patte de velours, je me la suis déjà ramassée en pleine poire, tous crans d'arrêt ouverts. Mais nous n'en sommes pas là ! Aide-moi, Nadine. Tu peux m'aider. Une copine dans la place, c'est déjà la moitié du chemin.

Jolie aussi, la nièce, et l'oncle en rabaissa les cils de honte. Il murmura, sachant par cœur le cœur des femmes (?), les mots qui lui feraient plaisir :

— Tu es jolie aussi, Nadine. Dommage que tu sois de la famille.

— Je t'aiderai, Régis. Un conseil, pour commencer : sois gentil avec le Suisse. Depuis qu'ils sont ensemble, elle ne l'a même pas trompé. Elle y tient encore beaucoup. Si tu le matraques, elle le prendra sous son aile.

— Tu ne l'aimes pas tant que ça toi, ce Rudi.

— Non. Il m'énerve.

— Tant mieux.

A table, il s'assit sans hésiter à la droite de Marthe, comme si cette place et ce morceau de choix lui étaient de tous temps destinés, réservés.

Il s'intéressa à elle à la façon d'un grand frère inoffensif, apprit que le docteur n'avait pas encore passé sa thèse, ne pouvait en conséquence ouvrir un cabinet, n'exerçait sa profession qu'à l'occasion de quelques remplacements de confrères. Elle n'avait d'ailleurs pas l'intention de s'installer dans l'immédiat, entendant jouir de *la vie* et de *la liberté* avant de *s'intégrer dans la cellule sociale.*

Ils avaient tous, à cette table, cette volonté de retarder le moment où il leur faudrait, hélas, changer de peau, laisser la fraîche derrière eux, endosser celle, si salissante, des adultes. Ils ne parlaient pas de métier mais de « jobs » et, côte à côte ainsi que des légionnaires de Rome au sein de leur formation en tortue, reculaient l'échéance des responsabilités. Par exemple, un Gewurtstraminer attendait, placide, d'être Van

Gogh. Ce miracle lui était dû. Au nom sans doute du communisme international ou de quelque chose d'approchant.

Ils partageaient le pain et les tics de langage de leur époque, tous à base de superlatifs. Auprès de ceux-là, qui n'étaient pas encore partis, Régis ressentait la tare et la gêne d'être déjà arrivé quelque part. Personne ne se souciait de Marthe-la-Douce, qui mangeait proprement, en jeune fille de bonne famille. Régis la regardait. Une pêche, oui. Un panier de pêches. Pêche de sa bouche, pêches de sa poitrine, pêche fondante de son ventre. En serait-il la guêpe ? Tout à la fois il l'ignorait et n'en doutait pas. Il l'avait choisie, et l'excellence de ce choix l'envahit de tendresses.

— Tu ne bois pas ?

Il lui tendit son verre et elle y but avec, à peine, une fleur de sourire au coin des lèvres. Il souffla :

— Toi, tu es trop belle. Un jour, je te retirerai le vin de la bouche.

Du haut de son âge mûr, il fit face en héros à ces yeux bleus soudain fixés, sans expression, sur lui.

Ils allèrent tous à la rivière pour s'y baigner. Crâne, Ferrier se mit en slip, sans souci d'un abdomen qu'il ne pourrait perpétuellement dissimuler à la vue du docteur. « Tu as un ventre de bébé », lui disait naguère Mouche, ce qui était plus aimable que de le traiter de bedon de quinquagénaire. Il n'avait jamais compté sur son physique ni sur sa musculature pour éveiller leur intérêt. Il situait ses attraits bien au-dessus de ces agréments. Il n'était pas une femme, une de ces pauvres femmes que sa beauté asservit au regard, le voulut-elle ou non. N'ayant jamais été joli garçon, il avait eu le temps de s'accoutumer à cette infortune, et de la dépasser. Il n'en avait été marri qu'à vingt ans, alors qu'il ne possédait aucune connaissance de la vie, ne savait rien des ressources qu'elle offre à ceux qui l'affrontent, fussent-ils en apparence désarmés.

Il s'en souvint plus tard avec surprise, après le bain, l'ennui le prit. Malgré Marthe, qu'il n'avait pas encore fichée, vibrante, au cœur. Aux copains du village venus le chercher pour une partie de boules, il répondit, empressé : « J'arrive ! », donna aux autres rendez-vous chez Désirée à l'heure de l'apéritif. Il ajouta, dans leur jargon :

— Après, si vous voulez, on se fera une bouffe chez moi. Cet été-là, pour lui, la naissance d'un sentiment n'avait pas la priorité sur la pétanque à l'ombre des marronniers. Il s'aperçut qu'il respirait mieux malgré tout avec ses propres camarades. Auprès d'eux, il n'avait pas à mâcher ses mots, à les garder dans l'enclos de la stricte orthodoxie marxiste-antiraciste-écologiste-progressiste. Ils n'en faisaient pas tout un plat, d'être plus ou moins jeune que le voisin. Il n'avait pas, surtout, à les séduire, à leur parler dans le sens du poil pour être admis au sein de leurs amusements. Quoi qu'il en eût, Hugues et ses professionnels de la jeunesse prolongée, de l'adolescence-chewing-gum, le « complexaient » un brin. Il n'y pensait que trop à son pourrissement, n'avait pas besoin qu'on le lui rappelle à chaque seconde, ne fût-ce que par des présences ou des silences.

Après les boules, ils s'installèrent à la terrasse de Désirée, virent débarquer de leurs voitures les habitants de la Maison-Chambord, tous en loques savantes, sauf les filles en fanfreluches indiennes de Saint-Germain-des-Prés. Tous tant et tant traînant des pieds et flottant des épaules qu'on eût pu les croire épuisés par une marche forcée de cinquante kilomètres, alors qu'ils ne traînaient que l'insupportable poids de la vie, de leur passé de voyageurs obligatoires, de leur avenir incertain.

— Viens là, docteur, fit Ferrier en lui désignant la chaise à côté de lui. Elle obéit. Il se tourna vers Rudi, se souvenant des consignes de ses neveux :

— Si tu le permets, quand même !

Rudi, ravi d'exister au point qu'on puisse lui demander une autorisation, sourit d'aise et se lança dans un rugueux exposé sur la liberté sexuelle des masses, sur la jalousie, ce réflexe propre aux « nantis » et autres billevesées qui ne lui rapportèrent aucune marque d'intérêt. Ce discours, disproportionné avec l'objet, le rendit ridicule, et Régis crut voir passer dans les yeux bleus de sa voisine un voile de sévérité maternelle. Il exploita cet avantage :

— Il est gentil, ton type.

Elle lui en fut reconnaissante. Elle sentait bon l'eau, le soleil. Elle lui dit, ce qui lui prouva qu'elle l'observait :

— Tu fumes beaucoup.

— Bien forcé, j'ai une angine de poitrine.

Elle se récria. On ne devait surtout pas fumer, dans son cas ! Les pastis émouvaient Régis. Il lui prit un genou :

— Tu n'es pas un vrai docteur, môme.

— Parce que je suis une femme, sans doute ? protesta-t-elle avec une vivacité inattendue chez elle. Nous faisons sept ans d'études, comme les hommes. Les mêmes études que les hommes !

— Excuse-moi, je ne te savais pas féministe.

— Je le suis.

— Moi aussi, admit-il en serrant brusquement ce genou qu'elle avait chaud et rond comme un caillou. Je voulais dire que tu n'es pas un vrai docteur parce que tu es belle.

— Ça n'a rien à voir.

Il touchait là à des questions qui la préoccupaient. Il pirouetta vite, fit des bulles :

— Très bien, tu es un vrai docteur de quartier avec barbe sale, moustaches jaunies d'omelette, lunettes, et qui empeste le vieux cigare. Et tu me plais comme ça. Et tu me plais beaucoup.

Il s'était penché sur elle pour lui glisser tout cela à l'oreille. Elle frissonna.

— Tu frissonnes.

— Tu me chatouilles.

— Menteuse ! Je n'étais pas assez près.

Elle rit. Nadine sourit à son oncle, ce qui embellit la couleur des anis.

Au soir tombant, ils se rendirent à sa maison, la vraie, celle qui n'était pas en ruine.

— Pas trop bourgeoise, Rudi, ma baraque ? ironisa-t-il. Dis-toi qu'elle n'a pas été bâtie sur la sueur du Tiers Monde et des travailleurs immigrés, mais rien que sur la mienne. Hugues, surveille-les. Tata ne serait pas heureuse de les voir là, ne salissez pas trop. Ouvrez des bouteilles et des boîtes de conserve...

Pendant qu'il étalait une toile cirée sur la table, aidé par sa nièce, celle-ci lui murmura, égayée :

— Tu sais, tonton... tout à l'heure, à la rivière... elle m'a dit que tu avais de belles jambes.

Elle ne mesurait pas l'importance de ces « belles jambes ». Pour Régis, la partie était gagnée. Il savait qu'un — ou qu'une — « économiquement faible » de la beauté ne connaissait pas l'échec dès l'instant qu'on lui trouvait au moins des beaux cheveux, ou de belles mains, au mieux des beaux yeux, au pis des belles jambes. Que la grâce d'une simple partie du corps emportait tout le reste au lit. Abandonnant toile cirée et Nadine, Ferrier rejoignit son docteur qui, au milieu des autres, épluchait démocratiquement des pommes de terre dans la cuisine.

— Suis-moi, Marthe.

Elle le suivit. Il lança à la cantonade :

— Je lui fais visiter la bicoque !

Il l'entraîna au sous-sol, la conduisit à la salle de pêche, lui montra des cannes, des moulinets, des têtes de truites et de brochets naturalisées, tout ce qui ne pouvait surtout pas l'intéresser. Ils étaient seuls pour la première fois, s'épiaient, amusés, jouaient aux quatre coins au jeu de l'homme et au jeu de la femme. Il laissait s'étendre entre eux de vastes plages de mutisme. Julien Sorel s'était juré, quand sonneraient dix heures, de prendre la main de madame de Rénal. « Si elle touche cette canne à mouche, se jura Ferrier, je l'embrasse ! » Le silence dans lequel il l'installait finissait par la gêner.

— Qu'est-ce que c'est ?

— Une canne à mouche.

— On pêche des mouches avec ? s'étonna-t-elle.

Elle la souleva, esquiva, légère, la bouche de Régis par un « tête droite » suivi d'un « tête gauche ». Il fit semblant de se renfrogner :

— Tu es méchante, docteur. Belle et méchante. Viens, on remonte. Nous n'avons plus rien à faire là. Rien.

Dans l'escalier où elle le précédait, il l'entendit murmurer, enfantine, comme prise de remords :

— Ce n'est pas vrai, Régis. Je ne suis pas méchante...

Il lui proposa, les autres apprêtant toujours le dîner :

— Tu veux voir mon bureau ?

Il agissait comme s'ils n'existaient plus. Elle le suivit encore à l'étage. Il ne tenta plus de l'embrasser, l'entretint de ses travaux, de ses lectures, lui parla sérieusement, comme à un garçon. Il sortit de sa bibliothèque un exemplaire de *Cœur en pièces :*

— C'est un choix de mes comédies sentimentales. Si tu le veux, je te le donne, tu m'es sympathique au cas où tu ne l'aurais pas deviné. Tu le prends ?

— Oh ! oui, Régis !

— J'aimerais beaucoup savoir ce que tu penses de *La Dame du Luxembourg,* c'est celle que je préfère. La fille qui me l'a inspiré avait les mêmes yeux que toi.

— Tu l'as aimée ?

— A en mourir, et j'en suis mort. Tu emportes le bouquin et tu m'écris, d'accord ?

— D'accord, mais à une condition : tu me le dédicaces.

Nadine avait apparemment raison. Le docteur avait des douceurs de velours, de mie, de miel, dans l'allure et la voix. Ferrier s'assit à son bureau :

— Tu t'appelles comment, au fait, sale toubib du diable ?

— Vivier.

Il attrapa devant lui un Littré en édition de poche, le feuilleta, récita : « Pièce d'eau dans laquelle on nourrit du poisson », commenta sans la regarder, tout en écrivant sur la page de garde de son livre :

— Tout un programme, que ton nom !

Elle sourit en lisant : « A Marthe Vivier qui a les yeux bleus d'Else et sa méchanceté verte, avec les affections cardio-vasculaires de son vieux tonton Régis Ferrier », le remercia :

— Tu es très gentil.

Il s'indigna :

— Si c'est tout ce que tu trouves à dire, bravo! Gentil ! Quelle horreur ! Je suis un monstre, tu entends, un monstre authentique, tu peux le demander à toutes celles que j'ai connues! Hagardes et toutes bêtes, qu'elles en sont sorties, de mes bras !

Elle pouffait :

— Tu te vantes. Je ne le crois pas.

Il lui mit les deux mains sur les épaules et, les yeux dans les yeux, lâcha, mi-grave, mi-espiègle :

— Tu verras.

Il la fit se tourner, dit tout naturellement, comme s'il la complimentait à propos d'une robe :

— Tu as un beau cul.

N'étaient-ils pas entre intellectuels, oui ou non ? Elle ne broncha pas et, avec le même naturel, lui donna ce qu'il ne réclamait même pas, son adresse et son numéro de téléphone. Elle habitait Aubervilliers.

— Ce n'est pas très résidentiel, Aubervilliers.

— C'est moins cher que Paris. Nous n'avons pas d'argent, Rudi et moi. Il ne vend pas encore de toiles, et je ne fais que des gardes, des remplacements, quand j'en trouve.

Il la perçut puérilement fière de vivre ainsi en toute humilité au sein du peuple, proche des pauvres. Il ne la choqua pas là-dessus. Ce n'est pas dans son rôlet. L'araignée ne s'informe pas auprès des moucherons de leurs opinions politiques.

Nadine, Hugues et Rudi les rejoignirent. Le Suisse n'avait pas menti, qui n'arborait pas le moindre reflet de jalousie sur le visage. Il était enjoué comme à midi, gentil, lui, jusqu'au bout des ongles :

— J'ai dédicacé un bouquin à Marthe, expliqua Régis.

Rudi tenta aussitôt de l'arracher à sa compagne :

— Montre ! Montre !

Elle le cacha derrière son dos. Elle eut douze ans pour protester :

— Non ! Il est à moi !

Elle éleva une main comme pour le griffer. Elle ne jouait plus du tout, réellement fillette à ce moment précis. S'il insistait, elle taperait du pied, et ils se chamailleraient dans la cour de l'école. Ce comportement insolite de la part d'un médecin attendrit Ferrier :

— Arrêtez, les gosses ! Et toi, Rudi, sois un peu gentleman. Ça ne se fait pas, de tirer les nattes des petites.

— C'est un Suisse, fit Hugues pour l'excuser. Guillaume Tell était déjà comme ça.

Ils se battirent avec entrain sur un lit. En bas, on jouait de la guitare, on chantait des folk-songs.

On dîna en musique, on but beaucoup. Marthe s'était assise d'elle-même à sa place, à côté du maître de maison.

Fortes de l'égalité toute neuve des sexes, les femmes abandonnèrent à quelques garçons le droit de laver la vaisselle. Régis avait compris que les rapports de tout ce beau monde étaient l'innocence même, que les couples ne se mélangeaient surtout pas et qu'à la Maison-Chambord toute licence devait être vue d'un sale œil. Les rodomontades de la révolte tous azimuts n'empêchaient pas les bonnes éducations de dominer, qu'avaient dûment reçues ces enfants d'ouvriers ou de membres des classes moyennes.

Ferrier flirtait négligemment avec Marthe, ainsi qu'il sied entre représentants de professions libérales. Elle était fraîche, douce, ne se maquillait pas, riait doucement, vivait doucement, serait demain en Italie avec son petit, cet Helvète maoïste semblable à un bébé auquel elle devait donner doucement le sein. Marthe et Régis ne savaient pas. Marthe et Régis ne voyaient rien venir. L'air de la nuit, doux comme elle, les enveloppait dans sa cape, leur flattait la peau. Régis, qui l'avait élue pour sœur, lui caresssait la main sur la toile cirée, regardait cette paume, troublé par elle et les fumées du vin.

— Tu sais lire les lignes de la main ? lui demanda-t-elle.

— Non...

Heureusement pour lui. Pour elle aussi, peut-être. Autour d'eux, du bruit, du vent, beaucoup de vent.

Le lendemain, il l'attendait sur son perron. Elle avait promis de lui dire au revoir. Il ne s'était toujours pas rasé. Par calcul. On le prendrait brut. Tel qu'en lui-même. Il n'était pas amoureux. Elle l'intéressait. Il l'intriguait, ce qu'elle lui avouerait plus tard.

Au début de l'après-midi, elle arriva en voiture avec Nadine. Celle-ci salua son oncle, le laissa ensuite, discrète, avec Marthe.

— Eh bien, jolie toubib... j'espère qu'on se reverra, à Paris...

— Je l'espère aussi.

— Tu sais que je penserai à toi ?

— Moi aussi.

Comme elle était limpide, alors, et lumineuse. Comme ils étaient bleu de ciel, ses yeux sous le ciel... Comme il serait triste, quand ils se fermeraient, de seulement se souvenir de leur éclat...

Ils s'embrassèrent bêtement sur les joues. Il avait le sens et le génie du risque. Il se suspendit une seconde aux branches mortes de l'éternité. Il croyait n'avoir rien à perdre et y perdit beaucoup. Il bascula dans cette bataille blonde, chercha sa bouche comme la veille. Mais, cette fois, la trouva, ouverte, et goûta au fruit de sa langue. Le cœur y était.

Nadine avait dû raisonner son amie, la déraisonner, plutôt. Elle respecta leur premier baiser, qu'ils rompirent ensemble. Doucement.

— Va-t'en, Marthe. Va-t'en. Au revoir.

— Au revoir, Régis...

La voiture s'éloigna, non sans que les deux jeunes femmes ne lui fissent des signes heureux. Marthe disparut, sombra dans l'Italie.

Il demeura seul sur le perron, satisfait et idiot. Il coucherait avec. Quand elles vous donnent leurs lèvres, cela signifie que la coupe suivra, un jour. Il ressentit pourtant un malaise bizarre, s'ébroua car c'était l'heure de la pétanque, donc des choses sérieuses.

Le soir, il se mit au lit, saoul, sans même penser à elle.

A elle qui roulait dans la nuit, Rudi à sa gauche, et se taisait.

10.

Il n'y pensa plus guère. Cet écureuil cachait dans les troncs d'arbre des noix pour son hiver. A son sens, Marthe n'en était qu'une parmi d'autres. Les vacances passaient avant elle, que Régis dépensa comme chaque année en parties de boules ou de pêche, en promenades à vélo, en séances plus ou moins brumeuses à la terrasse de Désirée où ne s'agitaient certes pas les grands problèmes de l'heure mais se bâtissaient, verre après verre, les cirrhoses de l'avenir.

Le docteur lui écrivit trois fois, et son écriture large, malhabile, titubante, tout à fait immature surprit Ferrier. Les pharmaciens devaient sourciller à la vue d'ordonnances aussi lisibles. Le docteur Vivier ne serait jamais pris en considération. Régis lui répondit ponctuellement en l'assurant à tout hasard de sa tendresse, ce tiède sentiment qu'elles apprécient toujours et qui n'engage à rien.

Fin septembre, il regagna Paris, Paris dont Aubervilliers est si proche. En vérité, il n'y songeait plus, à cette banlieue à portée de la main. Le bouchon Marieke était revenu flotter à la surface de ses eaux, il ne pouvait décidément oublier celui qui avait bu le premier à sa bouteille. Il y buvait d'ailleurs très mal. Il n'était pas du tout né pour que s'épanouissent les jeunes filles entre ses bras. N'ayant auprès d'elles ni toutes libertés ni toutes licences, il perdait patience, leur préférait la conduite des voitures d'occasion, qui ne réclament qu'une mise au point pour tourner à plein régime. Son cynisme ne lui apparaissait pas, qu'il partageait avec tant d'hommes.

Il retrouva Bruxelles, les bières belges et ce violon belge dont sa paresse ne tirait que de fort approximatives harmonies. Marieke s'en satisfaisait, elle qui n'avait jamais entendu jouer Stéphane Grappelly ou David Oïstrakh, et que comblait du moins la fin de Mouche. Elle l'aimait et chacun sait que l'amour peut vivre à l'aise de pois chiches et d'eau croupie, voire même s'engraisser de nuées. Le bonheur de Marieke était de rencontrer Régis une fois par mois, tantôt chez elle, tantôt chez lui. L'exigence, modeste, convenait au Français, lui assurait le confort sentimental qu'il prisait dès lors qu'il ne combattait pas en première ligne. Marieke... Il l'eût aimée, peut-être, à la longue, à l'usure, par mimétisme, s'il n'avait en octobre reçu un coup de fil des antipodes. On l'appelait d'Aubervilliers. Le deux juillet était si éloigné de lui qu'il dut, quelques secondes, déballer ses souvenirs de vacances pour y repêcher à temps celui de Marthe.

— Marthe ! Petit docteur chéri ! Comment tu vas ?

— Bien. Tu ne m'as pas appelée.

— Non... des emmerdes... Du boulot... Je suis content de t'entendre... Tu vois, en presque quatre mois, je ne t'ai pas oubliée...

— Je ne vois rien du tout. Menteur. Tu as perdu mon numéro ?

— Je ne crois pas... Redonne-le-moi... Ce que je n'ai pas perdu, toubib maudit, et qui est toujours dans ma mémoire, c'est l'éclat de tes yeux.

— Je te rappelle qu'ils sont bleus.

— Merci, Marthe, merci ! Tu es méchante, comme d'habitude. On se voit ?

— Quand tu veux.

— Le vingt-sept, si tu as une voiture.

— Je peux prendre celle de Rudi.

Le Suisse vivait encore... Ce vingt-sept octobre, Ferrier devait se rendre au Congrès du Parti communiste pour s'y présenter aux masses laborieuses en compagnie de quelques confrères. A ses moments d'euphorie, il allait au peuple comme d'autres vont à Megève. Ce comportement libéral ne pouvait que séduire un docteur de gauche. Il lui devina une moue, car elle se situait à l'extrême gauche, au bas mot. Elle promit pourtant de l'escorter et de se mêler en sa compagnie aux couches productives de la nation.

A l'heure et au jour dits, elle était au coin de sa rue, debout près d'une Deux-Chevaux ornée de la croix rouge de la Confédération. Il faillit ne pas la reconnaître. La baigneuse dorée sur seins de la Maison-Chambord, le brugnon explosif lissé par le soleil, éclaboussé d'été, c'était donc cette blonde très pâle avec, sur le dos, un manteau afghan zébré de broderies, de brandebourgs, des bottes à bon marché aux pieds ? Elle lui parut fragile, transparente, intimidée. Il n'était pas le même non plus, en costume de velours, en uniforme d'auteur parisien délivré des servitudes de la cravate.

Ils rirent de leurs transformations, s'embrassèrent sur les joues, cinglèrent vers la ceinture rouge. Aux feux de même teinte, il pensait aux très vieux baisers de Marieke. Marthe avait mis ses lunettes pour conduire.

— Cela ne te gêne pas ? avait-elle demandé, honteuse comme le sont les femmes myopes.

— Je te préfère comme ça.

— Oui ?

— Oui. Tu fais davantage docteur.

Cet autodidacte était embarrassé par les lauréats des études supérieures. Ce n'était certes pas Laennec, son petit généraliste, mais sa fonction le revêtait d'un certain mystère à ses yeux. Marthe étant belle, il éprouvait tout à coup, au nom de cette beauté, un respect insolite à l'endroit de la médecine. Il lui dit, sincère : « Tu es plus belle qu'en juillet », ce qui fit miauler une vitesse.

— L'hiver, personne n'est beau, à Paris. On ressemble tous à des navets.

Elle soupira encore :

— Je n'irai pas au ski cette année, faute d'argent. On bronze, à la montagne.

— Je n'aime ni le ski ni la montagne, lança-t-il hardiment sans souci de déplaire. D'abord, ajouta-t-il, ce n'est pas démocratique.

Elle ignorait s'il plaisantait ou non, lui coula un œil bleu que moirait cette douceur tant vantée par Nadine.

— Regarde la route, grogna-t-il.

Il la guidait, un plan sur les genoux. Dans Vitry, fief ouvrier, fleurissaient à qui mieux mieux des avenues Gagarine, Paul-Vaillant-Couturier, Karl-Marx, etc. Cela manquait de rue des Glycines.

Ferrier s'amusait de cette visite au temple. Ils faillirent n'y pas entrer. Paulo de chez Renault montrait les crocs à la porte :

— Où tu vas, camarade ?

— Camarade, exposa Ferrier sans sourire, on m'attend car je suis camarade auteur dramatique et cette camarade est camarade médecin des pauvres.

Paulo s'en alla quérir du camarade plus responsable que lui, et le camarade responsable introduisit les camarades intellectuels au sein de l'assemblée des camarades préposés à la culture populaire. Régis ne s'y livra pas trop aux démons capitalistes de l'humour, maintint son nouveau personnage d'auteur progressiste dans les strictes et ennuyeuses limites du rôle. A la sortie, la nuit était tombée, à défaut du Grand Soir. Un fanatique hurlait, gesticulant :

— Camarades travailleurs ! Rejoignez nos rangs !

Ferrier, qui n'aimait pas les rangs, se dit que le zélateur des alignements allait, lisant dans sa pensée impie, l'envoyer sans hésiter à la corde. Craintif, il prit le bras de Marthe, le serra. Dans la voiture, mécontent de lui, il haussa les épaules :

— Assez ri pour aujourd'hui. Allons dîner. Ne réfléchis pas, de quoi as-tu envie ? Vite ! Vite !

— De coquillages.

— Alors, camarade chauffeur, aux Halles !

Non, ce n'était pas le jour, ni l'alouette, ni l'automne, encore moins l'hiver. Régis se vautrait dans les verdures de l'avril, broutait les fleurs de mai. Il était extraordinairement heureux, dans ces cas-là, comme il pouvait extraordinairement souffrir quand le temps se gâtait. Les paroxysmes étaient son territoire. Qu'ils l'eussent laissé en vie à quarante-sept ans l'étonnait. D'autres, moins fous, en seraient morts. Il lui fallait une femme en face de lui, une femme qu'il n'avait encore ni touchée ni conquise pour être enfin lui-même. Il brillait, alors, et jonglait, dansait avec les mots, avec les yeux, avec la bouche, avec tout son corps en un vacarme de bonheur d'une heure, étourdissant le vis-à-vis, l'emportant au fond d'un voyage qui n'avait pas de sens commun.

Ce monsieur aux traits ingrats — « Et pour cause ! Ils ne doivent aucune reconnaissance à personne ! », commentait-il, pincé — cet homme de quelconque apparence, ne vivant que d'amour, était l'amour même, la représentation inattendue de l'amour. L'amour désespéré, fugace, éclair, foudre, fer et fourrure, haine et tombeau, petits oiseaux et charognards au bec rouge de sang. Il le savait, lui, au creux même de lui, *quand* il mourrait ; quand il n'aimerait plus. Pas avant. Surtout pas. Cardiaque ou pas. Les partenaires, hélas, ne le suivaient que sur un tronçon de son chemin. Un instant éblouies, elles s'épeuraient ensuite de ce gouffre où il les entraînait tête baissée. Tête basse, elles retournaient à leur réalité, à l'éternel féminin de l'éternel quotidien. Elles auraient mérité qu'il le soit, misogyne. Il le deviendrait, oui. Quand il n'aimerait plus. Pas avant.

Il n'aimait pas Marthe, pourtant. Mais il savait qu'il l'aimerait. Qu'elle l'aimerait. Qu'ils se détesteraient, après, comme on ne rêve plus de se détester en ces époques d'indifférence. Il la haïssait déjà, cette petite fille contente de vivre et d'être belle au-dessus de ses huîtres. Elle en avait déjà mangé, des huîtres. Sans lui. Avec d'autres. En mangerait jusqu'à sa fin à elle. Sans lui. Avec d'autres. On la lui salirait. On la lui baiserait, sans amour, on la dépriserait. Et elle en serait contente comme des huîtres de ce soir-là, vingt-sept octobre. Palourdes. Bigorneaux. Bouquets. Praires. Oursins. Mange, Marthe, mange, femme, quand l'homme n'y sera plus le ver te mangera.

— Je voudrais, lui dit-il après le repas, te présenter à mon studio. Mais n'aie pas peur, je ne viole jamais et je n'ai surtout pas d'estampes japonaises à te montrer. J'essaie de ne pas faire grand-chose comme tout le monde, c'est mon snobisme.

— Je n'ai pas peur.

Ils étaient bien, ensemble. Bien. « Marthe et tonton, ce soir-là, étaient super-relax » (Hugues). Depuis Mouche, pas mal de poussière était tombée sur la moquette bleue du bleu des yeux du docteur.

— Nous sommes, commenta Ferrier, en période de fermeture annuelle, le studio et moi. Cela nous arrive parfois. Marthe, écoute grincer les boucles d'oreilles des fantômes !

Elle semblait moins à l'aise qu'au restaurant. Qu'aurait-elle dit ou fait s'il s'était trop approché d'elle ? Il ne le saurait jamais, n'avait aucune envie de le savoir. Fidèle à sa ligne de conduite, il ne se laissait toujours pas emporter par les désirs banals des hommes, refusait par orgueil de donner de lui une image piètre et commune. Il lui suffisait amplement, le plaisir de la voir là, assise et sage et habillée jusqu'au menton, et de l'imaginer tout autre et nue, à lui comme l'avaient été les précédentes, ici mises en *nudité provisoire.* Il la mettait, elle, en observation.

— J'aime beaucoup ton studio, fit-elle sans songer que toutes en avaient dit autant. Il te ressemble.

— En quoi ?

— Il a le désordre savant.

Il rit. Le docteur n'était pas si bête. Ferrier avait, c'était juste, la spontanéité organisée. L'alcool seul lui apportait des réactions imprévisibles, le plus souvent fâcheuses, hélas. Ils demeurèrent pensifs une heure autour de leurs whiskies, « léger » pour elle, « d'adulte » pour lui. Ils parlaient à peine, gagnés peu à peu par les agréments de cette pièce habilement mal éclairée, de cet immeuble silencieux. Il lui récita, ainsi qu'à toutes, qu'il appelait ce local sa « bulle », et qu'on pouvait s'y croire à « l'intérieur d'un bathyscaphe ». Elle en convint.

— Il faut que je rentre, murmura-t-elle quand leurs verres furent vides.

Il lui sourit, dans l'escalier, triompha :

— Alors, toubib ? Tu vois que je ne t'ai pas violée !

Elle ne répondit pas. Cela ne devait guère lui arriver, qu'on ne lui saute pas dessus en bavant de convoitise, l'acculant sans élégance ni ménagements à l'alternative de l'acceptation ou du refus immédiats. Ferrier, charmeur convaincu de serpents, abhorrait ce style de sommations digne des percepteurs.

Ils reprirent la voiture, qu'elle arrêta sur un signe de lui deux cents mètres plus loin.

— J'habite là.

Elle ironisa :

— C'est pratique. Quand je te le disais, que tes désordres étaient calculés.

— Pas tous, quand même ! Tu es de plus en plus méchante.

— Et toi, Régis, de plus en plus con.

Jamais elle n'avait été plus douce qu'en prononçant tendrement ce gros mot. Ses yeux, ses lèvres brillaient sous les lumières fades de la rue. Depuis le Congrès du P.C., l'intention de Régis était d'embrasser Marthe quand ils se quitteraient. L'invite le dérouta. Il se reprit, fut à son tour narquois :

— Tu mériterais que je t'embrasse, sale bête.

— Essaie. Je me défendrai.

— Comme la chèvre de monsieur Seguin ? Toute la nuit ?

— Toute, c'est peut-être beaucoup.

Il lui prit rudement la bouche, toute la bouche. Il ne s'agissait plus du baiser hésitant, presque effarouché, de cet été. Muets, ils se criaient là, sur les toits, se hurlaient aux oreilles qu'ils le feraient, l'amour ensemble, qu'il n'y avait aucun doute à cela. Il s'amusa encore, incorrigible, et chuchota, plus énervant qu'un gosse :

— J'ai envie de te caresser les seins.

Elle soupira, sourit mais un peu jaune :

— Tais-toi. C'est vrai, que tu es un monstre.

— Je peux ? Vraiment.

Ce fut elle qui l'embrassa, pour qu'il se tût enfin. Sous le chandail, il lui caressa la poitrine, qu'elle avait ferme, roide, émouvante, *ensoleillée.* C'était même un peu effrayant de sentir sous elle à quel point son cœur battait et roulait du tambour. Ferrier songea que ses délicatesses du studio comportaient comme toujours leur revers. Il fallait au plus vite prouver aux dames épargnées qu'elles ne l'avaient pas été pour des raisons de force majeure. Il s'empara d'une des mains du docteur et la posa sur lui. Elle se referma. Les lèvres de Marthe frémirent sous les siennes. Il la lâcha, lança, rieur :

— Afin que nul n'ignore !

Elle n'eut pas le temps de lui dire de se taire encore. Il était déjà au-dehors, avait déjà claqué sa portière. Marthe baissa sa vitre, il vint s'y accouder.

— Tout à l'heure, Marthe... je l'ai fait exprès, de ne pas trop m'approcher de toi...

— Je le sais.

— Je préfère que tu en sois sûre, maintenant. Tu m'en veux ?

— Non. Tu m'appelleras ?

— Ce serait très difficile pour moi, déjà, de ne pas t'appeler. J'aime ta bouche. Et tes seins. Reste le reste...

— Mais vas-tu te taire, nom de Dieu !

— Poli, docteur ! Poli !

— Bonne nuit, vieille vache.

Mais elle l'avait encore dit si doucement qu'il faillit remonter près d'elle. Il se contint.

— Bonne nuit, sale bête.

Il regarda s'enfuir les feux de la voiture, les yeux de Marthe, les feux, les yeux, les yeux, les feux. Comme elle sentait bon, déjà, sa bouche. L'orange, la mer, la violette, la neige, et tous les tremblements.

11.

Je ne lui fis l'amour qu'un mois après jour pour jour, le vingt-sept novembre. Elle se plaignait d'être, ainsi que toutes ses sœurs, considérée comme un objet par la gent masculine. Je lui démontrai que je n'étais pas, moi, un homme-objet. Qu'elle m'avait choisi, mais que je choisissais de même. Du moins, mon heure.

Ce choix des armes m'était, il est vrai, grandement facilité par le simple fait que je n'aimais pas encore Marthe. J'étais retombé en jalousie de Mouche. Je menais une existence compliquée. Un événement inattendu s'était produit, qui ne débrouillait pas du tout cet écheveau. Agnès, mon épouse, et Mouche s'étaient prises d'amitié l'une pour l'autre, oubliant les insultes dont elles s'étaient fusillées à distance pendant trois ans. « Toi et ta putain ! » fulminait la légitime. « Toi et ta bonne femme ! » écumait l'amante. Moi entre elles, tantôt sifflotant, tantôt bafouillant. L'adultère serait une chose exquise sans ce risque d'entendre des paroles désagréables. Bref, elles s'étaient depuis pardonné leurs offenses, prenaient le thé ensemble à la maison. Comme quoi l'on gagne à se connaître...

Malicieux, je leur rappelais leurs menues inimitiés. Candides, elles ne s'en souvenaient fichtre plus, et je n'insistais pas. Cela me dérangeait beaucoup moins que les nouvelles amours de Mouche chue aux mains d'un barbon de cinquante-sept ans, son aîné donc de trente et un ans, et qui était le mien de dix. Elle n'avait plus le « complexe du père », mais celui du grand-père. J'étais odieux d'attacher de l'importance à ces questions d'âge. Si j'avais, moi, Régis Ferrier, cinquante-sept ans, refuserais-je une Mouche qui se présenterait ? Non, bien sûr, mais je ne voulais pas le savoir, et rageais. Mouche ne m'était plus rien, j'avais l'inconséquence de ne pas supporter qu'elle fût à un autre. Elle m'aurait vraiment fait admirer, une par une, toutes les facettes de la jalousie glauque à rayures noires, celle-là. De surcroît, je n'avais plus le droit seulement d'en parler, et c'est en silence que je devais la laisser me ronger le ventre...

Tout cela n'était pas fait pour me rapprocher de Marthe. Je la revoyais de temps à autre, mais demeurais au stade prudent de l'amourette, de l'aquarelle sentimentale. Je n'osais pas passer des baisers au lit. Je ne savais que trop comment y fondaient les sucres. Volontairement, je ne la rencontrais que très peu seul à seule. J'étais lucide, à cette époque-là. Pour une fois. Pas pour longtemps. Je ne rêvais pas. Je ne bougeais plus, la regardais venir de loin. Elle venait. Tout près. Sans comprendre ce que je désirais ou non. Sans, discrète, m'en toucher un seul mot. J'ignorais qu'enfin je me montrais adroit. Pendant que je jalousais Mouche et son « vieux » plus vieux même que moi, Marthe me trouvait de jour en jour plus attachant, sinon plus entreprenant.

Dès que je l'appelais, elle quittait Aubervilliers, me rejoignait aux cocktails les plus extravagants, fût- ce à des remises de médailles à des coureurs cyclistes. Toujours douce, toujours belle et toujours effacée. Avec elle, je jouais au poker avec des haricots, ce qui n'est pas jouer au poker la sueur au front. J'étais « gentil ». En état d'indifférence, nous sommes certes plus civils que dans celui d'apesanteur. Jaloux d'une autre, je m'étonnais :

— Mais enfin, Marthe, il n'est pas jaloux, Rudi, qu'il te laisse me voir ?

— Non.

— Il ne t'aime pas ?

— Si.

Je ne saisissais pas, elle dut m'expliquer, en y mettant des gants et de la métaphore, que je n'étais somme toute qu'un « vieux con » dépassé, confit en préjugés :

— Il admet qu'après trois ans de vie commune, je puisse avoir envie d'un changement. Il m'y encourage, même. Nous voulons vivre en êtres libres. Notre gauche n'est pas uniquement politique, c'est aussi une façon d'exister.

Ces belles théories me paraissaient fumeuses et livresques à souhait. J'en ris :

— Parfait. Tu as le droit de coucher avec moi. En revanche, as-tu celui de m'aimer ?

— Cela n'est pas prévu, fit-elle calmement.

— Il prend des risques.

— Il ne le pense pas.

— Il est vraiment très jeune.

— Oui, plus que moi. Il m'agace, parfois, et ses copains se moquent souvent de lui, mais il a raison. La liberté sexuelle, c'est le seul avenir de l'amour, dans la société actuelle.

Elle me récitait là les leçons apprises à l'école primaire de Gewurtstraminer. Elle me gênait, cette permission qu'on lui octroyait de tomber philosophiquement, scientifiquement, politiquement dans mes bras. De ma vie, je n'avais jamais eu besoin de ce genre d'autorisations. Je les prenais. Dans les poches s'il le fallait. Si Marthe n'avait aucun goût — délicieux — de fruit défendu, que lui restait-il ? Devrait-elle, en outre, rapporter nos rapports sexuels au Suisse ? Par le menu ? Ils m'épataient, ces deux petits. Me refroidissaient quelque peu. A tort ou non, je reniflais du voyeurisme en cette extrême gauche affranchie des « tabous ».

— La femme, reprenait Marthe, doit sortir de son ghetto...

Cet idiome d'idées reçues, de bouillie pour les chats, me cassait les pieds. Je l'interrompis :

— Et toi, tu n'es pas jalouse ?

Elle fut franche :

— Si.

— Alors, Marthe, alors !

— Ce sont des séquelles de mon éducation bourgeoise...

Elle recommençait !

— ... j'arriverai à m'en débarrasser, comme Rudi.

Elle en avait plein la bouche, des pensées de son guérillero de ranz des vaches. « Tu y auras autre chose ! » lui jurai-je, brutal, entre mes dents. Elle sentit qu'elle perdait de ses séductions, ainsi livrée bien cuite sur un plat. Davantage femme et fille, quand même, qu'elle n'était militante, elle se troubla, s'empressa :

— Ne crois pas tout ce que je te dis, Régis. Ce ne sont malgré tout que des positions. Ne crois pas, par exemple, que Rudi me verrait sortir d'un bon œil avec n'importe qui. Il t'aime beaucoup, tu sais. Tu l'as impressionné, cet été. Et puis...

— Et puis ?

Elle rougit :

— Comme tu m'intéresses, tu l'intéresses, forcément.

— Forcément ?

Elle me raconta. Tout. Enfin, presque tout. Et ce fut assez long, comme nous le semble la vie des autres, qui n'a ni le sel ni la brièveté de la nôtre.

Née d'une famille, non de bourgeois mais, pis encore, à savoir d'employés brûlant d'accéder à coups de privations aux étages supérieurs, cette fille unique avait été choyée par les parents, tantes, grand-mères, nombril naturel d'un monde infinitésimal de conventions où le fait de pouvoir manger une poire à l'aide d'un couvert était plus capital que les qualités du cœur, organe superfétatoire en haute société. Elle regrettait cette enfance, la regretterait jusqu'à sa mort, avouait sans ambages qu'il avait été merveilleux, ce règne absolu sans problèmes ni responsabilités.

A dix-neuf ans, un benêt l'avait déflorée, qui serait d'ailleurs médecin comme elle. Et d'un ! Dès qu'on déflore, on est aimé, Régis en avait éprouvé les effets magiques auprès de Marieke. Alain-Xavier le fut. Six ans. Merveilleux itou, les six ans. Tout fut merveilleux, chez Marthe. Signes particuliers : enfance merveilleuse, adolescence merveilleuse. Que de merveilles dues par les astres à la merveilleuse héritière des merveilleux papa maman Vivier !

Peu de couacs... Deux aventures de vacances, en Grèce. Et de trois ! Pas grand-chose. Pas de quoi fouetter Zeus ou Neptune. Autant en emporte le sable et en recouvre le joli corps d'une petite Parisienne en rupture de fesses. Plus sérieux intermède, le numéro quatre, François-Mathieu, qui sera avocat. Rien que du chic, que du prénom à rallonges et à coulisses. Marthe faillit l'épouser aux applaudissements nourris de la famille. Au privilège du pucelage, elle répudia *in extremis* François-Mathieu, revint à l'éternel Alain-Xavier.

— Tu me suis ? me demanda Marthe.

— Dans les méandres, ça va, répondis-je. Dans les zigzags, je peine.

Orages tout compris, elle atteignit ses merveilleux vingt-cinq ans au bras du (merveilleux) perforateur d'hymen, le patenté Alain-Xavier. Hélas pour lui, ce membre réactionnaire avait fait son temps, craché la totalité de son venin fasciste. Pardon : « facho ». Surgit donc, voilà déjà trois ans, sur la Provence où elle passait l'août en compagnie de son initiateur, un Che Guevara frappé de la croix suisse, ce cher vieux Gewurtstraminer, Rudi pour les dames. Et de cinq ! Comme pour Mouche, je serai le sixième...

Derechef cocu, Alain-Xavier le prit cette fois assez mal, entreprit un soir sans merci d'assommer l'ingrate, l'infidèle, à coups de pieds et de poings. Caché dessous son lit, Che Guevara ne sut rien des périls que courait notre futur docteur Vivier. Il la récupéra de justesse, sanguinolente, cabossée, priant à deux genoux pêle-mêle Vierge, Jésus and Co de protéger en vrac son minois et son entrejambe des assauts du forcené.

Rudi mit précipitamment une frontière, la sienne, entre sa conquête et son bouillant prédécesseur. D'autres avatars attendaient l'héroïne sur cette terre de neutralité. Le fringant Gewurtstraminer n'avait pas, au moral, les vertus de son ancêtre Guillaume Tell. Il ne se consacrait pas aux flèches, lui, mais aux fléchettes. En d'autres termes, il se piquousait comme un fou. Plus dévouée qu'une sœur de charité, enfin utile, débordante d'amour — « Love » pour les Beatles — Marthe se consacra toutes affaires cessantes à la rédemption du damné, l'arracha, baisers à l'appui, à sa « funeste passion ». (Les journaux.) La contrepartie fut équivoque, et dura le malentendu : elle l'avait sauvé, désintoxiqué, elle devint sa mère, mère ambiguë, mère quand même.

Il fut, comme il se doit, son fils. Avec d'autant plus d'empressement qu'enfant de sa génération, il connaissait du côté familial des paquets de « problèmes supermerdiques ». Délivré des arcs-en-ciel douteux de ses seringues, l'archange ressuscité, pour ne pas être en reste, apprit à la gracieuse la pauvreté, la pureté, le don de soi aux causes du peuple, l'évangélisa selon les modes du jour. Elle réapprit à lire dans *Rouge, Lutte ouvrière, Libération,* etc. Il avait une mission, lui : peindre. Elle qui n'en avait pas d'aussi noble travailla donc pour qu'il puisse peindre, monta, hors de ses études, des gardes d'infirmière. Rien ne devait la déshonorer. Mao avait marché longtemps, lui aussi, avant d'accéder au pouvoir.

— Qu'importent les ampoules, gouaillai-je en moi-même, pourvu qu'on ait de la lumière !

Elle était persuadée, tout au fond d'elle, de ses quatre vérités, ne varierait pas d'un iota pour longtemps. Elle ne me narra pas sa biographie avec l'ironie que j'emploie. Dûment catéchisée trente-six mois durant, elle y croyait, à sa nouvelle vie. Ce n'était pas sur ce terrain qu'elle fléchirait, même pour moi qui devais d'ailleurs lui être suspect dans un domaine social qui n'était pas, je l'avoue, mon principal souci à ses côtés.

Je compris mieux, en revanche, ce qu'elle avait voulu signifier par son « Tu l'intéresses, forcément ». Elle l'avait autant influencé qu'il avait pu la diriger. Il lui devait, et le savait, de ne pas peser vingt kilos d'épave aujourd'hui. Il pouvait, au nom des grands principes, lui tolérer un caprice dont il n'avait pas à rougir. N'étions-nous pas, tous les deux, des « artistes » ? Malgré ses intransigeances verbales, je suis sûr qu'il m'a préféré *sur elle* à l'éboueur du coin. Les révolutionnaires sont des hommes comme vous et moi, après tout.

On m'invita à Aubervilliers, je m'y rendis empli de curiosité. Il y avait là un trotskyste sauvage, barbu et moins rigolo qu'un boulon. Sa compagne, imberbe et farouche, attendait un bébé du plus beau rouge. Le chat s'appelait Zapata, la chatte Passionaria, ce que j'aurais parié. Aux murs, des posters de Lénine, d'Ho-Chi-Minh et, sans originalité, du Che. Des affiches séditieuses au texte rédigé en espagnol.

Appartement du genre « misérabiliste », tout luxe bourgeois éliminé de la décoration et de l'ameublement. Bancal de tous ses pieds, celui-là. Odeurs de sciure mouillée par les pipis et, en cherchant dans les recoins, de H. Le docteur passait cette inoffensive fantaisie à son garçon, en usait lui-même en guise de défi puéril à l'ordre établi.

Marthe était neutre, sans élégance, les cheveux sur les épaules, presque rigoureuse. Modeste. Et belle, pourtant. Et d'autant plus touchante et belle en ce cadre écaillé qui ne mettait certes pas en valeur les Botticelli. J'aurais bien dû te laisser là, Marthe. Tu y étais heureuse, tu me l'as dit après. Nous l'étions tous, avant, toi sans moi, moi sans toi, lui avec. *Mea culpa,* Marthe. *In Memoriam,* Rudi. *Requiescat in pace,* papa Ferrier.

Dans les plats, à Aubervilliers, le latin de cuisine était remplacé par l'indien. La mode, toujours. Fidèle à tous les postes, quels qu'ils soient. Boulettes de perplexité, riz complet, curry. Pinard de Monoprix, austère. Coca-cola pour les vertueux. En prévision de ce dénuement démocratique, j'avais fourré une bouteille de scotch dans une poche de mon caban.

Quelque chose d'indéfinissable me susurrait néanmoins à l'esprit qu'elle n'était pas tout à fait naturelle, cette mouise. Qu'il y avait — horreur — de la bohème en elle. Oui, oui, de la bohème, mot exécrable en ce milieu d'agitateurs pour le moins immobiles. On jouait. On jouait à se faire peur, comme on dit dans les vrais faubourgs, qui n'étaient pas les leurs. Le Suisse sonnait faux. Marthe siégeait là en déracinée. Les lustres et les tapisseries lui convenaient mieux au teint que les papiers peints délavés, je l'ai vu par la suite. Lugubres, les trotskystes tiraient leurs derniers mois de trotskysme avant de pouponner. Des touristes, oui, voilà ce qu'ils étaient, tous les quatre. Les Gentils Membres d'un Club Méditerranée de la Manif. Les visiteurs de la révolte. A gauche, les bons, à droite, les méchants.

Rudi fut très aimable envers moi. De fait, il m'aimait beaucoup. Je serai son père et coucherai avec sa mère, cela allait de soi. Il devait se demander pourquoi je ne l'avais pas déjà fait, Marthe étant sans doute censée le tenir au courant de nos évolutions. Dans les ménages à trois, clé de voûte du théâtre français, j'avais souvent interprété mon rôle. L'amant ou le mari n'en étaient pas informés, en règle générale. J'entrais par la fenêtre. Ici, on m'ouvrait la porte à deux battants. Je n'étais pas accoutumé à ces facilités. Marthe et Rudi vivaient une expérience libérale que je retardais par le peu de hâte que je mettais à la concrétiser. Cet essai, les trotskystes le trouvaient probablement logique et *dans la ligne*. Ils m'eussent souhaité davantage engagé, mais n'en parlaient pas, ténébreux par principe.

Durant le dîner, Marthe fut assise entre ses deux

hommes. Ainsi, nous la partagerions comme nous partagions ce pain. Nous aurions des amours mitoyennes. En droit, cela portait le nom prédestiné de cojouissance. Le docteur veillerait à ce que ni lui ni moi ne véhiculent de maladie vénérienne au sein du groupe. Tout serait charmant, quoi ! Marthe serait évidemment la plus comblée du trio, nous devions cet hommage à un beau sexe qui ruait dans les brancards. Elle mènerait sensuellement la vie dense et riche qu'elle réclamait.

Je regardais mes partenaires, blaguais en dedans en lorgnant Rudi : « Comme tu es le plus jeune, tu te chargeras du gros œuvre. Moi, je fignolerai. » Cela me mit en joie et, sournois, je fis du pied à Marthe sous la table. Elle me sourit, complice. L'adultère qui nous était recommandé, nous jouions à ce qu'il nous fût interdit. Je laissai tomber ma fourchette pour m'assurer que le Suisse ne m'imitait pas sur l'autre pied de notre femme. Cela m'aurait déplu. Car j'avais, moi, de la morale. A une heure du matin, je demandai :

— Qui me raccompagne ?

Marthe se leva :

— Moi.

Rudi fit sans penser à mal :

— J'y vais aussi.

Elle pâlit, qui ne m'avait pas encore embrassé d'aujourd'hui. Je le remarquai, pas le Suisse. En rentrant, elle lui ferait une scène, lui reprocherait ce manque de savoir-vivre. Elle se tut en ma présence. J'étais derrière elle, dans la Deux-Chevaux. Pour la venger, je lui caressais, de mes bottes, les fesses, la soulevais même légèrement au travers de la banquette. Elle se retourna, laissa pendre sa main dans son dos. Je la mordis au sang. Elle garderait quarante-huit heures l'empreinte de mes dents. Cela lui serait un beau souvenir. Marthe subit ma marque sans frémir ni souffler. J'ai su, cette nuit-là, que ce serait terrible, entre nous. Ce le fut. Que nous irions très loin, avec ou sans le Suisse. Nous y allâmes.

Un peu plus tard, Rudi partit dans son pays. Elle ne devait le rejoindre que le lendemain, et nous nous vîmes. Pour ne pas être seul avec ma dangereuse de plus en plus dangereuse, je l'emmenai dîner chez Rose — que j'avais surnommée Roseau — qui tenait un hôtel près du Châtelet. Ainsi qu'à mon ami Germain, je les lui présentais toutes. J'avais besoin qu'on me le crie sur les toits, qu'elles étaient belles, qu'elles m'aimaient ou m'aimeraient. Je le savais, que je n'avais aucune discrétion. Elles pouvaient tout dire de moi. Mais je pouvais tout dire d'elles. Une des rengaines favorites de la civilisation des bétonnières s'appelle l'incommunicabilité. Si mes contemporains prenaient modèle sur moi, elle n'existerait plus. J'ai dû être, dans une autre vie, trompette à Jéricho. Il faut que tombent les murs autour de moi, et toutes les cuirasses, et tous les soutiens-gorge.

En ces temps bénis là, le docteur faisait beaucoup pipi. « C'est psychologique, chez les filles », m'expliquait-elle scientifiquement pour s'excuser. Psychologique en cas de quoi ? D'émotion ? Dès que Marthe eut disparu aux toilettes, Roseau, heureuse quand j'étais heureux, me sauta au cou :

— Mais elle est splendide, ta Marthe, splendide ! Et elle t'aime !

— Elle m'aime ?

— Parce que tu ne le sais pas, peut-être ?

— Ben... non.

— Vous êtes bien d'une race inférieure, les hommes,

fit-elle avec pitié. Moi, ça me crève les yeux. Tu as déjà fait l'amour avec elle ?

— Non. Ça ne presse pas.

— Fais-le ce soir. Plus tard, Régis, tu le regretteras, de ne pas l'avoir fait le plus possible avec la fille que tu aimes.

— Parce que... moi aussi, je l'aime ?

Elle haussa les épaules. Semblable aux politiciens, elle voulait le bonheur de tous, Roseau, mais par d'autres voies.

Place du Châtelet, près de la fontaine, Marthe m'embrassa avec transports. Comme je m'étais absenté, à l'hôtel, Roseau avait dû lui tenir les mêmes propos qu'à moi. Je me souviens que nous nous sommes longtemps, longtemps regardés dans les yeux sans parler, qu'il y passait je ne sais quoi, elle ne savait quoi. Des choses. Des promesses, des serments, des tendresses, des espoirs, des désespoirs. Des choses graves qui auraient effrayé Rudi, de toute façon. Sans cesser de me fixer, Marthe ouvrit enfin la bouche, murmura :

— Régis, je veux rester avec toi cette nuit.

Je n'avais pas prévu cette éventualité. Je n'avais pas sur moi les clés du studio. Je lui annonçai la fâcheuse nouvelle. Elle parut si triste que je lui pris les mains, que mon front se posa sur son front.

— Nous ressemblons à des serre-livres, fis-je pour la dérider.

Je n'y parvins pas. Elle répéta, butée, prête à taper du pied :

— Je veux passer la nuit avec toi.

— Mais où, Marthe. Dans la rue ? Chez toi ?

— Non, pas chez moi.

Elle se refusait à polluer leur couche de concubins.

J'admis ce scrupule, encore qu'il pouvait surprendre chez une adepte de toutes les contestations. Coucou regrettable, je m'étais toujours roulé avec plaisir dans le nid des autres pour y caresser leur femme et boire leur vin. Les ongles de Marthe me rentraient dans la peau. Je lui proposai une solution :

— Si tu veux, on retourne chez Roseau, et on prend une chambre.

Cette fois, elle fit dans la respectabilité :

— Non, Régis. Pas à l'hôtel. Tu ne peux pas aller prendre tes clés ?

J'aurais pu mais ne le voulais pas.

— Je réveillerais tout le monde, lâchai-je de mauvaise foi.

Nous nous regardâmes encore, éperdument. Nous ne passerions pas la nuit ensemble.

Elle m'écrivit, cette nuit-là, une lettre qu'elle ne m'envoya pas. Elle ne me la donna, sur ma demande, qu'un mois plus tard, alors que tout était « consommé », mot ridicule entre tous les mots affreux. C'était, cette lettre, la première à compter entre nous.

Régis, sais-tu ce que j'ai fait lorsque je me suis retrouvée seule chez moi, c'est complètement idiot et je m'en veux, car cela ne m'était pas arrivé depuis de longues années, mais j'ai pleuré... Tu dois être content, j'ai pleuré pour toi ! Je voulais tellement être avec toi, pendant toute cette nuit, que tu me tiennes contre toi, que tu me fasses l'amour... Je ne sais pas pourquoi je t'écris cela, il est deux heures du matin, tu vas trouver cela stupide, mais je ne supporte pas de me trouver seule ici alors que j'avais espéré être avec toi. Je me dis que peut-être tu vas sentir combien je suis désemparée et triste, et que tu vas me téléphoner, mais la sonnerie ne retentit pas. Il vaut mieux que j'aille dormir, si je peux. Je ne sais pas pourquoi je ressens tout cela si intensément. Cela doit être le whisky qui me provoque cela, c'est sûrement le whisky, n'est-ce pas ? Car tu ne m'aimes pas et je ne t'aime pas... N'est-ce pas ainsi que cela doit être ? Sais-tu que mon parfum était « Eau fraîche » de chez Dior et que j'en ai changé exprès pour ne pas être un ersatz ? A bientôt, Régis, je t'appelle mercredi. Je t'embrasse tendrement.

« Je t'embrasse tendrement. » Encore ! Comme Mouche ! Comme Marieke ? Elles avaient toutes des points communs. Marthe, dans l'écriture, n'avait pas les grâces de style d'Else. Ce n'était pas une littéraire. En revanche, elle avait su lire *La Dame du Luxembourg,* la référence à l'Eau Fraîche de chez Dior en témoignait. Elle n'usa plus que de celle de Courrèges, pour la petite histoire. Elle m'amusa, cette peur de n'être qu'un « ersatz ». Significative, l'inquiétude. Roseau ne devait pas se tromper de beaucoup.

Marthe alla donc en Suisse, en revint avec Rudi et sa montre à l'heure, une heure H que je ne pouvais décemment plus reculer. Elle m'appela comme promis le mercredi, rendez-vous sacrificatoire fut pris pour le soir même. J'avais campé un mois sur ma vertu, usurpé son rôle de femme, je pouvais sombrer bouteille de champagne haute.

Nous dînâmes au brut sur le guéridon de marbre du studio. Elle était sans doute émue. Je l'étais aussi, mais d'alcool. J'avais besoin de me trouver quelque courage. Je ne me donne pas comme une fille, à la légère. C'est important, pour moi, de prendre un être pour la première fois. Je le pris mal, et mon plaisir fut mince, le sien inexistant. Nous n'étions ni dans un roman ni au théâtre où les amoureux, d'emblée, voient leurs chairs accordées tel un piano de concert, probablement pour ne pas étirer l'exposition dramatique. Nous étions dans la vie, nous étions dans un lit.

— J'espère faire mieux la prochaine fois, grinçai-je, la ligne d'arrivée franchie sans gloire.

Elle me répondit doucement, non sans humour, par le slogan de Mai 68 :

— Ce n'est qu'un début, continuons le combat.

Le mot de la fin, je l'eus en m'endormant tout net, parachevant ainsi un triomphe que j'avais eu modeste.

Quand je me réveillai, prêt à renouveler mes exploits, Marthe n'était plus là. Elle m'avait laissé un mot gentil : *Je suis obligée de rentrer... je crois que j'ai besoin de te voir souvent...* Moi aussi, ne serait-ce que pour « réparer » ma faute, ma très grande faute. Elle avait emporté le bouchon de la bouteille de Heidsieck. En éternel souvenir d'une nuit inoubliable.

12.

Un soir de demi-brume à Londres
Un voyou qui ressemblait à
Mon amour vint à ma rencontre...

APOLLINAIRE

Cela ne s'arrangea pas, dans l'immédiat. Même à jeun, je ne savais par quel bout la prendre, si j'ose dire. Pris dans le sandwich désenchanté de mes draps, *j'avais l'air d'un con, ma mère,* comme le chante

Brassens. A mon âge, qui pis est, je l'avais doublement, triplement.

Marthe devait se demander à quoi j'avais passé mon temps d'homme avant de la rencontrer. Je me demandais, moi, comment ce galopin de Rudi avait résolu le problème de robinets qu'elle me posait. Et je ne pouvais pas leur réclamer leur secret, ni à l'une ni à l'autre ! En outre, la virginité de Marthe remontait aux calendes, ce n'était pas un cas embarrassant comme celui d'une Marieke dont je n'avais jamais vraiment réussi le réglage.

Marthe ne me reprochait rien, me laissait la rater, m'embrouiller, me ronger de questions. Pour parachever le tout, elle ne m'apparaissait pas non plus des plus expertes, avait des réticences, des ignorances qui me navraient. Elle était simple, voire simplette pour ses vingt-huit ans et je m'avérais incapable d'émouvoir cette simplicité. Cet échec me rendait morose. Car j'aimais son corps.

Qu'elle était belle, Marthe, nue !... En ces temps d'Aubervilliers, où elle se vêtait de n'importe quoi, à la Rosa Luxemburg, à la pétroleuse de la Commune, c'était une surprise que de la découvrir si troublante déshabillée. Royale. Longue. Pleine. Ronde. Pulpeuse. Fruitée. Femme en diable, diable en femme. Musclée. Nerveuse. Toutes les qualités requises pour naviguer en haute mer par vent de force 8.

Ses jambes aux cuisses de nageuse n'avaient peut-être qu'une paille, des mollets un peu fins de Noire. Le reste, tout le reste était harmonieux et puissant à la fois. Des fesses dures et larges, des seins solides, roides, scellés au torse, qui appelaient les mains, ne les appelaient pas dans le désert. Un ventre de four, souple et chaud. Un dos interminable, dos de frissons, dos de pierre qui s'en venait mourir tout doucement sur la densité majuscule des hanches.

— J'aime ton dos, lui chuchotai-je, c'est un spectacle à lui tout seul. On ne te l'a pas dit, qu'il était beau ?

— Non... Jamais...

— C'est parce qu'il saute moins aux yeux que tes yeux. Il faut savoir tout regarder, savoir aimer un corps, le savoir sur le bout du doigt...

Parlons-en ! J'aimais son corps, mais n'en avais pas les clés. J'ajoutai, mélancolique, une pointe d'agressivité fichée en mon bec de corbeau :

— Enfin ! Dieu merci, nous sommes deux !...

— Deux ?

— Je veux dire : trois. Avec toi.

Sa lèvre inférieure trembla :

— Ne dis pas cela, Régis.

— Si, Marthe, et ça ne me fait pas rire. C'est la vie...

— Non. Ce n'est pas ça, la vie. La vie, c'est d'être heureux.

J'en doutais. Je me connaissais. Si nous ne tirions aucun soupir de nos chairs à vau-l'eau, nous n'aurions rien du tout de ce bonheur dont elle parlait en écervelée. « Le bonheur, c'est la médiocrité », affirme Léautaud. Le bonheur ! Il fallait bien avoir l'âge tendre encore de Marthe pour y croire. Qu'en ferait-elle, d'abord ? Elle pensait que cela s'empaille, se conserve sous vide ? Mais qui a gardé entre ses mains une boule de neige ? Qui ? En dehors de notre faille, nous nous accordions mieux que frère et sœur. Nous ne ruminions pas trop nos déceptions. Habits de ville réendossés sur notre frustration, nous discutions longuement autour de notre guéridon. Il ne tournait pas. Les spectres du studio ne frappaient pas son marbre de tous leurs petits poings cruels. Comme j'amusais Marthe, la faisais rire, je la trouvais intelligente, ouverte à tout, exquise. Je ne me lassais pas d'animer ce visage angélique à l'ordinaire trop placide, presque figé. Elle m'était douce et docile. Certes, il m'apparaissait comique que cette championne de l'indépendance des femmes en soit réduite à solliciter bien poliment du jeune Rudi la permission de minuit. Ces dames me semblaient confondre en toute mauvaise foi révolution et liberté.

Comme je la raillais là-dessus, Marthe m'exposa que, dans leurs conventions de partage, Gewurtstraminer refusait malgré tout l'équité. Fort de son ancienneté dans la place, déniant mon droit d'aînesse, il exigeait de sa vieille maîtresse des relations d'« amant privilégié », selon le terme drolatique qu'il employait. Bref, je n'occupais que le poste de matou n° 2, n'avais qu'à me le tenir pour dit. J'estimais quelque peu mesquines ces limites à notre entreprise communautaire.

Un soir que nous causions de Londres, ville chère à nos cœurs, que Marthe, les coudes sur notre guéridon, regrettait de ne pouvoir s'y rendre à nouveau — elle avait été professeur d'anglais avant d'entreprendre ses études de médecine — je voulus nous offrir ce cadeau :

— Allons-y, Marthe. Ce sera notre voyage de noces.

Elle battait des mains à tout projet, quel qu'il fût. Celui-ci l'enthousiasma :

— Oh ! oui, Régis, oh ! oui.

Ce « oh ! oui », de gamine me tinte encore aux oreilles, que j'ai entendu des dizaines de fois crier de sa voix soudain impatiente, tout à coup passionnée.

Puis Marthe, brusquement, s'assombrit, une rancœur à la bouche :

— Rudi ne voudra pas...

— S'il ne veut pas, c'est qu'il ne joue plus le jeu. Je le lui demanderai moi-même.

Il me vouait une amitié sans freins. Si je l'avais écouté je n'aurais pu rencontrer notre femme sans lui, nous aurions fait lit à trois. Il ne m'échappait pas davantage que le très classique regain d'intérêt s'était installé entre eux grâce à moi. Il la voyait avec des yeux plus attentifs depuis que les miens s'étaient ouverts à elle. Il devait même la prendre plus souvent, petit mâle fier de l'émouvoir alors qu'un grand dix-cors de ma trempe s'y cassait bêtement les dents. Je demeurai loin de ses « privilèges ». Fort de mon infériorité, je lui fis part du voyage à Londres. Il n'y fit que des objections de dates. Ils passaient Noël à la Maison-Chambord avec Hugues et « la bande ». Après quoi il se rendait chez ses parents, en Suisse.

— Partez pour Londres quand je serai à Bâle, proposait-il. Je le contredisais :

— C'est trop loin dans le temps. D'ici là, le caprice de Marthe sera peut-être terminé. Laisse-nous ce plaisir d'Angleterre. S'il était le dernier ?

Il s'inclina non sans se lamenter :

— Qu'est-ce que je vais faire sans elle ? Sans toi ?

— Tu souffriras, et tu peindras. Rien ne vaut la douleur pour créer, crois-en un auteur.

La perspective d'aligner sans coup férir des chefs-d'œuvre quatre jours durant le consola.

Ces débuts avec Marthe avaient surpris nos entourages, plus lucides que nous l'étions tous les trois. Hugues inquiet prédisait à tous vents que « cela finirait mal ». Agnès, romantique, nous voyait en rêve « couverts de sang ». Puis, brusquement plus terre à terre, elle me tançait d' « aller, à cinquante ans, foutre la merde chez les jeunes ». Elle me vexait. D'abord, je n'en avais que quarante-sept. Ces exagérations me peinaient. Ensuite, pourquoi devais-je obligatoirement leur apporter le désordre, à mes chers cadets ? Ils n'auraient de moi que de la joie, que de la « fête », puisqu'elle était en vogue dans leur milieu. Au Basil Street Hotel, à Knightsbridge, l'événement tant attendu se produisit enfin, par la vertu peut-être du changement d'air, du dépaysement. Marthe, dans un lit britannique, après trois semaines de tâtonnements, fleurit entre mes bras. Ce ne fut pas l'éclatement multicolore du printemps, ce ne fut pas un fol Hiroshima de voluptés, mais, comme je le remarquai avec satisfaction, sinon avec finesse :

— Je salue l'éveil du corps médical !

J'analysai ce résultat positif, en conclus que l'éloignement de Rudi devait y être pour quelque chose. A Paris, partagée de couche en couche en deux parts inégales, flottant d'une peau à l'autre, ce qui n'est pas, quoi qu'on puisse le prétendre, absolument naturel, Marthe était psychologiquement nouée. A son corps défendant, physiologiquement barrée.

— Peut-être... Oui... Sans doute... admit-elle en vrac.

J'avais beau ne pas pousser des « cocorico » de supporter du XV de France, je n'étais pas mécontent, en terre anglaise, de rattraper le Suisse. Je le dépasserai, ayant enfin franchi le cap. Grisé par ce premier succès, je me souviens avoir affirmé ce soir-là au docteur que « nous irions loin, plus tard, très loin, le plus loin possible, dans l'érotisme ». Il en accepta l'heureux augure.

Nous nous promenions longuement dans ce Londres d'hiver glacé. Arpentions bras dessus, dessous la King's Road. Nous venions au monde alors que le Swinging London que nous avions aimé n'était plus qu'un cadavre. Ces jours furent charmants. La passion ne nous habitait pas, nous ne lancions pas des cris inhumains en nous tordant sur les moquettes, il nous plaisait d'être ensemble, sans ivresse, dans ce *no man and woman's land* où, davantage que « copain-copain », nous ne recevions pas d'obus sur la tête, ce qui n'est pas désagréable, même pour un couple. Les traditions de la Maison-Chambord, cette pépinière de forcenés, étaient plutôt mignonnes, pour des révolutionnaires. On y échangeait en toute délicatesse de menus cadeaux à l'occasion des fêtes et des anniversaires. Il nous fallut courir toutes les boutiques de « gadgets » pour que Marthe pût se procurer des présents à bon marché destinés à la nuit de Noël. Je tins à en acheter un à Rudi. Sur le conseil que m'avait donné ma nièce qu'apitoyait le dénuement de Marthe, j'offris à ma compagne une robe en jean dont le bleu convenait à ses yeux.

— Tu la mettras l'été, quand je n'y serai plus.

Elle m'embrassa avec une sorte de violence comme pour me jurer que j'y serais toujours.

J'avalai pourtant une fameuse bouffée de fog, Old Quebec Street, au « The City of Quebec ». Ainsi que tous les amateurs de Londres, nous l'étions de ses pubs, de leurs cuivres et de leurs cuirs. Au hasard de nos pas, nous entrions souvent dans ces aquariums où nageaient les poissons rouges et roses de la douceur de vivre autour des fumées de pipes et des flocons de bière.

Au « City of Quebec », Marthe m'importuna vraiment pour la première fois, rompant notre charme et celui de l'endroit. Ce fut, ce nuage, l'avant-garde d'une longue théorie de cumulus. Un coup d'envoi. Elle se mit à me parler à gros bouillons du Suisse. Le pauvret, demeuré seul à Aubervilliers, devait se morfondre pendant que nous nous amusions. Je compris alors ce que Nadine et Hugues avaient voulu me signifier le deux juillet, qu'elle était fort attachée à son petit chéri, que je ne le balaierais pas comme une simple épluchure, qu'il ne cesserait pas de remonter à la surface d'un potage où il tiendrait le rôle de cheveu. Je n'aimais pas Marthe, n'étais pas jaloux de Rudi, mais son évocation interminable en ce lieu m'agaçait. Surtout au lendemain d'une nuit où s'était roidi sous moi le corps de notre maîtresse. Comme elle ne tenait aucun compte de mon énervement, de mes regards étonnés et chagrins qui ne la quittaient pas, je la coupai durement :

— Tu as des remords ?

— Non...

Elle ne cachait pas sa préoccupation, employait encore un mot du langage préfabriqué en usage autour d'elle :

— Je me sens culpabilisée.

— On ne pouvait quand même pas l'emmener avec nous !

Elle n'en semblait pas si sûre. L'ombre dura, s'obscurcit encore lorsque, rentrant à l'hôtel, nous parlâmes, je ne sais plus pourquoi, d'Israël et de la Palestine, comme si nous n'avions déjà plus rien à nous dire. Elle me servit alors tout un plat indigeste de lieux communs de gauche. De gauche, je l'étais avant eux, au moins autant qu'eux, mais sans leurs snobismes du moment, leurs frénésies, leurs débordements d'intolérance. Les utopies ne m'emballaient plus depuis longtemps. Marthe trouvait mon socialisme tiède et suranné, je l'estimais seulement réaliste. Je ne me mêlais pas aux vols de coquecigrues, ne chevauchais pas les licornes.

Quand cette trop belle enfant m'entretenait, ravie, du « bain de sang » qui serait nécessaire pour que s'épanouisse la révolution, je refrénais mal des envies de rire. Je l'imaginais mal étrangler de ses tendres mains l'affreux capitaliste, l'immonde spéculateur, le bourgeois des légendes.

— Mais enfin, l'interrogeais-je, tu ne pourrais pas aimer quelqu'un de droite ?

Elle trépignait, horrifiée :

— Jamais !

Puis me récitait derechef une leçon apprise en leur logis d'Aubervilliers, ce creuset d'idées :

— La droite, c'est une façon de vivre, ce n'est pas une question de personnalités. On ne peut accepter cette manière odieuse d'être.

Rudi avait déteint sur elle au-delà de tout. Elle me dit, au lit, que « quelque chose ne passait pas entre nous ». Je l'appréciais nue. Beaucoup moins mal ficelée dans ses drapeaux. Puisque le courant ne passait pas, j'éteignis la lumière. Nous ne fîmes pas l'amour pour mieux respecter la mémoire d'un Ho-Chi-Minh qui n'en demandait peut-être pas tant.

Le jour revenu, Marthe-la-Douce revint avec lui, ne ressortit pas la Suisse, les environs et le Tiers Monde de sa valise. C'était trop bête aussi, un voyage de noces sans mariée. Elle reprit les voiles blancs, me redonna les fleurs d'oranger de ses lèvres. Je fis, boudeur :

— L'ombre à Londres, Londres à l'ombre, ce n'est pas drôle...

— Pardonne-moi. N'y pense plus, je m'en veux.

Nous n'avions pas été des plus béats au « City of Quebec », nous connûmes en revanche la félicité au

« Chef and Brewer », pub de Denman Street. Là, je lui fis boire jusqu'à la joie des Advokaat, liqueur crémeuse qu'elle aimait. Las de marcher, nous étions bien, flanc contre flanc, sur notre banquette, formions à nous deux toute une île dans l'île.

Je ne sais pas si je retournerai un jour en Angleterre. Le « Chef and Brewer » me serait plus hanté qu'un château des Highlands. Il y aurait un *ghost* diaphane, désespéré, trop blond, assis sur la banquette, et qui boirait des Advokaat en un grand bruit de chaînes.

Ce ne fut pas un fantôme que j'étreignis à Knightsbridge. J'en tirai un rayon du soleil d'Austerlitz, tout un frémissement, qui fit, Trafalgar Square, se renfrogner Nelson.

— La glace est rompue, n'est-ce pas, Marthe ? fis-je avec assez d'assurance pour qu'on ne s'aperçût pas trop de ma timidité.

Elle m'embrassa en guise de réponse. Je m'inquiétai encore, elle dit :

— Il n'y avait pas de glace, Régis.

— Il y manquait le feu, alors ?

Elle rit :

— Peut-être...

Il ne me plaisait guère d'en reparler, de la philosophie de l'oreiller. J'insistai pourtant :

— Tu verras, ce sera encore mieux. De mieux en mieux. J'aime déjà ton corps.

— Il te le rend bien.

— Bien ?

— Bien, Régis. Comme tu viens de le voir.

Les hommes pensent toujours, en amour, qu'ils le font avec un brio que ne possède pas le voisin. Ils ne sont pas là pour voir ledit voisin dans ses œuvres de chair. Avec leur propre femme, qui pis est. J'en savais la vanité, je n'échappais pourtant pas à la règle commune, à cette loi de nature que n'avait pas prévue la nature. L'amour et la guerre ont le même besoin idiot de médailles. Marthe venait de m'épingler la Military Cross sur la poitrine, je déposai une gerbe de baisers sur la sienne.

Arrivés par la houle et le ferry-boat, nous repartîmes un soir par les airs. La noce allait se disperser, les mariés retournaient aux conjoints.

— Je suis dans le ciel avec un diamant.

Elle sourit à cette référence aux Beatles. Elle n'y était guère, dans le ciel, atterrissait non à Orly mais à Aubervilliers. Tout à l'heure, sous l'effigie de Lénine, Rudi lui ferait l'amour, excité par sa peau supposée marbrée de mes empreintes digitales. Il aurait beau le lui faire moins bien que moi — évidemment ! — il le ferait. J'eus un instant l'idée de m'écraser sur le sol avec elle. Réflexion faite, je repoussai cette solution de facilité.

Dans le taxi qui nous ramenait à la réalité, je m'offris une pinte de mauvais sang, une pointe de mélancolie :

— Docteur, tu devrais me faire une piqûre contre le cafard.

— Je n'ai rien sur moi.

— Tu as TOUT sur toi, au contraire, répliquai-je, la main sur ce TOUT qui ne m'était rien, ou pas grand-chose, n'était pas à moi seul, ne le serait jamais.

Nous nous quittâmes sans déchirement. De la Maison-Chambord où leur « bande » fêterait bruyamment Noël, Marthe devait m'écrire, moi lui répondre. De mon côté, je passais le Jour de l'An en Belgique. Je n'avais pas caché au docteur que je me rendais auprès de Marieke. Il ne s'en était pas formalisé. « Libéré sexuellement » comme il le proclamait sous tous les draps, il n'avait aucun droit aux conventions de la jalousie. Si Marieke n'avait pas existé, il m'aurait fallu l'inventer. Elle était mon gage, ma soupape. Dans notre jeu, Marthe avait un Suisse, moi une Belge, nous étions quittes sur le plan de la francophonie. Si ces cartes ne s'étaient pas brouillées, peut-être aurions-nous abordé aux rivages de la joviale partouze, cet ancêtre bourgeois de la libération sexuelle précitée ?

J'en voulais à Marthe de ce que Londres n'eût pas été parfait. L'arête du « City of Quebec » m'était demeurée dans la gorge. Puisqu'elle et Rudi m'avaient sorti le vieux coup du regain d'intérêt, il me parut urgent de tirer les ficelles encore plus usées de l'indifférence totale. Marthe m'écrivit, de la Maison-Chambord. Je gardai le silence.

J'eus pourtant du mal à rester dans le cadre de la tactique pure, car un événement capital s'était produit en moi, entre-temps. Deux mois après nos retrouvailles, un mois après l'avoir « connue », dans la nuit du vingt-six au vingt-sept décembre, donc, je me mis sans raison à penser à Marthe comme je n'y avais pas encore pensé. Brutalement. Terriblement. Passionnément. Je m'endormais, me réveillais, m'assoupissais, sursautais. En feu. En eau. Elle était là. Chassée par le sommeil, elle revenait à dos d'ombre, à pas de lune, me tirait par le bras, me tirait par le cœur. A quatre heures du matin, je compris ma douleur et aussi ma douceur. J'avais les menottes, les siennes, aux poignets. Je n'avais plus qu'à marquer cette nuit blanche d'une pierre noire. La blonde nouvelle pour ma nouvelle année me tombait du ciel sur les reins.

Quand je me levai, par cette aube grise, j'avais entre les dents une touffe de ses cheveux, une épingle à chapeau kitsch plantée au côté gauche. Je les ai depuis pieusement gardées. On peut visiter. Les cadavres sont alignés en désordre, fesses contre fesses ou seins à seins. Étiquetés. Cette nuit-là, Marthe n'était pas au cercueil, loin de là. Cette nuit-là était celle de sa naissance en moi, et elle avait un jour quand vint le jour. On ne pouvait être plus jeune qu'elle, on ne pouvait être plus bête que moi.

Comme un innocent, je n'avais que le goût du miel dans la bouche. Comme un innocent encore, je crus en Dieu. On a les dieux que l'on mérite. Les miens ne sont pas du bois dont on fait les croix, mais les lits. Comme un innocent toujours, je pointai ma tête hors du parapet de la tranchée. En amour et en guerre, comme d'habitude, les balles ne sont ni pour nous ni pour nos propres généraux. Elles se perdent. Nous ne sommes vraiment que de pauvres diables, malgré notre plein de « super » d'essence divine. *J'aimais Marthe!* Cela devait me pendre au cœur depuis... depuis quand, au fait ? Je ne voyais pas... Était-ce dans l'avion, à dix mille mètres, le crâne au plafond de la mort, que s'était dessiné dans les mauvaises étoiles cet amour pressurisé ? Je n'en savais rien. J'aimais le docteur de service. J'étais heureux. Donc foutu. Cuit. Flambé. Quand une bribe de conscience me vint, je la repoussai des deux mains en me disant, éperdu : « Non, non! Pas cette fois! Elle n'est pas comme les autres ! »

Je ne me trompai pas : elle était pire.

Ce fut tout neuf et guilleret que je retrouvai Bruxelles et Marieke. Elle profita de mes excellentes dispositions. N'étais-je pas amoureux ? Je n'omis qu'un détail, je ne lui précisai pas de qui. Nous passâmes chez Jan un joyeux réveillon de Jour de l'An. Avec qui le passait-elle, elle ? Rudi était en Suisse. Hugues prétendait qu'il allait périodiquement embrasser ses parents pour qu'ils emplissent la marmite d'Aubervilliers de soupe « populaire ». Ce n'était pas invraisemblable de la part de papa maman aussi réactionnaires.

L'après-midi de ce premier janvier, Marieke me laissa seul une heure pour aller présenter ses vœux aux siens. Elle me laissa surtout seul avec le téléphone. Je faillis décrocher, appeler Marthe. Elle devait se demander, là-bas, pourquoi je ne l'appelais pas un jour pareil. Mon silence devait l'intriguer, l'inquiéter même, si tout roulait sur des roulettes.

Je tournai autour de l'appareil, davantage tenté qu'un saint Antoine lâché dans un sex-shop. Sa voix. Entendre sa voix. Lui dire : « Je t'aime ! » Lui crier : « Je t'aime ! » Il ne le fallait pas. En son esprit, je ne pensais plus à elle. Plus du tout. Regarde sous ton lit, Marthe, pour voir si j'y suis. Je n'y suis pas. Où suis-je passé ? Reviendrai-je ? Referai-je l'amour avec toi ?

Elle tourne aussi autour de son appareil, et se mordille le poing, et Che Guevara se tortille les poils de barbe.

Lorsque Marieke revint, tout fier d'avoir résisté aux supplications de Marthe, je l'embrassai plus sauvagement que tendrement, ma toute chère, ma toute petite Belge.

13.

Mes amis ne me laissez pas
Ce soir je repars au combat...

BREL

Le piège enfantin de Régis s'était refermé tout net sur deux pointes de sein. La souris Marthe piaula sous le ressort. Une lettre d'impatience attendait Ferrier. Pour ses étrennes. Comme prévu, elle avait espéré qu'il lui écrirait, lui téléphonerait. Elle *avait senti brusquement un grand vide au creux du cœur.* Ce n'était pas du Proust, mais nul n'en demandait tant et cela partait d'un bon sentiment. Elle s'excusait encore de ses humeurs londoniennes, était *heureuse de t'avoir rencontré le deux juillet,* terminait pas un *Reviens vite* dont il savoura le goût de Chivas. Les douze ans d'âge de ce duc des whiskies lui fondirent en baiser sur la bouche.

S'il avait si souvent aimé, n'était-ce pas uniquement pour retrouver les émotions brutales de la renaissance, de son ciel à l'envers, de sa mer retournée, pour revivre les heures fluides des recommencements ? Au commencement, était le verbe, au commencement était aussi, Dieu soit loué, la chair. Cette religion de chastes embaumait le soufre d'ainsi lancer en l'air de pareilles bulles méphitiques. La chair. Ils n'ont pas tort de l'interdire, ce paradis palpable où les anges ne sont pas de plâtre et s'enrouent de plaisir. Régis appela le sien qui vint d'un seul coup d'aile se poser dans sa paume.

Ils ne se ressemblaient plus, ni l'un ni l'autre. Passaient en balles de tennis au-dessus de la tête du

Suisse. Les trois minutes du round d'observation écoulées, les pugilistes s'empoignaient sans merci à bras-le-corps. L'amour n'a rien de commun avec les enfants. A leur contraire, il se conçoit souvent pendant l'éloignement. Tel avait été le sort parallèle de Marthe et de Régis. « Et le flipper fit tilt ! » aurait dit Hugues, toujours à la pointe du progrès.

L'amour est simple, en ses débuts. Ce n'est qu'après qu'il se mue en énigme, en charade. Il les fit éclater, jaillir les pieds devant de leurs solitudes, balaya les tergiversations de Marthe, transforma un Régis ébloui en tireur d'élite. Ce qui lui avait été hasardeux, ardu, décevant, leur devint tout à coup évident. Lorsque deux êtres s'aiment, même s'ils font mal l'amour, que leur importe, ils s'imaginent qu'ils le font bien. Ainsi qu'en sport, seul le résultat compte.

Tout naturellement, Marthe et Régis allèrent au-delà. Enfin en ligne de vol, ils franchirent de très haut les murs. Amoureux, ils se découvrirent des peaux qui n'étaient plus du tout celles qu'ils avaient connues avant Londres ou à Londres, quoiqu'elles fussent apparemment les mêmes. Amoureux, ils se parlèrent, et leur langage n'était pas davantage le même. Ils n'oublieraient — peut-être — jamais ces moments-là, où ils se donnèrent le meilleur de ce qu'ils possédaient, où ils se devinèrent, se comprirent, se pénétrèrent, et surent qu'il est limpide de sortir sans défense de soi.

Rudi absent, elle s'installa au studio pour quelques jours qu'ils baptisèrent de « vacances ». Ils vécurent enfin ensemble, brosses à dents, cœurs et jambes enchevêtrés, ce que devrait être le bonheur s'il pouvait survivre aux instants de bonheur.

Lorsqu'ils n'étaient pas l'un sur l'autre, ou l'une sur l'autre car elle aimait souvent occuper la place de l'homme en ce commencement d'une année que l'on avait décrété « de la femme », ils parlaient, donc. Face à face, accoudés sur le marbre du guéridon de bistrot. Des heures. Elle se tenait où s'étaient tenues Mouche et Marieke. Il n'avait pas changé d'endroit. Il n'y avait que lui d'immuable, ici. Il tentait de moins boire, tâchait de préférer cette bouche tendre et rouge au whisky dur et sec des nuits de glace. Ces heures-là furent d'une légèreté qui les abasourdit. Ils s'étonnaient, sincères, de leur rapidité, flottaient au sein de bizarres décalages horaires qui leur donnaient le mal de l'air. A dix heures du soir, ils conversaient à peine depuis dix minutes qu'il était déjà minuit. Cinq minutes plus tard, deux heures sonnaient. Le reste à l'avenant. L'aube du Marais les surprenait alors qu'ils n'avaient pas encore eu l'idée de s'endormir.

Marthe ne l'entretenait plus de politique. Quelque chose, en son esprit, était enfin devenu plus important que le Vietnam même. Le rêve se substituait aux rêveries, le présent à l'avenir, les mains réelles de Régis au doigt hésitant du destin. La féministe d'occasion ne put s'empêcher pourtant, une fois, de mentionner dans la conversation cette fameuse « année de la femme » dont l'actualité rebattait les oreilles entre deux paradoxales publicités de marques de lessive au service des chemises sales des mâles ou de « déodorant corporel » à l'usage de leurs narines devenues tout à coup délicates. Régis eut un petit rire amer :

— Pas à moi, Marthe, s'il te plaît. Pour moi, l'année de la femme, c'est tous les ans chaque année depuis que j'ai embrassé la première.

Elle estima jolie cette réponse mélancolique. De fait, Régis n'avait aucun mérite à si peu se soucier d'antiracisme ou de féminisme. Sa religion était faite depuis longtemps. Il n'aurait pu y ajouter qu'un « Hélas ! » Elle tenait en ce que les Noirs, par exemple, étaient aussi bêtes et cruels que les Blancs. Et *vice versa*. Que les femmes étaient aussi stupides et méchantes que les hommes. Et réciproquement. Il n'octroyait à personne une quelconque supériorité numérique ou morale, accordait, en revanche, des droits égaux à qui en voulait bien. Il ne fourrait pas, comme Claudel ou tant d'autres, la tolérance dans les maisons du même nom.

Hétérosexuel, il avait souffert des femmes. Inverti, n'eût-il pas pareillement pâti des garçons ? Sa philosophie eût été celle du parfait désespéré s'il n'avait envers et contre *toutes* encore attendu quelque chose de la vie, quelque chose d'autre que la vie. Il ne savait d'ailleurs pas quoi. Séchait à tout hasard aux branches mortes de l'amour avec, au fond de lui, cet espoir saugrenu qu'elles redonneraient des fleurs, des fruits et des oiseaux.

Dès qu'il aimait, il écoutait avec tristesse et ravissement la voix passionnée d'un de ses frères d'écorchures, d'un homme qui se qualifiait lui-même de « poète pour salle de bains ». Il écoutait Jacques Brel craquer. On ne craquait pas mieux. Il écoutait :

Non les filles que l'on aime
Ne comprendront jamais
Qu'elles sont à chaque fois
Notre dernier muguet
Notre dernière chance
Notre dernier sursaut
Notre dernier départ, notre dernier bateau...

Brel, les intellectuels l'eussent traité de Baudelaire de mirliton. Ferrier pensait que Baudelaire et Brel pouvaient cohabiter. Qu'en poésie il n'est pas de salon ni de salle de bains. Que seul le cri existe. Brut.

Ferrier regardait Marthe, à un pas de lui, ce visage suspendu par ses cheveux blonds au-dessus du guéridon de marbre. *Notre dernier départ...* Ferrier regardait Marthe... *notre dernier bateau...* Quand repartirait-il, celui-là, en soufflant dans la plus déchirante des cornes de brume pendant que lui, Régis, soufflerait dans ses mains déjà froides ? Car il repartirait, le bateau Marthe. Comme le navire Else, de la Compagnie Else and Co.

D'un geste brusque, il saisit les seins de Marthe au travers du chandail. Chauds. Là. Vifs. Là. Jusqu'à quand ? Il en meurtrit les pointes. Il lui avait appris à aimer le mal qu'il pouvait leur causer. C'était affaire de degré, de limite. Il soupira, sourire en coin :

— *Ne me quitte pas.*

Elle, qui arrivait de frais, n'y songeait pas déjà. Elle écarquilla ses yeux bleus :

— Pourquoi me dis-tu ça ?

— Pour rien. C'est le titre d'une chanson de Brel, où l'on renonce enfin à tout cet amour-propre qui nous fait tant de mal. Deux vers encore, d'une autre, rien que pour toi :

Elles, elles ont l'arrogance
Des filles qui ont de la poitrine...

Ce fut à elle de soupirer, le sourire en moins :

— J'en voudrais bien un peu, d'arrogance. Régis, depuis que je suis grande, je n'ai aucune confiance en moi.

— C'est parce que tu es encore petite.

Elle était, en ces temps-là, comique, quand on la

contredisait. Elle levait la main pour griffer, doigts écartés, geste qui devint très vite familier à Régis, au point qu'il l'imita souvent pour se moquer de Marthe.

— Je n'en ai plus le droit, d'être petite, je ne crois plus du tout en moi.

— Pourquoi ?

— Je ne sais pas...

En vérité, elle était molle, sans volonté, se laissait flotter aux côtés de Rudi dans une sorte de placenta par trop tiède et commode. Nadine avait dit à son oncle : « Avec Marthe, c'est toujours le dernier qui a parlé qui a raison. Arrange-toi pour être celui-là. » Il s'était dit : « D'accord. Et même, s'il le faut, je serai le dernier des derniers. » Comme il aimait Marthe, il la secoua ce soir-là aussi fort qu'il l'aimait, s'engagea encore plus avant.

— Je ferai de toi une femme, tu m'entends. Je n'aime pas les méduses.

Elle arrondit une bouche de gamine indignée :

— Une méduse, moi !

— Un lamellibranche, si tu préfères. Tu dois être une femme. Au lit, tu étais seule, car rien ne comptait que toi. C'est fini. Maintenant, tu y seras avec un homme. C'est ce que j'appelle une femme, pas une Marie-couche-toi-là. Dans la vie aussi, tu seras une femme. C'est regrettable de ne plus avoir douze ans. Tu n'y es pour rien, mais les autres non plus. Voilà trois ans que Rudi les entretient dans la facilité, tes douze ans. Et il n'y est pour rien non plus, puisqu'il en a dix. Tu veux être une femme, ou pas ?

— Oui, fit-elle.

Elle obéissait. Elle ne demandait qu'à obéir. A tout le monde. Au dernier qui parlerait.

— Alors, il faut que tu prennes un peu de distance

avec lui. Cesse de lui dire *amen*. Vous êtes des faibles, tous les deux. Et des lâches. Oui, oui, des lâches. Et tu le sais très bien ! Quand vous n'avez plus d'argent, il va voir ses parents, ou tu vas chez les tiens. Ce n'est pas vrai ?

— Des fois... souffla-t-elle, honteuse d'avoir volé des confitures.

— Tu ne dois plus être influencée en tout par Rudi, même en politique. Tu n'as aucune personnalité auprès de lui qui n'en a pas davantage. Je veux t'en donner une.

Il ajouta comme négligemment :

— On peut y arriver, Marthe. Puisque tu m'aimes.

Elle perçut le doute et se cabra, se voulut claire et vitre :

— Oui, je t'aime.

Il lui reprit les seins, leur fit mal encore, et elle gémit, au bord des larmes : « Je t'aime », et elle le gémit une fois de plus au bord du lit où ils étaient tombés de haut.

Elle ne rentrait plus à Aubervilliers. Deux chiens perdus s'y occupaient des chats. Ils s'appelaient Éric et Fred. Marthe et Rudi les avaient ramassés sur un bas-côté d'Afghanistan ou de Turquie, elles se ressemblent toutes, les routes qui ne mènent à rien. Depuis, Éric et Fred avaient découvert l'Amérique, les délices aventurières de la plonge dans les coulisses des restaurants. Ils venaient de rentrer en France et de déployer tout normalement leurs sacs de couchage chez les Gewurtstraminer en attendant de se procurer un « job ».

Elle portait toujours avec ostentation ses bottes de pauvresse.

— Serait-il « réviso » ou « facho » de t'en offrir d'autres ? badina-t-il.

— Tu es gentil, mais je n'en ai pas besoin.

— Le besoin est à l'opposé du plaisir. Fais-moi le plaisir d'accepter un plaisir. J'en accepte de toi.

— Oui, mais c'est gratuit.

— Tous les plaisirs le sont.

A Saint-Germain-des-Prés, sommée de choisir, elle se décidait, embarrassée, pour n'importe quoi de modeste. Il riait :

— Tu n'as aucun goût ! La preuve : tu es avec moi.

Il parla hébreu pour se moquer tendrement d'elle :

— Il faut sérier les problèmes pour affiner ton analyse et assumer ta marginalité. Ta marginalité, c'est d'être belle. La lutte des classes, la cause du peuple ne gagnent rien à ce que tu le sois moins. J'admets que les femmes naissent égales en droits. Pas en beauté, hélas. C'est la nature, plus que les hommes, qui est « facho ».

Il était, rue Bonaparte, un bottier célèbre à l'enseigne insolite de François Villon. Trois ans auparavant, Ferrier y avait conduit Mouche. En essayant ses bottes, la gosse s'était précisément extasiée qu' « elles lui feraient trois ans ». Il se rappelait avoir répondu qu'il ne les ferait pas, lui. Il ne s'était pas trompé sur sa propre durée. Les sentiments de ses femmes n'étaient pas de cuir. Au mieux, de peau.

Marthe, mise au pied de ces bottes-là, se récria sur leur coût. Mais la féministe, féminine jusqu'aux orteils, n'était pas fille à résister à une tentation quelle qu'elle fût. Elle se résigna, la mort dans l'âme, à cette folie bourgeoise, et tout le rouge de la révolution lui monta au front. Régis signa avec volupté un chèque au nom de François Villon. Il avait l'impression de « dépanner » l'auteur de la *Ballade des Dames du temps jadis*, de l'inviter à boire au Cabaret de la Pomme de Pin.

Dans la rue, Marthe marcha avec ravissement, serrant de toutes ses forces le bras de Ferrier. Elle s'arrêta, honteuse de nouveau :

— Quand même !... je suis une salope...

Il persifla :

— Au lit, tu ne l'es pas assez. Élève douée mais peut mieux faire.

Elle le pinça, murmura :

— A cause de ce cadeau, je n'oserai plus jamais te dire que je t'aime.

Il s'amusa :

— Ce n'est pas grave, je ne t'ai jamais crue.

— Oh !

Elle était drôle, oui, quand il l'agaçait. Elle répéta : « Oh ! », les griffes en l'air, jouant le jeu, puisqu'elle savait que cette mimique l'égayait. Émue, elle pesa contre sa hanche :

— Régis. Je suis heureuse.

Il leva le coude pour protéger son visage :

— Tout ça pour une paire de bottes ! Tu es facile à acheter, ma vieille !

Ils s'embrassèrent avec une brusquerie qui leur tourna la tête.

— Oui, Marthe, affirma-t-il.

— Oui, Régis, oui ! murmura-t-elle.

Pour rejoindre au plus vite le studio, ils prirent un taxi. Alors que, « chez eux », elle commençait à se déshabiller précipitamment, elle suspendit tout à coup ses gestes :

— Dis...

— Quoi ?

— Dis... j'ai envie de garder mes bottes... Ne ris pas !

— Je ne ris pas tant que ça. J'allais justement te

demander de les garder. Tu fais des progrès. J'ignorais qu'elles étaient de sept lieues, ces godasses.

Une attention d'elle l'avait touché. Il l'avait vue ranger sur une tablette de l'armoire à pharmacie une seringue, un garrot, des fioles, tout un matériel d'intraveineuse.

— Qu'est-ce que c'est que ça ? Madame veut se « shooter » au « horse » ?

— Idiot ! C'est pour toi. En cas de...

— En cas de quoi ?

— Rien, rien.

Il avait compris qu'elle entendait le sauver d'un possible infarctus. Il avait souri, troublé :

— En somme, docteur, je ne vais plus faire l'amour que sous surveillance médicale ?

— C'est un peu ça.

— Chouette, alors ! A nous les plus dingues des trente-deux poses !

Cela l'enchantait, qu'elle lui prenne sa tension, ses pulsations, l'ausculte. C'était infiniment plus mystérieux, plus impressionnant, un médecin, qu'une autre femme. Naïf malgré son âge, Ferrier était encore sensible aux mythes de son enfance où « faire venir le docteur », « bien écouter ce qu'a dit le docteur » étaient des paroles que sa mère ne prononçait qu'avec effarement et respect. L'auteur à succès, quoi qu'il en eût, avait hérité de ces références et ne pouvait considérer une petite généraliste, fût-elle dans ses draps, comme une demoiselle ordinaire. En bref, Régis était bêtement fier du métier qu'exerçaient ses amours. Il avait beau en plaisanter de la sorte : « On ne dit pas je vais AU docteur, on dit je vais CHEZ le docteur, et moi je ne commets pas de faute de français quand je dis que je vais DANS le docteur », il n'en pensait pas moins avec des gants.

Elle les ôtait quand elle parlait de sa profession. Les jeunes médecins, assurait-elle, prétendaient briser les tabous dont le public entourait leur personne. Ils voulaient s'arracher l'auréole et dissiper l'aura. Ils repoussaient ce prestige de classe, le considéraient comme une séquelle bourgeoise — encore ! — d'un passé révolu. Imprégnée des théories égalitaires de son Suisse, elle délirait avec assurance, affirmait qu'elle n'avait pas le droit de mieux gagner sa vie qu'une femme de ménage qui n'avait eu ni le loisir ni la chance d'étudier comme elle.

Régis pouvait bien protester que les responsabilités n'étaient pas tout à fait les mêmes, que l'aspirateur était moins précieux aux malades que le stéthoscope, qu'il n'y avait aucune commune mesure entre leurs devoirs vis-à-vis de la société, il y gaspillait sa salive, se heurtait à un mur. Marthe en rajoutait, affirmait que lorsqu'elle ouvrirait un cabinet, elle intéresserait sa bonne aux bénéfices dudit.

— Vous voilà partis pour l'erreur qu'ont commise les curés, ripostait Ferrier. En quittant leur soutane, ils ont vu s'évanouir la moitié de leur clientèle. On ne démocratise pas le Seigneur sans risques.

— Tu es pour le cérémonial ?

— Comment veux-tu qu'un homme de spectacle soit contre ?

Abandonnant ce terrain surchauffé, où elle virait à l'écrevisse cuite, Régis préféra l'emmener sur un autre, où elle manquait de certitudes prédigérées :

— Non seulement je souhaite que tu sois une femme, mais je veux que tu sois un bon toubib. L'échec n'a jamais grandi quelqu'un.

Il avait tiré dans le mille. Marthe eut sa grimace de fillette, une larme à l'œil, une lèvre tremblante :

— Ne me dis pas ça. J'ai déjà si peur.

— De quoi ?

— De tout. De la vie. Je n'ai plus de parents. On n'a jamais plus de parents, quand on est grands. Ils m'ont lâché la main trop vite.

Elle bredouilla un des mots clés de sa génération.

— Je suis paumée, Régis, paumée à mort.

Celle d'Hemingway, de Fitzgerald et de Bix Beiderbecke était, plus modiquement, perdue. Il en eut pitié, de cette enfant, l'enlaça :

— Je suis là.

Cela ne devait pas être suffisant aux yeux des yeux bleus. Ils demeurèrent sous vide, sous voile. La méduse flottait. Régis ne se doutait pas que, née pour flotter, elle flotterait *ad aeternam,* ne doutait pas de ses pouvoirs sur elle. Il la repêcha d'autorité :

— D'abord, tu vas passer ta thèse.

Lamentable, elle haussa les épaules.

— Tu n'en as pas le courage, hein ?

— Non...

Il répéta, énergique :

— Tu vas la passer, tu m'entends.

Elle le regarda, déjà moins flasque dès l'instant qu'on la commandait :

— Tu crois ?

— Je le veux !

— Alors, j'essaierai. Pour toi.

— Tu n'essaieras pas. Tu l'auras ! Qu'est-ce que c'est, ton sujet ?

— « La polymyosite fibreuse primitive à forme pseudo-myopathique. »

Ferrier plia sous le choc :

— S'il te plaît ?

Elle rit, répéta :

— « La polymyosite fibreuse primitive à forme pseudo-myopathique. »

— Et tu y comprends quelque chose, à ce truc-là ?

— Heureusement !

Il en siffla d'admiration ingénue :

— Ça va être mon tour de ne plus oser te dire que je t'aime. Se pencher sur un tel puits de savoir, ça file le vertige !

Elle pensa qu'il se moquait, fit, morne :

— Tu parles !...

Il la prit par le cou, soudain guilleret :

— A ta place, j'aurais choisi une autre matière.

— Laquelle ?

— Oh ! j'ai même le titre : « De la fellation considérée comme un des beaux-arts. »

Elle s'alanguit dans son bras, murmura, déridée :

— Je n'aurais jamais trouvé un patron pour la soutenir.

— Si, moi.

L'ancien prof d'anglais avait conservé des vertus — les seules qu'elle eût jamais — pédagogiques. Elle exposait les questions avec une clarté inconnue des cuistres de son monde. Ahurie, par exemple, de l'ignorance de Ferrier dans le domaine de la contraception, elle lui en expliqua les diverses méthodes en termes nets et, qui plus est, compréhensibles.

— Tu prends la pilule, toi ?

— Je l'ai prise. Puis j'ai dû arrêter. Rudi n'a pas eu toutes libertés avec moi, le pauvre.

Cette évocation contraria Régis. Marthe s'en aperçut. Toutes ses douceurs revenues elle lui embrassa les mains.

— Je vais te faire un aveu. Quand nous nous sommes revus, à Paris, j'ai été sûre tout de suite que je ferais l'amour avec toi. Certaine aussi que tu ne supporterais pas des contraintes. Alors...

— Alors ?

— Je suis allée consulter un ami gynécologue, et il m'a posé un stérilet.

Elle s'exprima toujours à propos de son corps, de leurs corps, des corps, avec la simplicité propre et naturelle aux professionnels pour qui ne sont évidemment de mise ni pudeur ni métaphores. Au début, cela l'étonna, le choqua même. Il s'y habitua jusqu'à trouver normaux, voire charmants dans la bouche de Marthe les mots les plus techniques, les plus rébarbatifs tels que vagin, verge, matrice, vulve, etc. Leurs métiers employaient deux langages différents, opposés. Concret, précis chez l'un, littéraire, poétique chez l'autre.

Dieu merci, quand il était en elle, Marthe n'utilisait plus son vocabulaire d'amphithéâtre, s'il conservait le sien, de théâtre justement. Il le voulait hurlant, violent, à l'extrême limite de la grossièreté. Il n'avait pas l'amour salonnier, ni de goût sûr ni de bon ton, bref appelait un chat une chatte, et bandait davantage qu'il n'éprouvait de « galantes ardeurs ». Quand il aimait une femme, ce « phallocrate » abominable entendait qu'elle jouisse avant lui, avec lui. Puisqu'il l'aimait. Que c'était, le plaisir d'une Marthe, le sien, et plus vif même que le sien. Puisqu'il l'aimait. Ce qui motivait son souci puéril d'avant Londres. Oui, puéril, puisqu'il ne l'aimait pas, avant Londres.

Depuis qu'ils étaient clos, reclus en ce studio, la question s'était résolue sans effort, d'elle-même : à eux deux. Ils furent donc heureux quelques jours, pleinement, insolemment heureux, vécurent leur aube au soleil des chandeliers sans jamais ouvrir les rideaux sur le noir sale de l'hiver. Tels des bateaux que berce le semblable ressac, tels des chevaux marchant ensemble l'amble. La femme et l'homme, en somme, dès que Dieu les oublie dans leur coin, les laisse imiter Dieu. Il a horreur de leurs menus bonheurs, ledit Dieu des armées. Jadis, il usait du feu ou du glaive. Mais lui aussi, comme tout le monde, s'est rapproché des masses. Aujourd'hui, il emploie la matraque des C.R.S.

Il leur dépêcha Éric un midi. De Bâle, Rudi avait téléphoné à Marthe.

— Il te rappellera ce soir à six heures. Il n'était pas content que tu ne sois pas là.

— Il pourrait le deviner, où je suis, fit-elle avec humeur.

— C'est peut-être pour ça...

Éric, qui s'en fichait, ajouta :

— Il n'avait pas l'air bien dans sa peau.

Leur aise ou leur malaise dans leur peau, c'était encore un de leurs leitmotive de prédilection.

Le soir, elle revint ennuyée de son rendez-vous téléphonique.

— Il veut que j'aille le rejoindre. Il doit se douter de ce qui m'est arrivé. Il pleurait...

Ferrier se renfrogna. Les mollusques bâillaient, se hélaient.

— Eh bien, vas-y. Avec des mouchoirs pour éponger.

— Tu es méchant. S'il a mal...

— Il est chez sa maman, non ? Il lui en faut deux ?

— Il m'a dit qu'il allait passer du « H » d'Allemagne en Suisse pour gagner de l'argent. Pourvu qu'il ne se fasse pas arrêter...

Il commençait à les connaître, ces mythomanes. Il pouffa sans ménagements :

— Il dit ça pour jouer à Zorro, pour se rendre intéressant.

— Il en a déjà passé.

— A d'autres ! Il a piqué des sous dans le porte-monnaie de sa vieille, comme tous les gosses, oui !

Elle se fermait, il se roidit :

— Vas-y. Tout de suite. Je ne te retiens pas.

Elle balançait, alla comme d'habitude au plus facile, au plus plaisant :

— Je reste, Régis. Ne me gronde pas. Il va me rappeler demain, on verra bien.

Elle soupira, elle qui ne vivait que pour l'instant :

— On était trop tranquilles comme ça...

Et puis elle oublia, elle qui oubliait au plus vite ce qui l'importunait.

Ainsi, Rudi pleurait. Déjà. Ferrier goûtait peu ces déloyautés. On n'accorderait pas le droit aux larmes à ses quarante-sept ans.

Le lendemain, ils avaient invité Hugues et Nadine à dîner au studio. Marthe était ravie de jouer les ménagères ailleurs que chez elle, de pendre en somme une autre crémaillère. On ne forme pas un couple sans ces secondes intimités là, ces minces complicités du quotidien, ces insignifiances capitales. Un couple entre dans les boutiques bras dessus bras dessous, sait qu'il est couple dans la foule, mais ne veut pas savoir que l'ennui le surveille, que l'ennui le tuera. Depuis Mouche, Ferrier n'était pas retourné rue Rambuteau le filet à provisions à la main. Il y revint avec délices, son nouvel oiseau de paradis perché sur son épaule.

La vie. Réouverture. Marthe, je te présente la rue. Ses marchands des quatre-saisons. Des saisons, tu n'en feras pas davantage. Vieille rue de Paris, je te présente ma petite dernière, Marthe, parisienne du dix-huitième depuis trois générations. Trop bien élevée, elle ne parle pas un mot de notre langue, l'argot. Je le lui apprends. La vie. De retour. En alternance avec la mort. La vie est blonde.

Entre deux achats de victuailles, il offrit des fleurs à Marthe. Elle en parut confuse, embarrassée :

— Elles ne te plaisent pas ?

— Si... Mais ce sont les premières qu'on m'offre depuis si longtemps...

— Ah ! oui, c'est bourgeois, les roses ! Je ne m'en souvenais plus. Tant pis pour toi. Comme vous dites, j'assume mon amour.

Elle l'assuma aussi, d'un baiser tout ému, tout mouillé, tout fou, parmi les gens.

— Régis, je n'ai pas envie d'aller à Aubervilliers, tout à l'heure. Je suis trop bien avec toi. Rudi va m'embêter, va tout gâcher.

— N'y va pas.

— Mais... il sera furieux.

— Alors, vas-y.

Elle se mordillait encore le poing, le nez dans les fleurs.

Plus tard, au studio :

— Régis, qu'est-ce que je dois faire ?

— Ce que tu veux.

— Mais je ne le sais pas, ce que je veux ! C'est tout mon problème ! J'en ai marre, je t'aime.

— Et lui ?

— Lui... lui... il a besoin de moi...

Ferrier ne lui donnant pas d'ordres, elle se décida enfin, partit sur un « je ne serai pas longue » auquel il répondit :

— Tu seras toujours longue. J'aime tes longues jambes, qui te font l'écureuil haut perché.

Elle rit de l'image, s'en alla réconfortée. Peu après, la nièce et le neveu arrivèrent.

— Ça va tonton ? demanda Nadine.

— Ça va. On s'aime. Mais Gewurtstraminer bouge encore.

— Il n'a pas fini, rétorqua Hugues en ricanant. Si tu menaces son gagne-pain, il va se rouler par terre. Il veut bien partager la viande à condition que tu ne touches pas aux légumes ni à la gamelle.

— C'est ça, hein ? Je le reniflais. Un peu maquereau ?

— Tonton ! C'est un artiste ! Tout pour l'œuvre ! Une toile par mois, quand il retrouve ses pinceaux. Et puis, il est suisse. C'est plus commode pour ne pas avoir de permis de travail. Ajoute à ça que les hommes nourrissent les femmes depuis des siècles. Ça va changer ! Théorie féministe : on est les égales des mecs, on va les entretenir comme ils ont osé le faire, les fumiers, depuis toujours.

— Elles n'ont rien inventé. Les putes l'ont toujours fait.

— Les putes, c'était par instinct, pas par doctrine. Tu retardes, tonton. C'est une authentique révolutionnaire, Marthe. A la vérité, pas de mère en fille. C'est tout neuf.

— Qu'est-ce que tu en penses, Nadine ?

— Oh ! moi, j'aime autant que Hugues travaille. Mais je ne suis pas maoïste. En fait, ils s'en fichent, de leurs discours, les deux Gewurtstraminer. Ils font surtout la planche.

— La planche pourrie, oui ! Ils font du stop sur terre, commenta Hugues un rien méprisant. Si on s'arrête, c'est la fête. Si on s'arrête pas, on se couche dans l'herbe, on est des philosophes.

— Je ne la voyais pas comme ça..., réfléchit Ferrier.

— Tu l'aimes. Qu'est-ce que tu peux en voir, à part les yeux ? Tu es super-chiatique, tonton, quand tu es amoureux. Tu ne touches plus une bille. Tu ne comprends plus rien. Tu yoyottes de la touffe. Tu ramènes tout à tes petites nénettes.

— Ce n'est pas une petite nénette, Marthe ! protesta Régis de toute sa bonne foi.

— Si. Elle fait un mètre vingt. Et encore ! Dans ses grands jours.

— Tu ne l'aimes pas.

— Comme toi, non. Mais je l'aime bien. Je la vois telle qu'elle est, moi. Depuis deux ans.

— Tu ne crois pas qu'elle m'aime ?

— Il n'y a que ça qui t'intéresse...

— Oui, que ça !

— Elle peut t'aimer. Elle est capable de tout. Mais elle aime aussi l'autre.

— Tu vas faire de la peine à tonton, fit Nadine la calme tout en surveillant le rôti.

Hugues agaçait son oncle, d'ainsi lui montrer les épaves sur la mer, les papiers gras dans la forêt, les papillons de nuit tombés dans son Pernod. Ferrier entendit s'ouvrir la porte, sur le palier, s'illumina bêtement :

— C'est elle !

— C'est elle ! le singea Hugues. Ah ! mon Dieu ! Bandons, baisons, éjaculons, voilà Garbo-Bardot-Dodo !

— Tu es un con, ragea Régis, mais... qu'est-ce qu'elle fout ?...

Elle n'entrait pas dans la pièce. Elle appela :

— Régis !

On accédait au studio proprement dit par un escalier intérieur de quelques marches. Elle était vautrée, cassée, sur ces marches, le visage entre ses bras, les bras sur une valise. Ferrier referma sur eux la porte de séparation, se jeta sur Marthe, lui souleva la tête. La Sainte-Face de son amour ruisselait de larmes.

— Marthe ! Qu'est-ce qu'il y a ?

Elle bégaya, au désespoir :

— Régis, mon Régis !... Les vacances sont finies !... Je vais en Suisse demain. Régis, je t'aime, et je m'en vais !

Elle sanglota si fort qu'il en eut le cœur renversé. Il la serra contre lui :

— Explique-toi, petit toubib, mais ne pleure plus, je t'en supplie. Et mouche-toi.

Elle se moucha, obéissante, puis bredouilla :

— Il voulait que je prenne le train ce soir. Je n'ai pas pu. Je ne pouvais pas te quitter comme ça, ce n'était pas possible. Il est malheureux...

Elle se moucha encore, fit, accablée, apitoyée :

— Moi aussi, je suis malheureuse...

— Mais enfin, qu'est-ce qu'il a fait comme connerie ?

— Il a fait... il a fait qu'il a recommencé !...

— Recommencé quoi ?

— Comme je ne voulais pas le rejoindre, il s'est procuré de la drogue. Il s'est piqué. Si je n'y vais pas, il va se camer à mort, et il va mourir, Régis, si je le laisse faire !

Ferrier, refroidi, pensa que ce serait trop beau. Gewurtstraminer, décidément, n'était pas « sport ». Il remit Marthe debout, traîna femme et valise dans le studio, déclara aux invités interdits :

— Hier, il lui faisait le coup du passage du H à la frontière. Pas de succès. Aujourd'hui, il se pique et appelle au secours : « Marthe ! Il y a une seringue qui m'a sauté dessus, viens me l'enlever, viens me sauver comme tu m'as déjà sauvé ! De plus, quand tu seras auprès de moi, tu ne seras toujours pas avec Régis ! »

Hugues fut plus violent que lui, qui n'avait pas ses raisons de ménager Marthe, avait son âge, ne couchait pas avec :

— Tu es une débile, une cloche, une savate ! Il te fait chanter, le petit Suisse, et tu chantes mieux que La Callas ! Tiens, je parie qu'il ne s'est pas shooté du tout, qu'il raconte ça pour que tu fasses la nounou.

— Ne dis pas ça, s'indigna-t-elle d'une voix toutefois éteinte.

— Si, je le dis. Et aussi que tu es aussi veule que lui, aussi minable, que vous êtes bien faits l'un pour l'autre. Je me demande ce que tu trouves à tonton, et, surtout, ce qu'il te trouve !

Elle considéra humblement Ferrier. Elle avait séché ses pleurs, écoutait « le dernier qui parlait » la railler, la bousculer. Régis se taisait. Son neveu lui était précieux. Il la secouait à sa place et, n'étant pas partie prenante, n'en avait que davantage de poids.

— Rudi a besoin de moi..., répétait-elle.

— Pour bouffer !

Elle protestait :

— Tu es injuste. Il a besoin de moi pour vivre. Quand je ne suis pas là, il est mal dans sa peau.

C'était vraiment leur réponse à tout que leur éternel mal dans la peau. Ils auraient dû, tous, consulter des dermatologues. Régis regardait, attristé, Marthe, puis la valise, puis Marthe qui avait bouclé cette valise, l'avait refermée sur leurs vacances, Marthe qui le regardait à la dérobée, chienne battue étonnée qu'on ne la défende pas, elle si désarmée, si friable, si frêle face à une vie trop dure à ses dents de lait.

Nadine s'extasia soudain :

— Oh ! Marthe ! Les belles bottes ! C'est toi, tonton ?...

— Oui, c'est lui.

Les bottes changèrent tout, qu'elle dut retirer pour que la nièce les essaie. On s'entretint de chiffons, des couleurs avec lesquelles se marierait le mieux le fauve du cuir. Hugues, Régis, Rudi, dégradés, recouvrèrent en une seconde leur fonction — subalterne — d'hommes. Bientôt, dans leur coin, elles rirent...

Il l'accompagna à la gare. Marthe, sombre, ne le quittait certes pas de gaieté de cœur.

— N'oublie pas, Marthe, de devenir une femme. Ne te laisse pas absorber, digérer par lui.

— Je te le jure. Je changerai. Pour toi. Mais il va pleurer, et c'est affreux, un garçon qui pleure. Cela me fait peur. Je voudrais déjà être revenue auprès de toi.

Sur le quai, ils demeurèrent face à face, muets, les yeux dans les yeux, longtemps, très longtemps, tressautant quand tressautait la grande aiguille de l'horloge, près d'eux.

Il tentait en silence de lui dire qu'il l'aimait. Elle le fixait, éperdue.

12 h 40.

Plus un mot. Que les yeux. Ils s'aimèrent, là. Intensément.

12 h 42.

A jamais. Et pour toujours bien sûr. Blonde, Brun

avec quelques poils gris, quelques poils blancs aussi. Ma chérie. Mon amour.

12 h 43.

Ferrier le revécut souvent, ce départ qui était un commencement et une arrivée. Oui, elle serait une femme. Par lui. Pour lui. A lui tout seul, peut-être ? Ils s'embrassèrent à tout rompre pendant qu'éclatait dans leur dos 12 h 44. Puis 12 h 45. Il souffla, ses yeux brillants dans ses yeux humides, à elle :

— N'oublie pas.

— Non. Ne m'oublie pas.

— Non.

Le train démarra à 12 h 47. Avec elle. Ferrier garda en sa bouche le goût frais de sa bouche. Lien de fumée. Chaîne de vent. On ne savait pas autour de lui qu'en sa bouche il gardait tout un amour, comme un bonbon, comme un noyau.

Marthe lui écrivit, *à mi-chemin de lui et de toi,* posta sa lettre à Belfort Entrepôt 16 h 30.

Docteur, votre langue est terrible. Dix gouttes avant chaque repas. Docteur Jekyll ! « Sweet cocksucker !... » Petite fille deviendra femme.

Régis, mon amour... mais ces messieurs de la S.N.C.F. n'auraient pas compris que le mal d'amour est une urgence assez grande pour pouvoir tirer le signal d'alarme... j'étais heureuse, j'aime parler avec toi, cela m'est devenu indispensable. J'ai l'impression que tu me stimules, que tu catalyses la métamorphose de la méduse petite fille en femme... ce sera une femme qui arrivera en gare de Bâle et tu seras ma meilleure arme pour la lutte qui va s'engager...

Docteur, vos lèvres sont terribles. Six à dix comprimés dragéifiés par vingt-quatre heures. Ne pas laisser à la portée des enfants.

— C'est grave, docteur ? Très grave ? Aucun espoir ? *Ce que je ressentais qaund tu étais en moi est inexprimable... j'aurais voulu que tu restes au plus profond de moi, pour toujours... j'aurais voulu te donner plus que mon corps... j'aime boire à ta bouche, et j'aime, à présent, te manger...*

Docteur, votre salive est terrible, autour de moi. Vive la polymyosite fibreuse primitive à forme pseudo-myopathique !

Angine de poitrine. Crise. « Dans certains cas cependant elle peut se terminer par la mort subite... A tout instant le malade peut mourir... » (Encyclopédie médicale pratique.)

Marthe ! Marthe ! Je t'aime ! « Éviter l'emploi prolongé de ce médicament. »

Te souviens-tu, tu voulais être comme de l'Advokaat dans ma gorge, hier tu étais mieux que cela, c'était un philtre d'amour que je savourais... je t'aime, je t'aime, je t'aime, je t'aime... je t'embrasse longuement avec tout mon amour, Marthe.

Docteur !

Docteur !

Votre bouche est terrible ! ! !

14.

Laisse tomber, tonton. Écrase. Arrache-toi. Décolle. Toi qui aimes le vélo, pense aux coursiers cueillis par la défaillance. On dit d'eux qu'ils sont « en travers », qu'ils « passent par la fenêtre ». Tu vas te mettre en travers, passer par la fenêtre. Oui, tout cela finira mal. Mais non. Tu te méprends. Rudi ne te tuera pas. S'il avait un revolver, il serait capable de se blesser avec. Il s'agit de Marthe. Elle ne sera jamais à toi, ni à personne. Elle n'en est pas capable, elle, de se blesser. Elle croit qu'elle t'aime, comme elle croit qu'elle vit. Tu lui as dit que tu l'aimais ? La Rochefoucauld : « Il y a des gens qui n'auraient jamais été amoureux, s'ils n'avaient jamais entendu parler de l'amour. » Elle est de ces gens-là.

Tu n'en feras jamais une femme comme tu t'imagines qu'elles doivent être. Elle ne grimpera jamais aux arbres, toujours à son cordon ombilical. C'est une fragile qui ne peut que se baigner dans une autre mer de fragilité, et s'y complaire. Elle est oreiller, Rudi édredon, et te voilà dans de beaux draps. Et tu entends : beaux bras. Tu te jettes tout habillé dans une eau toute nue. C'est de l'eau, Marthe, et qui coule d'un robinet mal serré. Toi qui te prétends feu, elle t'éteindra. Tu joues avec de l'ombre, elle deviendra ta nuit.

Laisse tomber, tonton. Tu es trop fort pour elle qui est si faible qu'elle te démolira. Quand la poupée verra que tu veux la casser, la plier, la transformer en adulte, en quelque chose de solide, de réel, elle te partira des mains, retournera se reposer sur quelque chose de mou, de cotonneux, de malléable comme elle. Tu t'envoûtes de peu, de petits riens. Tu n'es qu'un saphir sur un disque. Un visage, un corps suffisent à ta musique. Tu te refuses à croire à la flaccidité de l'âme, et elle existe. Le miroir de ton Alice est aux alouettes, et déformant.

Tu roules trop vite, tonton. Elles décrochent. Les platanes t'attendent, elles préfèrent manger de l'herbe. Tu veux qu'elles donnent du sang, elles ne donnent que du lait. Et je sens que, là-dessus, tu vas me parler des seins de Marthe. Laisse-les tomber, eux aussi. Ce n'est pas une fille pour toi. D'ailleurs, il n'y a pas de filles pour toi. Tu ne les vois pas, tu les rêves. Ce n'est pas un rêve, Marthe. Elle a tellement de pieds sur sa terre spongieuse qu'elle ressemble à un mille-pattes. Et te voilà dans ces mille-pattes-là. Que ta nonnette belge prie pour toi, mec, avant d'en avoir par-dessus la cornette ! Pense à ta sœur, qui est ma mère. Et pense à tes vieux jours, puisqu'ils sont là. Laisse tomber, tonton.

15.

Je sais, je sais que ce prochain amour
Sera pour moi la prochaine défaite...

BREL

Laisser tomber ? Jamais, Hugues. Tu connais mal les êtres. Ce sont les femmes qui partent et les hommes qui restent. Ils sont plus lâches, ou plus sentimentaux. Regarde les cocus, ils s'en vont rarement de chez eux, finissent bon gré mal gré par s'accommoder de la situation. Ce n'est pas noble, me diras-tu. Tromper ne l'est pas davantage. C'est à la portée de tout le monde. Aimer l'est moins. J'ai choisi la difficulté. Elles ont toutes aimé, ne fût-ce qu'un temps, ma façon de les aimer, de ne penser, ne fût-ce qu'un temps, qu'à elles. Obsédé, j'étais obsédant. Croyant les aimer, elles croyaient m'aimer. On m'a dit souvent que je me

« faisais du cinéma », et je l'ai toujours pris pour un compliment. Ce n'est pas simple, de se « faire du cinéma ». Il y faut des vertus poétiques, de l'imagination, de la folie douce ou furieuse. Il faut sortir de soi, aller à l'autre contre le vent.

Que sont, sans « cinéma », les traits de Marthe ? Tu ne la vois pas comme je la vois. Tu la vois en hiver, je la vois en été. Tu ne sais rien de ce visage à l'instant du plaisir. Il est cent fois plus beau, plus pathétique que celui, neutre, qu'elle te montre. Il est pour toi le seul, et moi j'ai vu les deux. Le jour et la nuit. Je ne quitterai pas la nuit avant le chant du coq. Marthe m'a fait le cadeau de l'aimer. C'est un présent de prix, même pour moi. J'aurais pu, comme toi, ne pas l'aimer. Tant pis si c'est tant pis pour moi.

Une de mes « anciennes » m'a écrit une fois : *Mais pourquoi papillonnes-tu toujours de femme en fille, puisque ta vraie maîtresse c'est la tristesse ?*

Je lui ai répondu que j'étais vivant jusqu'à preuve du contraire, qu'à tort ou à raison je ne pouvais faire l'amour avec la tristesse. On pourra tout me reprocher en ce domaine, on ne pourra pas en tout cas me traiter d'amoureux platonique. La main sur le cœur, soit, mais aussi la main au cul, que l'on me passe ou non l'expression. Leurs corps m'ont fait aimer leurs yeux, et j'ai aimé leurs corps, les ai aidés parfois, par chance, à naître. J'ai été Dieu parfois, et Diable. Elles le furent aussi, parfois...

Voir aujourd'hui vieillir le mien, de corps, qui ne fut jamais celui d'Apollon, mais me fut fort utile, m'est un déchirement. Un jour, demain déjà, il sera ridicule. Lui. Pas moi. Au lieu de s'abattre sur elles, il dormira, et moi avec, hélas. Elles diront de moi que je suis encore vert, mais il sera verdâtre. Elles riront encore avec moi, mais poufferont de lui. Elles ne l'embrasseront plus, ne le caresseront plus, ne viendront plus bourdonner sur mon épaule. Mourir n'est rien auprès de ce chagrin. Les bras m'en tombent. Par bonheur, par consolation, comme tu le dis, neveu, leurs seins aussi, et je me sens moins seul dans la cage de verre.

Gewurtstraminer s'en revint de Suisse avec notre femme. Il n'était pas content, le petit bougre. S'apercevait que l'expérience polyandrique tournait mal, que la dialectique pseudo-marxiste ne résolvait pas tous les problèmes. Marthe ne lui avait pas avoué qu'elle m'aimait, que je l'aimais. Il finissait par s'en douter, devinait que nos cartes étaient pour le moins biseautées, qu'il se passait dans son dos tout autre chose que les divertissements hygiéniques prévus par nos accords. Marthe s'en défendit. Il ne la crut pas, lui fit des scènes de jalousie indignes d'un émule de Fidel Castro. Je compris alors qu'elle n'était pas le sentiment exclusivement bourgeois annoncé à l'extérieur, et j'en fus soulagé car je commençais moi-même à en ressentir les atteintes, à en subir les picotements.

L'exposition achevée, l'intrigue se nouait, les gorges aussi. Les personnages de la pièce s'installaient, prenaient leurs dimensions humaines et dramatiques. J'avais pu partager Marthe avec plus ou moins de mauvaise grâce, tant qu'elle n'avait été qu'un ventre et un centre d'accueil. Épris d'elle, cela s'avérait à l'usage désagréable, et d'autant plus insupportable qu'il me fallait encore, et jusqu'à quand, le supporter. Quoi qu'il en eût, Rudi était de mon avis. La libération sexuelle reculait pas à pas, piétinait des sables mouvants.

Dans la distribution des rôles, Marthe n'avait pas hérité du plus simple. Nous allions désormais la tirer par une aile à hue et à dia, allions en déranger toute l'ordonnance, lui ôter tout repos. Il eut les exigences de sa jeunesse, j'eus les impatiences de celle que l'on m'avait imprudemment redonnée. Marthe n'eût pas été trop écartelée si nous lui avions fichu la paix, sa paix. Elle pouvait, femme « moderne », livrer sans tourments excessifs une fesse à Rudi et m'en octroyer deux, l'aimer bien et m'aimer beaucoup. Nous ne l'entendions plus de cette oreille, sortions par l'autre.

Le numéro de drogue de Rudi, cette manœuvre peu appréciée de ses pairs, l'avait en outre rabaissé dans les estimes. Il ne s'était pas conduit en homme aux yeux de Marthe. Moi, si. Il en souffrait en honneur et conscience.

A son retour, elle m'avait offert un couteau d'officier suisse, fier objet de quatorze lames, et je me dis qu'il me servirait — couteau tiré — à couper la tête de Rudi. Puisqu'il s'était promu au rang supérieur de rival, j'aurais sa peau, fût-il ou non à l'aise dedans. Je ne plaisantais plus. Il m'avait prêté Marthe, je n'étais plus disposé à la lui rendre. Elle serait à qui la prendrait. Je serais le plus fort. La guerre des mâles de la forêt s'engageait. Nous y laisserions nos plumes. Nos andouillers enchevêtrés, plutôt.

Marthe ne fit rien, au contraire, pour éloigner d'elle les soupçons helvètes. Elle devint une autre femme, effectivement. Par l'extérieur, ce qui était moins compliqué que du dedans. Privée depuis trois ans, au nom de la lutte politique, de toute coquetterie féminine, elle se replongea avec délices dans l'univers de la fanfreluche. Comme toutes les filles, elle s'aperçut, transportée, qu'elle n'avait plus rien à se mettre. Elle était vêtue en ouvrière chinoise, en concierge de la révolution. Cette rigueur, ce dénuement étaient du goût de

Rudi. Je n'étais guère à cheval sur la mode, mais l'instinct de Marthe lui souffla qu'elle pouvait être encore plus belle pour moi, plus raffinée, plus désirable.

Rudi avait commis la faute grossière de lui reprocher le prix de ses bottes. « Avec une somme pareille, on nourrirait une semaine une famille de travailleurs immigrés », s'était-il indigné. C'était ne rien savoir des femmes qui veulent plaire à un homme, de toutes les femmes par conséquent. Pour Marthe, le souci du travailleur immigré n'avait rien de commun avec des bottes qui lui convenaient.

Trop pâle, elle retrouva l'emploi du fond de teint, pas assez blonde, reprit le chemin du salon de coiffure. Elle m'avait consulté, se fiant à mon expérience. Elle n'ignorait pas qu'Else ne s'accoutrait pas au surplus américain du quartier, qu'il me fallait me pencher sur les robes et les cheveux de mes interprètes. J'aimai sa nuque, lui conseillai de porter un chignon pour la montrer. Lui suggérai de s'habiller de noir ou de bleu clair.

Après avoir, je le suppose, « emprunté » aux parents, elle m'obéit en tout. Sa transformation me ravit doublement puisqu'elle hérissa Rudi le pur, le Robespierre des « manifs ». Elle fut sans retour et Marthe, tant que je l'eus à mes côtés, demeura dans sa vraie peau de femme, ayant rejeté sans regret celle du saucisson.

Rudi me brossa d'elle cet historique.

— Tu ne sais pas, toi, comment était Marthe quand je l'ai rencontrée. C'était une salle petite snob qui passait ses nuits à danser dans les boîtes, qui montait à cheval, jouait au tennis, etc. Elle avait même honte de sa famille, qui n'était pas aussi brillante que celles des enfants de bourgeois qu'elle fréquentait. Alain-Xavier était un affreux fils à papa, ce qui ne l'empêchait pas à la fin du mois de piquer ses économies à Marthe !

L'indignation de Rudi me fit sourire. N'admettait-il pas qu'elle travaillât à sa place ? N'était-il pas fils à papa lui-même ? Il m'eût rétorqué sans gêne qu'il était un artiste, lui, et qu'un Van Gogh — même faux — n'avait pas à pointer chez Renault, surtout en régime capitaliste.

— Je crains, Régis, que tu ne la ramènes à cette vie-là, à ces facilités.

— Tu les as remplacées par d'autres.

— Je lui ai appris la vie, telle qu'elle est, celle du peuple. Dure. Vraie. Sincère. Nous ne sommes pas des égoïstes, nous. Quand quelqu'un vient chez nous, s'il n'a rien à bouffer, s'il ne sait pas où dormir, nous lui donnons à manger et de quoi coucher. Marthe s'est habituée à tout cela, qui lui paraît à présent tout naturel. Ne viens pas la replonger dans des goûts de luxe qu'elle a perdus grâce à moi.

J'éclatai :

— Merde, c'est une fille ! Elle me plaît mieux en fille qu'en militante !

— Ce n'est pas incompatible, fit-il, pompeux. C'est même complémentaire. La femme a pris enfin conscience de ses problèmes spécifiques.

J'adoptai le parti de n'en surtout pas adopter :

— Sers-lui ta soupe si tu veux. Mais ne m'en verse pas, j'ai passé l'âge.

Il se fit plus proche, plus « humain », comme il aurait dit :

— Elle t'aime ?

— Je n'en sais rien.

— Tu l'aimes, toi ?

— Je ne sais pas.

Il ne tirerait rien de moi sur le sujet. Il eut une moue de gosse :

— Vous me cachez quelque chose...

Je me tus sans ironiser à propos de sa perspicacité. Il hésita, puis :

— Je me demande si j'ai bien fait...

Il ne poursuivit pas. Cela m'intrigua :

— Continue, au lieu de te poser des questions.

Il se lança :

— Voilà. Fin octobre, elle parlait souvent de toi, désirait te revoir. Mais elle n'osait pas t'appeler. Je lui disais : « Mais vas-y, Marthe, puisque cela te fait plaisir ! » Elle n'osait toujours pas. Tu faisais le mort. Alors... un jour, c'est moi qui ai composé d'autorité ton numéro et lui ai tendu l'appareil...

Il le regrettait visiblement aujourd'hui, n'appréciait plus le comique de la situation. Je fis :

— C'est amusant. Je ne le savais pas.

Cette Marthe téléguidée me parut des plus délectables, et comme sortie d'une fable de La Fontaine, tant l'histoire ne manquait ni de piment ni de morale.

Rudi préparait une exposition. Il n'avait jusque-là pas été gâté dans sa quête de la réussite. Il travaillait trop peu, ses hâbleries indisposaient les marchands. Je résolus de l'aider, non sans une arrière-pensée. S'il avait du succès, donc de l'argent, il s'accrocherait moins à Marthe. Je lui promis de préfacer son catalogue, d'envoyer mes amis à son vernissage. Marthe fut heureuse de l'intérêt que je manifestai à l'endroit de son petit, loua ma grandeur d'âme. les chantages à la seringue, auprès de mes magnanimités, n'en semblèrent que plus mesquins.

Nous invitâmes à dîner au studio Fred, Éric et Rudi.

Celui-ci fut embarrassé, « chez nous ». Ici, il n'était plus « chez eux ». Les Gewurtstraminer avaient décidé de vivre en collectivité avec leurs deux copains, ce qui leur permettrait, à fonds communs, de louer un appartement — ils disaient : « appart' » — où le couple aurait sa chambre et les autres chacun la leur. Le local serait mis au nom du médecin, plus respectable évidemment aux yeux de l'opinion publique que ses compagnons par trop chevelus. Le quatuor enthousiaste recherchait le toit propre au projet.

Rudi, que j'observais en coin, regardait plus souvent qu'à son tour le lit, NOTRE lit, imaginant sans doute et sans joie les abominations que nous y commettions sous sa bénédiction, bénédiction qui devait lui peser davantage de nuit en nuit. Son beau cul entre deux chaises, Marthe ménageait nos susceptibilités, nous distribuait en parts égales ses sourires.

La veille, une amie m'avait offert pour elle un collier auquel était suspendue une main de vermeil.

— Je peux faire un cadeau à Marthe, Rudi ?

Il m'en accorda sans chaleur la permission. Les bottes l'indisposaient déjà suffisamment. La main n'en alla pas moins autour du cou de Marthe, lui recouvrit la pointe d'un sein d'une façon si symbolique que notre docteur en rougit. Il ne put m'embrasser qu'au vol, dans la cuisine.

Deux jours plus tard, de passage à Aubervilliers, je m'aperçus que le malaise grandissait entre Rudi et moi. « L'amant privilégié » me boudait, me fuyait, me laissait avec obstination seul avec elle.

— Qu'est-ce qu'il a ?

— Il est malheureux.

— Il n'arrête pas d'être malheureux, celui-là !

— Il me reproche de me détacher de lui, il a raison, et je lui dis qu'il a tort...

J'allai le trouver dans la pièce où il barbouillait :

— Tu me fais la gueule, Rudi ?

— Non...

— Si. Si tu veux, je peux ne plus venir. Ça ne te convient peut-être plus, de partager Marthe ?

— Ce n'est pas ça...

— A ta place, je ne lui demanderais pas de choisir entre nous.

Il fit avec vivacité :

— Pourquoi ? Ce serait toi ?

— Je ne le crois pas. En revanche, je crois qu'elle t'en voudrait, qu'elle aurait peut-être de la peine. Tu veux lui faire de la peine, Rudi ?

— Non, mais je ne veux pas qu'on m'en fasse.

— Alors, cesse de jouer au révisionniste.

— Je ne suis pas un réviso. Je tiens à Marthe.

Je le fixai, lâchai avec froideur :

— Confidence pour confidence, moi aussi.

Je lui avais parlé « entre hommes », l'enfant gâté s'en montra satisfait. Lorsque je téléphonais — souvent — à Marthe, je percevais au timbre de sa voix la présence trop proche de Rudi.

— Tu ne peux rien dire ?

— Non...

— Je t'embrasse.

— Moi aussi...

— Je t'aime.

— Moi aussi...

Cela nous égayait, et je l'appelais Mademoiselle Moi-Aussi.

Mademoiselle Moi-Aussi, plus légère que l'oiseau des îles, n'était guère cachottière, m'imitait en ce que je n'avais pas de plus délicat. A nos débuts, elle avait confié à Nadine que nos rapports intimes ne l'éclaboussaient pas d'étoiles. De bouche en bouche, le fait avait été rapporté à Rudi qui s'était rengorgé, tout bouffi de ses supériorités érotiques. Il l'avait été moins quand, par les mêmes canaux, il apprit ensuite que « les rapports entre Marthe et Régis étaient devenus positifs ». Il s'en ouvrit, amer, à sa concubine, la pressa de questions sur la manière dont nous utilisions nos corps. Elle évita de le froisser, sachant combien les hommes sont chatouilleux, pointilleux sur ce point incandescent. Elle s'abstint de précisions, conserva dans l'ombre nos mystères, répondit :

— C'est mon jardin secret.

Par un juste retour des choses, on me dévoila, de gauche et de droite, que Rudi ne brûlait guère en chambre ardente, n'honorait depuis longtemps notre belle que tous les quinze jours. Ces carences adverses ne pouvaient que me griser, révélées alors que nous éclations en tous sens à présent, Marthe et moi, délirions et criions entre nos quatre murs, nos sept ciels et nos trente-six chandelles. Nous avions été Deux-Chevaux, nous nous réveillions Ferrari. Nous nous coupions le souffle, nous nous sautions dessus dès que nous nous voyions, affamés de nos chairs comme des prisonniers libérés.

Jamais je n'avais fait l'amour avec cette furie de vivre, cette rage de tous les nerfs, cette folie entière de la peau. Jamais je n'avais eu vingt ans avant d'en avoir quarante-sept...

Je ne peux pas m'exprimer à la place de Marthe, mais je peux toujours répéter que son bagage était mince sur le plan « technique » quand je l'ai connue, étonnant même de lacunes pour un docteur, ce qui ne plaide peut-être pas en faveur de ceux qui m'ont précédé entre ses bras.

Je ne l'ai pas emmenée à l'école. Je lui ai dit d'improviser, elle a improvisé. Je ne lui ai pas apporté un talent qu'elle avait. Je n'avais pas à être fier de moi, mais d'elle dépouillée, ouverte, plus nue que nue. De sa foi. De sa confiance en moi. De ses abandons. De ses impudeurs absolues. De ses audaces neuves. De son bonheur. Nous n'étions pas les responsables de ces flamboiements, n'étions que des acteurs que nous ne savions quoi d'absurde mettait en scène, deux morceaux tout à coup imbriqués, emboîtés du puzzle aberrant de l'amour. Le Suisse eût été interdit de découvrir les allées et les fruits de ce « jardin secret » là.

Pour changer — et comment ! — de musique, je tombai malade. Mon corps, hélas, ne me servait pas qu'à me coucher sur Marthe ou sous elle. Il me permettait aussi de souffrir. J'eus une violente crise de cystite et me mis, graisseux de sueur, cramponné au lavabo, à pisser au goutte à goutte des écrous, des lames de rasoir rougies au feu, toute une quincaillerie. Je ne voulus recevoir chez moi nul docteur autre que mon médecin personnel et tout à fait particulier. La sage Agnès, qui ne manquait certes pas de philosophie, accéda à mon souhait :

— Je sors, ce soir. Comme ça, tu pourras la faire venir. C'est un bon docteur, au moins ?

— Probablement ni pire ni meilleur que les autres.

— Elle n'a pas de pratique, en tout cas.

— Si elle ne pratique pas, elle n'en aura jamais, c'est évident. Pour une femme, tu es une authentique phallocrate !

En vérité, j'entendais faire au docteur Vivier une

confiance totale. Je voulais qu'elle crût à son métier à travers moi. M'aimant et me guérissant, n'y gagnerait-elle pas de l'assurance et de l'autorité ? Je pouvais pour ce prix modique tenir le rôle de cobaye. Je la convoquai. Elle fut désolée, puis effarée :

— Sais-tu que les médecins redoutent de soigner leurs proches ?

— Je ne te suis pas proche.

— Idiot.

— Si tu ne me soignes pas, je me laisse mourir. Adieu, Marthe ! Rendez-vous en enfer, avec tes bottes.

— Tu es sûr que ta femme ne sera pas là ?

— Sûr. Elle m'aime encore assez pour m'autoriser le plaisir de te caresser le bout des doigts pendant que j'ai mal.

Elle vint chez moi trois soirs de suite. Mon contentement fut grand de la voir dans mon cadre familier, dans mon bureau, assise près de mon lit, chaste ainsi qu'un docteur ordinaire en visite.

— Je ne peux pas faire l'amour, docteur ?

— Certainement pas.

— C'est dommage, je suis très amoureux de quelqu'un.

— Cette personne attendra...

Elle sourit, ajouta :

— ... la mort dans l'âme, mais elle attendra.

J'avais de la fièvre, elle me fit une piqûre. Moi qui les déteste, je subis celle-là sans me plaindre puisqu'elle venait de ses mains. Elle me rédigea une ordonnance, me prescrivit un antibiotique tout en se mordillant un poing :

— Régis ! J'espère que je ne me trompe pas. Pourvu que ce soit le bon.

— Et si ce n'est pas le bon ?

— Je t'en donnerai un autre. Ah ! que ça m'embête que ce soit toi !

— Tu t'en foutrais, autrement ?

— Non... Mais un peu plus quand même...

Je la tançai, sévère :

— N'oublie pas qu'à Creil il te faudra être la Sarah Bernhardt du stéthoscope !

Elle remplaçait bientôt, à Creil, un médecin, huit jours durant. Huit jours d'absence, pour moi, et de présence, pour Rudi. Une épreuve de force pour les trois.

Elle voulut examiner mes urines, et j'en fus choqué, moi qui ne les avait jamais montrées à personne, et surtout pas aux femmes de ma vie. Elle rit de mes réticences, me raconta des horreurs sur ses stages dans les hôpitaux où elle avait tripoté les pires pansements, barboté dans les expectorations, les mucosités, les excréments, pataugé dans le sang. Le sang, elle aimait. Ceux qui n'en supportaient ni la vue ni l'odeur renonçaient à leurs études de médecine. Elle était imperméable aux dégoûts, immunisée, s'entretenait de tout cela, ou de la souffrance et de la mort des malades, comme de choses tout à fait naturelles. Elles l'étaient moins pour moi. Décidément, un docteur n'était pas une fille comme une autre.

Hormis les détails sordides, ces heures nous furent délicieuses où, coupés de nos corps, nous pûmes parler de tout sans rouler brusquement l'un sur l'autre. Cet entracte obligé nous permit de nous rencontrer mieux, de nous découvrir amis, *aussi,* et frère et sœur, *aussi.* L'amour aux cimes, dans toute sa grandeur, quoi ! L'amour momentané. En fuite. En liberté provisoire. L'amour qui passe, au plus près, au plus vite. Après le galop de ses gros sabots, les fleurs ne repousseront plus.

Je n'avais pas caché à Marthe que, pendant son remplacement à Creil, Marieke viendrait à Paris pour la remplacer. La francophonie, toujours, œil pour œil, Belge pour Suisse. Marthe n'avait pas le droit de protester, gardait celui d'être jalouse comme Rudi et moi, d'en être, sinon malheureuse, du moins contrariée.

Le troisième soir qu'elle vint chez moi, elle me remit une lettre. ... *parfois, j'ai envie de faire mes valises et d'aller vivre seule. J'ai envie de pouvoir t'aimer comme je le veux, de le montrer à tout le monde, de pouvoir penser à toi à mon gré, de relire tes lettres, regarder nos photos et revivre nos merveilleux moments par la pensée sans être obligée de toujours dissimuler mes sentiments et mon désir d'être le plus souvent possible à tes côtés... j'étais persuadée de ne plus pouvoir tomber amoureuse. Régis, je ne sais plus comment mener ma vie, tu as tout bouleversé... j'ai peur de Marieke, comme cela va me faire mal quand je serai à Creil et que je te saurai avec elle...*

Pour la première fois, elle parlait de valises. Se mettait à haïr les contraintes. L'éducation libertaire que lui avait inculquée Rudi se retournait contre lui. Pour la première fois, l'existence de Marieke la défrisait. Marthe avait pris la route.

Elle ne s'était pas trompée d'antibiotique, et je guéris. Nous en fûmes enchantés l'un et l'autre. Le docteur serait bon docteur, son diagnostic aussi sûr que me l'étaient sa bouche et tous ses « bijoux indiscrets ». Pour fêter ma résurrection, nous fîmes en deux heures se lever deux soleils — métaphore de mon cru — dans le studio. Malgré sa formation scientifique, elle n'obscurcissait pas ces astres de mots incongrus tels qu' « orgasme », par exemple. Amoureuse, elle ne jetait pas son corps en paquet sur une table de dissection, m'affirmait simplement, peut-être pour me flatter, qu'il n'avait jamais vibré à ce diapason-là. Je l'espérais, tout en sachant la fragilité de ces nœuds, comme on disait au Grand Siècle. Elle oublierait. Pas moi. Je ne dois rien avoir de féminin.

Hugues et sa bande se réunissaient fréquemment pour des dîners joyeux, frugaux, où bruissaient les guitares désaccordées dans la fumée réglementaire de l'herbe. Tous assis sur des coussins, allongés par terre. Photographies de charniers. On ne m'y conviait pas souvent. Les hôtes redoutaient un éclat subit entre Rudi et moi car la tension montait à chaque rencontre. Tenu par Marthe au courant de l'évolution du Suisse qui « paniquait », je voyais qu'il reniflait de plus en plus fort, à pleins poumons, le danger que représentait aujourd'hui pour lui le « père » que j'aurais pu et dû être.

En outre, l'exemple désastreux que Marthe et moi avions donné aux foules par nos débordements sentimentaux avait suscité des vocations. Nadine s'était mise à tromper Hugues, Hugues s'était amouraché d'une de mes amies, d'autres encore les imitaient, nous imitaient, nous les pionniers d'une prétendue « liberté sexuelle » qui ne laissait que son chantre, Rudi, sur la touche. Il tentait de rendre jalouse Marthe en se procurant une « fiancée », n'en trouvait pas sur-le-champ. Je ne tenais pas à l'aider dans sa quête. Son calcul était trop primaire pour que je prisse le risque d'éveiller en Marthe les ratiocinations du regain d'intérêt d'usage.

Peu de temps avant Creil, Hugues m'invita chez lui.

A table, Rudi entreprit en vain d'être drôle, alla de « couac » en « plof », encouragé par ce fourbe de Hugues qui se tordait. Je m'abstins de participer à l'hallali. Puisque j'en étais le témoin, Marthe blanchissait à chaque plaisanterie tombée à plat de son conjoint. Le pauvre s'enferrait tant qu'elle dut le prier de se taire, d'une voix sèche que je n'avais pas encore entendue. Malheur aux vaincus, ce soir-là elle m'embrassa dans tous les coins où il nous tournait le dos.

Au matin du départ pour Creil, il vint la chercher au studio où elle avait passé la nuit. Il nous avait surpris en plein sommeil, ce fut en slip que j'allai lui ouvrir la porte. Elle était nue, morose, lui plutôt morne de nous découvrir en grande tenue de manque de tenue. Pendant que nous nous habillions, il contemplait le lit défait, les draps froissés, suspects, et qui sentaient l'amour de nous. J'eus comme une pitié pour ce garçon victime de ses naïvetés. Il l'aimait, lui aussi, et comprenait trop tard qu'une femme ne se prête pas davantage qu'un vélo, que je la rendrais abîmée si jamais je la rendais. A cause de lui, nous dûmes abréger nos adieux, ce dont elle dut, de plus, lui tenir rigueur. Elle partit donc, sa trousse de docteur à la main, son Suisse à ses côtés en chien fidèle. La Deux-Chevaux me l'arracha, la livra aux scènes de ménage du théâtre bourgeois.

Je n'eus plus qu'à changer les draps pour l'arrivée imminente de Marieke. Nous les enflammerions moins que ceux que je portai, mélancolique, à la laverie.

Il était dit que les francophones, à l'époque, seraient « plus mal dans leur peau » que les Français de souche. Marieke ne put pas ne pas s'apercevoir que j'avais cruellement changé, que je ne lui faisais l'amour, entre autres, qu'à regret, que je n'étais plus là puisque

Marthe n'y était plus. J'avais beau m'efforcer à la gentillesse, elle sonnait si faux que j'étais plus humilié qu'un comédien qui, se voyant au cinéma, a la lucidité de s'avouer « mauvais comme un cochon ». J'avais soumis la petite Belge à la douche froide de Mouche. Elle recevait à présent sur la tête celle, plus glacée encore, de Marthe.

Un soir, dans mon inconscience, dans cet état second de l'être heureux qui ne s'imagine pas qu'auprès de lui on puissse ne pas l'être, je téléphonai à Creil. Nous étions chez mes amis Marie-Sade et Harry, auxquels j'avais déjà présenté Marthe. Le curieux nom de Marie-Sade ne devait rien au marquis, tout au vieux français où sade (du latin *sapidus*) signifie « savoureux, agréable, piquant ». Elle était tout cela, par chance pour elle.

Lorsque je revins, hilare, du bureau où j'avais parlé trop longuement au docteur, Marieke pleurait, et Marie-Sade me fit les gros yeux. Je n'étais pas un gentleman. Je dus, agacé, consoler celle qui ne m'était rien sans pouvoir cesser de penser à celle qui m'était tout. Ce n'était drôle ni pour elle ni pour moi. Dieu qu'ils étaient embarrassants, ces gens qui vous aimaient quand vous ne les aimiez pas ! Il m'était inutile, l'amour de Marieke ! J'aurais souhaité le rajouter à celui que Marthe éprouvait pour moi, leur addition m'aurait ravi. La voix seule de Marthe suffisait à m'émouvoir physiquement alors qu'au lit je connaissais près de Marieke quelque difficulté. Je n'étais pas un donneur universel.

La situation de Marthe et la mienne étaient grotesques. Nous nous aimions, et faisions l'amour avec d'autres. Sans désir ni goût, pour leur rendre service. C'était manquer de dignité. Ces gestes ne nous élevaient pas. J'étais aussi coupable qu'elle. Nous nous faisions là tout un mal superflu, moi par calcul, elle par devoir. Elle ne voulait pas blesser Rudi, et le blessait. J'aimais la jalousie de Marthe, celle de Marieke m'importunait.

Je quittais chaque jour le studio pour aller, chez moi, téléphoner à Marthe. Elle m'avait écrit pour que je lui pardonne ses froideurs au bout du fil. Je ne les devais qu'à Rudi, qui tournait ainsi qu'un frelon autour de l'appareil, de plus en plus enfantin, de plus en plus anxieux. Il se rongeait les ongles et les sangs pendant qu'elle travaillait. Dès qu'elle rentrait, épuisée, il la harcelait de questions. M'aimait-elle ? L'aimait-elle toujours ? Elle ne savait plus quoi lui répondre, il disputait, la disputait, lui prouvant par A plus B qu'elle l'aimait encore et jamais ne pourrait se passer de lui qui était le plus beau, le plus jeune, le plus à gauche, voire, pendant qu'il y était, le plus intelligent, le plus sensuel.

Il ne souffrait d'aucun complexe, seulement d'amour-propre malmené. Il n'admettait pas qu'on pût lui préférer quelqu'un. N'avaient-ils pas été comblés trois ans ? Il s'accrochait à cette raison qui n'en était plus une que pour lui. Ce garçon — d'avenir selon lui — titillait le passé, brassait tous les souvenirs de Bâle, de l'Afgha, et du Pérou, et du bon temps. Lassée des discussions, comme il lui demandait pour la centième fois si elle m'aimait, elle lui donna satisfaction, répondit « Oui » pour avoir la paix, ce qui le fit braire de rage et de douleur, n'arrangea rien.

Le remplacement s'acheva enfin. Je conduisis Marieke à la gare du Nord. Courbée sous le poids de son cœur trop gros pour elle, elle prit le train de

19 h 30. J'avais donné rendez-vous au même endroit à Marthe. A 19 h 31.

Ma bouche était encore chaude de celle de la plus triste des petites Bruxelloises quand je la posai sur les lèvres du plus blond des docteurs. Marthe était fatiguée, moi énervé. Cette séparation nous avait crispés. Peut-être n'étions-nous pas aussi heureux de nous revoir que nous l'avions imaginé ? En vérité, c'était de cet abracadabrant « ménage à quatre » que nous gardions des marques toutes fraîches. Dans une pizzeria des Boulevards, nous croisâmes les sphaghetti en un combat de poulpes.

— J'ai du remords, fis-je, pour Marieke. Je ne la reverrai plus.

— Je ne te reproche rien.

— C'était un jeu méchant, un jeu de cons. J'ai honte de t'avoir trompée, je t'aime.

— Si tu m'aimes, tu ne m'as pas trompée.

— J'ai quand même couché avec quelqu'un d'autre que toi.

— Cela n'a pas d'importance.

— Comment ça ? glapis-je en me barbouillant de sauce tomate.

Elle développa alors une de ces théories ouïes je ne sais où qui me rebroussaient tant le poil. En amour, d'après Marthe, on pouvait très bien s'accorder une passade de cinq minutes, bref un casse-croûte sur le pouce, sans cesser pour si peu d'aimer l'objet de ses pensées. Cette dissociation lui paraissait normale, évidente. C'était même d'un bourgeois rare que de concevoir la vie autrement.

— Je suppose, grinçai-je, que ceux qui ne sont pas de cet avis péremptoire sont d'atroces « fachos » ?

— Pas loin.

— Ainsi, tu pourrais, toi, t'envoyer un type, comme ça, vite fait, tout en prétendant m'aimer ?

— Mais je t'aimerais !

— Merci pour la façon exquise de me le prouver ! Je recommence : tu le pourrais ?

— Oui. Mais je ne le fais pas.

— Ne te gêne pas pour moi.

— Je le ferais si j'en avais envie, et ce ne serait pas grave du tout pour nous deux. Tu ne comprends pas ?

— Non.

— Tu ne veux pas comprendre.

— Non.

— C'est une position réactionnaire.

— Oui.

Elle soupira. J'étais vraiment très vieux. Et en colère. J'avais peut-être tort. Eux, jamais, au grand jamais.

— En ce cas, tu me permettras de trouver réactionnaire la jalousie de Rudi. Ne me répète pas qu'il est malheureux, ça aussi, c'est réac.

— Mais enfin, Régis, tu lui prends sa femme !

— Pas beaucoup, jusque-là. On partage toujours, et j'en ai assez de partager. Tu baises peut-être avec lui comme tu te laves les dents, mais il te baise et ça me fait mal.

— Tu ne devrais pas, je t'aime.

— J'en arrive à me le demander.

— Régis !

— Et je me demande si tu ne l'aimes pas davantage que tu ne m'aimes...

— Je l'aime beaucoup, tu le sais.

— Ça, je m'en fiche. Il te faudra bientôt décider avec lequel de nous deux tu feras l'amour. S'il n'exige pas que tu choisisses — et il l'exigera —, ce sera moi qui te le réclamerai. Tu nages dans l'indécision comme une truite.

La truite baissait les nageoires, rompue. Ses deux hommes et ses huit jours de travail avaient harassé mon médecin de charme. Nous cessâmes le feu, quitte à recommencer demain. A midi, avec Marieke, je m'étais payé un fiasco de la plus belle eau de boudin. Retrouvant le corps de Marthe, je recouvris, comme par enchantement puisque c'en était un en effet, la totalité de mes immenses moyens. Ensemble, nous le fûmes du début à la fin de notre étreinte, connûmes ensemble les foudres du plaisir. Il nous restait jusqu'au bout de notre route. Fidèle. Il n'y aurait d'ailleurs que lui à l'être...

Elle s'endormit doucement. A la lueur de la bougie, je contemplai ce visage d'eau claire, caressai les mèches pâles, impalpables, près des oreilles. Qu'y avait-il sous ce front ? Quels marais ? Quelles tempêtes ? Quelles bulles de vase ou quels frissons de fontaines ? J'eus peur, cette nuit-là, près d'elle. Non, Hugues, je ne « laisserai pas tomber ». Parce que je ne le peux pas. Quoi qu'il advienne, je l'aime.

— Je t'aime, Marthe, chuchotai-je.

Elle eut sa moue de fillette, sans s'éveiller, se retourna. Elle dormait au calme, dans l'eau.

Nous avions du temps devant nous pour nous déchirer. Dix mois et des poussières.

16.

Rien ne trouble la sérénité des moules.

MARK TWAIN

Aubervilliers, c'était fini. Marthe et les trois garçons avaient transporté leur communauté d'idées préfabriquées dans « l'appart' » de leurs rêves, boulevard Bonne-Nouvelle. Hugues, séparé de Nadine, y trouva asile dans une chambre de bonne.

Géographiquement, Marthe s'était rapprochée de moi, tous le comprirent, Rudi en tête. Moralement, elle m'était moins limpide, déjà. Les acharnements que mettait le Suisse à conserver sa place en elle et sa place tout court commençaient à payer. Les hauts et les bas allaient se succéder sans trêve. Marthe aimait l'absent. Auprès de Rudi, elle pensait à moi, et *vice versa*. Notre ciel moutonnait. Fluctuante, elle écoutait de plus belle « le dernier qui avait parlé ». Tantôt moi, tantôt lui. Elle nous détraquait, battait la breloque, le cœur en deux morceaux égaux un jour, disparates le lendemain. La méduse flottait en zigzag et en Zig et Puce. Ses reculs, ses plongées, ses entrechats, dérobades et retours de flammes nous désespéraient, et nous crevions — aucunement de rire —, nous ses hommes, vilainement boursouflés de jalousies.

Le vernissage du peintre Gewurtstraminer fut un désastre et marqua une étape dans mes relations avec Marthe. J'étais pourtant venu en costume et cravate, le plus bourgeois, le plus propret possible. Elle étrennait sa nouvelle carrière d'élégante, en robe bleue assortie à ses yeux, la main de vermeil écartant ses doigts sur les orgueils de sa poitrine.

Il y avait là ses parents, inodores ; ceux du Suisse ; leurs amis au complet ; un échantillonnage des miens, les plus proches des milieux de peinture. L'exposition, pour moi, consistait surtout à exposer Marthe aux regards de mes connaissances. L'accueil chaleureux qu'ils firent à cette belle plante qu'il m'arrivait d'arroser me grisa. Moins, hélas, que le whisky que je bus durant cette soirée, bêtement fier des compliments que l'on me fit de mon docteur. L'aimant, j'aimais qu'on l'aime et que, comme moi, on la trouve éclatante. J'étais aussi insupportable et puéril, parfois, que Rudi, l'alcool secondant mes gamineries. Je produisis l'effet contraire de celui que j'avais projeté. Je désirais opposer ma maturité et mon poids aux épates et aux infantilismes de mon rival. J'en fus fort éloigné.

Il ne vendit que trois toiles, dont deux à mes propres invités, auxquels je forçai quelque peu la main. Il ne serait pas sacré sur-le-champ Picasso, demeurerait longtemps encore sous la protection de Marthe et réfugié dans son giron affectueux. Le jeu de dames tournait au jeu d'échecs. Mat, je fus odieux au dîner qui suivit, dans les Halles. Les parents n'y assistaient pas. On me plaça entre deux jeunes Suissesses que mon comportement d'ivrogne épouvanta. Rudi flirtait avec elles. Marthe esseulée observait un silence de mort, fuyait mes yeux comme je fuyais les siens. Aux toilettes, je portai un coup de pied dans un des tibias de mon neveu, je n'ai jamais su pourquoi, peut-être pour me venger de Marthe-la-Molle, Marthe-la-Folle que je n'aurais pas rencontrée sans lui. Gewurtstraminer me rejoignit.

— Régis, tu gardes Marthe, cette nuit ?

— Ce n'était pas prévu...

— Rends-moi service, garde-la. Je rentre à la maison avec Tullia. La Suisse à qui tu as tapé sur la tête.

— Oh ! pas fort ! Pour rire.

— Elle a beaucoup apprécié ton esprit parisien. Alors, c'est d'accord, pour Marthe ?

— D'accord. Je te dois bien ça.

— N'est-ce pas ?

Marthe nous obéit, sans réactions puisque selon elle tous pouvaient en la matière agir ainsi qu'ils l'entendaient. Si j'étais parti avec Tullia, au lieu de Rudi, eût-elle davantage bronché ?

La fête, au studio, s'acheva froidement. Ne tenant plus debout, je me couchai. Elle m'imita et, pour la première fois depuis la naissance de notre bel amour, nous ne le fîmes pas.

Au matin, nous étions muets. Je la boudai de me bouder. Auprès d'un homme, je me fusse excusé. Je m'en voulais trop d'avoir été lamentable pour m'humilier encore. Elle réfléchissait, atterrée sans doute par ce côté brillant de ma personnalité. Mère abusive qui lui pardonnait tout, elle pardonnerait Tullia à Rudi. A moi l'adulte, elle ne passerait en fin de compte aucune incartade sur le plan moral. Je l'avais, une nuit, appelée par dérision :

— Maman !

— Ah non ! Pas toi ! s'était-elle écriée, mi-drôle mi-furieuse, la main levée sur moi.

Le soir, pour arrondir nos angles acérés, je l'emmenai chez Germain Brunel qui savait de longue date dénouer les atmosphères que j'avais tendues. La tiédeur de Marthe ne lui échappa pas. Le docteur s'absenta un instant. Germain se campa devant moi :

— Toi, tu as encore fait l'andouille.

— Ben... un peu...

— On ne peut pas te laisser seul avec une fille. Il faudrait que vous soyez trois.

— Nous le sommes déjà.

— Pardon, j'avais oublié.

— Elle ne l'oublie pas, elle, son petit Suisse.

— Ce n'est pas comme ça que tu le lui sortiras de la tête.

— Je le sais bien, fis-je, fataliste, comme si tout en moi s'opposait à l'éclosion d'un gentleman.

Il était tard, il nous retint à coucher chez lui. Elle me reprocha alors mon attitude de la veille, sans véhémence, alors que je l'eusse préférée plus colérique. Il y avait du détachement dans l'air, déjà. Apeuré, je la pris dans les bras. Nous avions grand besoin de nos peaux pour réparer le reste. Elle chuchota :

— Germain ne peut pas nous entendre ?

Cette impudique, qui eût montré sans gêne ses fesses à tous les passants, ne redoutait qu'une chose, que les murs aient des oreilles. J'affirmai à tout hasard que non, et nous soupirâmes, râlâmes et criâmes tout à notre aise. Le lendemain, Germain me prit à part :

— Vous avez fait un sacré bruit, dans votre chambre.

Je ris :

— Admiratif, Germain ?

— Connaud ! Les voisins vont penser que c'était moi. Comme je ne reçois personne, ils vont croire que je me dissipe.

D'avoir compromis la réputation de mon vertueux ami m'égaya. Les jours se suivirent, se ressemblèrent. Elle n'était plus la même, déjà. Absente, elle ne retrouvait de présence qu'au lit. Je paraphrasai encore en grimaçant, que « l'eau était dans le gaz et regardait Caïn ». Les actions de Rudi remontaient sans que j'en susse au juste la raison. « Elle l'aime » me disait Hugues, évident. Il insistait :

— Il l'a toujours menée par le bout du nez. Il est plus gentil que toi, ce qui est d'ailleurs à la portée de tout le monde. Imbattable, le Suisse, rayon gentillesse. Il la récupère, en ce moment. Mais tu ne veux pas m'écouter quand je te répète de laisser tomber.

Il n'en est plus question. S'il n'en restait qu'un, je serais celui-là. Rudi se battait, je me battrai. Je ne détestais pas que le parcours de Marthe fût celui du combattant, hérissé de difficultés. Les amours neutres n'étaient pas de mon ressort, qui ne m'avaient jamais tiré que des bâillements au bout de quelques mois. J'estimais seulement que la relative désaffection de Marthe était survenue un peu vite, m'en étonnais. Je savais que rien, hormis le poisson, ne s'altère plus rapidement que les lettres d'amour, mais quoi, celles que je possédais de Marthe étaient encore toutes fraîches, issues de pleine mer ! Je savais aussi que le fait de les lui remettre sous les yeux ne changerait rien. Les femmes les signent toujours d'une croix, celle où elles nous clouent en chantant, folâtres charpentiers, jusqu'au jour, non de notre résurrection, mais de la leur. Elles nous décrochent alors et nous soufflent de l'air dans les poumons.

Marthe des balançoires, malgré ses vagues à l'âme, ses goûts de revenez-y, ses valses-hésitations accepta l'idée d'un week-end avec moi en Normandie, chez un de mes amis P.-D.G. La mi-figue Rudi, en hausse, ne l'empêcha pas d'opter un instant pour le mi-raisin Régis. Il ne la heurtait plus de front, et louvoyait. Il se contenta de remarquer que ces deux jours chez les riches insultaient les opinions politiques de Marthe, et les siennes. Elle n'en eut cure puisqu'elle avait envie de monter à cheval, ce qui l'amusait davantage que d'aller par exemple livrer du matérialisme dialectique dans un foyer de travailleurs nord-africains. Rudi prétendait que je la ramenais au clinquant. Il l'amarrait, lui, à la mouise, qui n'est guère plus tentante. Depuis qu'elle m'aimait — ou ne m'aimait plus — Marthe abhorrait moins le superflu, commettait volontiers à l'occasion le crime impérialiste de préférer le saumon d'Écosse fumé au hareng saur. Ses facultés d'adaptation lui permettaient de marcher en toute bonne foi à côté de ses convictions.

Mon ami Marcel nous avait délégué son chauffeur, Marthe s'accommoda sans se rebiffer de ce mode de locomotion. Dans le dos du salarié, nous nous déchiquetâmes vifs.

— Tu n'as pas l'air heureuse d'aller à la campagne ?

— Si...

— Non. Dis-moi ce qui se passe. Qu'est-ce que j'ai encore fait ?

— Rien...

Nous discutions à voix basse, et ce fut dans le feutre qu'elle me lâcha quelques atrocités qui me furent autant d'éclairs de soufre dans la pénombre de la voiture. Ainsi, son amour pour moi était plus « modéré » qu'avant. Je n'avais jamais entendu parler d'un amour « modéré », comprenait mal ce charabia. Elle poursuivit en soupirant qu'il était des jours où ma présence ne lui paraissait pas « indispensable ». Elle contredisait là une de ses lettres tout feu, tout flamme, et cela me sembla pour le moins ennuyeux.

Je me tus, décidant avant d'être arrivé qu'au retour je romprais avec cette emmerdeuse. Quand elle ne m'aimait pas, n'était-elle pas moins belle, déjà ? Je la lorgnai à la dérobée. C'était bien cela, moins belle, plus ordinaire. « Modérée », elle perdait de son charme. Si ma présence n'était plus « indispensable », il manquait un petit quelque chose à la sienne. Mieux valait la quitter avant d'en trop pâtir. « Laisse tomber, tonton. » Pourquoi pas, neveu ? C'est une solution de facilité, Rudi en est une autre. Qu'elle y retourne, cette vache, à son veau !

Vieux, je n'avais plus le loisir, de surcroît, de prendre un coup de vieux. J'étais pressé. Si je m'étais trompé sur elle, je n'avais plus le temps de m'y éterniser. J'avais encore celui d'en rechercher une autre, mais vite, très vite. Je me mis à songer, Marthe tout près de moi, à une autre fille, une possible, que j'avais négligée. Elle était belle, Thérèse. Pourquoi pas Thérèse ? Marthe dut penser que mon silence ne lui était pas non plus indispensable, et se repeuplait à son détriment. Elle me prit timidement la main. Je l'arrachai avec violence de ses doigts. Rageuse, elle me la reprit. Sans le chauffeur, je crois que nous nous serions battus là, sur la banquette, avant de faire l'amour comme des singes.

— Elle t'est indispensable, ma main ? sifflai-je haineusement. Elle cria presque :

— Oui !

Se la mit quelque part. Elle était cinglée. Je n'avais jamais séduit que des folles, attiré que des malades mentales, aimé que des détraquées. Et c'était un docteur, messieurs dames ! Un docteur auquel on confierait des nourrissons fiévreux ! Un Diable auquel on donnerait sans confession tous les Bon Dieu !

Marcel et sa Suédoise d'épouse, habitués à mes changements de fiancées, accueillirent la nouvelle avec l'empressement qu'ils avaient montré aux précédentes. Le champagne et le feu de bois nous calmèrent et nous donnâmes à nos hôtes l'image épanouie d'un couple uni.

— C'est la plus belle, me confia Marcel.

— C'est la plus chiante, répondis-je, laconique.

Dans la chambre où j'avais couché avec Lydie, avec Flo, avec Mouche, je me jetai sur Marthe et lui fus à un moment précis absolument indispensable. Nous renversâmes une lampe, chûmes du lit avec les draps. Nous ne fûmes jamais des invités de tout repos.

— Salope... morue... putain..., grondais-je en m'étranglant de hargne.

— Je te déteste, hoquetait-elle.

Nous étions des cérébraux.

Au petit déjeuner, les marmots de mes amis entourèrent Marthe, ne voulurent jamais croire qu'elle était un de ces docteurs qui vous font prendre votre température et boire des potions infectes. J'aimais aussi Marthe pour cela : comme moi, elle n'aimait pas les enfants. Je les appelais des nains, elle « des trucs pas finis ». Elle avait ce mérite de ne jamais suspendre au-dessus de votre tête, comme beaucoup, une épée de Damoclès entortillée de langes. J'avais trop fait l'amour à proximité de nurseries pour ne pas apprécier à son immense valeur une femme enfin inféconde par vocation.

Je sortis. Tout en gonflant les boyaux du vélo de Marcel, je mâchonnai le boulon de l'amour « modéré ». Il me cassait encore les dents, me pesait toujours sur l'estomac. Marthe survint alors que je réglais la hauteur de la tige de selle.

— Tu va faire du vélo ?

— Non, du ski !

Ma mauvaise humeur la peina. Elle avait oublié, elle.

— Tu m'en veux encore ?

— Non. On ne peut pas tenir rigueur à une dingue d'être zinzin.

J'enfourchais déjà la machine. Marthe gémit :

— Tu t'en vas ? Qu'est-ce que je vais faire, moi ?

Je la fixai durement :

— Tu penseras à moi, pardi ! Et puis, quand je serai rentré tu penseras à Rudi.

Elle me supplia du regard, et je fondis dans ce whisky plus vite qu'un glaçon.

— Régis..., murmura-t-elle.

— Tu veux venir avec moi ?

— Oh oui ! Oh oui !

Elle battait des mains, comme d'habitude. Ses façons de retomber en enfance m'attendrissaient toujours.

— Bon... Je vais te préparer le vélo de Barbara.

Elle me bouscula de baisers :

— Tu es gentil.

— Tu te trompes d'imbécile. Le gentil, c'est l'autre.

Elle ne se renfrogna pas, sachant qu'en cas de bouderie ses parents la priveraient de bicyclette. Elle dit : « Pas toujours... » tout en remontant les jambes de son blue-jean.

Cette promenade dans les verdures d'un premier mars embué de soleil lui apporta un regain d'intérêt — encore un — pour ma personne. Au fil des kilomètres, elle m'aima davantage et encore davantage. De borne en borne, son sourire redevint celui qui me « flinguait » ainsi qu'on l'eût défini dans la communauté du boulevard Bonne-Nouvelle. Des oiseaux nous sifflèrent, des vaches nous applaudirent. Elle démarrait, les cheveux fous sur les épaules. Je la rattrapais, piquais un sprint, l'attendais dans une côte. Nous pédalâmes durant tout un hectomètre, ou deux, de bonheur, la main dans la main. Je fis :

— Je t'aime.

Elle me répondit :

— Moi aussi.

Ce rappel de nos communications téléphoniques nous émut. Elle questionna, candide :

— Dis, Régis, on ne peut pas faire l'amour, sur un vélo ?

— Si. Aussi bien que debout dans un hamac.

Elle rit. Elle était aussi adorable qu'elle pouvait être carne. Nous nous arrêtâmes sur un petit jouet de pont qui enjambait une rivière d'école buissonnière. Sentimental endurci, à savoir amolli, je bêtifiai :

— Tu m'aimes ?

— Oui, Régis. Tu le sais bien.

Je suffoquai :

— Ah non ! Cela fait même quelque temps que je ne le sais plus.

— C'est difficile, Régis. Trois ans, ça ne s'efface pas en soufflant dessus.

— Alors, tu l'aimes encore.

— Ça, ça serait simple. C'est tellement plus compliqué. Peut-être, si c'est possible, que je vous aime tous les deux...

Je crachai dans l'eau, sur nos deux visages qui s'y reflétaient, je crachai sur le Suisse. Sans la voir, elle qui se serrait contre moi, je lui dis :

— Moi, je n'ai rien à te proposer, ni six mois, ni un, ni deux, ni trois, ni dix ans. Écoute-moi bien, Marthe : je n'ai à te proposer qu'une histoire d'amour. Ça te va ?

Je me tournai vers elle. Grave, elle hocha affirmativement la tête, les yeux — sincères, les yeux ! — tout au fond des miens.

Barbara me jura que Marthe m'aimait. Marcel en était certain, lui aussi. J'avais besoin que d'autres qu'elle et moi me le répètent, me le serinent. L'amour est une perpétuelle crise de manque de confiance. A elle seule, cette vague de doute justifie la phrase désabusée d'Émile Faguet : « L'amour est inhabitable. » Comment vivre en effet dans ses courants d'air ?

Marthe et Marcel parlèrent de chevaux.

— Il y a longtemps que je n'ai pas monté..., regrettait Marthe qui en mourait d'envie.

— Si tu veux, tout à l'heure, tu monteras ma jument.

Comme pour la bicyclette, elle trépigna de joie :

— Oh oui ! Oh oui !

— Tu sauras te tenir en selle ? observai-je, inquiet.

Cette fois encore elle craignit d'être privée de dessert :

— Bien sûr. C'est comme la nage, ça ne se perd pas.

— C'est comme l'amour, surenchérit Marcel.

Je n'entendais rien à l'équitation, remit Marthe aux mains expertes du bon joueur de polo qu'était mon ami. Il avait installé un manège dans sa propriété. Marthe chaussa des bottes, se coiffa d'une bombe. La jument, nommée Petite, me parut plus nerveuse que le vélo du matin. On se gaussa de mes appréhensions de profane. Petite était la douceur même. Nadine me l'avait également dit de Marthe, ce qui ne me semblait plus évident. On coule à pic en eau dormante aussi bien que dans un tourbillon de Loire.

— Marthe, fis-je, tu ne devrais peut-être pas...

— Oh ! Tu m'embêtes ! cria-t-elle, excédée par toute opposition à l'un de ses caprices.

Le pied à l'étrier, elle grimpa sur le cheval comme sur un amant. J'étais une bête moins dangereuse. De moi, on tombait de haut peut-être mais sur de la moquette.

— Attention, recommanda Marcel, elle a la bouche tendre.

La cavalière aussi, rêvai-je. Au trot, les deux femelles exécutèrent un tour de piste. Les traits crispés de Marthe ne me rassuraient pas.

— Détends-toi, conseilla encore Marcel, serre les jambes. Ça va ?

— Ça va, répondit l'intrépide amazone. Je vais la faire galoper un peu.

Elle pressa les flancs de Petite, qui prit le galop. Ce ne fut pas long. L'animal se sentit soudain libre et sans maître, fit feu des quatre fers. Nous vîmes en une seconde que Marthe ne resterait pas longtemps en selle. Marcel n'eut pas le loisir d'intervenir, je n'eus pas celui de dire « ouf ». Petite éjecta de belle façon l'écuyère d'occasion, la fit voltiger dans les airs. Marthe boula sur le sol, roula sur elle-même trois ou quatre fois avec un sale bruit mou de corps qui rebondit, perdit sa bombe. Sa tête vint brutalement s'immobiliser à dix centimètres d'une grosse pierre.

J'avais enfin poussé un hurlement d'effroi. Je me précipitai vers ce paquet inerte que j'aimais, le pris dans mes bras :

— Marthe ! Parle-moi ! Marthe !

Elle gémissait. Des ecchymoses tavelaient son visage.

— Marthe ! Tu n'as rien de cassé ? dis-moi...

Elle balbutia :

— Je ne sais pas.

— Essaie de bouger.

J'avais l'envie stupide d'appeler un docteur alors que j'en avais un au sens propre sous la main. Il remua une jambe, deux jambes, s'assit, cria de douleur.

— J'ai mal, pleurnicha Marthe.

— Où ?

— Au coccyx, gémit-elle.

— Tu n'as rien à la colonne vertébrale ?

— Je ne crois pas...

Marcel, qui avait récupéré sa jument, n'était pas très fier. J'aidai Marthe à se relever, à faire ses premiers pas dans la vie. Elle boitillait, courbatue, pesait sur mon épaule. Elle diagnostiqua d'une voix d'agonisante :

— Pas de fractures. Peut-être une fêlure du coccyx. Je passerai une radio.

J'étais blême. Elle sourit bravement :

— Tu as eu peur, Régis ?

— Oui. Et toi ?

— Moi aussi.

Courageuse mademoiselle Moi-Aussi ! Elle reprenait quelques couleurs, j'en fis autant. Des couleurs, ses joues, son menton, son front n'en manquaient pas, s'ornaient de bleu, de rouge et de violet. Marthe se tâta le visage, soudain angoissée :

— Régis ! Je ne suis pas défigurée ?

Je plaisantai :

— Pas trop.

— Un peu ? bredouilla-t-elle.

— Mais non. Des contusions. Rien de grave. Tu seras encore belle. La plus belle.

Elle pleura dans mon cou, ma pauvre petite fille, vaincue par l'émotion.

Défigurée. Ma belle, ma plus belle, ç'aurait été trop beau. Je t'aurais encore aimée. Je t'aurais gardée. Tu n'aurais plus été qu'à moi. Personne ne t'aurait prise. On t'aurait laissée à moi. On ne t'aurait enfin plus regardée. Tu m'aurais aimé d'encore tant t'aimer malgré tes cicatrices, malgré ta jolie gueule cassée...

Tu aurais pu mourir, aussi, contre cette pierre. Sur le coup. Les vertèbres cervicales rompues. Ma belle, ma plus belle, ç'aurait été encore plus beau. Nous nous étions aimés ce jour-là, nous nous serions donc aimés pour l'éternité. On t'aurait plainte, puisque morte. On m'aurait plaint : « Il n'a pas eu de chance. Depuis le temps qu'il la cherchait, il l'avait trouvée. Elle l'aimait. Pour la vie. Et elle est morte. Seule la mort pouvait les séparer. Sans blagues. » Oui, il aurait mieux valu pour moi qu'elle expirât sous mes yeux. J'aurais sangloté. Je me serais tordu les bras à tour de bras. J'aurais hurlé à la mort à la morte. J'aurais erré halluciné sur la lande, à travers champs, à travers bois, à tort et à travers, fou de malheur. Ç'aurait été épouvantable. On se serait signé sur mon passage. Parfaitement. « Marthe ! Marthe ! » eussé-je ululé dans le vent. « Marthe ! Marthe ! » m'eussent répondu les échos de la nuit. Ç'aurait été formidable.

Hélas, elle vivait. Hélas, elle ne serait pas laide, ne serait pas un objet de répulsion. Hélas, je n'aurais pas le bonheur de la pousser dans une chaise à roulettes. Hélas, on la courtiserait, la ferait rire, la séduirait, la baiserait, la ferait jouir. Hélas, elle vivrait et je mourrais, alcoolique, aphasique, hémiplégique, son nom maudit fiché dans le crâne comme une fleur artificielle de cimetière.

— Je n'ai plus ma montre ! s'écria-t-elle.

Arrachée de son poignet par le choc, elle s'était enfouie dans le sable. Elle y demeura malgré nos fouilles et Marthe en fut désolée. Elle y tenait beaucoup.

— Qui te l'avait offerte ? grommelai-je, soupçonneux. Alain-Xavier ?

— Mais non ! Ma marraine !

Elle souffrait de ses plaies et bosses, nous abandonnâmes à son sort cette montre aussi bien perdue qu'une illusion. La soutenant, nous ramenâmes l'éclopée à la maison. Je ne complimentai pas mon ami :

— Ta Petite si douce, c'est Bucéphale, merde ! L'hippogriffe ! Le bourrin d'Attila ! Le gaille de Gengis Khan !

— C'est de ma faute, geignait Marthe, pas de la sienne.

— C'est vrai, remarquait Marcel, tu as manqué d'autorité.

— Elle n'en a que sur les mâles, gouaillai-je, tu aurais dû lui donner un étalon, elle lui aurait fait faire le beau !

Barbara ouvrit au docteur les portes de son armoire à pharmacie. Il y choisit un « antiphlogistique osmotique d'action rapide et sédative de la douleur locale » avec, pour mode d'emploi, « massages légers et onctions deux ou trois fois par jour jusqu'à absorption complète de la crème ». Dans notre chambre, il me fallut enduire de cette pommade le coccyx meurtri et le frotter.

— Le point de vue, commentai-je, égale en attrait celui du Cirque de Gavarnie. Cela me donne des idées.

— Aïe, répliqua la patiente, ce n'est pas le moment.

Je touchai du doigt un endroit précis de sa personne.

— On t'a déjà... prise par là ?

Elle protesta :

— Ah non ! Ça doit être atroce !

— C'est ce que l'on verra, marmonnai-je entre mes dents.

Elle se retourna d'un bond, effarée :

— Tu es fou, Régis !

Je fis avec gravité :

— De toi, oui. De tout ton corps. De toutes les parties de ton corps. Il sera à moi en entier. Totalement.

Elle me gronda comme si j'avais été un gamin :

— C'est du vice !

— Sûrement pas, Marthe. C'est de l'amour de toi. Écoute ces deux vers d'Apollinaire :

Le vice dans l'amour n'est qu'une illusion
Qui ne trompe jamais que les âmes vulgaires...

Elle grimaça, peu convaincue :

— Je voudrais bien vous y voir, Apollinaire et toi !

— Ce n'est pas pareil.

Elle nous traita de phallocrates sadiques et me souhaita, Guillaume n'y étant plus, de subir ce genre de traitement. Je ris, poursuivis mon massage, qui lui arrachait des plaintes :

— Je n'aurais jamais cru qu'un jour j'aurais à soigner un docteur.

— Moins fort. Tu me fais mal.

— Chacun son tour, toubib. Vous nous accusez toujours d'être douillets quand vous nous martyrisez. Tu vas peut-être me dire, comme moi tout à l'heure, que « ce n'est pas pareil » ?

Debout, elle détailla son visage devant la glace, se lamenta :

— Demain, je serai affreuse. Rudi va croire que tu m'as battue comme Alain-Xavier.

— Tu ne m'en donnerais pas la permission ?

— Si tu me battais, il te casserait la figure.

— Alors, ça va, s'il me la casse comme à Alain-Xavier. Mais tu es un peu à moi, non ? Si j'ai droit à une fesse, j'ai droit à une joue.

Elle changea de conversation, tamponna ses bleus, pansa ses écorchures avec ses gestes nets de professionnelle. Après quoi elle se maquilla et les gestes, plus flous, redevinrent ceux d'une femme. Leur contraste m'amusa.

— Nous dînons chez un ami de Marcel, ce soir.

— Mon Dieu, s'affola-t-elle, je suis monstrueuse !

— Tu voulais le draguer ? Je te signale pour te calmer que c'est un ancien député de droite.

— De mieux en mieux ! glapit-elle, outrée.

Avocat, l'ancien député de droite se montra aussi sympathique qu'un ancien député de gauche. Je présentai :

— Marthe, docteur et gauchiste.

L'avocat s'extasia :

— J'adore les gauchistes !

Ils avaient au moins un point commun. Je fus d'ailleurs le seul à plaisanter sur ses opinions. Marthe avait été trop bien élevée pour se mal conduire à table. Ce qu'elle avait envie de dire, je le dis à sa place, ce qui permit à la vieille maman de l'avocat de remarquer, pincée, que « la jeune femme qui était avec monsieur Ferrier avait reçue, ELLE, une très bonne éducation ».

Au lit, je lui en distillai également une très bonne, à la jeune femme. Comme elle ne pouvait, coccyx endolori, faire l'amour, je la caressai de main de maître, du moins il y parut. Je préférais la masser de la sorte plutôt qu'avec un antiphlogistique. Hors course, je pouvais l'observer, la lancer, la suspendre, la précipiter. Je pouvais voir ses traits changer, s'embuer, frissonner, se crisper, se détendre, voir sa bouche palpiter, s'ouvrir, tenir un cri entre ses dents, le lâcher enfin comme une flèche. J'aimais assister auprès d'elle à ce cours de physique et ne me suis jamais lassé de ce spectacle à un seul personnage.

Le lendemain, l'éternel coccyx nous empêcha de monter à vélo, nous nous promenâmes à pied dans un petit bois où elle me confia n'avoir jamais fait l'amour sur l'herbe, au sein de la nature. En revanche, elle l'avait fait d'abondance en voiture, avec Alain-Xavier par exemple. Elle en parlait avec sérénité, de son premier garçon, m'étalait sous le nez toutes les cartes postales de ces vacances-là. Elle avait la confidence facile et, bien entendu, libérée. Orgueilleuse comme un homme, elle déclarait que tous, sans exception, lui avaient donné d'ineffables plaisirs. Alain-Xavier, en particulier, lui avait appris la « lenteur ». Je bougonnai, agacé, qu'elle m'avait malgré ses dires semblé inexperte et naïve en beaucoup de domaines, et qu'il était mon Dieu grand temps que j'arrive en elle.

— Tu as eu de la chance, Marthe, d'avoir toujours été comblée sur ce plan-là. Bien des femmes ne peuvent en dire autant. Si tu as un secret, tu devrais le leur communiquer.

— Elles ne demandent rien, se contentent du peu que ces messieurs veulent bien leur accorder. Moi, je ne réclame pas l'aumône, je veux qu'on ne m'oublie pas en chemin, je veux que l'on soit deux. C'est normal, non ? Et si c'est féministe, tant mieux ! Plus on sera de féministes au monde, plus on jouira !

Elle sourit en m'embrassant la main non sans une arrière-pensée reconnaissante :

— De toute façon, ce n'est pas à ton intention, ce que je prêche là, tu le sais.

— Oh ! protestai-je, j'en ai loupé ma part ! Je n'ai pas la science infuse. Je n'ai que de l'amour, quand j'en ai. Sans amour, cela m'ennuie un peu. Quant aux lenteurs savamment mijotées de ton Alain-Xavier, je te prouverai un jour leur contraire, qu'il n'y a pas de lois. Je te prendrai en une minute, et tu verras cela te plaira.

— Ça m'étonnerait.

— Eh bien, c'est parfait : ça t'étonnera.

Quand elle n'évoquait pas l'un, elle se ressouvenait de l'autre. Je ne lui suffisais vraiment plus. Je titubais de jalousie vivante en souci du passé. Je n'étais pas heureux, mais j'en avais la force et l'habitude.

— Tu n'es pas heureux, Régis ?

— Non, pas très.

— Mais je t'aime !

— Dis plutôt : je vous aime. Au pluriel.

— Ne dramatise rien.

— C'est mon métier.

Elle me fit encore « dramatiser », en fin d'après-midi. L'avocat et Marcel, après leur partie de tennis, voulurent aller dans le sauna installé près des écuries.

— Tu veux prendre un sauna avec nous, Marthe ? proposa mon ami.

— Oh oui ! Oh oui !

Même jeu que pour le vélo, le cheval, bref tout ce qui était susceptible de l'amuser. Cela me froissa d'autant plus le cœur qu'à cause de lui l'angineux que j'étais ne pouvait les accompagner dans les vapeurs du cagibi. J'entraînai Marthe :

— Tu ne vas pas t'exhiber à poil devant ces deux types, non ?

Elle ne comprenait pas :

— Mais enfin, Régis, en Grèce, on se baignait nus au soleil. Dans un sauna, on ne voit rien tellement il y a de buée. Tu ne vas pas être jaloux pour si peu.

— Si !

— Eh bien, tu es idiot.

— Je suis idiot.

— Non, tu n'es même pas idiot. Tu es vieux jeu.

C'était plus juste. Je n'avais pas coutume de montrer le cul des femmes que j'aimais à mes amis. Aux étrangers non plus, d'ailleurs. Comme l'armée française, je retardais d'une guerre. Cela se pratiquait couramment, à présent, de s'exposer le zizi, de s'afficher le saint-frusquin. C'était même, paraît-il, un signe de bonne santé. J'étais non seulement suranné, mais malade. La petite fille m'avait « cafardé » auprès de Marcel.

— Tu ne veux pas que Marthe aille au sauna ?

— Elle fait ce qu'elle veut de ses fesses, grognai-je. Vous pourrez me les raconter.

Il me répéta qu'on ne voyait que du feu, dans la fumée, qu'en Suède, qu'en Finlande on vaquait sans voiles sans penser à mal, qu'en outre Barbara serait de la partie.

— Carrée ? fis-je en tournant le dos.

Je m'enfermai dans ma bouderie et regagnai notre chambre. Marthe ne renonça pas à son nouveau caprice pour mes beaux yeux, courut présenter son derrière aux foules, agiter tous ses seins sous tous les nez. Quand elle revint, elle eut pitié de moi, de ma peine :

— Tu es bête, Régis. Quelle importance ça a ?

— Aucune. J'exige même que tu dînes toute nue.

— Mais ce n'est pas pareil !

— Rien n'est jamais pareil avec vous.

— Tout dépend des circonstances. Tu me vois dans un sauna en maillot de bain ?

— Très bien.

Elle soupira, fut tendre, me berça, me caressa les cheveux.

— Je te demande pardon, murmura-t-elle à contre-cœur.

Je la désirais à moi, à moi seul, désirais être le seul à la voir telle qu'elle était entre mes bras. Il apparaissait que c'était du gâtisme. Qu'il fallait partager encore et partager toujours. Que c'était même, pourquoi pas, le secret du bonheur...

Marcel, de son côté, crut m'être agréable en me confiant que Marthe était des mieux tournées, avait une très jolie poitrine.

— Je croyais, répliquai-je, qu'on n'y voyait que de la fumée, dans un sauna ?

La nuit, comme elle m'en voulait de ce que je lui en veuille, elle me dit, sombre :

— On ne peut pas faire deux choses à la fois.

J'étais l'une des deux choses. L'autre n'étant pas là, par chance, je fis l'amour à ce corps que tous avaient vu. Il saignait de ce sang qu'elle oubliait, que je notais pour elle, paternellement, dans un carnet.

Crispé, je la ratai, l'achevai à la main.

Ma main l'aima, que je retirai d'elle, plus tard, rouge de sang.

Comme celle d'un chirugien.

D'un boucher.

D'un assassin.

17.

Les brouillards se dissipèrent. Elle travaillait sur sa thèse. Parfois, même si Ferrier ne s'y trouvait pas, elle passait au studio où elle entreposait à l'abri des curiosités de Rudi ce qu'elle appelait son « trésor » : les lettres de Régis, leurs photos, le bouchon de champagne du vingt-sept novembre, un ticket de métro de Piccadilly, etc.

Elle relisait les lettres, en écrivait une qu'elle laissait pour lui sur le guéridon. Il le lui avait dit, qu'ils appartenaient au même monde sentimental, un monde où poussait la fleur bleue par-dessus les chardons, désuète auprès des jeux, des feux de leurs peaux mais sans quoi ils ne seraient rien, ou si peu.

Gavée des conventions de l'actualité, elle raillait, repoussait, méprisait la « femme-objet » alors qu'elle en était si proche. Ce qu'il préférait d'elle, c'était ses élans, ses faiblesses, sa fragilité, sa beauté. On prétendait qu'elle manquait de charme, il ne le savait pas. Quand il aimait, c'était la femme « objet poétique » qu'il aimait. Elle en gâchait parfois l'image par ses discours encombrés de théories vaseuses, il le lui pardonnait. Ces nébuleuses ne provenaient pas d'elle mais de Rudi, de « la voix de son maître » à penser. Quand ils faisaient l'amour, elle n'était plus qu'elle, enfin. Plus qu'elle aussi quand elle dormait. Il aimait la regarder dormir. Elle était vide, les cheveux dans les yeux, elle était plage, elle était mer calmée, d'une douceur, d'un frais de savonnette. Il écoutait alors ses mots, ses mots pauvres mais honnêtes :

J'aime la façon que tu as de m'aimer, tes merveilleuses lettres, tes mille petites attentions, l'importance que tu donnes aux souvenirs, aux objets qui ont marqué une étape de notre amour. Personne ne m'a aimée ainsi... tu sais bien que mon corps est à toi et que c'est avec toi que j'ai envie de faire l'amour. Tu me l'as fait magnifiquement hier soir et j'y ai pensé toute la journée... je voudrais tant que tu sois heureux. Je t'embrasse follement...

Ses mots qui pourriraient. Se glaceraient. Tomberaient en poussière quand il voudrait les reprendre entre ses mains. *C'est vrai, tu sais, que je n'avais jamais passé une nuit aussi merveilleuse...* Mais non, Marthe, souviens-toi d'Alain-Xavier ! Des autres ! De tous les autres ! Tu te souviens toujours de tout ce qui peut me faire souffrir...

Il revit Rudi. Ils allèrent tous les deux en voiture à la galerie où ses toiles ne se vendaient pas davantage que des confetti dans un funérarium. Ferrier espérait en faire acheter encore une par un ami. Lui aussi essayait de pourvoir aux besoins du « ménage ». Rudi n'avait pas perdu pour si peu son immense confiance en son avenir, en ses capacités. Il sifflotait en conduisant, et cette allégresse fut suspecte à son voisin :

— Ça a l'air d'aller, toi.

— Ça va très bien.

— Avec Marthe ?

— Pourquoi pas ? Elle t'aime les jours pairs, les jours impairs c'est moi. Et c'est avec moi qu'elle restera toute sa vie.

— Oh ! oh ! Tu es bien sûr de toi !

— Je la connais. Elle a besoin de moi.

C'était ce qu'elle disait de lui. Ferrier se jura de dynamiter ces prétentions, d'envoyer au tapis ce bravache :

— Tu n'as jamais songé, Rudi, que Marthe n'était peut-être ni pour moi ni pour toi, mais pour un troisième ? Elle est jeune.

— Moi aussi.

Ferrier encaissa sans sourciller cette nasarde désinvolte.

— Justement. Tu peux tomber amoureux d'une autre.

— Je ne tombe pas amoureux comme toi.

— Vous pouvez aussi ne plus avoir envie de coucher ensemble.

— Alors, nous vivrons comme frère et sœur, mais tous les deux. Elle tiendra toujours à moi. Tu ne peux pas l'en empêcher.

Ils se défièrent d'un sourire de courtoisie.

— Régis, tu le leur dis, toi, aux filles, que tu les aimes ?

— Bien sûr.

— C'est marrant. Moi, je n'ai jamais pu dire ça.

— Même à Marthe ?

— A personne. Ça me ferait rigoler. Comment tu fais ?

— Arrête. Je vais te montrer.

Le Suisse se gara le long d'un trottoir. Ferrier se pencha sur lui comme pour l'enlacer, s'approcha de sa bouche, cette bouche qu'hélas Marthe avait si souvent baisée et baiserait encore, hélas.

— Ne ris pas, Rudi.

— Toi non plus !

— C'est grave, ce que j'ai à te dire, Yvette.

— Pourquoi tu m'appelles Yvette ?

— Je ne vais pas t'appeler Marthe, quand même ! Yvette, je t'aime. Je recommence, en plus passionné : je t'aime.

— Ce n'est pas mal.

— Tu vois ? La voix un peu enrouée, un poil rauque, étranglée par l'émotion. Comme ça : je t'aime !

La scène eût fort diverti Marthe. Elle plut à Ferrier qui se promit de placer cette leçon de prononciation dans une pièce.

Marthe et lui se rendirent ensuite en Belgique, qu'elle ne connaissait pas. Nane et Roro, les fidèles compagnons belges de Régis les hébergèrent chez eux, à Hamme-Mille, village de campagne à une trentaine de kilomètres de Bruxelles. Là aussi était une chambre où Mouche et Marieke s'étaient déshabillées avant Marthe.

Aussi loin de Rudi dans l'espace, Marthe le fut de même par la pensée, n'en parla enfin plus, et ils vécurent là deux jours charmants auprès d'amis heureux de voir leur ami heureux, ce qui était rarement le cas. Roro prit d'eux des photos où ils s'embrassaient « follement » comme elle l'écrivait si bien. Pour d'autres clichés, elle se coiffa d'une capeline de paille ornée de fleurs, et Régis regretta que la mode en fût passée tant elle convenait à Marthe, la féminisait à son avantage.

— Mine, ma Mine ! Comme tu étais belle, en 1900 !...

Elle aimait l'ail, la bière, les spaghetti « al dente », la science-fiction, la musique pop, la neige, le soleil et les compliments. Ceux-ci lui étaient mesurés, dans son entourage. A se vouloir les égales des hommes, ils les traitaient en hommes, c'était de bonne guerre. Mine. C'était au lit qu'il l'avait baptisée de la sorte, puisque le nom de Marthe ne se prêtait à aucun diminutif de tendresse.

Harry, venu pour affaires en Belgique, les ramena à Paris en voiture. Ils laissaient derrière eux un week-end pour une fois sans ombre. Assis, emmêlés plutôt sans vergogne sur la banquette arrière, ils se broyaient les mains, pensifs. Ravalé au rang de chauffeur de maître, le directeur de théâtre roulait vite, à 160-180 kilomètres à l'heure, poussait des pointes à 200, avalant l'autoroute comme un verre de scotch.

— On va vite, murmura Marthe en soupirant.

— Tu as peur ?

— Peur de rentrer boulevard Bonne-Nouvelle, oui...

Il la serra encore plus fort contre lui pour la remercier de cette tristesse. Elle l'aimait, ce jour-là. « Elle t'aime les jours pairs », disait Rudi. Demain, elle aimerait le Suisse.

Ils la lâchèrent à midi devant le siège de la « communauté ». Elle ne se décidait pas à quitter Ferrier, balbutiait :

— Si nous allions deux heures au studio ?

— Non, Marthe. Il t'attend. Une esclave fidèle, fût-elle infidèle, ne doit pas faire attendre son seigneur.

— Je n'ai pas envie de rentrer.

— Tu sais bien qu'il le faut. Va-t'en.

Ils la voulaient toute, elle qui n'était qu'une. Ils se l'arrachaient sans souci, avides seulement de savoir qui serait le plus fort des deux. Et elle était si faible... Elle s'en alla enfin, abattue, soudain toute petite, portant la croix de sa toute petite valise.

— Elle t'aime, constata Harry, satisfait pour Régis.

— Aujourd'hui, oui.

— Et toi ?

— Aussi. Elle est tellement petite...

Le Suisse n'avait pas digéré la Belgique. Ses sérénités de tranche-montagne s'écroulèrent avec fracas devant la mélancolie sans mystère de Marthe, son chagrin injurieux. Il se lança à l'étourdie dans un second chantage. Il ne pouvait plus davantage supporter la situation qu'il avait créée. Puisqu'il était de moins en moins « l'amant privilégié », il s'en irait. Au Canada. Pour travailler. Le mot de travail, incongru dans sa bouche, fit se tordre Hugues, Éric et Fred. Il serait loin, parfaitement, dans trois semaines, et à tout jamais perdu pour Marthe. Il se voyait déjà, lyrique, arpentant le Québec, vivant de sirop d'érable et de boules de neige frites avec au cœur la plaie ouverte de la chanson.

Marthe fut la seule à prendre au sérieux cet accès de mythomanie pétaradante. Sur ce terrain du moins, l'Helvète ne manquait pas de ressources, assortissait même sa menace d'exigences : jusqu'à son départ sur la mer immense et traîtresse, à bord d'un bananier chargé d'immigrants taciturnes, Marthe ne devait plus être qu'à lui, la moindre des choses. Elle lui devait bien, pour solde de tout compte, l'adieu déchirant du collier de ses bras nus. Au désespoir, la candide tomba dans ce panneau pour lièvre atteint de troubles de la vue.

Ferrier n'y chut pas, trouva la ficelle plus grosse qu'un fil blanc, et que la plaisanterie avait assez duré. Le « chtit », comme Hugues appelait Rudi, envoyait cette fois le bouchon encore plus loin qu'à Montréal. Les éclairs zébrèrent les nues et Marthe fut derechef ballottée au sein des grêlons, tirés à boulets rouges sur ses deux flancs.

Quand elle lui téléphonait, épiée par Rudi qui montait de plus belle la garde au pied de l'appareil, Ferrier raccrochait non sans l'avoir traitée de gastéropode, de niaise, d'algue, de palourde et, bien sûr, de méduse. Dès qu'il reculait, elle avançait, lune aux mouvements gourds régis par ceux des marées. Cette navette n'amusait plus Régis las des aller-retour sempiternels de ce pendule.

A un rendez-vous qu'ils s'étaient donné à quinze heures au studio, il ne se rendit pas, exprès. Pour la punir de ses irrésolutions. Pour qu'elle en souffrît, si toutefois cela était possible. Si elle en souffrait, ce serait « merveilleux » selon l'expression toute faite et favorite de Marthe. Ces calculs, Ferrier en avait horreur et honte. Il lui déplaisait d'en arriver là, à mesurer au compte-gouttes les éventuelles larmes d'une femme, de celle qu'il aimait qui plus est, de les porter à son crédit. Mais il n'entrevoyait plus que ce moyen malhonnête pour contrebalancer un Canada encore plus fourbe.

A dix-huit heures, quand il estima que Marthe, lasse de l'attendre, avait quitté le studio, il y alla. Peut-être avait-elle laissé une lettre affligée sur la table ?... Marthe était toujours là, qui avait mitonné à souhait dans les angoisses. Elle se jeta sur lui, éperdue :

— Régis ! Pourquoi n'es-tu pas venu ?

Il la repoussa :

— Parce que j'en ai assez de ton pinnothère. Tu ne sais pas ce que c'est qu'un pinnothère ?

— Ben... non... fit-elle, interdite.

— Un pinnothère, c'est un petit crabe qui vit en parasite à l'intérieur des moules. Peut-on rêver plus parfaite définition de ton Rudi ? Ne le défends pas ! Je parie que tu le crois, toi, qu'il va partir ?

— J'en suis sûre.

— Eh bien, tu es la seule, pauvre pomme ! Pauvre cloche ! Il est indécollable, ton hareng, ton maquereau ! C'est le demi-sel tout entier à sa pute attaché, comme disait à peu près Racine.

— Tu es méchant, geignit-elle, sidérée par tant de violence.

— Je ne partirai pas au Canada, pas plus que lui d'ailleurs, mais je vais partir.

— Où ?

— Pas loin, mais loin de toi. Pour ne plus te voir.

Elle s'approcha de lui, les larmes aux yeux :

— Non, Régis, non ! Je veux continuer à te voir, à t'aimer.

Il se dégagea :

— M'aimer ? Tu oses m'aimer alors que tu n'as jamais cessé de coucher avec cette larve, avec ce morpion, ce barbiquet d'eau de vaisselle ? Tu peux le garder, ton amour ! Te le filer au cul ! Et il n'a pas à se plaindre ! Il a la bonne place ! Notre amour, tu le salis, Marthe, tu le dégueulasses ! Il dégouline, il ruisselle de sperme ! De toute les variétés de sperme ! Le mien, le sien, les autres, tous les foutres ! Tais-toi, tais-toi ou je te tape dessus !

Éberluée, elle bégaya :

— Mais, mais, Régis... je t'aime...

Il hurla :

— Tu m'aimes ? Tu m'aimes, toi ? Toi la Marie des chansons des corps de garde, la « un-deux-trois, Marie couche-toi, quatre-cinq-six, écarte les cuisses » ? Eh bien, pas moi ! Les filles que j'aimais, jusque-là, elles étaient à moi. J'ai dû vieillir, elles sont à tout le monde, maintenant !

Elle sanglota tout à coup :

— Régis, toi aussi, tais-toi ! Je suis fatiguée, Régis, fatiguée... Là, elle ne mentait pas. Elle l'était. Il fut touché par ses yeux bleus cernés d'ardoise. Par son teint qui avouait qu'un jour, lointain hélas, elle serait laide et vieille. Par sa détresse de femme-enfant acculée aux grands choix de sa vie de femme et de sa vie d'enfant : ne plus aimer l'un — qu'elle aimait — pour mieux aimer l'autre, qu'elle aimait tout pareillement.

Elle s'effondra sur le lit dissimulé depuis peu par une vaste couverture en agneau de Toscane, don de Ferrier à son studio pour la célébration, la glorification de ses nouvelles amours.

— Vous ne m'aimez pas, ni toi ni Rudi. Il m'empêche de dormir en me parlant toute la nuit, et tu m'empêches de vivre. Je suis crevée, Régis, crevée. Vous êtes des salauds, tous les deux.

— Tu en dénicheras un troisième, va, je l'ai déjà dit au chtit. Maintenant, fous-moi le camp d'ici. Tire-toi.

Elle crut n'avoir pas très bien compris. Mais il la halait par une main, la relevait de force.

— Je ne veux plus qu'il te baise. Car il te baise, lui, si je te fais l'amour. Pour commencer tu vas te refuser à lui dès ce soir, tu m'entends ?

Subjuguée, elle fit avec un semblant d'énergie :

— Oui, Régis. Je te le promets.

— Si tu recouches avec, je l'apprendrai un jour ou l'autre, et je te chasserai. Les putains gratuites, je n'aime pas ça. Je préfère payer.

Il l'avait amenée en la bousculant vers la porte. Sa volonté stupéfiait Marthe mais l'étonnait lui-même. Il s'admirait de pouvoir traiter d'aussi haut, avec tant d'intransigeance, une fille dont il avait une peur aussi bleue que ses yeux. Il se grisait de son comportement de vrai mâle, de vrai homme préhistorique capable, entre deux grognements, de traîner sur les cailloux sa femelle par les cheveux. Femelle, Marthe le fut soudain en s'accrochant à lui sans équivoque. L'amazone du féminisme, vaincue, tombait à deux genoux en parfaite femme-objet. Il la redressa avec brutalité, la moqua :

— Tu userais bien de tes armes féminines, hein ?

— Ben oui..., murmura-t-elle, piteuse et pitoyable. Son regard tentait de le fléchir par son humilité. Il résista sans peine. L'heure n'était pas aux frivolités.

— Ça ne prend pas, Marthe. Va-t'en. Tu ne reviendras ici que lavée à grande eau. Propre. Tu sais que Rudi s'est envoyé une autre fille. Je ne suis pas médecin, moi, je n'ai pas envie d'attraper la vérole.

— Régis !

— Il n'y a pas de Régis ! Va-t'en, ou je te jette dehors !

Éplorée, elle se laissa refouler. Il claqua la porte sur elle, la ferma à clé. Satisfait de sa manifestation d'autorité, il écouta avec ravissement le chant de tous les coqs du voisinage, ses frères, et attendit serein la suite des événements.

Hugues en fit peu après le rapport à son oncle :

— Tu as mis le feu, tonton ! Foutu la super-merde ! Ça flippe[1] dans tous les coins. Tout à l'heure, la mère — c'était ainsi qu'il avait, lui, baptisé Marthe — la mère s'est pointée dans ma chambre, dingue à mort et tellement trempée de larmes qu'elle avait l'air de sortir d'une machine à laver. Il a fallu que je l'essore avant qu'elle puisse me raconter, entre quatorze sanglots, qu'elle avait viré le chtit. Définitivement.

— Définitivement ?

— C'est ce qu'elle a dit, mais elle dit n'importe quoi. Ne pavoise pas. Le chtit, si on le plante sur le paillasson, il rentre par le vasistas. Bref, il s'est quand même barré chez un ami trotskard, à Barbès.

— Ce n'est pas le Canada, Barbès.

1. *Flipper*, être en état dépressif, avoir le trac, se sentir mal à l'aise. Argot des drogués passé dans le langage courant.

— Pour lui, c'est pas si mal, deux ou trois kilomètres. S'il raconte à la mère qu'il chasse le caribou sur le boulevard Rochechouart, elle le croira dur comme fer.

Ses jugements sans nuances sur « la mère » agaçaient toujours Ferrier qui ne voyait plus que les pleurs de Marthe :

— Pauvre fille... On va finir par la rendre malade.

— Elle se soignera. En attendant, elle veut te voir pour te crier son amour pour Rudi ou pour toi, je ne sais plus très bien, et elle non plus.

— Garde tes ironies pour toi. A propos, môme, où en es-tu avec Nadine ?

Le neveu soupira, chagrin :

— On se voit comme ça... en copains...

L'oncle triompha, tout joyeux :

— Laisse tomber, mec, laisse tomber ! Toutes des salopes ! Toutes des putes, d'après toi ! Un bon conseil d'ancien : laisse tomber !

Il la vit donc, la consola, lui fit l'amour tout tendrement. Elle lui avait obéi, s'était refusée à Rudi, ce qui avait déclenché tout un drame. L'empire du Suisse sur elle, fissuré, s'effondrait en gravats. Marthe dut reconnaître qu'il n'avait pas été très digne, s'était déroulé en carpette à ses pieds.

— Il est jeune, fit-elle charitable, ce n'est pas encore un homme.

— Je peux pleurer aussi, concéda Ferrier magnanime, ce n'est pas réservé aux enfants. Ni aux femmes. Question larmes, je revendique l'égalité avec elles.

Il n'accabla pas le Suisse, bien qu'il fût intérieurement enchanté de lui avoir rabattu son perpétuel caquet. Il lui avait suffi pour cela d'adopter un quart d'heure vis-à-vis de Marthe le ton de commandement qu'elle souhaitait, fût-ce inconsciemment, lui voir prendre. On pouvait donc dresser les méduses ainsi que les dauphins ? Il se défia d'une victoire aussi facile. Marthe n'était jamais « définitive ». On ne vitrifie pas les pâtes molles en soufflant, même une tempête, dessus.

Le « chtit » avait le sens du spectacle, eût pu, d'après l'opinion de l'auteur dramatique, être un excellent acteur. Il se drapa dans un vieil imperméable trop grand pour lui, ressembla de la sorte aux policiers allemands de la dernière guerre. Il réapparut à la communauté, muet, accablé, suivant de ses yeux mouillés par le malheur les évolutions de Marthe dans les pièces. Il ne lui demandait plus que cela, qu'on le laisse au moins la regarder simplement vivre, marcher, manger, respirer. Ses camarades qu'avaient tant énervé ses récentes fanfaronnades, savouraient leur revanche et riaient sans pitié de son « imper de la Gestapo ». Un soir que Marthe était médecin de garde à Aubervilliers et que Rudi, toutou fidèle, l'avait accompagnée, il appela Ferrier au téléphone.

— Tu me parles de bien loin, Rudi. Tu es déjà au Canada ?

Cette voix d'outre-tombe irritait Régis. Il ne lui plaisait pas que ses rivaux fussent à terre et en culottes courtes. Lamentable, Rudi promettait tout ce qu'on voulait et même ce qu'on ne voulait pas, mendiait la permission de dormir dans une chambre de bonne, au-dessus de Marthe. Il se mit à sangloter, finit par émouvoir Régis.

— J'ai mal, Régis. Tu le sais, toi, ce que c'est que d'avoir mal. Tu l'as même crié sur tous les toits. Tu as gagné, Régis, gagné.

— Je n'ai rien gagné du tout. Je suis sûr que tu remonteras à la surface un de ces quatre matins. Mais ne pleure plus, arrête de jouer les misérables et les serpillières. J'en ai assez de faire de Marthe une femme et de toi un homme. Qu'est-ce que vous faisiez avant de me connaître ? Des pâtés de sable avec un seau et une pelle ?

Il raisonna cet enfant, fut paternel, lui qui n'avait jamais eu de moutards. Ce côté « père » qu'on attendait de toutes parts de Ferrier l'horripilait.

— Merci, Régis, tu es gentil, bredouillait le môme, un rien sournois malgré tout.

— Gentil, ah non ! Tout mais pas ça ! Ne m'engueule pas, en prime !

Curieux garçon que ce Rudi. Hugues l'appelait encore « la femme de ménage suisse ». Il libérait la femme à sa façon, repassait les pantalons, les robes de Marthe, lui lavait ses sous-vêtements. Ces insolites petits soins lui semblaient aller de soi, et Marthe s'en accommodait le mieux du monde, qui n'avait aucune vertu de femme d'intérieur. Régis ne jugeait pas trop déshonorantes ces attentions, mais presque... Il commença là à découvrir la vérité enfin exacte de ce couple. Tous s'imaginaient que Marthe la douce, Marthe la silencieuse vivait sous la tutelle de Rudi. Il songea qu'en fait c'était plutôt le jeune homme qui était passé en entier sous la coupe discrète, l'influence passive de Marthe. Si elle partageait ses idées, il n'en restait pas moins qu'il la soulageait de tous les travaux domestiques qui lui répugnaient. A son sens, elle demeurait bénéficiaire. Il n'y avait pas marché de dupes, mais association. Le cas échéant, elle l'entretenait. En contrepartie, il cuisinait, aspirait la poussière, s'occupait du linge. Ils étaient quittes, et même doubles. Pas très nobles, mais jeunes, et même jeunes d'aujourd'hui, éternellement jeunes, quoi !

Rudi provisoirement hors circuit, ils n'avaient plus à solliciter son avis, acceptèrent pour le week-end l'invitation de Marie-Sade et de Harry qui possédaient un moulin près de Dreux.

— Il y aura des Noirs, annonça Marie-Sade, des musiciens angolais proscrits.

— Chic ! s'écria Marthe, antiraciste professionnelle, soutien de tous les réfugiés politiques pourvu qu'ils fussent de gauche et fassent du bruit avec des tambourins.

— Merde, se dit Régis, elle va se jeter à leur cou pour mieux leur prouver qu'ils sont des hommes comme les autres.

Ils devaient partir en voiture avec leurs hôtes, se rendirent chez eux. Ce fut Mouche qui vint leur ouvrir. Elle était toujours liée avec Marie-Sade et Harry. Ferrier ne s'attendait pas à cette rencontre, à cette confrontation. Il fit les présentations, un peu gêné :

— Mouche. Marthe.

Plus naturelles que lui, elles se saluèrent sans détour ni chichis. Le fait d'avoir servi dans le même corps ne les troublait nullement. Elles étudièrent leurs toilettes, formes, charmes et traits respectifs pendant que Régis dégustait le contraste que lui offraient le passé et le présent, les trois ans de Mouche et les quatre mois de Marthe, la brune et la blonde, les yeux noirs et ceux de véronique.

A elles deux, elles représentaient beaucoup de ses nuits, de ses plaisirs, de ses tourments. Il les voyait au lit dans les mêmes positions, bavardant avec lui autour du même guéridon de marbre du studio, se maquillant devant la même armoire à pharmacie, et cela l'émouvait alors que les intéressées n'avaient pas du tout l'air d'y songer, qui se parlaient en vieilles copines au bout de cinq minutes. Décidément, il ne savait et ne saurait rien d'elles. Il croyait entrer dans un monde, n'entrait que dans de l'ombre.

Elles s'embrassèrent, quand Mouche prit congé. La jalousie rétrospective n'était pas de leur ressort, demeurait terre des hommes.

En cette maison des environs de Dreux, Ferrier poursuivit son tour d'horizon des chambres d'ami. Après celle de Barbara et de Marcel, celle d'Hamme-Mille, celle-ci, où il n'avait d'ailleurs aimé que Mouche, justement. Ils s'y cantonnèrent malpoliment la première journée, ne s'habillant que pour le déjeuner et le dîner, remontant aussitôt se déshabiller. Les joueurs de tam-tam n'étaient pas arrivés. Rideaux tirés, Marthe et Régis se prirent, se reprirent avec délices et frénésie, tout à fait seuls en cette résidence grouillante d'invités.

— J'ai droit aux armes féminines, aujourd'hui ? questionnait Marthe avec malice.

— Tu as même le choix des armes, répondait-il avant d'enfouir sa bouche dans ce qu'il nommait « le verger », qu'éclairait un soleil chaud et blond. Et puis il la prenait encore, la meurtrissant aux bras et aux épaules, plantait ses ongles dans sa nuque, lui arrachait des cris qu'il étouffait à pleines lèvres. Ils se séparaient, ventres trempés, corps en sueur, et il s'étirait en riant, paraphrasant l'aviateur Guillaumet :

— Ce que je t'ai fait, aucune bêbête au monde ne l'aurait fait !...

Et puis il renaissait sous sa langue brûlante, et tout recommençait, le voyage, l'été, la rivière et le vent.

Il savait à présent que, plongé en elle, elle aimait

qu'il lui caressât les seins, en tordît, en mordît même cruellement les pointes aux moments souhaités, il savait tout d'elle entière, admirait son visage transcendé par le feu, défiguré par l'onde fauve et sombre de son plaisir. Il aurait voulu, en elle, être un arbre pour mieux la sentir et l'emplir, mais il n'était qu'un homme et rageait de n'être que cela, de manquer d'envergure et de divinité.

— Marthe !... Marthe !... gémissait-il en se brisant en elle, et il aimait mâcher entre ses dents le râle du R de son prénom. Après, c'était le vison des « Mine, ma Mine... » qu'il aimait caresser à voix basse en palpant ces flancs encore vibrants de lui.

Quand ils descendaient enfin à la salle à manger, on détournait les yeux pour ne pas gêner cette Marthe triomphante, insolente, éclatante de chair et de santé, éclaboussée d'amour, illuminée de vie. Ils étaient impudiques, à cette table, trop complices pour qu'on eût le cœur de les séparer, de couper de la peau entre ces deux siamois. « C'est beau d'être jeune, se disait Régis, surtout quand on ne l'est plus. »

Marie-Sade avait de l'affection pour Marthe, lui pardonnait en ce moulin d'être plus souvent au four qu'ailleurs. Elle et les autres femmes regardaient Ferrier avec intérêt. N'y tenant plus, Marie-Sade le prit à part, lui demanda, énervée :

— Mais enfin, Régis, qu'est-ce que tu lui fais ? On l'entend crier d'en bas !

Il fut affolé :

— Ne le lui répète pas ! Elle ne crierait plus du tout et tu lui fausserais les violons. Ce que je lui fais ? Mais rien, Marie-Sade, rien ! Surtout pas la brouette japonaise ou l'escarpolette bulgare. Je l'aime. C'est cela, tout mon secret. Je l'aime, et elle m'aime peut-être un peu. Avec ça, on va au bout du monde, et même au bout du lit.

Le dimanche, les quatre musiciens survinrent, et le charme fut rompu. On ne vit plus que Marthe au salon au pied de leurs guitares. Les Blancs n'avaient plus d'intérêt.

— Nous n'avons plus, mon vieil Harry, confia non sans aigreur Régis à son ami, qu'à nous passer, comme au régiment, la bite au cirage...

Comme les Noirs *assumaient* bruyamment leur négritude, il ne restait plus, en effet, aux Européens qu'à *assumer* en silence leur appartenance au groupe leucoderme des colonisateurs ô combien repentis. Pour ne surtout pas paraître racistes, ils auraient tous fait les pieds au mur. Marthe, quant à elle, eût, pour mieux le prouver, couché avec tous ces braves gens. Qui étaient, de surcroît, révolutionnaires grand teint.

Passé au second plan, dépité, Régis grimpa dans leur chambre après le repas de midi, se mit entre les draps, l'attendit, s'endormit. Quand il s'éveilla, elle n'était pas venue. Il entendait rouler en bas les tambours de la jungle. Peut-être l'avaient-ils attaché nue au poteau de tortures ?

Il redescendit, inquiet. Elle riait, les yeux brillants. On lui susurrait aux oreilles des mélopées sur les guerres de libération. Ferrier fut bêtement jaloux selon l'expression des femmes qui vous trouvent toujours bêtement jaloux, jamais à bon escient. Il se renfrogna dans un coin. Elle finit par s'apercevoir de sa présence, abandonna une minute les Africains, vint à lui en soupirant :

— Pourquoi es-tu si sombre ?

— J'essaie de ressembler à tes amis.

— C'est du racisme, ça.

— Je l'attendais, celle-là !

— Tu n'aimes pas leur musique ?

— Au point de vue guitare, ce n'est pas Reinhardt, qui était gitan, je te le signale. Raciste ou pas, je n'aime pas qu'on te fasse la cour. Je m'en fous, de la couleur de la main qu'on te met sur les genoux, je ne vois que la main.

— Tu es bêtement jaloux, fit-elle en le laissant à ses idées, qui étaient noires, bien entendu. Bêtement jaloux. Cela l'agaçait. Elles étaient plus sottes que méchantes, ces coquetteries de fille assoiffée de tous les empressements masculins, mais il en souffrait. C'était son droit, puisqu'elle en prenait d'autres, les revendiquait tous. Cela l'épatait simplement qu'un docteur pût rire comme une évaporée ordinaire avec tous les garçons qui lui soufflaient dans le cou. Elle, qui l'impressionnait, n'impressionnait personne. Il l'aimait, les autres pas.

Il se souvint d'une phrase qui l'avait frappé, dans ce beau roman d'amour de Simenon, « Trois Chambres à Manhattan » : *Tu ne peux pas te passer de faire du charme, fût-ce au garçon de la cafétéria ou au chauffeur de taxi... tu as tellement besoin de l'hommage des hommes que tu sollicites celui du mendiant à qui tu donnes dix sous...* Marthe était ainsi, cœur et fesses liés à la rage de plaire. N'importe comment et à n'importe qui. Vingt-huit ans, sept d'études de médecine, et un comportement de lycéenne boutonneuse. Le tout après avoir fait l'amour toute la journée d'hier avec celui qu'elle « aimait ».

Ferrier ne comprenait plus, devait être trop âgé pour comprendre en effet qu'il était « sans importance » qu'elle s'exhibât dans un sauna, flirtât chez des amis à lui avec des inconnus, fussent-ils ou non de couleur. Ne lui avait-elle pas déjà exposé froidement qu'elle pouvait même s'allonger comme on se mouche sous quelqu'un même si elle en aimait un autre ? Au nom de l'amour fou qu'elle éprouvait pour Régis, ces musiciens n'allaient-ils pas lui passer tous sur le corps ?

Il regagna encore la chambre. Il s'en fichait. Il avait bien tort de disputer cet os pourri à Rudi. Qu'il s'y casse les crocs ! Lui, tout cela ne le regardait plus. Demain, il téléphonerait à Thérèse, na ! Thérèse qui n'était pas femme à se montrer dans les saunas, à se laisser courtiser devant lui. Enfin, peut-être... Cela n'était pas sûr... « Toutes des salopes ! » clamait Hugues qui se piquait de misogynie, ce qui était original et courageux, en somme, par ces temps de revendications féminines. Du moins Thérèse n'avait pas, elle dans sa vie, un indécramponnable Rudi. Hélas, ce n'était pas elle qu'il aimait, qu'il voulait, mais l'autre.

L'autre qui, contre toute attente, le rejoignit, resta debout maussade, auprès du lit sur lequel il s'était étendu.

— Tu es fâché, Régis ?

— Mais non.

— Pourquoi es-tu raciste ?

— Encore ! Je te répète que non. Si un Blanc te tripote, tu verras que le résultat sera le même, nom de Dieu !

— On ne me tripote pas...

— Eh bien, tant mieux ! Moi non plus. C'est fini.

— Fini ?

— Mort !

— Mort ?

Elle rit, s'agenouilla d'un bond à ses côtés, tira une fermeture à glissière, le prit d'autorité dans sa bouche.

Il lui caressa les cheveux, la nuque. Les parents Vivier, si dignes — de quoi, au fait ? —, eussent été quelque peu surpris de savoir que leur fille unique était tout bonnement « folle du cul » comme on dit dans le bas peuple et qu'ils n'avaient couvé qu'un vilain petit canard au bec audacieux. Elle lui fit l'amour ainsi, et il n'entendit enfin plus les musiques africaines, les chutes du Zambèze, les singes hurler au faîte des palétuviers.

Au dîner, Ferrier se montra très aimable avec les Noirs, et tout le monde fut content de lui, qui fut infiniment plus gracieux et moins jaloux qu'Othello. Marie-Sade soupçonna qu'il s'était encore passé des atrocités dans la chambre pour qu'il fût aussi rasséréné. Elle l'interrogea d'une moue, il leva pieusement les yeux au ciel. Quand ils allèrent se coucher, Marthe lui parut soucieuse, préoccupée.

— Qu'est-ce que tu as, Mine ?

— Rien. Je pense à Rudi...

— Et alors ? grogna-t-il. Culpabilisée, sans doute, comme d'habitude ?

— Il souffre, il est tout seul...

— Il a au moins une consolation.

— Laquelle ?

— Celle de nous gâcher la vie, d'esquinter notre amour. Il le fera crever.

Elle se grignotait le bout des doigts comme elle le faisait toujours quand l'assaillait quelque remords. Elle ressemblait à ces pneus qui « perdent ». Il la regonflait, la retrouvait à plat un peu plus tard, et c'était épuisant que de jouer ainsi de la pompe.

Ils se couchèrent, froids, dos à dos. Elle soupirait. L'ombre de la croix suisse s'allongeait sur le lit. Entre les Angolais et le petit Alémanique, Ferrier ne savait plus où donner du bouclier. Lui que n'avaient jamais tenté les amours de tout repos pouvait s'avouer comblé.

Elle sentait bon la femme, la rosse. Non, il ne se retournerait pas. Non, il ne la serrerait pas entre ses bras. Il se mit, pour s'endormir, à compter des moutons. Ils avaient tous la tête de Rudi.

18.

Nimm dich in Acht vor blonden frauen.

Der blaue Engel.

Je dis à Mouche, qui venait parfois dîner à la maison avec Agnès et moi :

— Marthe, ce n'est pas un cadeau...

Elle me répondit :

— Tu en connais, toi, des cadeaux ?

Certes, elle n'en avait pas été un, et moi pas davantage. Mais c'était le passé. Cuit. J'étais face au présent. Cru.

Nous nous piquions à coups d'épingles, Marthe et moi. Je l'irritais si je me levais, la nuit. Je ronflais et la réveillais, elle qui, voilà peut, se contentait sans protester de se mettre des boules de cire dans les oreilles. Je la scrutais, prétendait-elle, la harcelais. Mes jalousies la fatiguaient.

— Tu es agaçant.

— Emmerdant, rectifiai-je avec humeur.

Je l'étais, oui, mais estimais qu'elle m'en donnait les

motifs. J'avais voulu en faire une femme ? Elle le devenait à vive allure, avec tous les défauts. Féminine, la méduse recouvrait des nerfs, des exaspérations, s'agitait, parlait de tout quitter, Rudi compris, pour aller vivre seule, reprendre ses esprits entre quatre murs.

Nous évoquâmes, un soir de trêve, la perspective opposée, celle de vivre ensemble malgré mes ronflements, mes exclusivités. Mais notre union ne devait pas l'empêcher de boucler le tour de monde. Elle y tenait, à son tour du monde. Moi, moins. Puis je songeai que cela pouvait se trousser en quatre-vingts jours.

— Eh bien, concédai-je, on le fera.

— De Hilton en Hilton, sans doute ? fit-elle avec mépris.

Je m'effarai :

— Tu me vois avec un sac sur le dos ?

— On ne voyage pas autrement, nous.

Je n'appartenais pas, pour elle, à l'aristocratie de ces aventuriers dépenaillés de quatorze à trente ans qu'englobait ce « nous » péremptoire. Elle en parlait avec emphase, de son Afgha, de son Pérou. Alors qu'ils n'en avaient guère conservé d'autres souvenirs que ceux des dysenteries qui les avaient jetés culottes aux talons sur les bords de la route enchantée...

— Un jour, en Afgha, me conta-t-elle pourtant, un type a voulu m'acheter à Rudi. Une Européenne blonde aux yeux bleus, cela n'avait pas de prix, pour lui. Il a proposé une somme fabuleuse à mon « maître » : deux tapis, trois ânes.

Cela me ravit :

— C'est un beau titre. Si j'écris un jour une pièce sur toi, je l'appellerai *Deux Tapis, trois ânes*. Et Rudi ne t'a pas vendue ? Je lui proposerai, moi, trois tapis et quatre ânes.

A part le tour du monde obligatoire, elle formulait d'autres menues exigences. Docteur, elle gagnerait notre vie. En revanche, je remplacerais la « femme de ménage suisse », et nous formerions de la sorte un couple idéal à son seul point de vue. Je souris jaune :

— Si je continuais plutôt à faire du théâtre, plutôt que d'aller au marché un cabas à la main ? Ce serait peut-être plus rentable, et nous pourrions avoir une bonne ?

— Si tu veux, admit-elle, détachée de ces basses questions d'intendance.

La pensée d'exploiter une salariée plus ou moins ibérique la hérissait déjà moins qu'aux temps pas si lointains d'Aubervilliers. D'ailleurs, elle me jaugeait avec commisération, doutait de mes talents d'auteur dramatique :

— Et puis, tu ne saurais pas repasser une jupe...

Je me fis humble, surenchérit :

— Je ne saurais même pas laver tes slips !...

Elle dut songer que rien n'était parfait sur terre, et surtout pas les hommes.

Après cette conversation, il me parut moins urgent de partager les jours de Marthe. D'autant plus que le « chtit », répudié « définitivement », était rentré boulevard Bonne-Nouvelle par le trou de la serrure, comme prévu. Épuisé par son raid Strasbourg-Saint-Denis-Barbès-Rochechouart et retour, il reprenait haleine, toujours moulé dans son « imper de la Gestapo ». Il était censé dormir dans un sac de couchage, au large des charmes de Marthe, en attendant de cingler vers d'autres horizons. Improbables, ces horizons qui, tous, comportaient la notion de travail. Alors que Rudi touchait au port, à la terre promise puisque Marthe allait remplacer un médecin parisien durant les trois mois d'été ! C'était affreux, le tour que je lui jouais là. Je détruisais l'œuvre de toute une vie.

Il se rendait de plus en plus utile, de plus en plus indispensable, lavait de plus en plus de slips, lavait même par terre, servait de chauffeur, accompagnait Marthe à la bibliothèque de la faculté, où elle « planchait » toujours sur sa thèse.

Parfois, pour ne pas lui avouer qu'elle allait me rejoindre au studio, elle se laissait conduire rue de l'École-de-Médecine, revenait en pestant par le métro me retrouver.

— Je te tuerai, lui dis-je une nuit.

— Oh ! oui, oh ! oui, tue-moi ! s'extasia-t-elle, grisée par l'odeur de sang que dégageait le titre de *France-Soir : L'auteur dramatique Régis Ferrier abat la doctoresse Marthe Vivier qui était sa maîtresse.* Elle me signifiait même les modalités de paiement :

— Je n'aurais pas le courage de voir la mort en face. Je te tournerais le dos, je ne saurais pas que tu vas me tirer dessus, et je mourrais en te disant « je t'aime »...

Elle n'aurait décidément de plomb dans la tête que par l'entremise d'un 7,65. Alphonse Allais parlant de lui plaisantait de la sorte.

Par une autre nuit d'embellie, je l'emmenai à la pointe de l'île Saint-Louis comme j'y avais jadis emmené Else. Nous déambulâmes, main dans la main, de pavé en pavé, de baiser en baiser. Les miens avaient le goût de mon passé. Pas les siens, puisqu'elle me murmura, émue, une phrase qui me toucha :

— Je ne me suis jamais promenée comme ça, tu sais.

— Tu veux dire que jamais un garçon ne t'a fait faire une promenade sentimentale ?

— Oui...

— C'était de drôles de types, tes amoureux.

J'en demeurai interdite. Elle, qui se vantait si fort de ses succès, n'avait surtout jamais été aimée, pour ne découvrir qu'à bientôt vingt-neuf ans le trouble d'une flânerie à deux ! Ils n'avaient pas l'amour gratuit, ses galants. Rien que des positifs.

Je la plaignis d'avoir perdu, gaspillé autant de clairs de lune, de Grand et de Petit Chariot... Elle me fit pitié, cette victime du réalisme, et je l'embrassai longtemps sur un banc, le plus longtemps possible pour qu'elle se souvînt qu'au moins une fois dans sa vie un monsieur s'était baladé sans but précis à son bras. Je songeai alors que les femmes avaient parfois des virginités inattendues... ou que j'avais le romantisme indécrottable, anachronique et, pourquoi pas, réactionnaire...

Une nuit claire encore, et presque blanche, nous fîmes l'amour de neuf heures du soir à trois heures du matin. Pour lui prouver que son Alain-Xavier n'avait inventé ni la poudre ni la « lenteur », je sus réserver, préserver mon plaisir pour mieux lui en donner, à elle que je ne comblerais jamais assez de moi.

Après quoi, l'atmosphère s'y prêtant, nous parlâmes de sexualité pendant qu'elle préparait, à demi nue dans la cuisine, un plat de spaghetti. C'était, le spaghetti nocturne, sa spécialité, une de ses amusantes lubies, la réponse de la bergère à son initiateur à la promenade sentimentale. Elle m'apprit donc le spaghetti post-érotique. Nous le mangions sur le guéridon de bistrot, dans des assiettes de carton pour ne pas avoir de vaisselle à laver. Car elle m'apprenait aussi la paresse. Marthe était contagieuse, sur ce plan-là. Un authentique bouillon de culture de poils dans la main.

— Ton sein droit, remarquai-je, devient de plus en plus gros que le gauche.

— C'est normal, fit-elle avec assurance, toutes les femmes ont un sein plus important que l'autre.

— Il faudrait qu'il s'arrête de gonfler, celui-là. Sans quoi tu vas pencher d'un côté.

Elle rit, ne me crut pas. Ses seins l'aveuglaient, dont elle était fière. Nous l'avions tant honoré, son corps, tous, l'avions si bien persuadée de sa beauté qu'elle était devenue Narcisse. Mégalomane de ses formes. Où je distinguais une anomalie, elle ne voyait que grâces. Ce n'était pas méchant, et je m'en fichais autant qu'elle en bombait le torse. Je ne l'aimais pas pour la juste répartition de ses glandes mammaires, avais d'autres curiosités. Les femmes qu'on aime vous intéressent, en général :

— A quel âge t'es-tu caressé, Marthe ?

La Phryné des saunas conservait au fond d'elle d'insolites pudeurs. Il fallut que j'insiste et la presse pour qu'elle souffle enfin, plus pourpre qu'une vierge offensée par un exhibitionniste :

— Quatorze ans... Mais tais-toi !

— Me taire alors que tu le feras devant moi ? Pour moi ?

— Je ne l'ai jamais fait devant quelqu'un ! Et je ne le ferai jamais !

— Ne dis pas fontaine, toi qui seras source.

Horrifiée par sa propre main, elle souriait aux anges, en revanche, pour me confier qu'une éventuelle expérience homosexuelle la séduisait assez. J'en doutai :

— Tu m'as l'air d'aimer trop les hommes pour qu'une fille t'apporte quelque chose.

— Je ne sais pas. Je me dis qu'il faut tout essayer. Si

j'aimais bien une femme et un homme, je ferais peut-être l'amour avec eux deux. Pour voir.

Je souris dans mes spaghetti :

— Avant d'aller au compliqué, commence donc par le plus simple, caresse-toi tout de suite.

Elle s'admettait dans un trio mais se refusait seule, me fit la sourde oreille.

Il y eut Pâques, huit jours de séparation, elle sans Rudi chez une tante dans le Lot, moi dans la Nièvre. Quand nous nous revîmes, au studio, elle avait ouvert une boîte de conserve, donc préparé le dîner, mis des fleurs dans les vases. Je la trouvai charmante. Rudi devait battre de l'aile, en ce printemps qui nous empoignait à la gorge.

Il me souvient d'un de nos coups de folie, lors d'un déjeuner à la Closerie des Lilas. Nous étions invités par des gens de théâtre. Nous ne savions plus nous comporter normalement en public. Nous éclations d'amour, de sève, de bourgeons, débordions d'une animalité qui détonnait, en pleine ville. Sans un ultime sursaut de respect humain, nous aurions très bien pu nous palper sous la table, en tout bien tout honneur et toute innocence. Nous n'écoutions pas ce que l'on nous disait. Au café, je prétextai un rendez-vous urgent, et nous sautâmes dans un taxi.

Le temps d'un seul baiser, et nous étions enfin sur notre lit. Sans nous déshabiller, je la pris sans même retirer mes bottes et, en deux ou trois minutes de fureur, nous nous libérâmes de nos impatiences en un même cri. Ç'avait été plus violent qu'une demi-bouteille de scotch bue d'un trait au goulot, qu'un coup de poing dans la figure, que le coup de feu de Sorel dans l'église de Verrières. J'avais été en elle, torride et moite, le fameux éléphant dans le magasin de porcelaine.

Quand je le pus, je murmurai, le nez aplati dans ses cheveux :

— Je te l'avais dit qu'un jour il te plairait, l'amour à la vitesse du vent !

Elle me serra encore plus fort entre ses bras, entre ses cuisses.

Il fallait en finir, et j'en finis. Du moins, je voulus le croire. Rudi devait voler en morceaux. Tant pis pour lui. Il était jeune, s'en glorifiait assez. Il irait vieillir ailleurs qu'avec elle.

Lélia m'en fournit le prétexte, dégoupilla la grenade. Marthe et moi l'avions connue à la faveur d'un de nos week-ends. Je l'avais aussitôt introduite dans la communauté pour distraire Rudi de Marthe. Apprentie comédienne, elle obéit à l'auteur dramatique. Elle n'en était pas à un amant près. En fait, elle entendait plutôt me distraire de Marthe. Cette éparpillée ignorait que je ne couchais pas comme une femme. Femme, je ne l'avais jamais été, pas même, j'en suis sûr, dans une autre vie. Il me déplaisait qu'on pût me désigner comme homme-objet et plat du jour. Je me refusai à Lélia, farouche, les deux mains sur ma feuille de vigne. Elle ne m'en tint pas rigueur, me parla de ce qui me faisait, davantage que ses fesses, dresser l'oreille :

— Ça va mal, boulevard Bonne-Nouvelle. Rudi met le couteau sous le menton de Marthe. Il lui a dit : « Je ne te ferai plus l'amour, on ne vivra plus ensemble, si tu ne romps pas avec Régis. »

Je bondis :

— Quoi ? Il la baise encore ? Ce n'est pas vrai, Lélia ?

Puisqu'elle espérait devenir comédienne, elle jouait un triste rôle, pour s'entraîner :

— Si. Il me l'a avoué. Marthe aussi. Elle ne peut pas être méchante avec lui, quand il pleure. Alors, il multiplie les ultimatums. Voilà bien deux ou trois fois qu'il la menace : « Si tu le revois, je m'en vais. » Elle te revoit, il reste, et recommence. Mais ça devient de plus en plus pénible pour elle.

— Ne t'en fais pas, grondai-je, ça va s'arranger! Je faillis la « sauter » pour la remercier de ses délations, m'en abstins. J'avais besoin de ma position de force et de fidélité à l'appel du dernier round. Rudi avait décidé, de son côté, que je devais exploser ? Soit ! Allons-y ! « Un Français doit vivre pour elle, pour elle un Suisse doit périr ! » décrétai-je, résolu.

Quand je revis Marthe au studio, je la pris au collet :

— Tu as recouché avec Rudi. Ne mens pas davantage, je le sais.

Elle ne me demanda même pas d'où je tenais mes renseignements. Je devais l'effrayer, elle craqua :

— Je ne pouvais plus faire autrement, Régis, je te le jure. Mais j'avais honte de te mentir.

— Et puis, ironisai-je, ça n'avait pas d'importance, bien entendu ?

— Cela n'en avait pas, tu le sais bien. J'avais pitié de lui...

Enragé, je bus un whisky, deux whiskies. Des rations d'après-match pour rugbyman écossais.

— Ne bois pas trop, fit-elle humblement. Elle se doutait que l'alcool n'allait pas me transformer en agneau pascal. Je la dévisageai avec un mépris infini.

— Ne me regarde pas comme ça, Régis, tu me fais mal.

— Je te fais mal parce que tu devines ce que je pense de toi ? Tu as raison. Et tu es en dessous de la vérité. Il est vrai que le mot vérité, pour toi, n'a guère de sens. Tu lui mens, tu me mens, tu te mens.

— Je t'aime...

— Et tu continues !

— Je te jure...

— Arrête de jurer. Tu es une chienne, Marthe.

Je lui avais sorti cette amabilité sur un ton d'évidence. Elle sursauta.

— Oui, oui, une chienne, poursuivis-je avec douceur en m'étendant voluptueusement sur le lit. Au premier abord, cela ne saute pas aux yeux, d'ailleurs. Tu as été bien élevée, y compris à porter un masque de jeune fille de bonne famille sur ton petit mufle. Ce n'est qu'un peu plus tard, un peu trop tard, qu'on s'aperçoit que tu as le cœur biplace, le cul biplace.

— Régis !...

— Tu es une chienne, répétai-je gentiment.

— Je t'aime, répéta-t-elle de son côté.

— Dis-le en aboyant.

Elle était triste, accablée, épuisée. Elle retira ses chaussures, s'allongea contre moi. Je me reculai, exprès.

— Je te dégoûte ? chuchota-t-elle.

Il paraît que je possédais quelques dons de cruauté. Au lieu de répondre par un « oui » franc et massif, je fis, évasif : « Mais non... mais non... », ce qui était plus rosse. Elle s'inquiéta :

— Tu ne m'aimes plus ?

— Ne parle plus d'amour dans la maison d'un cocu.

Elle entreprit de se défendre, de se justifier, me rabâcha que Rudi avait été le premier garçon qui l'avait rendue heureuse, qu'elle ne pouvait le faire souffrir, qu'il était tendre, gentil, affectueux... J'armai ma main droite durant tout ce panégyrique. Me préparai tout un biceps de manutentionnaire.

— Je sais que je le quitterai un jour, mais...

Il n'y avait pas de « mais ». Ma gifle la prit en traître. Une gifle comme on en donne et reçoit peu dans la vie. Une gifle propre à tuer, sinon un bœuf, du moins à aplatir comme sole une méduse. Elle claqua si fort dans le studio que j'en fus moi-même surpris.

Marthe, étourdie, ne laissa échapper qu'un menu cri, se redressa, alla s'enfermer dans la salle de bains. Je l'entendis pleurer, longtemps, me servis un whisky, puis un autre, tant cette calotte impromptue avait secoué le personnage hyper-sensible que j'étais. Je n'avais aucun remords. Elle n'avait pas pris la porte. Si je ne l'avais pas frappée, elle parlerait du Suisse, encore du Suisse, toujours du Suisse, en robinet grand ouvert. J'avais interrompu ce flot tiédasse. Elle devait être assise sur le tabouret de plastique orange, les mains sur les genoux, des larmes sur les mains. Puis elle se passa de l'eau, beaucoup d'eau sur le visage pour qu'il ne fût pas, sans doute, orné de mes cinq doigts.

Elle revint enfin, sans couleurs, se posa sur une chaise, hors de portée. La chienne avait été battue, me regardait, craintive, soumise. Je grommelai négligemment :

— Je te demande pardon. Tu peux partir, si tu veux. Je ne t'en voudrai pas.

Elle resta. Le fantôme d'Alain-Xavier qui l'avait autrefois pulvérisée à coups de pied et de poing devait ricaner dans la pièce. En plus modeste, j'avais pris la succession du champion des « lenteurs » et des directs du droit. Elle n'osait plus ouvrir la bouche, ni tenter un raccommodement sur l'oreiller. Elle avait peur. De moi. Du moindre bruit. De la vie. De tout. Cela me gêna qu'elle pût me redouter, moi qui l'aimais. Cette anxiété me parut excessive.

Ce fut à mon tour de parler. Lentement. Avec des mots qui trébuchaient dans mon verre. Je l'aimais. Je ne pouvais plus supporter qu'on la touche ni qu'elle se promène au sein de cette communauté comme je supposais qu'elle devait s'y promener, un mamelon ou une fesse à l'air, dans le tonnerre du « pop » qu'ils écoutaient à longueur de journée, serrés comme des moutons qui s'imaginent que leur rassemblement détournera l'orage de leurs têtes. Je l'aimais. La voulais pure et filtrée, elle l'impure, la croupie. Désirais la voir opter, trancher. Dans n'importe quel sens, le devant derrière, le dessus dessous, tous, sauf le double.

Elle ne s'exprimait plus que par monosyllabes, quand je l'ordonnais. Tout cela dura des heures. Quand le soir éteignit les cheveux blonds de Marthe, je questionnai :

— Tu restes ?

— Il faudrait que je téléphone...

— A Rudi ?

— Il m'attend..., souffla-t-elle.

— Alors pas question de téléphoner. Vas-y.

Elle se leva, fit mine de m'embrasser pour s'excuser de s'en aller. Je me détournai.

— Non. Une autre fois.

Elle s'éloignait, anéantie. Je la rappelai :

— Je ne bouge pas d'ici. Hugues doit passer me voir vers dix heures. Si tu veux, viens avec lui.

Elle sourit, heureuse de cette invite. acquiesça, puis disparut précipitamment.

A vingt-deux heures, Hugues arriva, seul.

— Ça a encore fumé, tonton. Elle me fait de la peine, la mère. A table, elle a pleuré devant tout le monde. Ça coulait dans la pizza, on ne savait plus où se mettre. Éric, Fred et moi, on n'évolue pas dans l'amour comme vous autres. L'amour ! Elle ne pleurait pas, avant. Personne ne l'avait vue pleurer, avant que tu ne te pointes dans la bande. Quand je me suis barré, elle a essayé de me suivre. Le chtit s'est dressé, qui en fait toujours des kilos dans le sublime : « Marthe ! Tu es prévenue ! » Elle a reposé le sac à main, a filé s'enfermer et chialer dans leur chambre. Voilà...

— Alors, c'est fini, môme ! Elle a choisi ! fis-je, non moins sublime que le Suisse.

Hugues, qui n'était pas sublime du tout, m'aida à vider la bouteille de J. and B.

— Oh ! non, que ce n'est pas fini ! Ça serait trop beau. Ça finira merdique. Pour tous les trois. Je l'ai toujours dit. Ce n'était pas mal, pourtant, vos débuts. Chacun son tour, chacun son coup...

— Hugues !

— Appelle ça comme ça t'amuse, ça revient au même. Et puis vous avez tout dramatisé, tous pédalé comme des furieux dans la choucroute. Et s'il y en a un qui a commencé, ça ne peut pas en être un autre que toi, ce n'est pas pour te vanter. Ce n'était pas le genre de la mère ou du chtit que d'embrayer dans le délire. C'était des paisibles, dans leur Aubervilliers crapoteux, tout juste camés au H et au pipi de chat. Une manif par-ci par-là pour l'intellect, une nuit de médecin de garde, un S.O.S. à maman Gewurtstraminer en fin de mois, et le soleil brillait pour tout le Tiers Monde. Tu as tout piraté dans leur petit marché aux puces. En bonne logique, c'est toi qui vas te viander du plus haut. Ils ne se cracheront que du rez-de-chaussée, eux.

Je l'avais exhortée à choisir. Elle s'était réfugiée dans « leur chambre ». N'en ressortirait plus. « Tu as gagné, Régis » m'avait dit le *chtit* aux temps joyeux où il circulait en rasant les murs en « imper de la Gestapo ». J'avais gagné, oui. De ne plus la revoir. Gagné une claque dans la gueule, comme elle. Ainsi que l'affirment, virils, les grossiers des faubourgs : « T'as voulu jouer au con, t'as gagné une grosse bite. » Je n'avais pas le cœur cette fois d'ajouter : comme elle. Au bord des larmes, je lâchai, la tête entre les mains, le nez dans le verre et un verre dans le nez :

— Il a gagné.

Mon salaud de neveu conclut :

— Laisse tomber, tonton.

Inutile, son leitmotiv. C'était Marthe qui laissait tomber. Je fus sans nouvelles d'elle le lendemain matin, ce qui m'enfonça dans mon idée noire qu'elle m'était perdue corps et biens. Les biens m'importaient peu, mais le corps ! Comment allais-je m'en passer, de celui-là, qui me tenait à la gorge mieux qu'un collier de force ? Je n'aurais pas dû la souffleter, peut-être ? Rudi ne giflait pas, lui le gentil, l'affectueux. Grâce à son Rudi détersif, le linge de Marthe était plus blanc que celui de la voisine...

Je me rendis l'après-midi près des Champs-Élysées, au théâtre où Harry avait son bureau. Je m'écroulai dans un fauteuil, les bras en croix, y jouai les chaussettes sales abandonnées. Harry s'étonna :

— Que se passe-t-il, mon petit père ?

— Il se passe que je suis décédé. Que je n'écrirai plus que du posthume. J'ai succombé à une « overdose » d'amour, tu peux l'annoncer aux journaux. Marthe m'a quitté.

— Depuis quand ? fit Harry de plus en plus ahuri.

— Hier soir.

Je déclamai, repris par le démon des planches proches :

— Et depuis hier soir mon cœur s'est arrêté de battre. Je suis biologiquement mort. Mon électro-encéphalogramme est plus plat qu'un dialogue de confrère et néanmoins ami.

Harry s'égaya.

— Et ça te fait rire ! protestai-je.

— Plutôt. Marie-Sade m'a téléphoné. Marthe l'a appelée tout à l'heure, nous dînons tous les quatre ce soir. Je ne comprenais pas les causes de ton trépas. Marthe doit nous prendre ici, d'ailleurs. Qu'en dit ton électro-encéphalogramme ?

Je ne comprenais pas mieux que lui. Je n'entendais qu'une chose, qu'elle avait glissé des pattes de Rudi, que j'allais la revoir. Là. En chair. Pas en os. Je revécus, sautai par-dessus le fauteuil.

— Ça s'arrose ! décréta Harry à tout hasard. Mon Irlandais d'ami partageait mon goût pour les boissons toniques. Nous trinquâmes à la plus paranoïaque, à la plus schizophrène des représentantes de la médecine générale française.

Je me mis ensuite au balcon de ce seize avril ensoleillé. Non, je n'étais plus sur terre. L'amour me levait le cœur. J'étais malade d'yeux bleus. J'avais été méchant avec elle, je serais mignon, gracieux. Des fiacres allaient trottinant. Des cocottes jouaient de l'ombrelle. Des pioupious en pantalon rouge emboîtaient le pas aux nounous. Un marchand de coco traînait sur son dos un bidon de lumière. Le temps n'avait plus d'âge, je n'en avais pas d'avantage. *J'attends Madeleine ! Mathilde est revenue !* me chantait cet enflammé de Brel à tue-tête, à tue-cœur en broyant son micro comme on broie une femme.

Je la vis, dans la rue. Elle me vit, me sourit, radieuse, un sac levé au bout d'un bras. Elle portait un second sac dans l'autre main. Que signifiaient tous ces sacs ?

Je me précipitai dans l'escalier pour me ruer à sa rencontre. Je me jetai sur elle, l'embrassai si fort que nos dents se heurtèrent. Elle n'avait pu souffler un mot, n'avait pu que lâcher ses paquets, pour m'enlacer. J'abandonnai enfin sa bouche, et elle put enfin me murmurer :

— Ça y est, Régis. Voilà. Je suis partie...

Mes ongles se crispèrent sur ses épaules nues au printemps :

— Je t'aime, Marthe.

— Moi aussi.

Nous recommençâmes, selon nos rites. Ce fut à elle de prononcer le « je t'aime », à moi de dire le « moi aussi ». J'avais été bien inspiré de la gifler à toute volée. Elle en avait basculé de mon côté. « Définitivement ? » C'était une autre histoire. Nul ne croyait, moi le premier, venues de Marthe, à une décision irrévocable, à une détermination farouche. Sa réputation de chiffe molle reposait sur du solide. Quoi qu'il en fût, la méduse avait bougé, s'était étirée dans sa gélatine.

Elle s'installa au studio, y déboucla ses sacs. « Tu es chez toi, ici, fis-je, je n'y viendrai que lorsque tu m'inviteras. » Avant que ma nouvelle locataire ne change d'avis, je me rendis, accompagné d'un ami, à la communauté disloquée, dynamitée par mes soins, pour y prendre les valises que Marthe avait emplies avant son départ. Rudi nous regardait sombrement. Je me gardai de triompher. Je lui avais tout pris, avais bouleversé son existence. Après avoir allumé les réverbères. Je les cassais au lance-pierres. Je désignais les valises :

— Tu sais... tu la connais... elles vont faire l'aller-retour... Il les fixait sans répondre. J'emportais Marthe, la lui arrachais. Quoi qu'il pût arriver, elle ne serait jamais plus la même, pour lui. Il souffrirait, mais n'enfilerait plus son « imper de la Gestapo ». J'avais fait un homme du *chtit.* Il saurait, lui aussi, que les femmes s'envolent. Comme leurs paroles. Et qu'il ne reste que de l'encre de leurs écrits. *Cosi fan tutte !*

Pour qu'elle fût chez elle, au studio, se sentît dans ses meubles, comme il n'y avait pas de meubles, j'achetai une commode, une armoire. Dans la penderie qu'avait vidée autrefois Mouche, Marthe à son tour aligna ses robes, ses jupes, ses pantalons. Un clou dans le pied chassait un clou dans la main.

— Dommage, me dit-elle en soupirant, un soir, Rudi et toi vous vous complétiez si bien...

Je ne sus pas en quels domaines, évitai de la questionner sur des sujets aussi épineux. J'étais heureux. Elle était arrivée à bon port, à bon lit, jetait l'ancre. Elle vivait où j'avais voulu qu'elle vive. Elle était à moi, rien qu'à moi, enfin.

Je l'avais.

J'avais gagné, oui.

Sept ans de malheur.

19.

You're going to lose that girl...

THE BEATLES

Tonton, qui entendait confectionner contre leur gré des hommes et des femmes avec n'importe quoi, de la fumée, de la poussière, tonton n'était lui-même qu'un enfant. On ne gratifia pas d'un parcours sans faute ce cheval de retour. Il accumula les bourdes.

C'en était une pharamineuse que d'enlever de force et prématurément Marthe à Rudi. Il devait la laisser partir d'elle-même, à son heure. Elle s'y serait sans doute résolue. Elle le blâma, plus tard, de l'avoir contrainte.

Il y perdit le beau rôle d'amant. Il devint le mari.

Il ne s'aperçut pas de ce catastrophique changement d'étiquettes, empoisonna ses jours de jalousies d'époux.

Époux, il l'était déjà. D'Agnès. Depuis dix-neuf ans. Elle en avait trente-six, dont une bonne dizaine d'indulgence, voire de complicité. Elle avait compris depuis longtemps que tonton n'était pas né viable, ni vivable, vivait à ses côtés mais entre parenthèses. Gardienne, camarade de régiment, sœur, mère, elle était tout cela, sa femme, sauf sa femme.

Il ne lui restait à peu près plus qu'une erreur à commettre, il la commit. Il était fier de Marthe comme les débiles le sont d'une automobile neuve. Chez lui, c'était plutôt de l'infantilisme, défaut qu'il nous reprochait vertement sans voir le biberon dans son œil. Il avait montré son docteur à tous ses amis sans exception, il mourait d'envie maintenant de le présenter à Agnès pour que la fête fût complète. Puisque son épouse avait sympathisé avec l'ancienne, avec Mouche, pourquoi pas avec la dernière en date ? Agnès ne s'intéressait-elle pas à la médecine ?

Tata ne tenait guère à rencontrer une maîtresse en exercice. Elle n'avait pas de préjugés mais trouvait que, malgré tout, tonton exagérait. Il insista. Bêtement. Lourdement. S'il avait le talent d'animer sur scène des personnages, il n'en avait aucun dans la vie quotidienne, la confondait avec le théâtre alors qu'elle se situe à l'opposé, plate, indigeste, plus riche d'ennuis et de tracas minables que d'intérêt dramatique.

A la longue, Agnès céda, et tonton fut ravi comme un gosse de réunir ses femmes autour d'une table de restaurant en compagnie de deux amis du couple légitime. Le dîner fut courtois. Marthe y prêchi-prêcha encore en faveur du Mouvement de libération de la femme. Tonton, très libéré, lui, s'était fourré dans la gueule des louves. L'innocent comprendrait trop tard qu'elles ne manquaient pas de crocs, les deux mères. Que les morsures font mal, très mal. Qu'il avait tenté là le truc pas possible par excellence, marier de l'eau avec du feu. Dire que c'était ce mec qui me traitait de môme...

20.

Après le dîner, j'avais convié Agnès, Esther et Max à boire un verre au studio pour y fêter la fondation de mon double foyer. Sans doute énervée, Agnès versa quelques larmes qui rafraîchirent la soirée. Qu'importait, j'avais réussi. J'avais désormais dans ma vie ce que j'appelais « la tête et les jambes ». La tête, c'était Agnès. Elle avait dû trouver trop belles les jambes, peut-être ?... Allez savoir, avec les femmes !

Quand nous fûmes seuls, Marthe à son tour pleurnicha. C'était une manie. Elles ne savaient comment me gâcher mes plaisirs.

— Pourquoi pleures-tu, Marthe ?

— Agnès a de la peine.

— Mais non !

— Tu ne comprends rien aux femmes.

Ah ! les femmes, ah ! la la ! Elles compliquent tout. Je regrettais les parties de pêche entre copains où l'on buvait, riait, saucissonnait sous le soleil ou sous la pluie sans gênes ni plaintes. Elles m'avaient détourné de l'amitié, les bonnes femmes, m'avaient fait croire au plus fragile, au vol d'éphémères des amours éternelles. Pour Marthe, je négligeais depuis six mois tous mes amis. Lorsque je les voyais, ce n'était qu'avec elle et j'étais mal à l'aise, me surveillais, n'avais plus avec eux cette liberté sans laquelle il n'est pas de véritable joie d'être ensemble. Elles nous séparent sans y toucher, nous fêlent, nous mènent à la pointe de leurs seins dans ces pays glacés où l'on ne parle plus.

Marthe et moi reprîmes le train de Bruxelles. Dès qu'il roulait, nous allions mieux, les poids nous tombaient des épaules. Nous laissions Rudi dans notre dos, Rudi à qui elle téléphonait de temps à autre, ce qui m'ébouriffait. Pourquoi l'appelait-elle ? Pour le consoler, lui dire qu'elle reviendrait, qu'il l'attende ? En Belgique, du moins, elle ne pouvait me mentir sur son emploi du temps, ni discutailler avec le Suisse.

Nous retrouvâmes Nane, Roro et Hamme-Mille avec bonheur. Nous nous sentions, chez ce couple, en vacances. Rares sont les êtres qui ont le visage même des vacances, ils étaient de ceux-là.

— J'ai eu des nouvelles de Marieke, dis-je à Roro. Elle ne me pardonne pas Marthe. Elle m'a écrit textuellement qu'elle me tuerait d'un coup de carabine dans le Zwyn, et je me suis demandé de quelle partie du corps il s'agissait. Marthe elle-même n'en sait rien.

— C'est une réserve naturelle, près de la mer.

— C'est ce que j'ai compris à la réflexion, d'autant qu'après le coup de feu dans ce fameux Zwyn toutes les mouettes selon Marieke, s'envolaient en criant. En criant « A bas la mauvaise littérature ! », à mon avis.

Cette déflagration en plein Zwyn nous fit beaucoup rire.

— Dis, Roro, fis-je, méfiant, elle ne vient jamais vous voir à l'improviste, Marieke ? Je tiens à mon Zwyn, moi.

— Ne t'en fais pas, elle téléphone toujours avant.

J'aimais le lit suranné de notre chambre, ses balustres de fer forgé, le tulle qui le dissimulait à demi. Naturellement, je demandai, espiègle, à Marthe de me montrer, de me donner son Zwyn. Je n'étais pas trop souvent un redoutable intellectuel.

Si je ronflais, Marthe était, elle, une implacable machine à dormir. Quand je devais l'éveiller pour qu'elle se rende, par exemple, à la bibliothèque de la faculté, tout l'enfant qu'elle était s'insurgeait contre ce père Fouettard résolu à la tirer de ses songes. Je n'y repense pas sans sourire. Elle s'agrippait des deux poings aux draps que je lui arrachais. Je la découvrais, elle se recouvrait en priant, gémissant, suppliant, invoquant s'il l'avait fallu la Madone qu'on la laisse en paix. Finalement, je la prenais entre mes bras, la déposais sur la moquette où elle tentait encore, désespérée, de s'assoupir.

Le lendemain de notre arrivée, elle dormait quand je me levai. J'entendais Nane et Roro parler dans la salle à manger. Vêtu de probité candide et d'un slip blanc, j'ouvris la porte de séparation. Il n'y avait pas que Nane et Roro autour de la table. Marieke me regardait, pétrifiée. On ne lui avait pas révélé que j'étais là. On escomptait que je n'apparaîtrais que plus tard, trop tard pour la voir. Un ange passa, une équipe d'anges footballeurs, plutôt. Ce nez à nez inattendu créait un courant d'air. Roro grimaçait dans sa barbe, Marieke maintenant baissait les yeux sur sa tasse de café. Allant en voiture à la maison de campagne de ses parents, elle avait eu la mauvaise idée de s'arrêter là pour saluer ses amis. Rassemblant mes esprits, je l'embrassai sur le front. Elle ne broncha pas, froide, mais il me sembla que le bruit de son cœur emplissait la pièce. Je n'avais pas répondu à sa lettre, je le fis de vive voix, agressif :

— Si tu as ta carabine dans la bagnole, va la chercher. Zwyn ou pas Zwyn, tu as l'occasion de faire un beau doublé.

Cela pour lui signifier que je n'étais pas seul, que sa remplaçante se tenait à côté. Dans ce qui avait été notre lit. Marieke se taisait, nos hôtes aussi. Il n'y avait plus que moi pour tenter de geler davantage l'atmosphère.

J'étais ridicule, en slip, pour ironiser à ma guise. Je retournai dans la chambre pour enfiler une chemise et un pantalon. J'eus alors une pensée monstrueuse, typiquement féminine, les femmes ne me contrediront pas là-dessus. Il me fallait tout à coup me venger salement d'une fille qui n'avait été coupable que de m'aimer depuis deux ans. Qui m'avait offert tout ce qu'elle pouvait donner à un homme. Qui avait tout souffert, tout supporté de moi pourvu qu'elle me vît à mes moments perdus. Mon Dieu, Dieu de Marieke, pardonnez-moi mes péchés si vous avez cinq minutes devant vous, mais celui-là est le fleuron de la collection, je me le garde.

Je m'approchai de Marthe endormie lourdement, respirai l'odeur de ses seins, le gros et le petit, glissai à son oreille :

— Mine ! Réveille-toi ! Mine !

Elle grogna, se cacha sous le traversin. Je fis alors sans hausser le ton :

— Réveille-toi, Marieke est là.

De plomb, son sommeil fut de plume. Elle se dressa en sursaut sur son séant, toute somnolence cessante. S'associant sans raison à ma méchanceté gratuite, elle sourit, consciente du crime que nous pouvions perpétrer sans danger. J'ajoutai, de plus en plus cruel, pour que fût parfaite la mise en scène :

— Dépêche-toi... et... et... fais-toi belle !

Elle était déjà, la brute, sur la descente de lit, déjà dans la salle de bains.

Je revins aux autres. Ils devinaient tous ce que j'étais allé machiner, ne bougeaient plus, attendaient, l'attendaient. Marieke était plus blanche qu'une nuit d'amour avec Marthe. Elle aurait dû partir. Pourquoi n'a-t-elle pas pris la fuite ? La curiosité, je le suppose, a dû être en elle plus forte que tout le reste, la peur, la honte d'être la dédaignée, la vaincue. Elle voulait voir en face à quoi ressemblait le malheur.

Il arriva très vite, primesautier, léger, en robe à fleurs. Marthe était fraîche et belle, selon mes consignes. Éclatante. Reposée. Parfumée à l'amour. Gaie comme ces matins de vacances, justement, où les tartines de beurre ont un goût qu'elles n'ont plus en octobre, où le café a celui des bouches qui se sont aimées, où les corps sentent bon le plaisir et la douche.

Marieke, d'un seul coup d'œil, aperçut tout cela. Son front retomba sous le choc du merlin. Nane et Roro m'adressèrent un blâme muet. J'eus à peine, monsieur Loyal de l'infamie, le temps de présenter :

— Marthe... Marieke...

Marieke ne vit pas la main que cette vache de Marthe lui tendait sans rancune. Elle sortit aussitôt, monta dans sa voiture.

— Je croyais, Roro, qu'elle ne se pointait jamais sans téléphoner ?

— Ce n'est pas de chance... C'est rosse, pour elle.

— Rosse ! Rosse ! fis-je, inconscient, que veux-tu que j'y fasse !

La voiture ne démarrait pas. Marieke n'était pas à la place du conducteur, n'était même nulle part.

— Elle doit armer sa carabine, gouaillai-je.

Satisfaite de l'effet produit, Marthe s'attaquait sans remords à son petit déjeuner. Nous l'imitâmes, gênés par la présence de cette voiture immobile sous les fenêtres. Au bout d'un long moment, je bougonnai :

— Vas-y voir, Roro. Moi, si j'y vais, cela n'en finira pas.

Il m'obéit.

— Elle s'est peut-être empoisonnée ? dis-je à Marthe.

Elle répondit, glaciale :

— Je n'ai pas ma trousse.

Et je me rappelai alors les craintes qu'elle avait eues lors de son remplacement à Creil, me sachant aux côtés de Marieke. Son comportement était en somme plus logique que le mien. Moins odieux, donc.

A son retour, Roro grimaçait derechef dans sa barbe. Je bougonnai :

— Elle pleurniche, sans doute ?

— Non. Elle sanglote. Elle s'est couchée à même le sol.

J'étais furieux :

— Quel mélo, non ! Quelle ringarde ! Voilà qu'on joue *Les Deux Orphelines* à Hamme-Mille ! Sans parler des prières ! Si son Bon Dieu doit me rappeler à elle, je me plaindrai à son supérieur !

Elle demeura là une heure, cette Renault changée en statue du commandeur. Enfin, le moteur se mit à rugir, et Marieke disparut dans un fracas de vitesses passées à la diable.

Nous n'y repensâmes plus, Marthe et moi. Nous avions toute la vie devant nous, si Marieke n'en avait ce jour-là que le souvenir. Les gens heureux seraient les plus infects de tous les personnages si leur bonheur durait. Le nôtre était sans nuages, auquel il ne manquait pas un bouton de muguet, pas un baiser, pas un regard.

Nous fîmes une promenade à travers champs, une de ces promenades qu'elle n'avait pas connue avec les autres. Les autres !... Pourquoi ne l'avais-je pas eue vierge, plutôt que Marieke ? Il m'en venait de vagues et sombres regrets. J'avais envie — moi ! — de lui faire un enfant, d'emplir encore davantage ce corps que je ne l'emplissais. En cette plaine à peine vallonnée, Marthe, où allions-nous ? Vers quelles plages ? « *Vers quels mornes et cruels désastres* », Verlaine *dixit ?*

Elle portait un chemisier rose que Mouche avait oublié jadis au studio. Les gosses préfèrent les jouets des voisins aux leurs, Marthe s'était jetée sur celui-là. Je le lui fis enlever pour la photographier poitrine nue. Marieke n'aurait jamais accepté. Marthe obtempéra le plus naturellement du monde. Je les aimais, ses seins, fussent-ils inégaux. Il y avait en eux tout ce printemps, toute sa force. Aucun docteur ne m'en avait montré autant.

— Je les regarderai avec tristesse, ces photos, quand je serai vieille.

— Ils ne sont pas près de pendre comme des oreilles de cocker. Et puis, tu ne seras jamais vieille, je te tuerai avant.

— Ne me tue pas, Régis, la vie est trop courte.

— L'autre jour, tu étais d'accord pour que je te supprime, il faudrait savoir ce que tu veux.

— Je veux vivre.

— Tu deviens commune.

Le jour suivant, vingt-sept avril, était pour nous un jour de demi-anniversaire. Il y avait six mois que nous avions fait l'amour ensemble pour la première fois. J'offris le champagne.

— Tu te souviens, Marthe ? Ce n'était pas brillant, sur ce plan-là, il y a six mois.

— C'était beau quand même. Il y avait le geste. Aujourd'hui, j'aurais aimé te donner un cadeau, mais il n'y a pas de grands magasins, ici.

— Tu me le feras quand même, ton cadeau. Et j'y tiens beaucoup, vraiment beaucoup.

— Je ne vois pas...

— Je te le dirai. Cette nuit.

Elle ne comprit ce que j'attendais et espérais d'elle que lorsque nous fûmes dans notre lit rococo. Je ne l'avais pas eue vierge, soit, hélas, mais il lui demeurait encore une virginité, une seule. Celle dont je l'avais entretenue en lui massant le bas des reins après sa chute de cheval. Nous nous aimions tant ce vingt-sept avril qu'elle m'en fit le don. Que j'entrai en elle où nul n'était venu. Personne. Que moi. Moi. Moi qui l'aimais. Elle soufflait, haletait, mordait le traversin. Elle qui m'aimait. Je la tenais aux flancs, frissonnante, scellée à moi, lui mouillais la nuque de baisers. Courageuse petite fille. Si beau, si beau, si beau toubib. En elle enfin tout entier je lui pris les seins avec douceur, les caressai tendrement jusqu'à ce qu'elle ne souffrît plus.

— Régis, mon Régis, hoqueta-t-elle.

Je m'abattis sur son dos en criant :

— Mine !

Après quoi, reconnaissant, éperdu, j'allais boire deux larmes à ses yeux clos.

— Merci, Marthe, merci.

Elle m'embrassa avec emportement.

— Je n'oublierai jamais, Marthe.

Elle sourit :

— Moi non plus.

Alain-Xavier ne l'avait pas eue. Rudi ne l'avait pas eue. J'étais le premier en ce corps. J'étais le premier homme. Enivré, je la serrai dans mes bras pour que jamais elle ne parte, pour qu'elle soit toujours à moi.

— Nous le referons, Mine ?

— Oui... Mais, je m'étonne moi-même. Je n'aurais jamais cru pouvoir le faire un jour.

— Peut-être que tu m'aimes ?

— Je vais finir par me le demander, fit-elle en ronronnant dans mon épaule. Elle s'endormit ainsi et je ne bougeai plus. Si j'avais le malheur de bouger, elle s'envolerait.

Nous allâmes tous les quatre à Bruges. Dans toute histoire d'amour il est un sommet, un jour de lumière, un jour privilégié, un jour immense entre tous les beaux jours. Pour nous deux, ce fut celui-là. Nous y fîmes allusion jusqu'au bout de notre chemin. Quand une ombre passait, je disais « Bruges », et l'ombre s'en allait, souvent chassée par cet éclatant souvenir. J'appelais Marthe « Bruges », parfois. C'est un joli prénom pour une jolie fille.

Jamais elle ne me parut plus heureuse de moi, plus proche, plus éprise, plus blonde, plus femme, plus soyeuse et sensible. Nous aurions dû nous éterniser, nous marier ce jour-là à la cathédrale Saint-Sauveur, échanger le serment et l'alliance, vivre notre nuit de noces à l'hôtel Rubens, le long du canal. Nous aurions dû rester là-bas. Ne jamais rentrer en France. Rappelle-toi, Marthe...

Je pense à Bruges la Morte et à ses canaux, et je pense à toi... Nous nous serions toujours aimés, à Bruges. J'en suis sûr, maintenant. J'en mettrais ma tête à couper sur tes genoux.

J'aimerais que notre amour soit caché, bien à l'abri, dans une maison du béguinage, en dehors des heures, de l'espace et du monde. J'aimerais que le temps ne s'y attaque jamais...

Nous montâmes dans un « motorboojte » pour naviguer sur les flots noirs. J'avais déjà fait ce classique voyage sentimental avec Mouche. Je remarquai, ce qui fit rire Marthe, Nane et Roro :

— Avec qui le referai-je une troisième fois ? Qui sera ma troisième Venise du Nord ? Un nom ! Un nom !

— Gustave ! lança Marthe.

Je lui pris la bouche puis lui chuchotai dans le cou :

— Martheke ! C'est le diminutif flamand, le « ke ». Martheke Van Vivier, je t'aime. *Ik hou van jou. Warme liefde !* L'amour d'hier t'a réussi, tu n'as jamais été plus belle. Quand nous le referons comme ça, je te dirai : « On va faire Bruges », et tu comprendras...

Elle rougit, me donna ses lèvres pour m'empêcher d'en parler davantage.

Il n'y eut jamais de plus grand jour de soleil sur la Belgique, sur l'eau de Bruges, les ponts, les cygnes, les vitraux et les maisons de bois. Il éclaboussait l'écume agitée par l'hélice du canot, ruisselait sur les cheveux de Marthe, les changeait en un second soleil plus fulgurant encore que le premier. Quand notre tour de gondole septentrionale fut terminé, nous visitâmes le béguinage, où il aurait fait si bon vivre, oui, Marthe, dans une de ces vieilles maisons de poupée, face au tonnerre des jonquilles des parterres.

— Je t'aime, ma béguine.

— J'ai le béguin de toi.

Nous riions de nos âneries. L'amour n'était pas que tristesse. Je répliquai à Marthe :

— J'ai un *boentje* pour toi. Ça signifie que j'ai comme un penchant.

Je tenais de Marieke cette expression bruxelloise. Pauvre Marieke, elle ne devait plus avoir beaucoup de *boentje* pour son meurtrier...

A la terrasse d'un restaurant, nous fîmes un déjeuner belge de moules, de frites et de bière. Ce n'était qu'un faux jour d'avril, c'était l'été. L'été en nous, rien qu'en nous deux.

Nous nous rendîmes ensuite à Ostende. Je trempai mes pieds dans la mer glacée, Marthe m'imita, poussa des hurlements qui me firent écrire à Hugues une carte postale idiote : « La mer est froide, la mère est chaude. »

Chaude, elle l'était de partout, en effet. A la faveur de la nuit, alors que nous rentrions à Hamme-Mille, elle eut toutes les audaces sur ma personne, dans le dos de Nane et de Roro. Toutes. La banquette arrière de la voiture devint un des hauts lieux de la libération de la femme.

Rappelle-toi encore, Marthe, qui fut toute à moi, toute à un homme pour la première fois de ta vie de femme. Rappelle-toi, mon amour.

Rappelle-toi, ma chérie.

N'éteins pas si vite tes yeux.

Ne me dis pas si vite qu'un jour tu seras morte.

Retourne-toi encore sur les canaux de Bruges.

Nous n'irons plus à Bruges.

21.

... le docteur m'a dit sans ambages :
— Vous avez, au dernier printemps,
Aimé trop souvent, trop longtemps...
Ces médecins sont épatants !

GASTON DUMESTRE
Chanson créée par Mayol
à la Scala

Le printemps s'écoula, cahin-caha. Ils furent à son image, pluvieux, ensoleillés. Ils s'aimaient. Se disputaient. Se promenaient. Elle l'entraînait de plus en plus souvent au cinéma. Dans la « génération paumée », on s'entretenait fréquemment de l'absolue nécessité de « se cultiver ». Hélas, lire réclamait un effort de cervelle. On lisait donc peu. On causait de livres. En revanche, on « se payait des toiles » avec assiduité. C'était moins fatigant, de se meubler l'intellect au kaléidoscope.

Dans la salle de bains du studio, les slips de Marthe s'entassaient dans une bassine emplie d'eau et de détersif.

— Il va y avoir bientôt des champignons, constatait Ferrier avec intérêt. Ou des têtards, qui sait ?

Consciente de ses paresses, elle s'en désolait, n'y changeait rien, et changeait l'eau.

Un soir qu'elle allait à la communauté pour y revoir ses amis — « pour y revoir Rudi », rectifiait Régis — qu'ils s'étaient bien entendu entre-déchirés comme toujours dès qu'il était question du Suisse, Ferrier désigna la bassine :

— Amène-la avec toi, Gewurtstraminer sera heureux de faire ta lessive ! Cela lui rappellera le bon temps ! Dis-lui aussi qu'il reviendra. Que tu rentreras au bercail ma queue entre les jambes !

Elle ne supportait pas ses jalousies, les horreurs dont il les agrémentait, prétendait qu'il la maintenait en prison. Il en rêvait, pour elle, de la prison, l'aurait volontiers attachée à un anneau scellé au mur, comme une jument. Il n'avait aucune confiance en cet être sautillant qui avait toujours confondu liberté et chienlit, n'avait que des élans, aucune continuité. Elle le désespérait par ses facilités, son impuissance à vivre autrement qu'en gamine, ses paniques face aux moindres responsabilités.

Indiscret, il lut une lettre qu'elle écrivait à une amie. Elle l'avait jetée à l'étourdie dans un tiroir, remettant comme d'habitude à plus tard la corvée de la terminer. Ferrier vit qu'elle lui mentait, malgré ses formels « je te jure que... », qu'il y avait de l'ombre en elle, du noir, du noir sur blanc : *Je vois Rudi de temps en temps, rarement, à l'insu de Régis...* Il n'y était pas dit qu'elle recouchait avec. Ferrier, torturé, ne l'excluait pas. Impossible n'était pas Marthe, écrasée dans le fromage mou de sa tête.

Elle avait aussi commencé à tenir un journal, qu'il ouvrit, indiscret encore puisqu'elle l'abusait avec tant de cynisme, ou de candeur. L'élégance n'était pas de mise, entre eux. Elle n'en avait rédigé qu'une page, en resta là. Il y revint parfois. Ses curiosités furent déçues. Ce journal n'était qu'une velléité de plus.

Elle racontait en cette page comment elle avait quitté Rudi qu'elle avait pourtant aimé *follement, passionnément,* qu'il y avait quelque chose de cassé en eux, qu'elle aimait à présent Ferrier. Qui trouvait étrange cette façon de l'aimer. Il fallait pourtant bien y croire un peu. Cette page ne lui était pas destinée. Prudemment, il tut l'effraction de ce cœur équivoque. Il soupira, après une querelle, que « ce n'était pas tous les jours Bruges, sur terre ». Il songeait aussi que rien n'était plus éprouvant, plus malheureux que l'amour heureux, que ce prétendu paradis était pavé d'angoisses, d'incertitudes, de sempiternelles remises en question.

Il provoquait le plus souvent ces brouilles, ces discordes, semblable au catoblépas, cet animal fantastiqua qui se dévore lui-même. Le pauvre était aussi pauvre d'esprit qu'elle pouvait l'être. L'amour qu'il avait d'elle le dépassait, faussait ses gestes et ses sentiments. Il aurait voulu être tendre et sombrait malgré lui dans la hargne. Elle vivait mollement, il n'existait que violemment. Elle pataugeait en ses petits justes milieux, il cinglait d'un extrême à l'autre et lui arrachait les nerfs comme on extirpe d'un plafond toute une perruque de fils électriques.

— Ne gâche rien, implorait-elle.

— Si ! Tout ! hurlait-il.

Il lui demandait parfois : « Tu es bien ? » alors qu'ils étaient bien. Elle répondait : « Oui. » C'était le moment qu'il choisissait pour la cribler de coups d'épingle, afin que cesse cette quiétude. Il tirait de Marthe des cris ou des pleurs, et puis il avait mal. Affreusement mal. Délicieusement mal. Il affirmait, ce fou, n'avoir attiré que des folles. Elles soutenaient qu'il les minait, les rongeait, les détruisait. Ce n'était pas un homme de tout repos.

Par chance, un lien solide unissait ces amants disparates, celui qui rivait leurs corps l'un à l'autre. Ceux-là avaient toujours de quoi vivre et à qui parler. Leur grande affaire était le lit. Il leur était pourvoi, recours suprême. Ils s'y réconciliaient avec fracas en des embrasements exaspérés. Lorsqu'elle avouait avoir téléphoné à Rudi et que Régis immédiatement se refermait, « faisait la gueule » comme un mari, elle lui disait : « Viens ! » S'il ne venait pas, elle allait le chercher avec autorité dans le recoin où il boudait, se changeait en cosaque insolite, le violait sans lui laisser le loisir de se débattre ou de souffler. Il en usait de même avec elle si elle lui paraissait sombre ou ailleurs, cet ailleurs qui le tourmentait tant.

Il avait libéré en elle tout un monde, tout un flot de sensualité qui l'effrayait autant qu'il le ravissait. Elle ne connaissait plus de retenues, se débarrassait jour après jour de ses ultimes pudeurs. Triomphante. Victorieuse comme un fruit au soleil. Il s'émerveillait d'avoir fait d'elle, grâce à elle, cette putain superbe, cette femme de chair fraîche et humide ouverte en grand au mâle.

Hélas, les autres hommes le sentaient, ce parfum, sur elle, s'approchaient, tournaient en araignées autour de lui. Elle en roucoulait d'aise, gorge renversée, il en miaulait de douleur et lui reprochait d'être tout ce qu'il avait voulu qu'elle soit : la plus désirable, la plus belle. Il aimait qu'on admirât Marthe, et il en souffrait, victime de ses vanités.

Un jour, nue et blanche sur le fauve de la couverture en agneau de Toscane, elle prit le pouls et la tension de Ferrier. Cette consultation gratuite les amusait toujours. Il lui dit soudain :

— Écarte les cuisses, je veux te voir.

— Non !...

— Si !... Mieux que ça !

Elle protesta, obéit néanmoins.

— Encore plus ! Même si ça te fait mal !

C'était, ce « T.P. », un des travaux pratiques que n'avait pas prévu l'Ordre des médecins, et qui désacralisait quelque peu le métier. Tensiomètre et stéthoscope roulèrent sur la moquette. Il n'y avait qu'un pas du docteur à la femme.

Elle avait refusé de se caresser devant lui, elle le fit un soir qu'elle avait bu. Elle le refît sans boire. Ferrier était fasciné par ce plaisir qui montait, descendait, remontait, fleurissait en elle sans qu'il y touchât. Il l'encourageait en paroles, lui enserrait la nuque dans son poing. Lui qui n'avait jamais été voyeur le devenait près d'elle. Elle lui avait juré qu'elle ne l'avait jamais fait devant quelqu'un. Pour une fois, il la croyait. Elle lui offrait l'un après l'autre les derniers cadeaux de son corps, et Ferrier s'émouvait de ces abandons particuliers pour lui et pour lui seul. Il y voyait des gages capitaux de son amour pour lui. Il en était encore plus attendri que troublé.

Elle lui confiait qu'elle n'était pas capable de rester sans homme au-delà de quinze jours, en avait besoin comme de pain. Ferrier retint cet aveu, se promit, s'il partait en voyage, de ne pas atteindre cette cote d'alerte des deux semaines. Il lui était arrivé, comme tous les garçons, d'être momentanément privé de filles. Elles réclamaient d'être leurs égales mais ne mentionnaient pas leur privilège premier, celui de n'avoir qu'à lever le doigt pour qu'éclose au hasard, n'importe où, quelqu'un prêt à leur rendre ce petit service. On pouvait les envier sur ce chapitre. Il n'est de frustrées que volontaires. Même les laides trouvent des débouchés. Les matous courent les rues la sébile à la patte.

S'il était impossible à Marthe de se garder pure au bout d'un certain laps de temps, il était tout aussi hors de question, pour elle et Ferrier, de ne pas s'enlacer de deux jours. Ils faillirent vivre cette situation atroce, un week-end, à bord du bateau d'Harry. Leurs amis les avaient conviés à une croisière en Ile-de-France sur la Seine et l'Oise. L'embarcation ne comportait que deux cabines si contiguës que l'on s'entendait chuchoter de l'une à l'autre. Sous peine d'être contrariés, les désirs de Marthe et de Régis avaient coutume d'être bruyants. Ferrier partageait l'opinion de Paul Léautaud qui marquait son dédain pour une femme en disant : « Elle fait l'amour en silence ! »

Leur première nuit fut chaste, par respect humain. Le lendemain, les amoureux commencèrent à estimer que la plaisance s'opposait au plaisir. Ils bouillaient, se frôlaient de plus en plus dangereusement dans le cockpit. Ferrier n'y tint plus, s'ouvrit de leur cas à

Marie-Sade. Celle-ci entraîna Harry sur le roof pour y prendre un bain de soleil et, sous les pieds de leurs hôtes, les invités purent enfin s'étreindre à loisir, et s'apaiser. Le périple ne recouvra son charme qu'après cet accommodement, qui dut encore laisser rêveuse Marie-Sade, songeur Harry.

Puis ce fut l'intermède Béatrice, en moins serein. Étretat. La mer. Pour un nouveau week-end de vacances. Marthe souhaitait que sa vie ne soit faite que de grandes vacances. Émolliente, elle amollissait Régis. Elle l'encanaquait, ce qui, en Afrique, en Océanie, se dit des Blancs qui perdent le souci de leur toilette, de leurs manières, adoptent l'existence et le nonchaloir des indigènes, prennent femme sur place, changent de race en quelque sorte. Régis muait, suivait le rythme heureux de l'ondulante Marthe, écoutait les sirènes, entrait peu à peu dans la fête moelleuse du lâcher-tout et du laisser-aller. Il comprenait mieux la jeune femme, subissait sa placide influence. Il était plus agréable évidemment d'égrener des grasses matinées auprès d'elle que de s'astreindre à des emplois du temps, à des rigueurs. Soins ménagers en moins, elle pouvait le transformer en Rudi. La méduse l'allongeait sur son radeau, quoi ! L'éventait. Le caressait. Il y avait du Tahiti, en Marthe, et du parfum des îles Borromées.

Béatrice était la compagne d'Alban Clayeux, un des comédiens préférés de Ferrier. D'origine italienne, séduisante, elle avait l'âge de Marthe, était aussi brune qu'était blonde la doctoresse. Elle les attendait à la gare.

— Alban ne viendra que demain, il lui est tombé dessus une émission de télévision. Il faudra vous ennuyer avec moi jusque-là.

Marthe et elle se connaissaient peu mais sympathisaient très fort. Béatrice était active, décidée, pratique, tout ce que n'était pas Marthe. Elles se complétaient, comme Régis et Rudi dans l'esprit de la petite Vivier.

Après le déjeuner, le couple monta dans sa chambre ouverte sur la mer. Régis multipliait ces divertissements, ces agréments pour que Marthe oublie à jamais Aubervilliers, les gênes financières et les promiscuités du boulevard Bonne-Nouvelle. Elle évoluait d'ailleurs, à présent, très à l'aise chez ces gens que la veille elle eût qualifiés de « nantis », promis à la lanterne. Régis avait toujours pensé que son gauchisme n'était pas du meilleur aloi, qu'à bientôt vingt-neuf ans elle mépriserait de moins en moins le confort et se consolerait de mieux en mieux de la triste condition des masses opprimées. Elle avait conscience de sa dépolitisation, n'en faisait pas une maladie mortelle. Les girouettes ne rouillent pas.

Sans préambule, Régis entraîna Marthe sur le lit, un de plus sur leur route. Il appelait cet amour d'après les repas « le café du pauvre ». Il avait dû lui expliquer le sens de cette locution populaire :

— C'est simple : les pauvres, qui n'ont pas de quoi se payer le café, font l'amour, qui ne leur coûte rien, à sa place.

Les râles et les cris de Marthe constituaient pour Régis une excellente publicité auprès des femmes qui les entendaient. Elles devaient le croire, en la matière, « docteur ès fesses », plaisantait-il, alors qu'il n'y était pour rien, que seul le goût profond qu'il avait de Marthe y était, lui, pour quelque chose.

Quand ils redescendirent, beaucoup plus tard, Béatrice regarda Régis avec plus d'attention.

— Excuse-nous, fit Marthe avec aplomb, on a rangé nos affaires.

Dans les chaises longues du jardin, ils prirent le thé.

— Quand soutiens-tu ta thèse ? s'enquit Béatrice.

— Dans trois semaines, début juin. J'ai peur, Béa, j'ai peur. Heureusement que Régis m'a bousculée, que Marie-Sade et lui m'ont aidée à classer les cent copies. Sans eux, elle ne sortait pas à temps de l'imprimerie et je perdais un an.

— C'est vrai, que tu es gnangnan, ma fille, constata Béatrice.

— Oh oui !... fit son amie, piteuse.

— Elle est petite, l'excusa Ferrier qui, décidément, débordait d'indulgence et tournait au lézard près de sa salamandre. Repu d'amour, il lui suffisait qu'elle ne le fît avec personne d'autre, lui pardonnait le reste, qui n'avait plus d'intérêt. N'allait-elle pas, la pauvrette, travailler trois mois, croupir tout l'été à Paris dans le 13e arrondissement, s'étioler dans le cabinet noir du docteur Galopet, le médecin qu'elle remplacerait ? Elle avait le droit d'ici là de s'amuser, de jouer au cerceau, de lui donner et redonner son corps. Elle n'était sur terre que pour cela, l'ardente féministe : pour le délassement des hommes.

A la nuit, ils flânèrent tous les trois dans la cuisine, cigarette aux lèvres. Assis sur la table, Ferrier sirotait son whisky. Les filles stagnaient sur des tabourets.

— Tu es contagieuse, ma chérie, remarqua Béatrice, je n'ai même pas le courage de nous préparer à dîner.

— On a le temps..., grogna Marthe en bâillant.

Elle l'avait toujours. Du matin au soir. Sans deviner qu'il aurait un jour le dernier mot.

Elles débouchèrent, pour elles, une bouteille de rosé, burent, pouffèrent pour rien et de plus en plus fort. Régis n'aimait rien tant que la présence de femmes autour de lui. Qu'il fût le seul garçon auprès d'elles, gloussantes et froufroutantes, le comblait. Le sérieux des hommes, leurs préoccupations l'importunaient. Il n'appréciait plus que les futilités, les fous rires irraisonnés, les chuchotements, les yeux brillants de ces charmantes, les envolées de leurs jupes, la bretelle, là, dans leur dos, de leur soutien-gorge. Cette bouffée de parfum de leur chair même ou de chez Dior. Ce geste flou dans leurs cheveux, ce coup de tête pour balayer une mèche. Le tendre de leur peau mate ou blanche entr'aperçue. La croupe, tendue à rompre l'étoffe, de Béatrice fouillant dans un placard. Le frisson lent des seins de Marthe vidant son verre.

— On est bien, tous les trois, s'épanouit-elle.

— Ce soir, je me saoule, décida Béatrice très animée. Cet alcoolique d'Alban m'empêche de boire, il trouve que ça me rend fofolle.

— Eh bien, on sera fofolles toutes les deux, décréta Marthe. Moi, maintenant, on ne m'empêchera plus jamais de faire tout ce qui me plaît ! Tout ce qui m'amuse ! Tout ! Personne !

Béatrice ouvrit une seconde bouteille de vin. Ferrier profita de l'euphorie des perruches pour se reverser un whisky.

— Tu as raison de boire, mon amour, lança Marthe en s'asseyant sur ses genoux. Notre vie, à nous, c'est la fête ! Les chevaux de bois ! La musique !

Ils s'embrassèrent à pleine bouche mouillée. Il lui pétrit rudement la poitrine.

— Vous allez m'exciter ! protesta Béatrice.

— Ma pauvre chérie ! cria Marthe en courant l'enlacer. On est méchants avec Béa, Régis. Il faut faire quelque chose pour elle.

Sans transition, Béatrice se frappa le crâne :

— J'ai une idée, pour manger! On va faire des crêpes!

— Oh oui! Oh oui! Des crêpes! Des tas de crêpes! s'enthousiasma l'autre en gambadant.

Tout en buvant, elles sortirent la farine, les poêles, préparèrent la pâte en se bousculant et en riant aux larmes.

— On va en inventer des marrantes, ordonna Béatrice. A l'ail! Aux anchois! Au saucisson! Au pastis! A n'importe quoi!

— A n'importe quoi! brailla son amie.

La première crêpe, qu'elle projeta en l'air pour la retourner, s'aplatit au sol, saluée de hurlements de joie. La seconde brûla dans la poêle.

Marthe avait pris la tête de Béatrice entre ses mains, l'embrassait avec fougue sur ses lèvres disjointes. Ferrier cligna les yeux avant de comprendre que « l'expérience homosexuelle » rêvée par Marthe était en cours. Il se souvint des sermons du docteur à la gloire de la liberté absolue, s'abstint de souffler mot. Ils s'entendaient bien depuis quelque temps, ce n'était pas le moment de détruire leur précaire harmonie pour des gamineries de vieilles lycéennes éméchées entremêlant leurs langues. Il se voulut indifférent, se servit un whisky. Après tout, Béatrice n'était pas Rudi. Elle le désignait, un brin gênée malgré tout, à Marthe :

— Régis ne va pas être content.

— Tu n'es pas content, Régis ?

— Je m'en fous. Vous pouvez continuer.

— On n'a pas besoin de ta permission, d'abord! piailla Marthe enflammée, vaguement dabolique dans la fumée des crêpes. Je le répète, je fais ce qui me plaît! Ce sera ma règle de conduite, puisqu'il m'en faut une, à ce qu'il paraît. Tout ce qui me plaît! Tout!

Ferrier haussa les épaules et sourit :

— Je ne suis pas vieux jeu !

Il avait retenu la leçon du sauna. Tout était sans importance, pour Marthe. Il s'y résignerait, pour la garder. Attendri comme un steak trop ferme sur la planche du boucher, il n'avait plus de ces fiertés. Qu'elles s'embrassent, ces deux gourdes, si cela leur chantait ! Elles s'embrassaient, mordaient dans une bouche, dans une crêpe, avalaient de travers de grands verres de vin, alternaient les délices gastronomiques. Marthe vint l'embrasser, lui donna une crêpe aux oignons et aux cornichons qui n'était pas signée Bocuse :

— Bien vrai que tu n'es pas fâché, mon Régis ?

— Pas du tout.

— Alors, je t'aime. C'est rigolo, non, avec Béa ?

— Très.

Le rosé aidant, elles s'enfiévraient, se parlaient sournoises à l'oreille, dansaient en se frottant les seins, le ventre au ventre, aux seins de l'autre. Une main de Marthe alla chercher Béatrice au faîte des cuisses. Une main de Béatrice se coula sous la jupe noire de Marthe. Le naïf Ferrier n'eût jamais cru la femme d'Alban capable de ces modestes dépravations. Pourquoi, au fait ? Allait-il donc vieillir en connaissant de moins en moins les femmes alors qu'il en connaissait de plus en plus ? Il devait se préserver de cette disgrâce.

Elles se séparèrent brusquement. Marthe prit Ferrier par le bras avec violence :

— Viens !

Il les suivit dans la chambre de Béatrice. Les deux « fofolles » se déshabillaient, le déshabillaient, roulaient nues sur le lit, s'étreignaient. Leurs mains se firent plus précises, des doigts disparurent au creux d'ombres, et les soupirs de Marthe glacèrent Régis au cœur : ils n'étaient pas à lui. Béatrice soupira pareillement, et cela lui parut obscène. Elle lui tournait le dos, les fesses. Régis pouvait, *devait* la prendre, cette femme, et sous les yeux de celle qu'il aimait. Tout cela lui sembla soudain impossible, monstrueux. Pas devant elle. Pas avec Marthe. Pas avec Mine... Il n'avait pas de jalousie, comprenait seulement à quel point il aimait Marthe. Il ne saurait faire l'amour à quelqu'un d'autre qu'elle alors qu'elle était là. Il saurait encore moins le lui faire sous le regard de Béatrice. Ce n'était ni par vertu ni par morale. S'il n'avait pas été aussi amoureux de Marthe, il les aurait peut-être prises toutes les deux, aurait profité de ce genre d'aubaine qui plaît tant à un genre d'hommes.

En cette pieuvre grouillante de fesses, de cuisses, de seins, de poils, où était sa Marthe ? C'était anatomique, pornographique. Il quitta ce malaise, se leva sans bruit, se glissa dans sa chambre, s'y enferma à clé. Qu'elles le fassent, ce tout qui leur passerait par la tête, ce tout ce qui leur plairait selon la « règle de conduite » qu'avait énoncée Marthe. Qu'elles le fassent, mais sans lui.

Il se coucha seul et triste avec, dans la bouche, un sale goût de poussière. Il se reprochait sans conviction ce relent de puritanisme, n'osait pas l'appeler par son vrai nom de pureté. Il ne s'avouait pas non plus que ces deux chiennes le dégoûtaient un peu. Où se posaient leurs lèvres, à l'instant même ? Qui, dans ce couple éhonté, singeait le rôle de l'homme ? Ferrier se dit qu'il devait leur manquer, que sa fuite devait les « culpabiliser », gâcher la sauterie. Il ne se trompait pas. Cinq minutes après son abandon de poste, Marthe agita en vain la poignée de la porte, frappa. Il ne répondit pas.

— Régis, c'est moi. Ouvre.

Il ne bougea pas davantage. Marthe s'impatientait :

— Ouvre, s'il te plaît.

Suppliait :

— Je t'en prie, Régis !

Trépignait, donnait des coups de pied dans le panneau :

— Ouvre, enfin ! Nous n'avons rien fait, je te le jure. Nous avons arrêté dès que tu es parti. Ce n'était plus drôle, sans toi. Nous n'en avions plus envie...

Il conservait le silence et elle pleurnichait, à présent :

— Ouvre. Je t'aime. Tu es méchant. Je ne veux pas coucher avec Béa. Laisse-moi entrer. Je veux que tu me fasses l'amour. Je ferai ce que tu voudras. Dis-moi quelque chose, au moins...

Il se taisait toujours. Elle insista longtemps, l'insulta, lui demanda pardon, tambourina encore, puis se lassa. Il l'entendit s'éloigner en reniflant et en traînant les pieds.

Il eut du mal à s'endormir. Il souhaitait rompre et ne plus la revoir. Elle le décevait. Il souffrait trop de ses caprices, de ses mensonges, de ses imbécillités. C'était une irresponsable, une extravagante sans sensibilité. Il était fatigué de l'aimer. Il ne l'aimait plus. Il rentrerait à Paris sans elle. Appellerait Thérèse, Thérèse qu'il n'appelait jamais. Peut-être pourrait-il l'aimer, oublier Marthe, enfin. Rudi la ramasserait. Il allait de toute façon se manifester, dès qu'elle gagnerait de l'argent, bientôt. Alerté par le chant des billets, il grimperait à l'échelle de corde de Roméo.

Au matin, le cœur brouillé, Ferrier se leva, marcha jusqu'à la mer. Elle non plus n'était pas propre, charriait des bidons, des sacs de plastique, des cochonneries. Elle ressemblait à l'âme de Marthe, cette pauvre âme plus percée qu'une vieille chaussure. Il la bombarda de galets avec rage. Elle avait les yeux bleus, elle aussi, cette saloperie de mer. Elle était femme et vous léchait les pieds pour mieux vous engloutir. Il cracha dans les vagues, se promena morose dans la ville, s'assit à la terrasse d'un café et siffla quelques verres du vin blanc de la mélancolie. Ce fut là que plus tard Béatrice le rejoignit.

— Je te cherchais partout, Régis. Excuse-moi, pour hier. J'étais ronde comme une queue de pelle, et elle aussi.

— Je ne t'en veux pas, à toi. Elle avait toujours décidé de se payer un numéro de goudous. Ça n'aurait pas été avec toi, ç'aurait été avec une autre. Vous vous êtes bien picorées ?

— Penses-tu ! On n'aurait pas été jusque-là, d'abord. Et puis, ce n'est pas très excitant, une femme. Je me demande ce que vous leur trouvez. Je préfère les hommes, je dois être anormale. N'aie pas de peine, Régis. Elle t'aime. Elle a dormi sur le divan, elle s'est retournée toute la nuit. Quand je l'ai quittée, elle se rongeait les doigts, comme elle fait quand elle est embêtée.

— Je sais. Dis, Béatrice, si je ne t'ai pas touchée, ce n'est pas par dédain. Tu as un très beau cul, mais j'aime cent fois trop l'autre punaise...

— Je te comprends, va ! Et puis, on aurait l'air fin, aujourd'hui ! Rentrons, elle a une trouille verte que tu ne l'aimes plus.

Ils revinrent à la maison. Marthe, penaude, les traits défaits, se jeta dans les bras de Ferrier, mendia encore son pardon. Il ne lui dit pas un mot, la prit par la main, la tira dans l'escalier. Ce fut à son tour d'employer ses armes masculines.

— Je ne le ferai plus, balbutiait Marthe, je ne recommencerai plus...

La mer limpide ne roulait plus ni bidons ni sacs de plastique. Le soleil était en elle, tout au fond d'elle, le sable et les algues brillaient. Ce fut pour elle et Marthe l'heure de la marée haute. Alors tous les galets d'Étretat dévalèrent et bruirent sous les vagues.

22.

Belle, vous avez un joli four,
C'est pour y cuire le pain de l'amour...

Chanson d'Auvergne

Elle passa sa thèse, prêta le serment d'Hippocrate. Sur le tableau noir du studio, elle écrivit, triomphante : « Je suis docteur ! ! ! » Elle n'y écrivit jamais : « Je suis une femme ! ! ! » En attendant ce jour improbable, elle était du moins sacrée grande fille. La polymyosite fibreuse primitive avait enfin connu son moment de gloire. Ferrier, fier de son médecin généraliste officialisé, estampillé, le souleva de terre :

— Je t'aime, ma polymyosite, tu es la plus belle des pseudo-myopathies. Je t'aime, ma fibreuse, ma primitive. Sois encore plus primitive dans mes bras, plus sauvage, plus cannibale !

Comme Marthe était venue quelquefois déjeuner ou

dîner chez lui, qu'Agnès et elle ne pleuraient plus ainsi qu'à leur première confrontation, s'accordaient, semblaient s'apprécier, ce qui portait Régis aux nues, elle invita la famille Ferrier au complet au repas qu'elle offrit à ses amis pour fêter son titre flambant neuf. On adressa maints toats « Au Docteur ! »

— Pas si fort, fit-elle en riant. Si un client s'écroule, je serai obligée de lui faire du bouche à bouche, et il n'y en a pas beaucoup qui ont la tête de Gérard Philippe.

Le patron, jovial, se mit à tituber, la main plaquée au cœur, et lança, tragique, avant d'apporter le champagne :

— Y a-t-il un docteur dans la salle ?

Délivrée de la polymyosite, Marthe entendait prendre quelques jours de vacances avant d'entrer en fonctions dans le cabinet de la rue Oudry. Harry et Marie-Sade les convièrent à se rendre en Corse où ils avaient loué une maison pour l'été. Le docteur manifesta son habituel enthousiasme enfantin :

— Oh oui, oh oui, partons, Régis ! Tout de suite !

Ils partirent. Tout de suite. Ferrier était toujours enchanté de l'éloigner de Rudi. Le vol n'était pas direct. Avant d'atteindre l'escale de Marignane, Marthe souffla :

— Il y a deux heures d'arrêt. On aura le temps d'aller faire l'amour dans les bois...

La fillette s'imaginait qu'il y avait des bois ombreux propices à son dessein autour d'un aérodrome. Elle ragea, déconfite de ne voir autour d'eux que des hangars. Ce genre de contrariété l'accablait. La terre entière était encore contre elle, on lui volait encore ses jouets.

— On le fera ce soir, Mine.

— C'est trop loin, ce soir. C'est maintenant que je voulais. Tout de suite.

— Eh bien, on ne le fera pas ce soir...

— Si ! Si ! fit-elle en tapant du talon.

Une de ses mimiques amusait Régis, l'attendrissait. Marthe s'arrêtait net de marcher, demeurait comme bloquée sur une jambe, le pied droit plaqué contre le mollet gauche, le visage soudain décomposé, la lèvre inférieure mordue.

— Pipi ? s'enquérait posément Ferrier auprès de ce héron subit.

— Oui ! geignait-elle, éperdue, oui ! Pipi !

Toutes fibres paternelles vibrantes, il trouvait ce drame intérieur adorable.

A Bastia, Marie-Sade les attendait. Ils vivraient tous les trois du lundi au vendredi, Harry n'arrivant qu'en fin de semaine. La situation rappela un souvenir désagréable à Régis :

— Attention, hein, les filles ! Pas d'expérience homosexuelle !

Piteuse, Marthe raconta Étretat. Marie-Sade rit aux éclats :

— On n'a pas idée, aussi ! Tu es une petite sale. Toucher une femme, pouah !

Marthe se défendait :

— Je pense qu'il faut tout essayer...

— Alors, essaie un C.R.S. !

— Quelle horreur !

La maison où ils allaient vivre huit jours se situait à Patrimonio, non loin du golfe de Saint-Florent. Huit jours que Ferrier n'oublierait jamais, d'horizons bleus, d'eau salée, de nuits au poivre vert. Huit jours en flammes, huit jours de soleil, de sueur, de draps froissés, de feulements de chats, de corps à corps pareils à des batailles. Huit jours de bonheur sur la mer comme au ciel, d'amour physique, d'amour des yeux, d'amour en fleurs et d'amour foudre. Pendant que Marthe vidait sa valise, Marie-Sade prit Ferrier à part :

— J'ai retenu la leçon du moulin. Je veux dormir, moi. Je n'ai pas d'homme, moi.

Elle lui montra une boîte de ces boules de cire qu'on se fourre dans les oreilles.

— Je ne savais pas que je ronflais si fort, ironisa Régis.

Rien ne le gênait plus. Il avait fait siennes les impudeurs de Marthe pourvu qu'elle ne soit qu'à lui, que même les mouches ne la frôlent pas.

Ils prirent nus leurs bains, se photographièrent nus, déjeunèrent nus dans le jardin. Heureux et libres et libérés de toutes les écorces et de toutes les ombres. Superbement vivants, païens insolemment.

— Le faune poursuivant Aphrodite ! braillait-il.

— Aphrodite terrassant le démon ! criait-elle.

Ivres de leurs salives et de vin corse. Mangeant leurs chairs avec les doigts, avec la bouche, sachant qu'il en resterait toujours pour demain qui serait encore et encore un jour au grand jour, *un jour et la nuit.*

Ils dînaient parfois sur le port, en plein air, et les étoiles tombaient dans leurs verres, et Marie-Sade souriait à leurs sourires. Leur matelas se retrouverait encore au milieu de la chambre. Au matin, Marthe dormirait, lisse, les cheveux collés au visage, des bulles de rêve aux lèvres, et il regarderait dormir ce beau paysage, cette mer arrêtée, ce fauve suspendu au croc du grand sommeil. Bouleversé, il chuchotait :

— Je t'aime.

Il reprenait, gouailleur :

— Je t'aime, salope. Tu es une salope, la reine des salopes.

Ce message d'une insolite tendresse devait l'atteindre dans ses songes, elle gémissait, se retournait, se découvrait. Il lui ramenait le drap sur les seins, sur les épaules, non sans les avoir doucement effleurés de la langue au passage. Il allait dans la salle de bains chercher un tube de rouge appartenant à Marie-Sade, revenait à Marthe, lui écrivait avec d'infinies précautions sur le front : « Je t'M. » M comme Marthe, Mouche ou Marieke, aussi, mais il n'y pensait plus.

Quand elle s'éveillerait, elle apparaîtrait marquée comme du bétail, et Marie-Sade rirait en la voyant. Marthe au miroir s'indignerait :

— L'animal ! Il va me payer ça !

Ils se battraient pour jouer, elle ne lâcherait prise qu'empoignée sans ambages en plein trouble.

— Ah non ! Tu triches ! geindrait-elle sans chercher à se dégager.

Un après-midi, pourtant, qu'ils étaient tous les deux sur la plage, il éprouva le besoin morbide, irrépressible, de salir tout ce sable, d'obscurcir tout ce ciel. Il parla de Rudi avec haine. Les yeux bleus se voilèrent, se durcirent, et il en fut heureux.

— Tu n'es pas possible, Régis, fit-elle en soupirant. Tu n'es qu'un fou. Qu'un névropathe. Ce soir, je te donnerai quelque chose pour les nerfs.

Il s'emporta. Reprit ses litanies. Dès qu'elle serait rue Oudry, Rudi accourrait prélever sa part d'honoraires.

— Comme les macs rue Saint-Denis, précisa-t-il méchamment. Elle protesta :

— Pourquoi t'acharnes-tu sur lui ? Cela ne te suffit

donc pas de m'avoir arrachée à lui, de savoir qu'il souffre loin de moi ? Il m'aime autant que tu peux m'aimer.

— Je ne t'aime pas pour ton fric, moi !

Elle quitta brusquement la plage, rentra seule à la maison. Fâchée. Triste. Toute la mer s'empuantit, grise et ternie. Ferrier savoura son chagrin. Avec une paille. Mordit avec délices dans la poire d'angoisse chue de l'arbre mort. Content de lui, il s'obstina, s'accrocha à cette incapacité de vivre, à ce manque de talent. Il pourrit la soirée, recommença, au lit, à harceler Marthe au lieu de lui faire ce pour quoi elle était née, l'amour. L'imbécile se priva d'elle, nul ne lui dit comme à l'école : « Bien fait ! » Il ne la recouvra, et ses esprits, que le lendemain. Par chance, elle était oiseau au pays des merles, pardonna sans souci, se remit à danser. Indulgent, il oublia ce qu'avait de funeste son propre comportement.

Harry arriva. Le gentleman se montra épouvanté par l'odeur d'ail qui dévastait les pièces. Les trois sauvages croquaient dans les aulx corses comme dans des pralines, n'entendaient pas y renoncer. Maniaque, Harry se complaisait dans l'ordre, rangeait les objets avec minutie, puis les rangeaient encore avant de les ranger avec soin une troisième fois. Il tenta de porter sa passion dans la chambre de Marthe et de Régis, capharnaüm d'espadrilles, de maillots de bain, de pots de crème pour la peau, de mégots, de tasses à café vides et engluées, de miettes de pain en litières. Les senteurs lourdes de l'amour se mêlaient à celles, inévitables, de l'ail. Régis chassa son ami de leur tanière :

— Ne touche à rien ! Si tu ranges, on ne retrouvera plus nos épingles à cheveux dans la coupe à fruits, nos lunettes de soleil dans nos chaussures.

— C'est un foutu bordel, pourtant, fit Harry fasciné par ce fouillis.

— Erreur, c'est un bordel tout court. Ne viole pas nos intimités, nous nous en chargeons nous-mêmes.

Ils se procurèrent un bateau, s'en allèrent pique-niquer dans le golfe. Ils débarquèrent dans une crique, se baignèrent, déjeunèrent. Radieuse, Marthe mordait dans les tomates comme dans la vie, comme dans un homme. Elle s'étirait, voluptueuse, bronzée, blonde sur le sable blond.

— Quel pied ! s'écria-t-elle comiquement. Dire que dans cinq jours je vais devoir soigner tous les tarés du 13ᵉ, vacciner des bébés horribles, tripoter des trucs flasques, berk ! On ne devrait pas travailler, jamais. Quand j'étais en Grèce, je voulais passer ma vie en Grèce. En Corse, je voudrais passer ma vie en Corse, à me promener, à nager, à aimer, à m'amuser, à voir des amis, à rire...

— Et la médecine ? observa Harry effrayé par ce programme de sybarite.

Elle eut sa moue classique d'angelot contrarié :

— Je n'ai plus le feu sacré. Je l'ai eue, pourtant, la vocation. Il ne me reste que le métier. C'est affreux, un métier. On attend la retraite comme un bus qui ne vient pas.

Régis la regarda avec malice :

— J'ai une idée. On reste ici, on achète une ferme et on élève des chèvres.

Mouche, autrefois, avait rêvé de ferme et de chèvres. Que de bergères de Watteau sommeillaient en ces citadines oniriques qui s'imaginaient que se récoltent, fins prêts et emballés les fromages de chèvre sur un lit de paille propre, comme se ramassent les œufs !... Que le chabichou nourrissait sa femme, que le crottin de

Chavignol lui apportait en gros sabots la liberté !... Marthe plongea sur ce mirage rustique :

— Oh oui, Régis ! Oh oui ! Le fromage de chèvre, c'est la vraie vie au grand air ! Tu as raison, on laisse tout tomber, et on s'installe ici, sur la côte. On se baignera, on fera l'amour toute la journée, toute l'année !

— Ce n'était pas la peine, insista Harry, d'étudier pendant sept ans !

— Oh ! blagua Régis, elle sera quand même la rebouteuse du village ! Et moi l'idiot !

Marie-Sade s'adressa à son amie :

— Tu sauras traire ces bêtes-là, toi ? Ça donne des coups de corne, ça sent mauvais... Et il faut se lever tôt !

La fermière, interdite par ces détails secondaires, les balaya vite du geste, d'un doigt pointé sur Ferrier :

— Tu te lèveras tôt, Régis. Tu aimes ça, toi. Et tu trairas les chèvres.

— Et je laverai même leurs slips ! surenchérit son amant.

Il conclut par un « on en reparlera » dont le vague et l'indécis ne pouvaient que convenir à Marthe. Elle rampa jusqu'à son oreille, souffla :

— Viens boire le café du pauvre.

Dans sa bouche, le terme argotique prenait un tour des plus cocasses. Il acquiesça d'un sourire, ils se levèrent, s'éloignèrent. Marie-Sade dit à Harry qui rangeait la plage, en disposait les cailloux plus artistement que ne l'avait fait la nature :

— Nous n'aurons peut-être pas à employer les boules de cire, cette nuit ?

Ils s'étaient engagés en maillot de bain dans le

maquis. Le contact des épineux tirait des cris à Marthe.

— Il n'y a pas de lit de mousse ! fit-elle, furieuse.

— C'est vrai. Même un Corse ne pourrait pas faire la sieste, dans ce coin-là. C'est pour ça qu'il n'y en a pas, d'ailleurs. Tant pis, on va faire l'amour debout.

— Debout ? Avec ton angine de poitrine ?

— Je préfère mourir en toi que pour la patrie.

Ils s'embrassèrent en ce décor grandiloquent pour chanteur de charme et bandits d'opérette. Leurs mains s'affolaient, leurs peaux se serraient, à la fois chaudes et froides. Ferrier dégrafa le soutien-gorge de Marthe en homme habitué à cette opération qui angoisse l'adolescent.

— Tu es toute salée. Partout. Comme un poisson...

Il écartait ses chairs tendres avec rudesse, exprès, lui pinçait les cuisses si elle n'était pas au plus vite fruitée, docile, offerte, ouverte. Elle portait des bleus aux épaules, aux flancs, arborait ces stigmates louches avec effronterie, fierté peut-être. Elle s'aimait, il l'aimait animale, ils avaient en eux cet orgueil naïf des extravertis, des passionnés qui croient recréer le monde, innover, résoudre l'amour. Ils n'étaient plus qu'instincts, envies, impulsions, purs malgré tout, avant tout. Si différents d'esprits, ils s'étaient du moins trouvés tout au fond d'une jungle, la leur. S'aimaient avec le cynisme, la perversion, la cruauté des enfants.

Il attendait son ordre, attentif, guettait sa bouche qui tremblait. Elle râla : « Viens ! » mais se mit à hurler alors qu'elle allait fermer les yeux, faire la nuit en elle.

— Qu'est-ce qui te prend ? éclata-t-il, hors de lui.

— Les vaches !

— Quoi ? Quelles vaches ?

— Là ! Elles vont nous tuer !

Blanche, elle avait déjà ramassé son soutien-gorge, flageolait sur ses jambes, s'accrochait aux bras de Ferrier. Il vit se diriger vers eux à travers les arbustes un troupeau de vaches jaunâtres, étiques, nonchalantes, en quête de cactus à brouter, de pierres à lécher. Il se mit à rire, tous désirs douchés :

— Tu es bête, Mine. Ce ne sont pas des mangeuses d'hommes comme toi.

— Viens ! Viens !

Ce « viens » épouvanté n'était pas celui de tout à l'heure.

— Je t'assure que la vache corse et le tigre du Bengale appartiennent à deux espèces différentes.

Il dut la rejoindre car elle était partie en courant, s'écorchait aux broussailles. Elle pleurnichait :

— Sauve-moi, Régis !

— C'est comme si c'était fait, Mine. Mais ne cours pas ! Ça ne se nourrit pas tellement de toubibs en fleurs, ces monstres-là.

Elle ne respira que sur la plage. Que dans le bateau où elle grimpa d'un bond.

— Allons-nous-en ! cria-t-elle à Marie-Sade. C'est plein de taureaux !

Les vaches, montées en grade, devenaient phallocrates écumants. Les Parisiens reprirent la mer et Marthe se calma.

— La chèvre, c'est pire, commenta Harry à la barre. Ça ne charge pas, ça embroche. Avec des cornes comme des couteaux de cuisine.

Marthe raya la culture du fromage de ses projets d'avenir.

Dans le soleil couchant, la Méditerranée douce brassait ses violettes au remous de l'hélice. Douce, Ferrier se rappelait souvent, très souvent le mot de Nadine à propos de Marthe : « Tu verras. Elle est très douce... » L'eau qui dort. L'eau qui mord. L'eau de mort. Elle était chat et griffes. Doux whisky des cirrhoses. Douces suées du P...ium, analgésique de synthèse prêt comme elle à tuer « selon prescription médicale ». P...ium trompeur comme elle, comme elle vasodilatateur de l'âme. Doux poison de sa bouche. De son verger mystère onctueux et tragique. Où il mourait et renaissait. Douce Marthe. Douce martre égorgeuse d'oiseaux. Marthe riant à la proue, nimbée de gouttelettes noires et des lumières roses du port. Marthe d'Amour.

Ferrier sentit au fond de lui s'ouvrir le gouffre qu'il savait, celui de la fugacité de tout cela. Tout cela qui était là, palpable, ne serait plus un jour, bientôt peut-être, que souvenir, fleurs et couronnes, tombeau sur l'herbe. Puisqu'il était cardiaque et mortel de surcroît, pourquoi ne pas crever là, en pleine joie, plutôt que de s'y résoudre plus tard, déchu, lamentable, à la dérive ? Il eût coulé dans la mer tiède ainsi qu'un plomb de pêche. Il eût signé ce contrat sans hésiter. Personne ne le lui présenta, hélas. Il survécut, ce qui n'est guère vivre. Pauvres hommes qui ne choisissez ni votre mort ni votre vie, ni d'aimer ni de ne plus aimer, pauvres types, pauvres ringards, Dieu ne vous a laissé qu'un droit, qu'un seul bon de sortie, celui du canon de revolver dans la bouche, et vous le repoussez...

— Où en étions-nous restés ? dit-il, dans leur chambre. Regarde sous le lit, est-ce qu'il y a des vaches ?

Toute salée, encore. Il aurait soif, s'il y buvait. Il y but goulûment, et Harry demanda à Marie-Sade où elle avait rangé les boules de cire.

Régis souhaitait marquer la Corse au fer rouge,

prendre Marthe ainsi qu'il l'avait prise en Belgique.

— Rappelle-toi, Marthe, souffla-t-il, on va faire Bruges. Il le faut. Pour que tu n'oublies pas ces vacances.

— Je ne les oublierai pas de toute façon. Mais tu peux, si tu veux...

— Je veux. Tu seras encore plus à moi. Doublement. Tu n'es pas qu'une fille, tu es aussi petit garçon. Tu es mon amour réversible.

Elle sourit de ce mot dans la nuit, l'attira contre ses reins, et il fut dans elle, serré comme par un poing. Elle gémit longuement, doucement, car elle était très douce, le monde entier le disait. Il s'était accroché à ses seins, les broyait, et elle gémissait, toujours longuement, toujours doucement, une plainte rauque, modulée, presque chantée. Longtemps il demeura en elle, y demeura encore longtemps après lui avoir, dans son plaisir, mordu si fort la nuque qu'il lui en resta quelques cheveux entre les dents.

Non, elle ne partirait pas. Comment le pourrait-elle ? Il la tenait à pleines mains, mieux refermées sur ses épaules que des mâchoires de piège à loup. Elle lui avait tout donné d'elle, ne pourrait jamais plus revenir sur ses pas, fussent-ils hésitants. Il s'imaginait encore que la possession, fût-elle absolue, avait pour elles le même sens que pour eux. Il le croyait encore quand il voyait leurs yeux. A son âge, il n'avait encore que celui de son cœur...

Les jours suivants, ils louèrent deux cyclomoteurs poussifs pour être seuls de temps à autre, se promenèrent, longèrent la mer, y plongèrent leurs corps à l'aventure des échancrures de la côte. Marthe n'avait jamais été plus jeune, sans personne enfin pour la regarder, que les mouettes et lui. Les cheveux dans le vent, elle devait, à ses côtés, retrouver par bouffées les étés de cette enfance qu'elle regrettait si fort. Les jeux. Les goûters. Les escapades. Ballons et balançoires avaient simplement été remplacés par d'autres exercices plus secrets et plus fous.

Un soir, ils empilèrent avec mélancolie dans leurs bagages les maillots, les espadrilles, les lunettes de soleil. Ils savaient trop ce qu'ils abandonnaient ici, des heures gonflées de lumière, des coquillages vides qu'ils ne ramasseraient plus. Harry pourrait enfin ranger la chambre, ouvrir largement les volets sur le désert, aérer la pièce, en chasser les fumées refroidies de l'amour.

Ils ne se parlèrent pas, dans l'horrible avion du retour. Ils n'étaient plus pieds nus, leurs peaux allaient blanchir sous l'eau fade des robinets, perdre le goût du sel et celui de l'espace. Ils n'étaient plus heureux. On les volait. Ils rentraient pauvres. Rapatriés alors qu'ils n'avaient plus de pays, plus rien que des yeux pour pleurer, Marthe, des yeux pour se fermer, Régis.

— On a été bien, murmura-t-elle pour le consoler.

— Trop, fit-il.

C'était l'illustration de leurs disparités de caractères. Elle pensait que le bonheur reviendrait par la porte. Lui, qu'il s'enfuirait par la fenêtre.

Quand ils pénétrèrent dans le studio, ils placèrent la Corse tout près de Bruges, sur une étagère poussiéreuse. Ce qui avait été vécu n'était plus à vivre, déjà, ou à revivre.

Pour ne pas se séparer, se quitter aussi vite puisqu'elle travaillait le lendemain, ils s'étreignirent avec désespoir, « s'éclatèrent » comme disent les drogués. Il n'y avait plus un seul grain de sable dans le lit. Il n'y avait qu'eux, ballottés, égarés. Bouteilles à la mer, cette mer qu'ils ne reverraient plus ensemble.

23.

Le docteur Vivier remplaça le docteur Galopet, au 20 de la rue Oudry. Les clients misogynes déguerpirent à sa vue malgré les lunettes que Marthe s'était remises sur le nez pour « faire plus sérieux », malgré les toilettes strictes qu'elle s'astreignait à porter. Les autres se résignèrent à baisser leur pantalon devant une jeune femme.

Pour un amoureux, c'était une situation paradoxale, et qui ne manquait pas de sel. Je lui demandais, amusé :

— Combien de paires de valseuses as-tu tripotées, aujourd'hui ?

Elle riait :

— Ce ne sont en aucun cas des valseuses, cher ami. Ce sont des testicules. On ne me les met pas en main pour le plaisir mais pour un état d'hyperorchidie paroxystique ou d'hypoorchidie, j'en passe et des moins ragoûtantes.

Le docteur Galopet lui avait légué une étudiante qui répondait au téléphone, et une voiture ornée du caducée. Le matin, Marthe visitait ses malades. Toujours en retard, elle ne put se résoudre à commencer sa tournée avant onze heures. Certaines soirées livraient aux valétudinaires un docteur quelque peu fripé et ensommeillé. L'après-midi, elle donnait ses consultations. « Lundi-jeudi, de 13 à 16 heures. Mardi-vendredi, de 16 à 19 heures. Mercredi-samedi, sur rendez-vous. »

Elle élimina d'emblée le samedi de cet emploi du

temps excessif à son goût. Sans week-end, et j'étais de son avis, la vie de praticien n'était qu'un bagne. Elle invitait alors, par le canal du répondeur automatique, l'humanité souffrante à s'aller faire cuire deux œufs, autrement dit à s'adresser au commissariat ou à « S.O.S. Médecins », organisme providentiel qui épargnait aux généralistes parisiens les réveils en fanfare.

Je m'émerveillais de ce puits de science qu'était brusquement devenue pour les gens de la rue la Mine de mes nuits. Je l'accompagnais parfois, l'attendais dans la voiture qu'elle garait n'importe où. Si un agent, ou un de ces laiderons lie-de-vin sélectionnés par la Préfecture pour leurs genoux cagneux et leurs traits simiesques, bref si un verbalisateur s'approchait, je baissais la glace et lançais sèchement :

— Le docteur est en visite.

Il s'excusait et s'éloignait le carnet entre les jambes, persuadé que son heure viendrait, où on lui commanderait de dire 33. 33 et non plus « 22 les flics ».

J'interrogeais Marthe sur son travail, sur les maux de ses clients, m'intéressais par amour à cette médecine que j'avais brocardée sans prévoir qu'un jour elle me serait si proche. Je l'encourageais quand elle se sentait fatiguée, énervée, lui répétais : « Sois un homme, ma fille ! », me montrais tendre avec elle, et même gentil pendant que j'y étais et que Rudi n'y était pas. Il m'arriva même — mi par ironie, mi par nécessité — de jouer à la femme de ménage suisse, d'ouvrir la porte du cabinet aux consultants, de partir aux commissions, de rendre de menus services à mon toubib en exercice. En revanche, obstiné, je ne touchais toujours pas aux slips, transférés des bassines du studio à celles de la rue Oudry. Elle non plus, d'ailleurs, et ils croupissaient comme naguère dans leur mousse.

Je ne la reconnaissais plus, Marthe m'impressionnait lorsque, très digne, voire austère, elle apparaissait aux foules pour appeler d'une voix neutre « la personne suivante », et que « la personne suivante » se précipitait pour l'entretenir au plus vite de ses dilatations d'estomac ou de ses hémorroïdes. C'était, cette dame sobre et froide, la même que je tiendrais le soir, *ce soir*, nue dans mes bras, qui se jetterait à mes genoux pour m'aimer, me dirait « viens » d'une tout autre voix que celle conviant « la personne suivante » à pénétrer dans le saint des saints ? Je ne pouvais y croire tout à fait. Cela appartenait pour moi au domaine du rêve, ce docteur Jekyll pertinent et courtois situé aux extrêmes de cette lascive et débridée Mrs. Hyde. Ce dédoublement de la personnalité me glaçait, m'excitait tout ensemble. Mais n'en vivais-je pas un moi-même lorsque je balayais sa salle d'attente ? N'était-il pas bouffon d'imaginer un auteur dramatique connu passant à l'aspirateur le sanctuaire d'un modeste médecin de quartier du 13e arrondissement ? Lorsque j'introduisais quelque scrofuleux du secteur dans l'antre du docteur Galopet, je redoutais de m'entendre dire :

— Vous, le domestique, je vous ai vu l'autre jour à la télévision !

Par chance, les scrofuleux, obnubilés par leurs scrofules, ne scrutaient pas l'homme de peine sous le nez. Par bonheur encore, le métier de valet d'une disciple d'Esculape ne comportait pas que ces inconvénients mineurs. Le matériel médical me procura des avantages.

Le docteur Galopet et son épouse, à en juger d'après leur couche, devaient peu se soucier, en matière d'érotisme, de quadrature du cercle. Leur lit était une réplique désopilante de ce sport nommé « trampoling », tremplin élastique qui expédie par la vertu de quelques sauts de puce ses adeptes au plafond des salles de gymnastique. Lorsque j'y faisais l'amour à Marthe, nous rebondissions bêtement jusqu'à toucher le lustre, ce qui prêtait à rire, nuisait aux fruits de la passion et nous portait un préjudice à tout le moins moral.

Un soir, excédé par les espiègleries de ce plumard de farces et attrapes, j'interrompis nos préliminaires, me levai, dis à Marthe :

— Suis-moi dans ton cabinet.

Nous allâmes, nus, de la chambre à la pièce où elle recevait ses clients. Je lui désignai la table de gynécologie :

— Là !

Elle se fit un peu prier, pour la forme, finit par m'obéir, par s'allonger où le docteur Vivier examinait la journée ses clientes. Les rôles pour une fois étaient inversés.

— Mets tes pieds dans les étriers. Je veux te regarder au fond des yeux, comme Giscard regarde la France.

— Tu es fou, Régis !

— On ne répond pas comme ça au docteur, madame ! Où est ton miroir de Clar ?

— Oh non ! Tu es affreux !

Elle sauta à terre.

— Pourtant, insistai-je, quand tu vas chez le gynécologue...

— Tu n'es pas gynéco, d'abord ! Et c'est toi le malade, le sale vicieux !

Je ris :

— Vicieux, moi, alors que je veux voir ce que j'aime ?

— Vois-le, mais dans ces conditions-là. Ce n'est pas beau.

— Si, c'est beau ! Tu ne connais rien à l'amour.

Je me fis tendre, câlin, suppliant :

— S'il te plaît, Mine, s'il te plaît ! C'est entre nous, rien qu'entre nous deux.

— Encore heureux, s'indigna-t-elle.

— Je t'en prie, montre-moi ce qui me donne le plus de plaisir au monde.

— Je te le montre tous les jours !...

Elle faiblissait, je le sentis.

— Je veux le voir d'encore plus près. Mine ! Il est à moi ! Il n'est pas à moi, peut-être ?

— Si...

Je l'embrassai, la troublai, l'énervai de caresses. Elle céda enfin, prit dans un tiroir le miroir de Clar, me le tendit, rageuse :

— Tu abuses de ma faiblesse, salaud !

— Oui, mais tu seras récompensée, promis-je en me fixant sur le crâne le miroir frontal concave muni d'une petite lampe électrique que j'allumai.

Marthe s'étendit à nouveau sur la table, enfila ses pieds dans les étriers. Je m'approchai d'elle, me penchai. Elle murmura, honteuse :

— Ce n'est pas de l'impudeur, ce que tu me fais faire là, c'est de l'indécence.

— Ça n'existe pas, l'indécence, quand on s'aime !

Je me penchai davantage sur « l'incomparable instrument de bonheur » chanté par Brassens et le fixai. Je ne l'avais bien sûr jamais vu de la sorte, en fus ému, remué. Oui, c'était beau, vraiment. Grand. Profond. Coloré. Envoûtant. Même aussi crûment éclairé, le mystère de la femme demeurait entier. Noble et magique.

Marthe, là-bas, très loin, ne parlait plus. Je l'entendais à peine soupirer.

Ainsi, c'était là ce qui me recevait, me serrait, m'aspirait au creux de lui, se crispait et se détendait avec moi, m'aimait. Je ne pouvais plus m'en détacher, de ce secret, de cet arcane, de cette crypte ardente. J'éteignis enfin, le rendis à ses ombres. Je m'arrachai le miroir du front, posai ma bouche sur « la merveilleuse rose », chantée cette fois par Apollinaire. L'espacement des jambes de Marthe me la livrait comme elle ne le fut jamais, et je me dis qu'il n'y avait pas de meuble mieux conçu pour le plaisir qu'une table de gynécologie. Que si j'en trouvais une d'occasion aux Puces je la ramènerais au studio. Le docteur soupira plus fort, ce qui me fit penser qu'à la longue il partageait mon avis. Après quoi, il m'ouvrit les bras. Je me couchai, non sur Marthe, mais à ses côtés pour encore la taquiner :

— Docteur, j'ai une excroissance, là, qui me gêne. Pourriez-vous me la faire disparaître ? Avez-vous un remède sur vous ?

Le docteur n'était pas femme à me laisser musarder davantage. Il me rejeta sur le dos et me viola. Nos plaintes mêlées transformèrent le cabinet en cabinet de dentiste. Lorsque nous fûmes calmés, j'embrassai encore Marthe avec gratitude :

— Merci pour tout à l'heure... Je te jure que c'est joli, que c'est charmant. Que ce n'est pas clinique comme tu l'imagines.

Elle me regarda :

— Tu es quand même un drôle de type, Régis.

— C'est toujours un drôle de type, un type qui aime. Ce n'est pas courant.

— Depuis que je t'ai rencontré, tu n'as pas arrêté de me demander des choses que je n'avais jamais faites avec personne. Celle-là, par exemple. Et je te les ai toutes accordées, je ne sais pas pourquoi...

— Dois-je encore te rappeler que tu m'aimes, ancienne externe des Hôpitaux de Paris ?

Elle désigna la table et rit :

— J'y repenserai, demain, quand une cliente s'installera les pattes en l'air, et je rougirai jusqu'aux oreilles en revoyant ce que nous avons fait.

— C'est aussi pour cela que j'ai voulu. Pour que ça te parle un peu de moi.

La vie eût été trop sereine, passée sur une table de gynécologie. Elle eût été sans querelles, ni drames ni scènes de jalousie de ma part si Rudi n'avait pas existé. Toutes nos dissensions lui étaient dues. Il eût effectivement été moins malheureux s'il avait su combien il nous était présent, combien il nous gâchait des soirées qui eussent été parfaites sans son encombrant souvenir. Depuis que Marthe travaillait, comme je l'avais prévu, il se multipliait pour me voler la femme que je lui avais volée. Je devais me garder de ce cambrioleur. Il ne manquait pas d'astuces. Il s'était enfin trouvé une fille, l'avait introduite dans la communauté du boulevard Bonne-Nouvelle. Il devinait les réactions de Marthe, qui s'indignait qu'une donzelle pût coucher dans son lit.

— Ce n'est plus ton lit ! ripostais-je.

Il n'y avait que moi d'absurdement et de férocement jaloux, d'après eux. Ils l'étaient autant que moi. Le « sentiment bourgeois » bourgeonnait de partout, à présent que se fanaient les roses rouges de leurs « gauchismes ». Marthe, qu'aucun rationalisme n'embarrassait, haïssait à tout hasard sa remplaçante.

— Tu ne voudrais quand même pas qu'il te reste fidèle, m'écriais-je. Tu es partie depuis deux mois et tu voudrais qu'il demeure chaste et pur.

Elle bredouillait :

— Ça me fait de la peine de savoir qu'il est avec une autre et qu'il lui fait l'amour.

— Tu vois que tu l'aimes encore !

— Peut-être...

Une crise éclatait alors sur-le-champ, brouilles et fâcheries nous séparaient un jour ou deux. La seconde manœuvre du Suisse était tout aussi raffinée. Il s'était fait embaucher dans un hôtel pour charrier et vider les poubelles, triste condition qui tirait à Marthe des larmes de pitié et la « culpabilisait » au-delà de tout. Il aurait volontiers maigri de vingt kilos, se serait avec empressement vêtu de loques immondes pour qu'en fondît et se fendît le cœur de Marthe. J'estimais tout cela déloyal alors que ce n'était que de bonne guerre. Je ne voulais voir de Rudi que l'aspect souteneur, lui refusais tout prétendu amour pour Marthe.

— S'il t'avait aimée, il ne t'aurait pas mise dans mes bras, liberté sexuelle ou pas ! Il s'en serait foutu de la libération de la femme, il aurait surtout conservé la sienne !

Un soir que nous allions en week-end chez Marcel, je la sentis nerveuse, farouche, nouée. Elle conduisait très vite et très mal. Elle ruminait je ne savais quoi de funeste, dans un silence qui n'allait pas tarder à être de mort à l'allure où nous roulions.

— Fais attention, ne pus-je m'empêcher de remarquer alors qu'elle venait de doubler un camion en catastrophe.

Elle haussa les épaules.

— Qu'est-ce qui ne va pas, Marthe ?

— Rien.

— Tu mens, tu es hagarde.

Elle ricana, mauvaise :

— Moi, hagarde ? Tout va très bien. Je suis heureuse, très heureuse, grâce à vous deux.

Je serrai les mâchoires sur le morceau de ferraille qu'on me donnait à ronger :

— Encore lui ? Qu'est-ce qu'il a inventé de neuf, le chtit ? Hein ? Hein ? Mais répond, nom de Dieu !

Elle hurla :

— Tu m'emmerdes, toi aussi !

Je sursautai. Mademoiselle Vivier, fille unique, n'employait pas souvent les mots prohibés dans sa sainte famille. Je criai à mon tour :

— Quoi ! A qui tu parles, Marthe, à qui ?

— Oui, tu m'emmerdes ! Tu m'emmerdes !

Elle se saoulait de cris à son volant. Blême, elle fixait la route, une route de campagne de plus en plus tortueuse, de plus en plus périlleuse. Dès que je faisais mine d'ouvrir la bouche, elle reprenait, hystérique, son chapelet de « Tu m'emmerdes ! ». Comment, pour la calmer, la gifler à cent vingt à l'heure ? Je parvins à glisser :

— On va se tuer.

— Tant mieux ! explosa-t-elle, tant mieux. Tout sera fini, au moins, de toutes vos conneries de cons !

J'exposai, pincé :

— On voit que tu as fréquenté les salles de garde.

J'écopai d'un « merde » sonore et me le tint pour dit. Elle avait les yeux brillants, passait ses vitesses avec violence. Puisque nous allions mourir, il valait mieux que ce soit dans la bonne humeur. Je me mis à réciter :

— Notre père qui êtes aux cieux...

Elle haussa encore les épaules dans sa robe décolletée, mais cessa enfin d'écraser l'accélérateur.

Ç'avait été un fameux *remake* de *La Chevauchée fantastique.* J'essuyai mes mains moites sur mon pantalon. Sans un mot, elle essuya les siennes sur ma jambe gauche.

Il y avait réception de plein air chez Marcel, une garden-party en quelque sorte. Dans le parc illuminé, des tables étaient dressées, où pique-niquaient au champagne des essaims de P.-D.G., d'aspirants P.-D.G., de cadres supérieurs. Toutes les dents longues — fausses ou non — de l'Expansion. Accompagnées de secrétaires-maîtresses, de maîtresses-femmes légitimes blanchies sous le caviar, de femmes de ménage à trois.

Sortis indemnes de notre voiture en folie, nous nous parâmes d'un sourire de bonne compagnie, savourâmes le contraste qui s'offrait entre notre équipée sauvage et ces mondanités champêtres.

— N'oublie pas, soufflai-je à Marthe, qu'il y a là toute l'extrême gauche française. Personne n'est à droite, ici. Ça a été guérillero sous De Gaulle, tupamaro sous Pompidou, c'est aujourd'hui dynamitero sous Giscard. Qu'importent les odeurs pourvu qu'on ait le fromage.

Je n'étais pas le seul, en cette société, à tout savoir des charmes de Marthe. L'un des voyeurs du sauna, l'avocat, s'en souvenait. Il la présenta comme maoïste, ce qui lui valut grand succès auprès de gens qui n'en avaient jamais tant vu.

Mon ami André était là, qui m'avait régulièrement épongé au retour de mes diverses campagnes sentimentales. Après m'avoir lorgné de son œil exercé, il me dit :

— Ça roucoule toujours ?

— Comme les corbeaux.

— C'est ce que je pensais. Ne recommence pas à tout déglinguer. Après, c'est toi qu'on ramasse à la pelle dans la sciure, pas elles.

Je protestai :

— Pour une fois, je n'y suis pour rien. Le coucou suisse veut me virer du nid de Marthe.

Il sourit :

— Fais-le expulser pour menées subversives. Il y a là un ponte de l'Intérieur.

Je souris aussi :

— Si j'en fais un martyr, Marthe suit le martyr en exil. C'est à cheval sur la morale chrétienne, ces petites bêtes-là.

Elle riait à tue-tête quelque part, chatouillée par des fadaises d'abonnés à *Play Boy*. Ceux-là ne « l'emmerdaient » pas. On mentionna la présence d'un séducteur italien, j'entendis Marthe confier, en extase, à Barbara qu'il était à peu près « impossible à une femme de résister au charme italien ». Elle était en veine de niaiserie, aujourd'hui, devait avoir lu tous les magazines de sa salle d'attente.

J'aurais pu « draguer » pour « l'emmerder » un brin. Il passait sous les charmilles de la belle cuisse de Jupiter et qui fleurait bon le pétrole des multinationales. L'auteur dramatique courait moins les boulingrins que le vautour, avait ses chances. Je ne le fis pas. Imbu de moi-même, comme tout le monde, je me respectais de temps en temps, pour le principe. C'était faux, d'ailleurs. Aimant Marthe, j'aurais manqué de force de persuasion auprès d'une autre, qui l'eût parfaitement deviné.

La fête finie, nous nous retrouvâmes face à face dans notre chambre.

Enfermés comme dans la voiture. Je grognai, acerbe :

— On t'a bien pelotée ?

— Pas mal, rétorqua-t-elle sur le même ton.

Elle se déshabillait avec lassitude, et je savais d'avance que cette nuit je ne lirais pas les lignes de son corps.

— Il faut quand même que je t'explique, Régis. Ce soir, je devais rentrer boulevard Bonne-Nouvelle. Si je n'y étais pas à vingt et une heures, tout était fini. A vingt et une heures, j'étais avec toi. Tu comprends ?

— Je comprends que c'était le trente-septième ultimatum du chtit. Qu'il y en aura un trente-huitième, un cinquantième. Mais retournes-y, à tes vomissures, retournes-y !

Elle hurla encore, sans sommations :

— Tu me fais chier !

André couchait à côté. Je fus horrifié pour lui :

— Moins fort, imbécile !

— Tu me fais chier ! Chier ! Chier !

J'examinai le cœur serré cette pocharde des Halles qui était mon amour. Je me mis au lit, éteignis et, pour ne pas être en reste de vulgarité, crachai :

— Bonne nuit, morue !

Elle se coucha dans le noir, au plus loin de moi dans le lit. Encore un nuit sans nous, une nuit polaire...

Le lendemain, c'était l'été, d'après les calendriers, et ce le fut aussi sur terre. On ne pouvait plus se combattre par un temps pareil. Il y eut armistice. A vingt et une heures, la veille, oui, elle était avec moi, indubitablement. Elle avait encore choisi, une fois de plus.

Ce matin-là, calmée, douce, elle m'exposa une fois de plus son drame, son fond de nostalgie :

— Excuse-moi, pour les gros mots. J'en ai honte, mais j'étais à bout. Je te répète que Rudi est le premier qui m'a rendue heureuse. Alain-Xavier m'a fait trop de mal. Si je n'avais pas été amoureuse de toi, j'aurais été heureuse toute ma vie avec Rudi, j'en suis sûre. Je l'aurais peut-être nourri, comme tu dis, et après ? Je devais installer un cabinet en Provence, nous devions nous marier en septembre, pour les familles. Et puis tu es venu...

— Tout foutre en l'air.

— Oui...

Elle se rapprocha de moi, soupira, fataliste :

— Tant pis... C'est comme ça...

Puisque l'amour qu'elle avait de moi lui paraissait inéluctable, astral, je m'avouai satisfait.

Une belle journée s'ouvrait, qui serait ensoleillée de partout. J'avais détruit leur bonheur éternel aux cigales, j'étais content de moi. J'avais gagné le droit de penser un peu à mes propres félicités.

Nous nous rejoignîmes tout autour de la piscine pour y noyer les bulles du champagne. André, encore effaré des éclats inattendus de Marthe, nous demanda si nous n'avions pas eu des mots.

— Tu as rêvé, fit Marthe.

— Il est jaloux de voir un couple uni, affirmai-je.

De moins en moins vieux jeu, de plus en plus à la pointe du progrès, j'exhortai Marthe et Barbara à se baigner sans soutien-gorge, ce qu'elles firent en toute simplicité. On me regarda malgré tout avec surprise.

— Vous serez plus à l'aise, dis-je aux filles. Quant à vous, les voyeurs de service, vous n'aurez pas à aller jusqu'au sauna !

J'évoluai, oui. Par vanité toujours. Il me fallait montrer Marthe. N'avait-elle pas commencé ? J'aurais fini par l'exhiber. Me serais-je résolu à l'étaler à la vue de tous sur une table de gynécologie ?

La violence du voyage en voiture se renouvela l'après-midi dans le lit, mais sous une forme tout à fait opposée. Nous nous prîmes avec autant de sauvagerie que nous nous étions déchiquetés. Je m'arrachai d'elle à l'instant de mon plaisir, et son visage le reçut, et je lui en frottai le visage comme pour l'imprégner de moi, et la marquer encore de moi, la marquer pour toujours. Puis nous nous embrassâmes, aveuglés, englués, éperdus, ivres morts de tant de véhémence, de tant de pathétique.

Nous ne connaissions plus de limites, atteignions au don total de soi, à la perte de soi. Où serions-nous allés, si nous avions pu demeurer à l'écart de la vie ? Où ? En enfer ? Mais quel enfer ? Il n'y a pas d'amour, en enfer, il n'y a que de sottes gens.

24.

L'amour, nous le fîmes partout. Dans un bois normand, puisqu'elle ne l'avait jamais fait sur l'herbe. Quand Agnès n'y était pas, chez moi. Sur la moquette, le canapé, dans mon lit. Dans sa salle d'attente, afin qu'elle songe à nos accouplements frénétiques lorsqu'elle appellerait posément « la personne suivante ». Dans les salles de bains. Les cuisines. Partout où l'envie nous surprenait. Une fois, alors qu'elle choisissait une robe dans l'armoire du studio, je la poussai dedans, refermai les battants sur nous... En Normandie encore, un soir de brouille, je pris congé d'elle hors de moi, me réfugiai dans la chambre voisine, m'y barricadai à l'aide d'une chaise coincée contre la porte. Au lieu de répliquer à ma bouderie par la sienne. Marthe déchaînée enfonça mon barrage, me renversa sur son passage, me tint sous elle jusqu'à ce qu'amour s'ensuive. Pour nous offrir une fantasia d'exception, nous usâmes même, un jour, d'un aphrodisiaque pharmaceutique qui n'eût pour tout effet comique que celui d'amoindrir nos moyens naturels.

— Tu es un obsédé, me disait-elle quand, par extraordinaire, elle n'y pensait pas.

— Vous en êtes une autre, lui répliquais-je quand, rarement, je lui tapais sur les mains.

Les gens atteints de tiédeur, d'inappétence, d'indifférence, ne comprenaient pas, dans leur réserve, que nous en ayons si peu, nous prêtaient volontiers de « l'obsession sexuelle » à bouche que veux-tu en voilà. Cette obsession ne datait en fait que d'un bon mois après nos tous premiers rapports, avait l'âge de nos premières vacances, de nos premiers vrais mots d'amour. Je l'estimais davantage sentimentale que charnelle, l'une entraînant l'autre, ce qui me semblait aller de soi. Obsédés, nous l'étions vraiment peu, avant de nous aimer. Rudi usait d'elle avec parcimonie. Quant à moi, je voguais de-ci de-là, en moyenne fréquence. Nos deux corps avaient tout bouleversé de nos modestes ordonnances. N'en étant pas responsables, nous les laissions se débrouiller ensemble, n'en faire qu'à leur peaux.

« Encanaqué » comme je l'étais par Marthe, je négligeais mes occupations habituelles, me souciais peu de mon métier. Je n'étais plus guère homme de théâtre, tournais plutôt à l'aide-soignant. Comme je ne pouvais décemment demeurer dans le cabinet de Marthe du matin au soir, j'accordai un jour un rendez-vous à un de ces jeunes réalisateurs de films qui n'ont pas encore réalisé de film mais espèrent toujours réaliser un film, génial de préférence. Ils sont mille à grouiller de la sorte dans Paris, un scénario sous le bras, tous en quête d'un distributeur, d'un producteur et des cent millions qui leur manquent pour en faire cent un. L'auréole dont ils se coiffent d'autorité leur permet du moins de coucher avec quelques cruches. Ils ont tous été assistants de Fellini, ont tous eu un court métrage remarqué au Festival de Camaret, personne n'ayant la curiosité de vérifier le bien-fondé de leurs virulentes mythomanies. Celui-là n'avait pas même un synopsis en poche, me demandait si je n'avais pas un sujet à lui mettre sous une caméra qu'il n'avait pas davantage que l'air de l'avoir inventée. Mais il était jeune, les jeunes vous le rappellent sans pitié dès qu'ils ont besoin de vous. Il avait malgré tout trente ans sonnés, ce garçonnet, et ne sortait ni du lycée ni du service militaire. A cet âge, en général, les cinéastes de talent avaient déjà tourné sinon accédé à la notoriété. Benoît, il n'avait rien fait, ne s'en portait pas plus mal, était rose, avait le cheveu blond plaqué, le sourire béat des publicités polychromes pour dentifrice.

Comme j'avais d'autres martels en tête que son avenir cinématographique, je lui promis de lui obtenir une option gratuite sur une de mes anciennes pièces qui n'avait pas connu grande gloire et portait pour titre *Vie et mort de Patachon*. Je courais peu de risques. Sous condition qu'il montât l'affaire et que le film soit un succès, c'était pour moi tout bénéfice. En cas d'échec, je soutiendrais simplement que l'on avait trahi ma pensée.

J'avais ri quand mon « jeune » s'était présenté. Il s'appelait en toute innocence La Godille. Maurice La Godille.

— Un bon conseil, lui dis-je, change de nom.

Il ne voyait pas pourquoi. La Godille, cela ne le gênait pas. Il tenait même à ce patronyme bouffon qui lui venait de ses parents. C'était pousser loin la piété filiale.

— Le préfet Poubelle, tentai-je de lui expliquer, ne savait pas qu'en patronnant une boîte à ordures, il indisposerait ses descendants. Appelle-toi Aviron, Perche, Pagaie, si tu tiens à la navigation, mais pas La Godille ! Pourquoi pas bitte ?

Rien n'y fit. La Godille imaginait de gigantesques LA GODILLE briller en lettres de feu au fronton des salles de cinéma.

Nous étions dans un café. Je devais appeler Marthe au téléphone. Je le fis. Nous convînmes que j'irai la chercher rue Oudry dans une demi-heure, à la fin de ses consultations. Je voulus l'égayer :

— Tu ne sais pas avec qui je suis ? Avec l'immense metteur en scène La Godille.

— Quoi ?

— La Godille.

— Arrête, pouffa-t-elle, tu vas me faire faire pipi, avec ton La Godille !

La Godille me proposa de m'accompagner pour m'entretenir chemin faisant de *Vie et mort de Patachon.* J'avais plutôt envie de lui parler de Marthe ainsi qu'à tous les êtres que je rencontrais, fussent-ils veaux, vaches, cochons, couvées.

— Je suis amoureux ! m'extasiai-je.

Sentimental, j'étais chu, pour lui, d'une autre planète. Le réaliste La Godille se contentait de coucher avec des « nanas ».

— Même qu'il y en a une qui m'a plombé, fit-il avec rancœur.

— Alors, viens avec moi ! Marthe est docteur.

Il en fut ravi. Marié, père de deux enfants, il n'osait pas consulter son médecin de famille.

Marthe riant sous cape prescrivit quelques antigonocoques à l'ineffable La Godille qui, levant son pouce d'amateur de « nanas », me signifia en sortant que j'avais de la chance et du goût, ce qui me fit encore me rengorger bêtement.

A l'endroit de Marthe, je ressentais toujours le besoin puéril de récolter les admirations du premier venu, fût-il n'importe qui. Je fus là-dessus incorrigible. J'avais pourtant connu d'autres jolies filles, je ne les avais pas exhibées avec cet orgueil enfantin. Mais j'aimais Marthe. Pour stupide qu'elle fût, c'était, à mes yeux, une preuve de l'amour que je lui vouais.

Nous fêtâmes le premier anniversaire de mon arrivée en vélomoteur dans la cour de la Maison-Chambord, de mon arrêt brutal entre ses jambes, où j'étais, depuis, entré plus tendrement. Elle me remit quelques babioles pour le studio, les accompagna de la carte imprimée qu'envoient les médecins à leurs débiteurs : *Le docteur* VIVIER *présente ses compliments à Monsieur* FERRIER *et, selon l'usage, lui adresse la note de ses honoraires, pour soins donnés le* 2 JUILLET *à* SAVIGNY-POIL-FOL, *s'élevant à* UN BAISER.

Quelques jours plus tard, elle eut vingt-neuf ans. Je la traitai chez Lasserre où on lui fit la surprise du traditionnel gâteau orné de bougies. Je lui offris une montre pour remplacer celle qu'elle avait perdue chez

Marcel en tombant de cheval. Je l'avais choisie munie d'une trotteuse, accessoire indispensable pour prendre le pouls des clients, et Marthe fut sensible à ce souci.

Des soucis, Gewurtstraminer m'en créait d'autres, lui qui n'eût pas apprécié l'épreuve du « clinquant » des grands restaurants que Marthe subissait de si bonne grâce. Il m'avait demandé une entrevue, que je fixai au studio, sur mes terres. Le pauvre garçon ne guérissait pas de Marthe. Je le comprenais. Je soupçonnais que cette absence ne passait pas comme un rhume. Le chagrin de Rudi me toucha. Je me mettais en frissonnant à sa place, repoussant à deux mains l'idée noire de m'y trouver un jour. Il avait rompu avec la « remplaçante » amenée à la communauté pour qu'en bisque Marthe.

— Elle est irremplaçable, Marthe, tu verras, fit-il en un soupir frère du dernier soupir.

— J'espère ne pas voir, d'abord ! Mais n'oublie pas que Clemenceau a dit que les cimetières étaient peuplés de gens irremplaçables. J'ajoute, moi, que les dancings sont peuplés de gens inconsolables. Tu retourneras danser, Rudi.

— C'est mon premier amour, Régis...

— Raison de plus. Je ne me souviens plus du mien. Un jour, tu regarderas Marthe comme on regarde une théière.

— Je n'en suis pas là.

Actuellement, provisoirement heureux avec Marthe, j'essayai de ne pas trop blesser Rudi de mon bonheur, évitai de l'en éclabousser, lui reprochai malgré tout ses vains ultimatums. Ce n'était pas à coups de sommations qu'elle lui reviendrait si elle devait revenir.

— Elle reviendra, fit-il, agrippé à son rêve.

— Admettons, môme. Et alors ? Je ne crois pas aux

replâtrages. Il traîne trop de mauvais souvenirs, après, dans un couple, et qui ressortent de la vase, toujours. Même si tu la récupères, ce ne sera jamais plus comme avant. Tu as fini d'être heureux avec elle. C'est une époque révolue.

— Ce n'est pas possible, murmura-t-il, les larmes aux yeux.

— Tu l'aimes tant que ça ?

— Oui. Avant qu'elle parte, je ne le savais pas à ce point.

— On ne le sait jamais tant qu'elles sont là, c'est classique. Ce n'est que lorsque la baraque est vide qu'on s'aperçoit qu'elles en occupaient toutes les pièces.

Le lit l'hypnotisait encore. Je m'assis dessus. Rudi, pitoyable, me reprocha de l'avoir tant traité de maquereau.

— Tu n'es pas juste, Régis. On se laissait vivre, c'est tout. Je ne dis pas qu'elle ne m'aurait pas aidé, mais elle le souhaitait de son plein gré. J'aurais travaillé, un jour...

— Un jour, oui, mais pas deux ! Un homme, Rudi, cela doit être un homme. Toutes vos révolutions n'y changeront rien, une femme aime être protégée, même si elle soutient le contraire. C'est petit, une femme. C'est parce que c'est petit que c'est beau, et qu'on les aime. Je ne veux pas te faire de peine, Rudi, mais je sais que, même physiquement, ce n'était pas la plénitude entre vous. Marthe, quand je l'ai prise, c'était une frustrée, pour employer une de vos expressions à la mode. Nadine me l'a dit.

Il eut cette phrase désespérée, et qui éclairait tant de choses demeurées dans les ombres d'Aubervilliers :

— Si tu crois qu'on fait bien l'amour avec sa mère...

Quoi qu'il en fût, alors que j'allais partir en vacances, laisser le *chtit* dans mon dos ne me séduisait pas. Moi disparu, il multiplierait les heures de présence rue Oudry, assiégerait une Marthe qui était loin d'être de bois, d'une part, et, de l'autre, ne pouvait guère vivre seule, dépendante de tout comme elle était. Sans parler de l'affection vraie qu'elle éprouvait à jamais pour son « enfant ». Nous étions convenus de nous voir chaque week-end. Elle me rejoindrait dans la Nièvre. La semaine suivante, je la retrouverais à Paris.

— Où ira-t-elle, quand elle viendra ? me demanda Agnès.

— J'ai pensé à une auberge, à quinze, vingt kilomètres de chez nous.

— Je préférerais l'avoir à la maison. Elle passerait pour une de mes amies. Si vous vous rencontrez ailleurs, ce sera ta maîtresse, pour tout le pays.

— Elle dormirait où ?

— Mais... dans ta chambre. Avec toi.

Agnès ignorait que nous étions des amants bruyants. Je ne pouvais guère le lui expliquer.

— J'aimerais mieux qu'on couche dans l'appentis...

C'était un modeste bâtiment aménagé pour y recevoir au calme nos visiteurs. Je sentis que cette solution plaisait moins que la première à Agnès, plus discrète que moi.

— Ne crains rien, le matin je sortirai seul de la baraque, tranchai-je, agacé.

Je n'entendais pas, pour ménager l'opinion publique, passer mes nuits en tapinois, étreindre le docteur à pas de loup.

— J'ai peur que cela gêne Agnès, que j'aille chez vous, me confia Marthe en veine de scrupules.

— Puisque c'est elle qui le propose..., fis-je, désinvolte. Après tout, c'était plus pratique qu'une auberge éloignée de mes copains du village et de ceux de Marthe, qui devaient envahir la Maison-Chambord pour y fêter le 14-juillet. Ces notions de commodité l'emportèrent vite sur nos hésitations. Nous n'étions pas deux « canaques » pour rien. Tout nous était facile et tout nous était dû. Nous étions seuls sur terre, qu'on se le dise !

Il y avait longtemps que je n'avais pas vécu quatre jours sans elle, et mes campagnes ne me furent pas vertes. Que devenait-elle ? Je me l'imaginais fidèle. Elle l'était. Nous nous étions quittés « bien dans notre peau ». Quand Gewurtstraminer était malheureux, je ne l'étais pas. Il me servait de baromètre. S'il souriait, je m'inquiétais. Il n'avait pas du tout souri lors de notre dernière entrevue. Tant mieux.

J'évoquais Marthe, prélevant des viscères, pourquoi pas ? Analysant des urines. Penchée sur un fibrome. Examinant une mémère sur notre table de gynécologie. Vidant un abcès qui n'était pas le nôtre. Je la plaignais d'être là-bas en plein été. Loin de moi tendu comme une branche vers elle, une branche où elle ne pouvait se poser, déposer un baiser. Je parlais d'elle à tout le monde, Agnès comprise. Et personne ne m'écoutait. Personne ne l'aimait comme je l'aimais. Pour tous, comme je l'avais dit à Rudi, ce n'était qu'une « théière ».

J'entendais mal qu'on n'en fît pas le cas extrême que j'en faisais. Non, nous n'étions pas seuls sur terre. J'étais seul. Nuance ! Absolument seul, sans elle. Perdu. Enfermé. Le nez sur les photos où elle avait posé nue pour moi. Nue. A moi. Donnée, abandonnée. M'offrant ses seins, son cul, sa bouche, sa vie, ses vingt-neuf ans. Je n'étais rien, sans elle, et le soleil, non plus, et ma rivière se traînait dans les prés, que j'avais autrefois connue rapide et fraîche. Elle n'avait pas les yeux bleus, ma rivière, n'était pas Méditerranée. Les vaches n'étaient pas corses. Les cloches n'étaient pas de Bruges.

Elle arriva enfin le vendredi, au volant de la voiture du docteur Galopet, accompagnée d'Esther, la meilleure amie d'Agnès. La présence d'Esther nous permettait de délaisser sans embarras le logis. Nous déjeunâmes tous les quatre sous le chêne, à deux pas de l'appentis, du lit qui nous attendait. Nous nous privâmes de « café du pauvre » par égards pour mon épouse. Ils nous énervaient, nos corps si proches, cruellement inutiles si nous ne pouvions y toucher. Nous vivions le supplice de Monsieur et de Madame Tantale.

Il se poursuivit toute la journée. Des importuns se promenaient dans le bois où je comptais abuser d'elle qui me l'eût bien rendu. La Maison-Chambord nous était interdite, où, disait-elle, elle n'avait jamais copulé avec Rudi en raison de la promiscuité qui y régnait. Elle y était toujours souveraine. Il y avait là Hugues et Nadine, depuis longtemps revenus de leurs fredaines et réconciliés, Éric et Fred, Patère, Nanard et Maryvonne, et bien d'autres encore. Rien que des jeunes.

Nous n'avions pas revu depuis l'endroit où nous nous étions rencontrés, voilà plus d'une année. Les jeunes n'avaient pas trop vieilli. Le seul à avoir beaucoup changé était resté seul à Paris. J'avais sans fioritures déconseillé à Rudi de s'intégrer ce week-end à la bande de mon neveu, comme il en avait eu l'intention. L'explosion aurait eu lieu à tous coups, avec une Marthe brusquement remise entre deux feux. Personne, dans la troupe, ne souhaitait pareille confrontation.

Tous s'affairaient à creuser le trou où, dimanche, rôtirait le mouton. Je n'étais plus à l'aise auprès d'eux car Marthe y était trop, cent fois trop. Elle m'oubliait, riait avec les filles, plaisantait avec les garçons *de son âge.* On me retranchait de leurs jeux. J'étais le vieux, ce qui est toujours fâcheux quand on commence à l'être. Je m'ennuyais mais devais la laisser s'amuser, puisque c'était *de son âge.* Nous n'étions vraiment pas du tout seuls sur terre, nous étions vingt dans un pré...

Je perdis Marthe, ne la retrouvai qu'à la nuit, au lit, enfin coupée de ses semblables. Nous étions emplis à craquer de désir comme des fruits trop mûrs. Je lui donnai enfin les seuls plaisirs *de son âge* que je pouvais partager. L'appentis sentait bon les vieilles pierres, le frais, le foin. Nous ajoutâmes à ce bouquet fané les odeurs neuves de l'amour.

Nous ne pûmes, après le déjeuner suivant, résister cette fois aux démons du « café du pauvre ». Depuis toujours étourdis de liberté, les discrétions préconisées nous étaient des entraves. Elle ne comprenait pas que j'étais, dans ce village, dans mon pays. Je ne savais plus moi-même où j'étais. Mon pays, c'était Marthe. Mes vallons, ma rivière, s'appelaient Marthe. Si Agnès était mon épouse, Marthe était ma femme.

Je gonflai mes deux vélos de course, habillai Marthe en coureur. Elle était belle et cocasse, moulée dans un maillot de soie de champion de Belgique, la petite casquette de toile sur la tête. La selle lui parut manquer de respect à ses fesses, elle estima superflus les cale-pieds. Bref, d'après elle, une machine de compétition n'était pas du tout conçue pour la pratique du cyclisme. Ces arguments me mirent en joie et nous formâmes un bien curieux duo d'échappés pour pédaler jusqu'à la Maison-Chambord. Malgré ma présence, elle ne voulait pas se priver de celle de ses amis. J'en étais jaloux. Je le cachais. Pourquoi n'étais-je pas pour elle le centre du monde qu'elle était pour moi ? Pourquoi ce décalage injuste entre eux et moi, ce fossé qui m'était infranchissable et qu'elle enjambait tout naturellement ? J'en souffrais.

Le soir, à pied, nous descendîmes au bourg avec Esther pour y boire l'apéritif chez Désirée. Agnès n'avait pas voulu nous accompagner.

— Qu'est-ce qu'elle a ? demandai-je à Esther. On dirait qu'elle se refroidit.

— Il faut la comprendre. Tu es tendre avec Marthe, empressé.

— Je l'aime, elle le savait, non ?

— Oui, mais là elle le voit, ça l'agace sans doute un peu.

— Je devrais peut-être m'installer à la Maison-Chambord, suggéra Marthe.

— Oui, grognai-je, comme ça on ne fera plus l'amour du tout.

Des jeunes, il y en avait partout, en ce temps-là. Quand ce n'était pas les siens, c'était mes copains du village, à la terrasse du café. En raison de son comportement avec eux, le docteur ne les impressionnait pas. Familière, coquette, provocante sans même y prendre garde, Marthe était là comme avec ses petits camarades. Les seins libres, sans soutien-gorge, dans un corsage dégrafé. Encore heureux quand il n'était pas trop transparent. J'étais parfois obligé de lui dire d'en changer.

— Tu crois ? s'étonnait-elle.

— Sors torse nu, on ne sera pas forcé de se pencher pour tout voir.

Candide, elle pensait sans doute que j'étais un type bien compliqué, qu'il n'y avait aucun mal à plonger ses pointes de sein dans tous les verres de pastis. Ces détails devaient choquer Agnès autant et plus que moi. Oubliant les consignes, Marthe m'embrassait parfois en public et je n'osais la repousser. Les villageois n'avaient pas à jaser, qui n'avaient qu'à regarder. Il m'ulcérait d'avoir à prendre des précautions que je n'avais jamais prises de ma vie à l'endroit d'opinions dont je me battais l'œil.

Le lendemain, nous allâmes nous baigner à la rivière, et Marthe s'embêta avec Agnès, Esther et moi, les trois vieux, les parents. Il n'était pas question de m'entraîner à l'écart derrière un rideau de roseaux, ce que je déplorai autant qu'elle. Nous faisions donc des « efforts », n'étions pas très doués pour ces servitudes de bonne compagnie...

Puis vint l'heure du méchoui nocturne à la Maison-Chambord. Reprenant place en son troupeau bêlant, Marthe retrouva le sourire et je perdis le mien en perdant tout contact avec elle. Elle ne s'occupait plus de moi, de nouveau. Patère, d'autres, n'importe qui, la soulevaient dans leurs bras pour rire, pour jouer. Je bus à en perdre la tête, et la perdis puisque je perdais tout, cette nuit, en perdant Marthe.

Allongé sur l'herbe dans l'obscurité, je ne la quittai pas des yeux. Les siens ne me cherchaient pas autour d'elle. Je n'existais plus. Je mourais de jalousie, de toutes les jalousies, dans mon trou de rat. Balancé par-dessus le mur de mon ivresse, je me sentais lamentable, rejeté de tous et repoussé par elle. Chassé de toute joie. Expulsé de ma vie. Personne ne tentait de remettre la main sur moi. Ils avaient dû lui dire que j'étais saoul.

Je me relevai pour boire encore. De saoul, je devins fou. Je m'imaginai, ne la voyant plus, qu'elle était quelque part dans le noir avec un de ces jeunes salauds, qu'elle faisait l'amour avec lui, dans sa voiture, peut-être ? Je sortis mon couteau, rampai jusqu'à cette voiture, là-bas, décidé à étriper l'infidèle et son amant d'un soir. Je devais être horrible, ainsi transformé en ver de terre, en serpent-minute. Je compris, plus tard, qu'il est enfantin de devenir un assassin. J'aurais tué, cette nuit-là, si, en ouvrant la portière à la volée, j'avais surpris Marthe avec un homme. Je les aurais saignés, égorgés, éventrés, me serais acharné sur leurs cadavres. J'en suis certain. Mon « overdose » d'alcool et de haine suffisait amplement à armer mon bras à cet instant précis. Par chance, la voiture était vide, et j'en fus presque déçu.

Je me retournai contre la Maison-Chambord, cause de tous mes malheurs. Sans elle, je n'aurais pas connu Marthe, ni la détresse. Sans elle, nous serions ensemble dans notre lit de l'appentis. Je la détestais, cette baraque. Il me fallait la supprimer, l'incendier. Hugues me récupéra dans le grenier, le briquet à la main, me fit redescendre. Je bousculai Nadine, écumai, plus « pantin dérisoire et tragique » que jamais. Atroce et ridicule. On me donna à Marthe, et le scandale cessa. J'arrachai la pauvre à sa fête. Sans un mot, elle me fit monter dans sa voiture et nous rentrâmes, silencieux et glacés. Nous nous couchâmes de même, ennemis.

Au réveil, si j'étais dégrisé, elle le semblait aussi de moi. Désabusée. Nous nous promenâmes tristement à travers champs. Rudi passait solitaire ce 14 juillet à

Paris. Il devait penser que nous nous aimions au son des flonflons. S'il avait su combien ce jour nous était gris, il l'aurait vécu, lui, au soleil de l'espoir. J'étais en train, par ânerie, de lui ramener Marthe sur un plateau, dans un fauteuil. Je la priai de m'excuser, de me pardonner. Elle y parvenait mal, accablée.

— J'ai eu une crise de folie.

— Il ne fallait pas boire.

— Tu ne me regardais pas.

— Je m'amusais. Tu avais, toi, décidé de t'ennuyer avec mes amis parce que ce ne sont pas les tiens. Je pensais que tu n'étais jaloux que de Rudi, voilà que tu l'es de tout le monde, de tout ce qui bouge. Ne me dis pas que c'est parce que tu m'aimes.

— Ben, si...

— Je ne veux pas être aimée de cette façon. Je veux être heureuse. Tu me traites d'enfant, et tu te conduis comme un gosse. J'en ai assez, de tes caprices, de tes délires.

Elle avait raison. J'étais indéfendable, n'avais à opposer à sa déception que mes regrets, que mes remords. C'était peu. Elle était blessée, fêlée. Sans souci d'Agnès et d'Esther, je lui fis au plus vite l'amour, dans notre chambre, pour disperser enfin tous ces nuages. Ils demeurèrent. Préoccupée, mélancolique, elle n'avait pu s'abandonner, se livrer comme à l'accoutumée. La Bastille ne fut pas prise. Je fis, désespéré :

— Et de plus, je te rate ! J'ai tout pour plaire, décidément !

Elle eut un sourire chagrin. Puisque j'avais été un autre homme que celui qu'elle aimait, je n'avais qu'à le reprocher à cet autre homme, à le supprimer de ma vie si j'en étais capable toutefois. Elle rentra rue Oudry le lendemain, me quitta gentiment malgré tout. Elle oublierait. Oublierait-elle de même qu'en ces quatre jours le visage d'Agnès s'était fermé, que la qualité de son accueil s'était détériorée ? Qu'il était donc difficile de faire cohabiter deux femmes ! Mon expérience polygamique n'avait pas été un éclatant succès. J'en fis la remarque amère à Agnès :

— Tu lui dis de venir, et tu la boudes ! Ce n'est pas sport.

— Il n'était pas prévu que vous vous affichiez partout.

— On ne peut pas rester cloîtrés dans notre chambre, quand même !

— Quand elle reviendra, je m'arrangerai pour aller chez mon frère.

— Eh bien, comme ça, ce sera parfait.

J'étais soucieux. Il ne fallait pas que pourrisse l'été. A la fin de la semaine, je la rejoignis à Paris. Au moins, il n'y a pas d'yeux, dans les villes.

25.

Au creux de la ville anonyme et chauffée par juillet, ils se retrouvèrent, sur tous les plans. Seuls. Sans regards sur ses seins. Sans jeunes pour la distraire de lui. Libres de s'embrasser dans les rues sans alerter un veau, un épicier ou un facteur. Ils « refirent Bruges », demeurèrent des heures encroués sur leur couche, ivres d'amour et de fatigue, burent des bières à la Contrescarpe, se mêlèrent aux touristes, rue Saint-Séverin, et visitèrent leur cœur. Ayant renoncé à la tâche harassante de laver ses culottes, Marthe en portait de papier. Une nuit qu'ils étaient assis sur un banc de l'île Saint-Louis, au bord de la Seine, Ferrier lui déchiqueta son slip avec les dents, et elle dut rentrer au studio nue sous sa jupe, les mains de l'homme sur elle pour la protéger des fraîcheurs du serein.

Il repartit dans la Nièvre, elle y revint le week-end suivant. Agnès absente, ils s'installèrent gaiement dans la maison. Ils ne connaissaient plus de vergogne ni d'entraves, disputaient des parties de boules sur la place du village, allaient à la baignade ou au restaurant avec tous leurs amis, croquaient effrontément à toutes les pommes de la vie.

Par une autre nuit de chaleur, Marthe se releva, invita Régis à se promener.

— Je veux bien, acquiesça-t-il, mais ou ?

— J'aimerais qu'on se balade dans un cimetière.

— Hein !

— Ça doit être formidable, un cimetière sous la lune. Personne ne nous dérangera, que les fantômes. J'adore les fantômes.

— Tu es folle.

— Oh ! Régis, dis oui, dis oui ! fit-elle, gourmande, enthousiaste. Ce sera merveilleux !

Elle aimait le fantastique, les films d'horreur, les histoires de vampires, les contes à dormir debout, la science-fiction. Il était normal qu'une fille qui fuyait tant les réalités se réfugie dans l'extraordinaire. Ferrier l'appréciait moins, accepta malgré tout en soupirant. Elle battit des mains :

— Avec un peu de chance, on tombera peut-être sur des extra-terrestres !

Il tenait moins qu'elle à rencontrer des petits hommes verts mais, ne croyant à rien, poussa sans angoisse le portail du cimetière. Il grinça à la mort, ce qui fit frissonner Marthe de délices. Ils déambulèrent enlacés parmi les croix et les tombeaux.

— Tu ne trouves pas ça excitant, Régis, tous ces cadavres qui nous regardent de leurs orbites creuses ?

Il plaisanta :

— Excitant ? Ça doit avoir des tas de noms, en psychiatrie. Tu as la névrose en bouquet de violettes, ma Mine.

— Je te dis que les morts nous surveillent ! Tout à l'heure, il y aura des feux follets, sur tous ces caveaux.

— J'ai connu le sabotier Sifflet, qui est enterré là, et la mère Fouillon, qui est à côté. S'il doit en monter quelque chose, ce ne sera pas des deux follets, mais des vapeurs de chopines. Ils ont le spectre plutôt titubant.

— Tu dépoétises tout, bougonna-t-elle, tu n'entends rien au mystérieux.

A deux heures du matin sous les étoiles, un docteur en médecine et un auteur dramatique flânaient dans les allées d'un cimetière de campagne, chuchotaient, s'embrassaient...

— J'ai envie de faire l'amour, souffla Marthe.

— Moi aussi. On rentre.

— On ne rentre pas. C'est là que je veux le faire.

— Ici ? Et où, ici ?

— Sur un mort. Sur une tombe.

— Non, Marthe, c'est idiot.

— Je te dis que ça m'excite toute ! On sera la vie couchée sur la mort, l'amour sur la mort !

Il haussa les épaules. Elle glissa à deux genoux sur le gravier, dégrafa fébrilement Régis, l'enveloppa d'un baiser humide, de tout un feu de la Saint-Jean. Puis elle s'allongea sur une tombe, ne gardant sur elle que son chandail pour éviter le contact glacé du marbre. Ferrier s'étendit sur elle qui le serra comme elle l'avait rarement serré, gémit comme elle avait rarement gémi sous lui.

— On est sur un mort, râlait-elle, sur un mort, sur un mort... Je t'aime, Régis... on va mourir aussi... d'amour...

Leurs deux cris de jouissance excessive se confondirent dans la nuit. Haletants, ils restèrent longtemps ainsi, comme foudroyés, avant de se remettre debout.

— C'était prodigieux, Régis. Phénoménal, dit-elle, encore tout enflammée.

— Ça, murmura-t-il en l'entourant de ses bras, c'est de la profanation de sépulture ou je n'y entends rien.

— C'était une femme, fit Marthe en lisant un nom sur le monument. Je suis heureuse qu'on se soit aimés sur une femme.

Il l'entraînait vers la sortie, souriait :

— Où le féminisme ne va-t-il pas se nicher !

Blottie contre lui, ravie de leur acte puéril, de ce qu'elle prenait pour une authentique provocation aux puissances divines, chavirée surtout par leur étreinte d'exception, elle lui confia :

— C'était encore une première fois, tu sais, un cimetière. Quand je reviendrai, on le fera à la Maison-Chambord, où je ne l'ai jamais fait. Tu lui dois bien ça, à la maison. Ce n'est qu'après qu'elle te pardonnera totalement.

Elle repartit encore travailler, revint encore le retrouver, une dizaine de jours après leur intermède au royaume des ombres. Agnès était là. Les Ferrier avaient de longue date invité des amis de Paris, la présence de la maîtresse agaça d'autant plus l'épouse qui dissimulait de moins en moins bien son hostilité. Marthe devenait l'intruse, la briseuse de foyer désuni. Elle le sentit, en fut peinée. L'amitié d'Agnès lui avait tenu à cœur. On lui montrait par des silences qu'elle n'en était pas digne, en fin de compte. Agnès avait pour elle la légitimité, la rumeur de toutes les femmes mariées du village s'enflait face au scandale d'un mari imposant sa « poule » sous le toit conjugal. Après le déjeuner, quelque peu maussade, Marthe fit part à Régis de sa décision de coucher à la Maison-Chambord.

— Cela sera préférable pour tout le monde. Je la dérange, je suis de plus en plus gênée.

Ferrier prit le parti de l'importune :

— Eh bien, moi aussi, j'y coucherai !

Il y avait Patère, Nanard, Maryvonne, d'autres copains de copains à la Maison-Chambord que Marthe et Régis auraient souhaité avoir à eux seuls, surtout après ces trop longs jours de chasteté. Il leur fallait mater au fouet la bête en eux, la bête qui avait si puissamment rugi sur une pierre tombale.

Ils montèrent au grenier et, sans se déshabiller, sans même retirer leurs sous-vêtements, firent un amour muet de poissons dans l'eau, un amour éclair. Ils se connaissaient assez pour, rien qu'en se regardant dans les yeux, savoir où se situait exactement le plaisir de l'autre, sur quel versant, sur quelle pente du vertige. Réglant leurs corps comme des montres, les deux nageurs touchèrent ensemble la rive. Il écrasa ses lèvres sous les siennes, étouffa ses soupirs et les siens pour que le voisinage ne sût rien de ce qui s'était passé sous les combles.

Ferrier fit à voix basse :

— C'est peut-être la première fois ici, mais c'est

aussi la première fois qu'on le fait sans ouvrir la bouche.

La Maison-Chambord, ainsi « dépucelée », lui parut plus accueillante, et ses occupants, rendus méfiants par la nuit du méchoui, s'approchaient moins de Marthe. Ce furent les autres, tous les autres, les sales autres qui gâchèrent ces trois jours, leur ôtèrent leur goût de vacances. A la terrasse de Désirée, on ne s'empressait plus autour d'eux. On ne les fuyait pas encore, mais cela viendrait. Le clan des épouses se figeait comme béchamel à la vue du docteur, ne lui serrait plus la main que du bout des doigts. Les maris sermonnés ne se bousculaient plus autour de sa poitrine. Les amis parisiens de Ferrier, pris entre deux feux, n'osaient pas le mécontenter en boudant la maîtresse de chambre, tentaient de sauvegarder auprès de la maîtresse de maison un équilibre de bon ton. Leur position n'était pas simple, et le malaise grandissait sans qu'il fût besoin de mots. Il s'installait aussi, peu à peu, entre Marthe et Régis et celui-ci comprit enfin quelle gaffe il avait commise en présentant ses deux femmes l'une à l'autre.

— C'est dans les normes, persiflait Marthe. Je ne suis que la pute, moi. Celle qu'on baise.

— Qu'on aime, rectifiait-il.

Elle haussait les épaules :

— Tu parles ! Celle qu'on respecte, c'est madame Ferrier. TA femme !

Ce « TA » méprisant, elle le fouaillait avec rage, et lui, les yeux au ciel, réfléchissait trop tard aux inconvénients qu'il avait provoqués en rêvant d'harmonie universelle. Il avait fourré chat et chien dans le même panier.

Quelqu'un passa sans les voir, et Ferrier remarqua, gouailleur :

— On devient les amants maudits. L'adultère ne fait plus recette. Bientôt, on va s'aimer devant les banquettes.

Elle n'en souriait pas. Il l'arrachait à ses rancœurs, à l'entourage réfrigérant, la promenait dans la campagne. La terre, du moins, et les oiseaux, ne leur tournaient pas le dos. Il emmena Marthe dans un bois où ils firent l'amour sur une couverture, cet amour que vomissaient ceux qui ne le faisaient pas. « Les gens, ça aime pas qu'on s'aime », leur avait déclaré Désirée, qui leur adressait encore la parole sans embarras.

Ils furent heureux sous les arbres, puis mélancoliques. Lui surtout. On en voulait à ce qu'il avait de plus cher. Elle n'était plus qu'amère, un mauvais pli aux lèvres.

Ferrier, ne pouvant abandonner ses invités, convainquit Marthe de partager leur dîner. L'un d'eux lui dit, lorsqu'il le revit à Paris, que les assiettes tombaient d'un peu trop haut lorsqu'Agnès les posait devant le docteur. Ce fut le dernier repas que Marthe prit à leur table. Elle s'installa tout à fait à la Maison-Chambord. Il fit le va-et-vient entre cette demeure et la sienne, écartelé entre les devoirs de l'amitié et les exigences de l'amour. En chaque endroit on lui « faisait la gueule » quand il repartait pour l'autre. La tension ne fut plus supportable et c'est avec soulagement qu'au jour prévu Marthe rentra rue Oudry. Les hôtes de Ferrier s'éclipsèrent avec la même satisfaction. Les rapports de complicité entre mari et femme, établis pourtant depuis des années, étaient rompus. Mécontent, et en outre inquiet, Régis grinçait :

— C'est facile, quand on est chez soi, d'essayer d'humilier ceux qui n'y sont pas !

— Je n'y étais plus, chez moi ! Elle s'est conduite en terre conquise, n'a jamais levé le cul de sa chaise pour m'aider ! J'étais sa bonne. Je ne veux plus la voir.

— Je doute qu'elle y tienne, de son côté.

— Eh bien, tant mieux !

Elle le toisa avec commisération :

— Où vas-tu encore, mon pauvre Régis !...

— Dans ses bras ! Dans deux jours ! Parce que je l'aime !

Elle eut un petit rire insultant :

— C'est la huit ou neuvième fois que tu es amoureux. Tu crois aimer, comme d'habitude. Ce n'est pas cela, aimer. C'est un secret entre deux êtres, l'amour. Pour toi, c'est un spectacle à donner aux foules. Un *one man and one woman show !*

— Tu n'es pas dans ma peau pour évaluer mes sentiments.

— On les a vus vos sentiments ! Vous ne pensez qu'à vous sauter dessus !

— Oui, et le plus souvent possible ! Ça arrive, quand on s'aime !

Marthe fermait son cabinet, observait à la lettre le pont du quinze août. Ferrier reprit le train en hâte. Il fallait au plus vite raccommoder la faïence des yeux de Marthe, la porcelaine de ses oreilles qui se fermaient.

Elle l'attendait à la gare de Lyon. Naguère, elle se fût jetée sur lui pour l'embrasser sans souci de l'assistance. Elle l'avait, ce souci, ce soir-là. Il n'en augura rien d'idyllique, et ne se trompait pas. Ainsi qu'elle le lui avait dit autrefois à Londres, « le courant ne passait pas ». Elle avait longuement repensé à sa condition de « maîtresse », en reparlait avec acrimonie. Pesante de rancune, elle s'était mise à détester Agnès, s'interrogeait sur les raisons obscures qui poussaient Régis à vivre avec elle, n'en trouvait que d'ordre pratique, ce qui, selon lui, simplifiait à trop peu de frais la situation.

Pour être agréable à Marthe, il l'invita dans un restaurant grec de la rue Mouffetard, où ils dînèrent aux chandelles. C'était, ces chandelles, des cierges. Malgré la chaleur des plats, ce fut un souper froid. Leur nuit le fut aussi. Pour une fois, ils ne songeaient pas à voler, rivés au sol, désailés par leurs préoccupations. Ils ne firent l'amour qu'au matin, puis après le déjeuner, ce qui ramena quelques couleurs en l'esprit de Marthe. Le soir hélas, comme elle attaquait Agnès, il fondit sur Rudi. Ils se couchèrent encore sans un mot. Les liens se relâchaient, pendaient. Ferrier ne voyait pas sans effroi cet amour se délabrer, se glacer en été.

Ils vécurent pourtant des instants plus calmes, voire tendres, et, au lit, passionnés comme dans un cimetière bien garni de ruraux. Puis ils s'empoignèrent encore sur la Suisse éternelle, et ce fut la bourrasque. Ferrier hurlait :

— Mais récupère-la, ta lopette, et garde-la ! Il n'y a pas de quoi être fière d'être restée trois ans avec ÇA ! Ça classe une fille !

Il songea aigrement que sur quatre nuits, trois avaient été nulles, indifférentes ou hostiles. Que depuis qu'il l'avait rejointe elle ne lui avait pas murmuré une seule fois qu'elle l'aimait. Cette continuité dans la querelle ou le gel ne s'était pas encore produite à ce point que Ferrier, horrifié, pressentait de rupture.

Au lever, assise près du guéridon de bistrot, muette,

elle se tordait les doigts, ailleurs. Il la regardait, effaré. Que se passait-il en elle ? Quelle décision remuait-elle ? Allait-elle le tuer alors qu'il ne l'avait pas fait, lui, quand il avait le couteau à la main ? Il eut peur de ce S.S. aux yeux bleus qui fixaient le vide de la moquette bleue. Comme elle s'en allait travailler, il mendia :

— Tu m'appelleras ?

— Oui.

Elle ne l'appela pas. Il ne lui téléphona pas davantage. Il l'attendit le soir, elle ne vint pas. Il dormit seul alors qu'elle était si proche et si lointaine tout ensemble.

Le lendemain, il se rendit au cabinet du docteur Galopet, fut tout mignon, fit ses courses pour se rendre utile. Il aurait, ce jour-là, lavé les slips, lavé Marthe de ce qui se faisandait, s'empoisonnait dans sa tête. Cette nuit rue Oudry fut pire que les précédentes. Ils étaient au lit, les paumes sous la nuque, lisaient dans le marc de café du plafond, dans la boule de cristal d'une ampoule sans abat-jour. Ferrier rompit le silence :

— Enfin, Marthe, est-ce que tu m'aimes encore ? Elle répondit angoissée :

— Je ne sais plus...

— Alors, je n'ai plus rien à faire ici !

Il glissa hors du lit, se rhabilla. Tous les actes d'autorité, toutes les déterminations l'impressionnaient. Elle fit :

— Reste, je t'en prie.

— Pourquoi rester avec quelqu'un qui ne sait plus s'il vous aime ou s'il s'en fout ? Je reviendrai quand tu auras appris quelque chose de neuf sur tes états d'âme.

Il était prêt à sortir quand elle se jeta sur lui pour le retenir. Elle sanglotait, s'agrippait à ses vêtements :

— Reste, Régis, reste ! Ne t'en va pas comme ça en pleine nuit, c'est affreux !

Il se butait, la repoussait. C'était pourtant, ces larmes, ce désespoir, la preuve qu'il était toujours vivant en elle. Dur, il la força à lâcher prise, claqua violemment la porte sur lui, dévala l'escalier, se mit à courir dans les rues. « Pleure, tu pisseras moins ! » grogna-t-il méchamment en cherchant un taxi. Il était trois heures et demie du matin. Il ne rentra pas au studio. Si elle s'y rendait, elle ne le trouverait pas, se casserait le nez, le cœur, s'il lui en demeurait toutefois un morceau.

Aux aurores — ou presque — Marie-Sade lui donna un coup de fil. Marthe, qui l'avait jointe, était bouleversée, malheureuse, lamentable, tout le piano désaccordé, tout l'écheveau emmêlé, tous les pênes ensablés.

— Elle ne m'aime plus.

— Mais, si, Régis ! Il y a qu'elle est paumée...

— Ça, on le saura ! Elle a même un rat dans la contrebasse, ta copine ! La Corse est loin, Marie-Sade.

— Ne dis pas ça.

— Plus loin que la Nouvelle-Zélande.

Marthe l'appela à son tour, qui lui parut moins enfoncée dans la dépression nerveuse que ne l'affirmait son amie. Elle le verrait rue de Montmorency, après sa journée de labeur.

Comme il avait trop de loisir d'ici là, il fit irruption l'après-midi boulevard Bonne-Nouvelle, y prit Rudi à la gorge. Jusque-là, leurs rapports avaient été du genre amène. Ils ne l'étaient plus et la présence d'un Patère ahuri empêcha peut-être un combat de coqs. Ils étaient blancs, se crachaient des flammes à la face.

— Marthe m'aime, jurait le *chtit*, elle me reviendra avec ses valises !

— Si elle t'aimait, ripostait Ferrier hors de lui, elles n'auraient jamais bougé de place !

Patère, jeune alcoolique d'avenir, garçon paisible, devait penser que la possession d'un sexe de sexe féminin ne justifiait pas tant d'excès verbaux. Fort de son grand âge, de son rang social, Ferrier se voulut antipathique, assura de son mépris son rival femme de ménage. Fort de son jeune âge et de son dénuement, Rudi lui reprocha d'écarter Marthe du droit fil de la gauche, de l'éblouir à bon compte.

— A bon compte, tu as raison, trancha Régis. Si je l'achète, elle ne me coûte pas cher !

Ils échangèrent pour la première fois quelques paroles de haine, se séparèrent bons ennemis.

A neuf heures du soir, elle pénétra dans le studio. Elle sentait la poudre à canon. Elle était grave. Défaite. Femme. Horriblement femme et telle qu'il ne l'avait jamais vue. Elle ne bêtifiait plus, n'était plus du tout petite fille. Il l'avait trop mûrie sous les douches et les averses. Il apparut qu'elle était lasse de tout cela, aspirait au repos. Elle désirait s'éloigner, employa le terme de « séparation momentanée ».

Il était allongé sur le lit, elle assise au bout. Il l'écoutait l'exécuter. Une gifle n'eût pas, cette fois, arrangé ses affaires. Il devinait que le moment n'était pas aux démonstrations d'énergie. Très pâle, elle parlait toujours, lui reprochait ses « jalousies effrayantes » qui l'avaient, elle le répétait, « mise en prison ». La méduse se révoltait, se hérissait, agressait le baigneur. Ferrier, soudain, la distingua moins nettement. Ses yeux s'étaient emplis de larmes. Une, deux, trois roulèrent sur ses joues. Il ne les essuya pas.

Elle n'en fut pas trop remuée, poursuivit la lecture du jugement dernier. Ferrier n'endossa pas d'imperméable de la Gestapo, ne se traîna pas à ses pieds. Les pleurs, involontaires, suffisaient à son indignité. Il s'essayait au courage, la regardait goulûment puisqu'il ne la regarderait pas de sitôt. Malheureuse, elle était plus belle qu'heureuse. Plus troublante en Antigone qu'en Mimi Pinson. De quoi était-elle faite, sous le masque provisoire de la beauté ? De vent ? De pierre ? Ou de fourrure ? Il ne savait plus rien d'elle, tout à coup, lui qui jadis devançait ses pensées et ses mots. C'était sa Mine, cette étrangère ? Sa Marthe, sa martre aux poils si doux ? Sa « je t'embrasse-moi aussi, je t'aime-moi aussi » ? Sa jeune fille en fleur et en sueur entre ses bras ? Il en repleura encore un peu tout doucement. Muet comme un perdreau blessé caché dans l'herbe.

Ils dînèrent sombrement. La victime avait moins d'appétit que le bourreau. Quand reviendrait-elle s'asseoir autour du guéridon de marbre ? Reviendrait-elle un jour ? Était-il possible qu'elle ne revienne jamais ?

Ils étaient convenus de s'écrire. « Laissez votre adresse, on vous écrira. » C'était une rupture sans être une rupture tout en étant rupture.

Au lit, il se blottit contre elle, comme un petit enfant. Ils n'avaient enfin plus à parler. Il la toucha, s'aperçut qu'elle était plus que prête à le recevoir, à lui accorder l'entrée en possession de son corps. Physiologiquement, elle était toujours à lui, ce qui mit quelque baume au cœur de Ferrier. Rien n'était peut-être perdu. Ils se prirent avec transports, « comme si c'était la dernière fois » ne put s'empêcher de songer Régis.

Au réveil, ils étaient tristes et le ciel était gris, par discrétion. Elle allait rue Oudry. Tristes d'une tristesse de chat malade. A deux genoux, il lui embrassa le ventre et le reste avant qu'elle ne s'habille. Ce geste d'adieu, il l'avait déjà fait, six ans auparavant, lorsque Else l'avait abandonné, Else qu'il n'avait pas revue depuis. Ce souvenir lui serra la gorge. Il accompagna Marthe à la porte, murmura :

— Je t'aime.

— Moi aussi.

Il fit :

— C'est de l'ironie ?

Avant de sortir, elle répondit :

— C'est du regret.

Il entendit ses pas dans l'escalier. Les réentendrait-il, plus tard, monter vers lui au lieu de s'éteindre ? Le silence lui meurtrit les oreilles. La rue l'avait gobée. La vie l'avait volée.

Ce fut sous une pluie battante d'orage qu'il se traîna jusqu'à la gare.

26.

Je lui ai dit Titine
Titine ô ma Titine
Est-ce que tu m'aimes encore ?

BREL

Il fit la nuit en lui. Vécut d'angoisse et de whisky. S'enivra parfois de façon spectaculaire. Il recherchait la perte de conscience qui lui permettrait enfin de ne plus penser à Marthe. Il l'obtenait quand il tombait dans une sorte de coma éthylique qui effrayait les témoins. On le ramassa ainsi dans un pré, étalé dans les bouses de vaches, fantastiquement « pantin » sous la lune, atrocement « dérisoire », épouvantablement « tragique ».

Il était génial, dans le désespoir, dans le paroxysme. Il était Talma. Kean. Mounet-Sully. Incapable de se replier sur lui-même, de cuver son chagrin dans un trou, il exhibait des plaies dont il arrachait les croûtes dès qu'elles se formaient. Il lui plaisait de n'être « pas beau à voir », revivait tous ses tourments anciens, hagard et mal rasé. Croquait, au lit, un P... ium qui lui apportait un espoir fou et flou dans un linceul. Il s'en fichait, de sa santé, de son angine de poitrine, de la cirrhose promise par Marthe. Elle lui avait assuré que, tabac et alcool aidant, il serait mort d'ici dix ans en mettant les choses au mieux. La perspective ne le troublait guère. A cinquante-huit ans, puisqu'on ne l'aimerait plus d'amour, à quoi bon vivre, vivoter plutôt ? Au vrai, et c'était plus fâcheux, on ne l'aimait déjà plus guère à quarante-huit... Elle lui avait écrit qu'elle l'avait aimé *follement, passionnément,* les termes mêmes dont elle avait usé dans son journal à propos de l'amour qu'elle avait éprouvé pour Rudi. Ce rapprochement le fit ricaner :

— Elle nous a tous aimés « follement, passionnément », quoi ! Et Alain-Xavier avec, en pesée, en prime ! Et le quatrième écopera de la même passion démente ! Il a le cœur extensible, notre toubib à tous !

Il aurait dû, avant de se moquer, regarder le sien dans la glace. Elle ajoutait, dans sa lettre, que *quelque chose s'était enrayé en elle* à son endroit, qu'elle avait besoin de faire le point des latitudes et longitudes de sa vie. Il redoutait le retour offensif de Rudi. Le Suisse ne devait pas flâner depuis que Régis avait débarrassé le plancher. « Il va lui reparler mariage, grinçait Ferrier avant de déclamer, gros de méchanceté : ils vécurent imbéciles heureux et eurent beaucoup de petites monstres. »

Il alla en pèlerinage au cimetière, pria longuement sur la tombe de Félicie Boitard, la défunte sur laquelle ils avaient fait l'amour si « merveilleusement » comme l'eût dit Marthe. Il composa, amer, sa propre épitaphe : « *Ici repose Régis Ferrier. Déjà.* » Il demanderait à Agnès d'être inhumé aux côtés de Félicie Boitard. En levant les yeux, il verrait le cul nu du docteur...

Agnès. Il la tenait pour unique responsable du repli de Marthe, lui en voulait sans réserve :

— Tu es contente, hein ? Tu as eu sa peau. Mais tu as eu la mienne avec. Tu n'as plus à me reprocher de boire, c'est tout ce qu'il me reste, grâce à toi.

Après deux semaines d'éloignement, il frémit. Il lui revint qu'elle lui avait confié ne pouvoir se priver d'homme au-delà de quinze jours. Le compte y était. La jalousie hissa le grand pavois, fit hurler le cocu de douleur. Qui était l'heureux bénéficiaire, qui ? Rudi ? Un autre ? Dans sa détresse, il souhaitait qu'au moins ce ne fût que le Suisse, qu'au moins rien de nouveau ne lui passât sur le corps. Il avait eu assez de locataires, celui-là !

Confit en continence, Ferrier souffrait dans sa chair de savoir que, là-bas, celle de Marthe l'oubliait probablement, le trompait, vibrait peut-être, sans lui, peut-être mieux qu'avec lui. Ces images, qui n'étaient que d'ignobles photos pornographiques, l'éveillaient la nuit. Brisé par elles, il ne se rendormait pas, mâchonnait de tous ses chicots en grand deuil les débris et trognons de son bonheur crevé. L'aube le ramassait à la pelle, le balançait aux ordures.

Tu es quelqu'un, écrivait encore Marthe, *qu'on aime ou qu'on déteste. On ne peut pas éprouver un sentiment modéré pour toi, tu es quelqu'un d'extrême...* Elle ne le détestait pas, donc... Elle lui exposait par ailleurs, en long et en large, une arrière-pensée dont elle n'avait pas encore parlé depuis qu'il la connaissait et qu'ils s'aimaient au jour le jour. Le jour le jour, Marthe en était lasse, subitement, et c'était infiniment plus grave qu'il ne le supposait, elle le lui prouva par la suite. Elle évoquait tout à coup une *vie tranquille avec un homme constamment à mes côtés.* Elle ne s'en glorifiait pas outre mesure, la révolutionnaire frénétique : *Je me demande si ce n'est pas de la lâcheté de ma part, des résidus de désir de vie « bourgeoise »...* Mais l'existence hasardeuse que lui proposait Ferrier l'effrayait à présent. *De plus, pardonne-moi, mon chéri, mais même si notre amour durait plus de deux ou trois ans, je redoute que la différence d'âge nous sépare...*

Elle s'excusait de le meurtrir là-dessus, il en était crucifié malgré tout. Dans dix ans — ceux qu'elle lui donnait encore à vivre —, elle serait jeune, encore. Elle avait raison, raison sur tout, y compris de se projeter dans l'avenir d'un couple, mais c'était déchirant qu'elle eût raison. Selon lui, ce n'était pas la jalousie qui tuait l'amour, mais la raison, justement, la raison au front bas, la raison à ras de terre.

Elle s'étendait à plus soif sur le thème : *J'ai l'impression que j'ai besoin d'un compagnon qui soit là quand j'ai besoin de lui, à mes côtés le soir après mon travail et qui vive avec moi pendant toute ma vie, car c'est important que quelqu'un qu'on a aimé soit le témoin permanent de sa vie...* Il savait lire, remarquait qu'elle mentionnait surtout ses propres désirs et besoins. L'homme rêvé se situait dans SA vie, à SES côtés.

L'altruisme ne lui serrait pas trop la gorge, sa jolie gorge de colombe en mal de nidification.

Prolixe sur le sujet, elle était, en revanche, muette sur l'expérience qu'elle avait tentée avec Rudi. Elle l'avait eu pourtant pendant trois ans, ce fameux *homme constamment à ses côtés,* ce *compagnon,* ce *témoin permanent.* Il n'avait tenu qu'à elle de le conserver pieusement sur une étagère. Quoi qu'il en fût, la nostalgie l'en reprenait, et Ferrier n'en soupçonna pas les conséquences.

Elle ne se serait pas posé ces questions, prétendait-elle, si elle avait eu vingt ans. A vingt-neuf, elles la préoccupaient. Il trouvait risible, infantile encore, cette inquiétude. Elle était belle, médecin, il lui semblait qu'elle avait du temps devant elle avant de se faire des cheveux blancs. « Le joli âge de ta vie, lui avait-il dit un jour, je le situe à trente-cinq ans. Tu seras sans doute moins débile qu'aujourd'hui, tu exerceras régulièrement ton métier, tu auras de l'argent, tu seras encore désirable. Le moment ne viendra qu'après, de te « caser », si ça t'amuse. Pas avant. »

Voilà qu'elle « paniquait » déjà, qu'elle « flippait » à tout va. Encore un pas dans ce sens que Ferrier qualifiait d'obligatoire, et elle tricoterait de la layette malgré ses répulsions quant à la maternité. Il hocha la tête : « Le gauchisme mène à tout et surtout à la convention... »

Les fraîches obsessions de Marthe ne le distrayaient pas de son chagrin, si apparent qu'on le pensait de pacotille. Il n'en eût pas soufflé mot, terré dans un recoin, qu'on l'eût pris au sérieux. On ne vous juge vraiment que sur la mine et l'habit fait toujours le moine, fût-il, ce religieux, sorti des œuvres du Divin Marquis.

Il reprit à vélo les routes avec ses amis du village, rejoua aux boules avec eux pour tuer le temps qui l'éloignait encore de la fin de la « séparation momentanée » si toutefois elle ne basculait pas dans le définitif. Marthe aurait fait l'amour avec un autre ? Tant pis. Il passerait l'éponge comme la passent toujours ceux qui aiment vraiment. On les reconnaît d'ailleurs à cette humilité.

Ses complices de cycle ou de pétanque ne l'étaient pas de ses affres, clamaient l'éternel « une de perdue, dix de retrouvées », ou l'allègre : « Les gonzesses ? Quand on tape dans une poubelle, il en sort une dizaine ! » Le Mouvement de libération de la femme n'était pas près de les domestiquer, ceux-là. Leur indifférence réconforta Ferrier. Grâce à ces lurons de province, il parvint sans trop de dommage, hormis pour son foie, à la date tant espérée du retour à Paris. Du retour à ses yeux.

27.

Mon cœur arrête de répéter
Qu'elle est plus belle qu'avant l'été...

BREL

Elle l'appela dès son arrivée, voulut le rencontrer rue Oudry avant ses consultations. Ce midi à quatorze heures ne dit rien qui vaille à Régis qui refusa de ne la voir qu'entre deux portes. A son sens, leurs retrouvailles méritaient mieux. Puisque elle n'était pas libre le soir, elles furent repoussées à plus tard, malgré le désir qu'il avait de l'embrasser. Comment, au fait ? Sur la joue ?

Il prit avec un faux détachement des nouvelles de Rudi. Elle lui apprit que tout était fini entre eux, malgré « l'énorme tendresse » qu'elle lui vouait toujours. Le Suisse, las d'attendre qu'elle lui revienne, avait choisi l'exil. Après son Canada raté, il partait travailler en Suède. Oui, travailler, Régis avait bien entendu.

— J'avais envie de te voir, fit-elle, tant pis. Je te retéléphonerai...

Le lendemain, Hugues confia à son oncle que ce jour se donnait à la communauté un dîner d'adieux en l'honneur du Suisse.

— On ne m'y a pas invité ! grommela Ferrier. S'il y en a un qui est content qu'il parte, c'est pourtant bien moi !

Il eut une idée saugrenue :

— Si j'y allais quand même ?

— Ça serait marrant, approuva son neveu qui avait lui aussi du goût pour les planches.

Il fortifia au whisky sa décision et ce fut des mieux allumés qu'il se rendit d'un pas incertain boulevard Bonne-Nouvelle. Il lui plaisait d'apparaître chez les jeunes sous la forme d'une vieille bombe de la dernière guerre. Comme sur la scène ! Comme chez lui, donc ! Il ne préjugeait jamais des suites de ses gestes, se laissait aller à ses inspirations. L'important, pour cet homme en représentation, était le coup de théâtre, le rebondissement du troisième acte. Tout le reste ne comptait pas.

Il ne rata pas son entrée. Quand on lui ouvrit, ils étaient une dizaine, affalés sur des coussins. Son intrusion les figea bouche bée dans leur pose. Il ne voyait que Marthe, qu'il n'avait pas vue depuis trois semaines. Elle avait blêmi sous le choc. Ses amis, embarrassés, n'osaient plus la regarder, ni lorgner Ferrier ou Rudi.

Régis salua, élégamment crut-il, alors qu'il n'était que ridicule. Marthe le fixait en hochant la tête devant cette étendue d'inconséquence. Il bredouilla :

— Tu n'as pas l'air heureuse de me revoir ?

Une main le prit au bras.

— Viens.

Rudi entraînait doucement cet objet de scandale dans la cuisine, le fit s'asseoir. Ils demeurèrent face à face. Le jeune homme se maîtrisait, Ferrier hilare le toisait avec outrecuidance.

— Pourquoi es-tu venu ? fit Rudi.

— Comme ça... Pour emmerder le monde...

— Je devrais te casser la gueule, Régis. J'en ai eu envie, quand tu es arrivé.

— Je te le recommande. Les femmes adorent les faibles, les humiliés, les martyrs.

— Je le regretterai, après. Tu n'es pas dans ton état normal.

— Moi ? Dis que je suis saoul, peut-être ! Donne-moi donc à boire, puisque je suis de la fête !

Il se servit un grand verre de vin qu'il avala sans respirer. Marthe fit irruption dans la cuisine, froide, dure, les traits crispés :

— Laisse-nous, Régis. Va-t'en. Tu n'as rien à faire ici. Tu nous embêtes, tu...

— Tu me chasses, moi ? Toi ! bafouilla-t-il en emplissant un autre verre.

— Oui. Tu es de trop. Va-t'en !

— Une minute..., supplia-t-il, vaincu par la glace de

ces yeux bleus qu'il était, malgré leur hostilité, bouleversé de retrouver. Dans son ivresse, il remarqua pourtant un détail : les mains de Marthe tremblaient. De colère ? D'émotion ? Il ne pouvait se détacher de ces mains qui lui disaient mieux que tout que son effet avait porté. Elle sortit de la pièce. Enchanté, Ferrier glissa à l'oreille du *chtit :*

— J'espère que j'ai bien gâché la soirée.

— Pars, maintenant, lui conseilla gentiment Rudi que ne devait pas attrister le succès qu'obtenait le lamentable comportement de son rival.

Régis siffla un troisième verre qui lui pétrifia tout à fait la cervelle. Il prit la porte qu'il claqua à toute volée non sans avoir crié à la cantonade :

— Vous n'êtes qu'un tas de minables ! Bonne nuit, les médiocres !

Il se réveilla chez lui, dans le fauteuil où il s'était endormi d'un sommeil cataleptique. Dans son inconscience, il avait uriné sur la moquette...

— Pourquoi ? murmura-t-il épouvanté, pourquoi es-tu ainsi ? Je te plains, Régis. Tu me fais peur. Un jour, tu n'auras plus qu'un chien auprès de toi. Que tu battras, bien entendu...

Il se souvint de ce que, le jour même, Marie-Sade lui avait rapporté :

— Marthe m'a dit : « Je l'aime, il me manque, mais il faut qu'il change. »

Cela l'avait tout d'abord agacé. Pourquoi changerait-il, porterait-il atteinte à sa personnalité pour quelqu'un qui n'en possédait aucune ? Lui demandait-il, lui, d'en avoir une ? Au fait, si, il le lui avait demandé souvent. Sans résultat. Ils étaient quittes. Il ne retenait plus que ce « je l'aime, il me manque » qui lui chantait l'*Exsultate Jubilate* de Mozart dans le cœur. Hélas, ce propos ne devait plus guère être de mise après sa brillante prestation, et il se coucha en plein *Requiem*, pour rester fidèle au même compositeur.

Le soir, il se grisa d'entendre, au répondeur téléphonique, la voix de Marthe qui récitait, récitait, récitait : « Ici, le cabinet du docteur Galopet, le docteur est absent jusqu'à demain matin..., etc. » Cette voix neutre était pour lui la voix du vent, le roulement de la mer, la respiration de la terre. « Ici, le cabinet du docteur Galopet, le docteur est absent... » Quand serait-il présent ? Quand ?

Il reçut une longue lettre de Marthe. A côté des reproches mérités auxquels il s'attendait éclatait toute une tendresse qu'il n'osait pas encore prendre pour l'amour recouvré.

... je t'en voulais d'être venu et en même temps j'avais mal et j'aurais voulu t'embrasser, te parler, te réconforter... Que tu es bizarre, Régis, que tu es odieux, que tu es attachant... Oui, cela doit être vrai que nous ne pourrons jamais nous voir sans avoir le désir de nous battre ou celui de nous sauter dessus pour faire l'amour...

Cette lettre le fit réfléchir. Il était peut-être temps pour lui de s'essayer à l'intelligence, à la compréhension des vivants, ce qu'il avait négligé depuis que Marthe était en lui. Il s'efforça de penser sans haine ni mépris à Rudi, en arriva enfin à pardonner à celui à qui il avait fait tant de mal, le plus de mal possible, de toute sa rage, de tous ses moyens. Le pauvre garçon ne quittait pas la France empli d'allégresse, savait, malgré ses hâbleries, que, dès qu'il aurait le dos tourné, Marthe vivrait toujours, vivrait sans lui, l'oublierait peut-être à jamais.

Sincère, Régis lui écrivit une lettre d'excuses, l'assura de son affection. Ils se battaient depuis des mois, il déposait les armes, offrait la paix des braves. Marthe, en outre, et ce n'était pas négligeable, apprécierait ce *mea culpa,* ce beau geste tardif. Pour parachever le tout, il invita Rudi à déjeuner deux jours avant son départ.

Le *chtit* s'était montré fort satisfait, touché de l'attitude amicale de Régis. Mais, contrairement à ce que supposait Ferrier, il n'avait mis sous le boisseau ni ses illusions ni cette sorte d'arrogance naïve qui le rendait parfois antipathique.

Ferrier portait un blouson. Le Suisse prit sa revanche de son effondrement de mars :

— Ce n'est plus l'imper, mais le blouson de la Gestapo !

Car, selon lui, Marthe était perdue pour l'auteur. Pas pour lui, affirmait-il. Elle ne supporterait pas son absence, lui reviendrait à son retour, cœur et corps liés, comme il le répétait avec une confiance imperturbable depuis qu'elle lui avait échappé. Régis enviait cette foi juvénile. Il ne pensait pas Marthe perdue mais ne la pensait pas non plus retrouvée...

Il souhaita bonne chance à Rudi et les deux générations réconciliées s'embrassèrent en se séparant. Le Suisse s'éloignait pour deux mois au moins. Ferrier serait tranquille sur l'ensemble de ce front-là, si toutefois elle l'aimait encore. Elle ne voulut pas le rencontrer tant que Rudi ne fût pas dûment conduit au train, mis en veilleuse, rayé des cadres. Elle lui donna rendez-vous rue Oudry pour le lendemain de l'embarquement. Exception faite de l'apparition de Régis boulevard Bonne-Nouvelle, ils ne s'étaient pas revus depuis à présent quatre semaines.

Il était terriblement ému en montant, jambes coupées, l'escalier. Il repensa au mot, de Clemenceau encore : « Le meilleur moment de l'amour, c'est quand on monte l'escalier. » Le progrès et les ascenseurs supprimeraient jusqu'à ce moment-là...

Elle lui sembla troublée. Il était sûr, en tout cas, qu'elle était en tenue de beauté, avait pour lui soigné les apparences. Elle était allée chez le coiffeur, qui lui avait éclairci les cheveux. Ce « balayage » discret l'illuminait. Elle avait noué le chignon qu'il aimait et qui livrait sa nuque aux dents. Ses mains sortaient d'un salon de manucure. Elle était vêtue d'un ensemble de jean, veste et pantalon noirs, qui allongeait sa silhouette.

— Tu es belle, Mine. Tu vieillis bien...

Il la récompensait de ses efforts, elle en fut heureuse. Malgré tout embarrassés, ils parlèrent de toute autre chose que de sentiments.

— Je me suis un peu déglingué, ces temps derniers, docteur. J'avais des soucis personnels et je les ai soignés à la cheddite. Tu ne pourrais pas m'ausculter ?

Elle le fit, prit sa tension, son pouls. Il ne parvenait pas à croire qu'elle était de nouveau là, que c'était elle qui exécutait encore ces gestes familiers. Il savourait le « suspense » qu'elle lui offrait. Elle savait, elle, ce qui se déroulerait entre eux, si elle l'embrasserait ou non, s'ils passeraient la nuit ensemble ou pas. Elle avait sur lui la sempiternelle supériorité des femmes. Non contentes d'avoir celle-là, évidente et injuste, ces insatiables en réclament d'autres au nom de l'égalité...

— Ça va, dit-elle, tu n'es pas mort.

— J'ai bien failli. Mais vous êtes un excellent médecin. Je me sens beaucoup mieux depuis que je suis dans votre cabinet.

Elle rit, ils burent un whisky, assis en face l'un de l'autre. Une tendresse impalpable les enveloppait peu à peu. Le goût de muguet du bonheur revenait en Ferrier rescapé des géhennes. Un instant, elle lui caressa les tempes et le front, tout doucement.

— Pour l'autre soir... fit-il, hésitant..., ce n'était pas pour Rudi... je voulais surtout te voir. Te voir. Même cinq minutes... Je n'en pouvais plus...

— Je sais, Régis.

Ce baiser suspendu au-dessus de leurs têtes, ils le retardaient d'un commun accord. Il finirait par se poser, n'était-ce pas le plus important ?

— Sortons, murmura-t-elle, j'en ai assez de cet endroit.

Quand elle conduisait, il avait pour accoutumée de plaquer sa main sur la cuisse droite de Marthe, de la presser, de la palper. Il le refit, le plus naturellement qu'il le put.

Il lui avait appris à aimer les bières des Trappistes, elle l'emmena dans un bar belge du boulevard Port-Royal. Il ne lui demanda pas qui lui avait fait connaître ce bar où ils n'étaient jamais allés. Il se promettait de ne plus l'agacer de jalousies, de ne plus mentionner qu'avec sympathie le nom de Rudi, de laisser à Marthe les brides de la liberté sur le cou. Il avait eu trop peur, trop souffert. C'était si bon de la sentir près de soi, de lui sourire et de recevoir en plein cœur son sourire... Ils feraient l'amour tout à l'heure, il en était brusquement certain, et ce serait « merveilleux », fabuleux, explosif, il le devinait au regard de Marthe.

— Je suis contente que Pascale et Joe soient rentrés d'Asie. Ils ont voyagé quatorze mois, les veinards. Je m'entends bien avec Pascale. On sort souvent entre filles, toutes les trois avec Nadine.

— Je ne t'en empêcherai surtout pas, cette fois,

ironisa-t-il. Tu feras ce que tu voudras, pourvu que tu m'aimes un peu.

Elle lui prit les deux mains, les serra sur sa poitrine pour qu'il le sache, qu'elle « l'aimait un peu ». Ils dînèrent dans le restaurant des Halles où ils avaient leurs habitudes.

— Tu y étais retournée ?

— Non. Pas sans toi. C'est à nous.

Au dessert, une ultime lueur d'angoisse dans les yeux, il souffla, craignant encore d'entendre une condamnation :

— Où va-t-on, maintenant ?

Elle le fixa :

— Où veux-tu qu'on aille ? Je voudrais rentrer au studio, rentrer chez nous.

Ils s'embrassèrent, dans la rue. Il l'avait adossée à une palissade pour mieux lui prendre la bouche, lui empoigner les seins, sentir son ventre chaud contre le sien.

Il se souvint, dans l'escalier, du bruit atroce des pas de Marthe le descendant, un mois auparavant. Il ne fallait plus revivre ce cauchemar, cette musique funèbre. Il fallait à présent garder Marthe avec soin. La méduse venait de lui apprendre que c'était lui, la larve, quand elle n'y était pas.

Il se retrouvèrent avec volupté, après ce mois de pénitence. « La mienne, du moins » songea Ferrier avec une amertume qui ne se dissipa que lorsqu'il fut en Marthe, enfin. Non, il n'aurait plus de raisons d'être jaloux, jamais. Elle serait toute à lui près de lui, sans ombre et sous les spots de la vérité vraie. Geignante sous lui, toujours, comme en ce moment mille fois espéré et rêvé.

— Demain, chuchota-t-il, j'aimerai te « faire Bruges ».

— Tout de suite, si tu veux...

Ainsi que les animaux dans la nature, il voulait marquer son territoire, la marquer de la façon la plus particulière, la plus ineffaçable croyait-il en sa naïveté. Il la prit donc ainsi, connut la plus pure des joies. Elle se donna sans réserve, sans mélange, à tout offerte, à tout ouverte, heureuse de lui appartenir comme il l'entendait.

— J'ai envie de t'obéir, lui dit-elle, plus tard.

— Ce n'est pas très féministe.

— Tant pis pour les femmes !

Elle rit :

— Le bonheur est peut-être dans l'esclavage ? Dans la soumission ?

— Alors, lève-toi, chienne, et sers-nous, à boire !

— Non. Plutôt mourir.

Ils s'enlacèrent en pouffant, demeurèrent côte à côte, rassérénés. Tout en lui caressant les cheveux, les lèvres, la gorge, il osa lui poser la question qui le brûlait :

— Ne te fâche pas, Mine. Mais dis-moi si tu as fait l'amour pendant que je n'étais pas avec toi ?

Elle ne s'affecta pas, répondit simplement :

— Si vite... Si on peut appeler ça comme ça...

Cela n'avait pas dû être grave. Avec Rudi ou avec un autre ? Il ne l'interrogea pas sur ce point de détail. Elle était là. « Chez nous » et dans ses bras.

Elle se leva, alla déboucher deux canettes de bière et mit à cuire leurs spaghetti de nuit, des nuits anciennes et des nouvelles nuits.

28.

Elle m'aima derechef « follement, passionnément », je le lui rendis avec les intérêts. La naissance de l'automne fut aussi belle et pulpeuse que celle de ses seins. Marthe ne parlait jamais de ce qu'avait été notre « séparation momentanée », encore moins de rupture. Elle disait pudiquement : « Quand nous étions éloignés... » Ma vieille petite fille et moi, délivrés de Rudi et des soucis de sa guerre de reconquête, vécûmes tout un pan de vacances, tout un quartier de lune de miel.

A la fin du mois, son remplacement étant terminé, les fameuses valises réintégrèrent le boulevard Bonne-Nouvelle, mais le Suisse n'était plus là pour les voir revenir. Elle entra dans une période d'oisiveté qu'elle subit avec délices et résignation, eut tout loisir de se consacrer à son goût pour les hommes, de jouer aux mille et une nuits, bref, de m'aimer, puisque j'étais le préposé à tout cela, l'unique — enfin — responsable de son corps et de son petit cœur.

Nous ne pûmes nous « encanaquer » autant que nous le souhaitions. Je montais une pièce, devais m'en occuper, remettre en titubant mes pas dans le droit chemin mal empierré du travail, davantage bordé de ronciers que de noisetiers. Nous ne nous quittions plus guère, elle me suivit au théâtre, m'accompagna dans les réceptions, dans les studios de radio ou de télévision où il me fallait bonimenter, vendre ma marchandise, l'étaler sur tous les tapis. Lorsque je tentais d'être brillant pour appâter le public, je le faisais d'abord pour elle. Comme tous les cabots, je réclamais son admiration, doublure et complément de l'amour. Je la voulais fière de mon esprit autant que je l'étais de sa beauté, me montrais navré quand personne ne s'extasiait ni sur l'un ni sur l'autre.

Au flanc de mes obligations professionnelles, elle figurait le fruit, la source, la sieste. J'escamotais les dernières influences du Suisse absent. J'enseignais à Marthe, à l'occasion des cocktails où nous nous rendions qu'ils n'avaient rien de Molotov, que l'usage délicat du crayon à paupières était plus important aux yeux d'une jeune femme d'Europe occidentale que le sort de ses sœurs d'Arabie Saoudite ou d'ailleurs. N'était-elle pas la première ravie d'être enfin objet, poupée gonflable, érotique et parfumée ? Tout comme un homme, elle appréciait la fumée bleue des louanges. Je fis de ce docteur en médecine un mannequin fluide, trouble, et qui sentait l'amour et la nuit à dix mètres. Puisqu'elle avait envie de m'obéir, elle m'obéit. Elle eût obéi à n'importe qui s'il lui avait dit comme je le faisais avec autorité :

— Tu es la plus belle. Cet après-midi, il faut que tu sois la plus belle. Hier, tu as été la plus belle de la soirée.

Comme tout cela n'était pas des plus désagréables à entendre, elle l'entendait de toutes ses oreilles, n'en perdait pas une fleurette, me trouvait pertinent dans mes jugements. Il me semblait l'avoir dans le creux de ma main, je m'enhardissais jusqu'à lui reprocher de m'avoir « éloigné », de m'avoir fait souffrir et me vautrer dans des bouses de vaches indignes de mon standing. Elle ne se hérissait plus trop, pliait plus vite. S'il nous arrivait de nous froisser par malencontre, au lieu de nous tourner le dos comme naguère, nous nous ravisions, nous ravivions ventre à ventre.

Nous nous étions une fois couchés à quatre heures du matin après avoir donné au studio un de ces dîners de « jeunes » qui m'agaçaient, ne m'y sentant pas à ma place. Une tension s'était installée entre elle et moi, regrettable et à l'image de celles que nous avions connues. Je m'endormis. Elle me réveilla une heure plus tard. Je grommelai, maussade :

— Il y a le feu ?

— Oui ! fit-elle en me prouvant jusqu'à sept heures la virulence de sa tendresse, la violence de son amour.

Celui-là, d'ailleurs, s'enflait comme la grenouille de la fable depuis que, chez moi, les hostilités étaient déclarées. Depuis l'été, Agnès et Marthe se haïssaient, se traitaient mutuellement de putain et de bourgeoise, ce qui me paraissait aussi excessif dans un cas que dans l'autre. Pour avoir cru perdre Marthe et la tête, je voulais à présent à tout prix conserver le tout.

Tout comme Marthe l'avait été entre Rudi et moi, je fus écartelé entre la chèvre et le chou que j'avais jusque-là ménagés. Je me heurtais durement à Agnès quand je passais, le moins souvent possible, à ma résidence principale. Je préférais de loin la secondaire, à cette époque. J'étais aussi à l'aise dans la scène de ménage que dans l'entreprise sentimentale. J'accusais Agnès de n'avoir accepté Marthe que pour mieux la répudier ensuite et l'offenser, estimais cette manœuvre inadmissible, où j'avais failli laisser toutes les plumes de mon bel oiseau bleu. Agnès ne le trouvait plus du tout azuré, le roulait dans la farine.

— Je l'aime ! hurlais-je.

Elle répliquait, acerbe :

— Si elle est le repos du guerrier, ici, elle n'est pas le repos des voisins...

— Je l'aime ! braillais-je comme sur les planches du théâtre de la Porte-Saint-Martin.

— Tu vises de moins en moins haut, ripostait-elle encore. Ce n'est pas Else, ce n'est pas Mouche...

— Que tu as, de leur vivant, traînées dans le fumier, je te le rappelle !

Je ne me mêlais pas de la vie privée de mon épouse, ignorais même si elle en avait une, défendais bec et ongles la mienne. Si nous ne formions plus un couple « moderne » à dégivreur automatique incorporé, autant valait le dissocier. L'énorme mot de divorce fut lâché tel un chien-loup dans une basse-cour. On me conseilla avec fracas et sans vaine courtoisie d'aller vivre avec ma morue. Nous jouions du Zola.

— J'irai ! éructais-je. Je vais t'acheter un appartement et l'installer ici, puisqu'il lui plaît.

L'idée me parut bonne, de transformer mon « chez-moi » en « chez-nous ». Entre deux vagues de cris, Agnès acquiesça puis, conseillée par ses amies qui me roulaient de gros yeux, changea d'avis. Il m'appartenait de déménager, pas à elle, innocente de la situation pénible où nous gigotions au bout des fils que tirait, d'après elle, une Marthe avide de prendre sa place.

— Je la lui donne, si elle la croit ourlée de roses et bordée de dentelles !

Là-dessus, madame Ferrier traçait de moi un portrait peu flatteur où j'étais un triste, un affreux personnage qui buvait des verres et même les renversait comme il renversait des créatures sur son lit. Je ne partageais pas cet avis un peu trop péremptoire à mon goût. J'étais contrarié dans mes projets, moi qui déjà modifiais en pensée mon logement pour que Marthe pût y créer son cabinet de médecin. Je lui narrais par le menu mes difficultés conjugales sans toutefois lui proposer aussi nettement qu'Agnès un avenir à mes côtés. L'éventualité suffisait pour l'instant à Marthe et me comblait pour le présent. Que de tracas pour un coq qui vivait jusque-là en paix, vaquant la crête en l'air d'un poulailler à l'autre !...

Dans sa haine d'Agnès, Marthe allait aux extrêmes, lui reprochait de ne m'avoir jamais rendu heureux. Ces grands mots creux où trônaient d'idylliques et mythiques félicités ne me convainquaient pas. Quand je les employais moi-même, j'en savais tout le vide, la bêtise qui fleurissent de leurs camélias de plastique les pages des magazines féminins. Bonheur. Heureux. Qu'est-ce que cela pouvait signifier de tangible ? De précis ? Étais-je heureux quand je prenais Marthe comme un train en marche et en feu ? Oui, sans doute. L'était-elle ? Peut-être. Mais après ? Après, je n'avais que ses yeux, dont je ne savais pas la teinte exacte. Elle n'avait que mon amour, dont elle ne savait rien, ou pas grand-chose.

Toutes, toutes, elles m'avaient dit, écrit qu'elles ne m'oublieraient jamais, jamais. Par malchance et ironie, c'était moi, jusque-là, qui ne les avais pas oubliées. J'admirais ces bulles, jolies, irisées, légères, qui s'élevaient dans les airs et me claquaient au nez, amères de savon. Quand elles m'aigrissaient la langue, les bulles prétendaient que je n'aimais pas les bulles... En d'autres termes, il me semblait que les hommes qui ont le front et le courage d'aimer les femmes envers et contre tous les hommes sont le plus volontiers taxés de misogynie par elles, qui leur préfèrent en somme la raison, l'indifférence et la neutralité.

Mélancolique, je pensais que l'amour n'était pas leur pays. Leur paysage, tout au plus.

Je fus donc « heureux » avec Marthe. Longtemps. Très longtemps. Une éternité. Un mois ou presque. Je n'ai plus à dire, ni à chanter comment, combien de fois nous fîmes l'amour. Nous le faisions en métronomes de notre piano à quatre mains. Insatiables. Lionne et lion superbes et généreux. Gaiement. Dramatiquement. Selon les inspirations. Bestialement. Tendrement. A pied. A l'alcool. A l'eau. A cheval. Au soleil. A l'ombre. En voiture. Au jour. A la nuit.

Je n'ai plus à dire, ni à chanter non plus, comment nous fûmes, moi dans sa bouche, elle sous mes lèvres et ma langue, moi dans ses paumes, elle sous mes doigts, comment je pris plaisir sous elle, elle sous moi, ensemble ou nous rattrapant au vol ainsi que des trapézistes désespérés. Ni comment nous allions à Bruges en passant par la Corse.

Il n'en demeurait rien le lendemain, tout était à refaire et nous le refaisions, essoufflés, attachés à construire notre chef-d'œuvre de sable et de vent, le château d'étoiles de mer que recouvrirait la marée, détruirait la tempête. En notre lit des Danaïdes, nous avons mal dormi, Marthe. Je te revois t'étirer, croupe tendue, ventre creusé, t'étirer de partout telle une chatte en cris, splendidement femelle, tout humide, appelant en râlant ce qui te clouerait vive au drap, te répandrait les cheveux sur les yeux. Je te revois. Je pourrais te compter, toi l'innombrable. Je t'ai mordue au sang. Comme pour une empreinte de bridge. Non, il n'en est rien demeuré. Je te revois, moi. Et tes yeux sont fermés. Crevés.

Jadis, elle m'avait refusé l'entrée du lit d'Aubervilliers par égards pour Rudi. Elle me fit, boulevard

Bonne-Nouvelle, les honneurs de la même couche, sans plus se soucier du fantôme du Suisse. Je dus y penser plus qu'elle, au *chtit,* lors de nos étreintes où je lui racontais pour l'enflammer que nous étions des extraterrestres en rupture de soucoupe, qu'elle s'appelait Marthoumph et moi Ramousok.

Cela m'amusa de vivre quelque temps dans cette communauté où les chambres fleuraient fort et camembert et kangourou, où l'on marchait sur les chats et les mégots de « joints ». Un spectacle curieux nous y accueillit un soir, celui de Patère allongé ivre mort sur le plancher, coiffé du casque de sa chaîne haute-fidélité, dormant tel un ange à l'intérieur d'un tonnerre de décibels de musique « pop ». Nous le débranchâmes, ce qui faillit le réveiller. Marthe m'avoua alors que, durant notre « éloignement », c'était bien avec Rudi qu'elle avait recouché. Sans aucune espèce d'importance, évidemment. Comme on attrape les mouches. Le lui reprocher l'eût fait douter de mes facultés mentales.

— Je te quitterai quand il rentrera, ne pus-je malgré tout m'empêcher de gronder.

Elle ne releva pas cet enfantillage d'adulte. Il n'y avait pas d'après elle de quoi battre un tapis qui lui ressemblait comme un frère. Elle était sans colonne vertébrale, avait la fesse internationale et amnésique, notre doctoresse à tous.

Lors d'un week-end chez Marcel, elle m'énerva à l'occasion d'un dîner pris chez l'avocat qui s'était rincé l'œil de ses charmes dans le sauna. Elle parla d'abondance, avec l'homme de l'art, de mon prochain divorce. Elle prenait sans me consulter les choses en main, les démarches, les formalités, comme si la rupture de mon union allait de soi. Pour la première fois, elle en exposait l'immanence. La présence de Barbara et de Marcel, qui avaient tous les deux divorcé pour s'épouser, la renforçait dans son assurance. C'était aller un peu vite en besogne, à mon sens. Je goûtais peu ces propos d'hallali.

— Quand on s'aime, développait-elle, on se doit de vivre ensemble.

Cela ne me paraissait pas évident, dans sa bouche, bien que les autres fissent chorus. Quand elle s'aperçut de mon manque d'enthousiasme, de ma froideur, elle se fit froide aussitôt et nous renouâmes par exception avec la tradition de nos vieilles nuits de bouderie.

Elle redevint charmante, le lendemain, telle la terre après la pluie, mais j'avais entendu le coup de semonce. Allais-je essuyer désormais ses ultimatums comme elle avait encaissé ceux de Rudi ? Mes décisions n'étaient ni prises ni irrévocables. Je supposais, je supputais. Les vertus morales de Marthe n'étaient pas telles qu'on pût sans hésiter tout lâcher pour miser sur elles. Mes histoires d'amour, jusque-là, n'avaient jamais débouché sur de pareils choix. J'étais au bord d'une mer tantôt grise, tantôt bleue. Qu'y avait-il derrière cette étendue ? L'Amérique ? Quelle Amérique ? Celle des Indiens de notre enfance ou celle des massacreurs de bisons ? Celle de Louis Armstrong ou celle de la C.I.A. ?

Marthe était mon présent, mon doux, mon joli présent. Je m'identifiais aux jeunes, pour une fois, et craignais l'avenir. Agnès ne me le facilitait pas. Emportées par leur haine, elles rêvaient chacune de prélever le scalp de l'autre alors qu'à mes yeux elles avaient toutes leur agrément. Elles se complétaient si bien, pour reprendre les termes utilisés naguère par Marthe pour qualifier le Suisse et moi. Tout était retourné à la façon d'un doigt de gant, et je tenais le rôle inconfortable de Marthe au printemps. Allais-je de même occuper celui de méduse, que j'avais tant stigmatisé ?

Hormis quelques sautes d'humeur lorsque je lui annonçais, par exemple, que je déjeunais chez moi, qu'elle lançait avec dédain : « Vas-y, chez ta bonne femme ! », Marthe ne précipitait plus le mouvement. Elle devait le juger irréversible et me disait « je t'aime », ce qui ajoutait à mon cas de conscience, me titillait l'alternative, pesait lourd, très lourd sur un plateau de la balance.

La plupart de mes sagouins d'amis avaient changé de femme en cours de route, s'en montraient qui pis est satisfaits, ce qui me compliquait encore la vie. Marthe ne se privait pas de me souligner leur béatitude, l'opposait au climat désastreux qui régnait effectivement chez moi depuis la rentrée. Agnès emportait la salière, moi la poivrière ainsi qu'il est de mauvais ton dans ces cas-là. Je réclamais le moutardier, elle exigeait l'huilier, pour finir nous nous les jetions par la tête.

A la suite de ces scènes épiques, j'ouvrais devant Marthe les journaux, cochais les petites annonces immobilières susceptibles de *nous* intéresser. Quel local aurait l'avantage d'abriter *notre* couple de tourtereaux ? Je lui dis à cette occasion que j'envisageais de « tenter une expérience de vie commune », je me souviens très exactement de la phrase. Les mots « tenter » et « expérience » indiquaient que je ne basculais pas hors du provisoire. Marthe, justice à lui rendre, ne parlait pas de mariage. D'après elle, le mien ne plaidait pas en faveur des liens officiels.

Quand nous faisions l'amour, il était certes séduisant, alléchant, de songer qu'il ne tenait qu'à moi de perpétuer ce paradis rien qu'en ouvrant les portes d'un nouvel appartement, d'une nouvelle existence. Il me revenait alors que, les derniers temps, Mouche et moi avions achevé notre aventure en nous embrassant gentiment sur les joues. Ce n'était pas des plus encourageants.

Le vingt-sept octobre, nous fêtâmes un autre de nos anniversaires, celui de nos retrouvailles parisiennes au congrès du P.C., premier jour en fait de notre amour que ce jour où elle mit pour la première fois les pieds au studio. Elle m'offrit avec humour des portraits de Mao, de Lénine et de Marx. *En souvenir d'une journée, il y a aujourd'hui un an, qui nous réunit enfin et que nous passâmes au service du peuple à soutenir la juste lutte de nos camarades communistes contre les méprisables exactions des vipères lubriques capitalistes. Socialistement vôtre...*

Nous retournâmes au même restaurant qu'elle avait alors choisi pour ses coquillages. Nous eûmes les mêmes coquillages. Hélas, le citron de l'émotion était déjà pressé. Avions-nous trop vécu, déjà ? Trop aimé ? Il me sembla que la Marthe et le Régis de l'époque étaient lointains, brouillés dans les glaces. Il me parut qu'elle ressentait la même gêne face à cette piqûre d'épingle du temps. Nous nous étions tant étreints, tant déchirés, aussi, avant d'en arriver au bout de cette année, qu'il en demeurait sur cette nappe tout un menu de mélancolies « selon grosseur ».

Il nous fallut secouer cette poussière et croire qu'elle n'était que de passage. Pour fugitive, imperceptible qu'elle fût, cette érosion me troubla fort. Quel degré atteindrait-elle dans un an ? Dans deux ? Serions-nous, à la même table, muets, détachés, indifférents presque avant de regagner un « chez-nous » au teint plombé d'ennui, où nous ne ferions plus qu'un amour de samedi soir, de convenance, hygiénique ? Regretterais-je Agnès de toutes mes forces et m'en voudrais-je de l'avoir sacrifiée à une fille devenue terne et banale ? Qui ne parlerait plus que de médecine et de maladies à vous faire rendre votre dessert ? Qui regretterait, elle, Rudi, de toute son âme ? Qui, pour conclure et me rayer des cadres, jetterait dans mon verre des poudres de perlimpinpin dont elle connaissait et les secrets et les effets ?

Le docteur Galopet, affligé de bougeotte chronique, repartait pour un an en Afrique, proposait à Marthe de le remplacer à nouveau, ce qui était inespéré pour elle. Mais j'avais vu à l'œuvre le docteur Vivier. Il fermait le cabinet trois jours par semaine, n'y gagnait pas, tous frais déduits, le salaire d'un ouvrier modeste.

— Je ne sais pas comment je me débrouille, se lamentait Marthe, quêtant avec humilité mon avis d'adulte responsable.

Je le savais, moi, qu'elle travaillait trop peu et s'en portait le mieux du monde. Il était évident qu'une sinécure de quasi-fonctionnaire lui conviendrait davantage qu'un poids sur les épaules. J'usai de mes relations en sa faveur. J'avais un ami éditeur qui publiait des mandarins de la phlébologie, de la dermatologie ou de la stomatologie. Je lui présentai mon toubib balbutiant, ma généraliste débutante.

— Elle est limpide, me confia-t-il, extasié, limpide !

Il ignorait de quelles eaux troubles sourdait cette prétendue limpidité. Il me promit de lui procurer, grâce à ses auteurs, un emploi à mi-temps dans un laboratoire. Elle ne grimaça que pour la forme, elle qui, autrefois, pourfendait les laboratoires capitalistes, prônait la médecine de groupe, les soins à bon marché, le dispensaire socialiste et le suppositoire progressiste. Elle était prête désormais à entrer tête haute dans le système qu'elle avait combattu à grands coups de vent. La gourme était jetée, la cuti virée. Ces quatre heures de présence quotidienne dans un bureau bourgeois ne manquaient pas de séduction auprès de la perspective d'avoir à en gâcher le double au chevet d'une clientèle de quartier populaire. « Au moins, me dis-je, elle ne tuera personne ! Du moins, elle ne verra pas les morts ! »

L'éditeur tint parole, un postulant de mérite fut évincé au profit d'une Marthe qui n'avait pour qualification que celle d'être « limpide » et ma « petite amie ». On préféra, comme avant 1789, le danseur au calculateur. Elle n'occuperait qu'en janvier ses nouvelles fonctions. Elle avait du temps devant elle, ne demandait jamais plus à la vie, que du loisir, que le report de tout tracas au lendemain. Le temps, je ne le forçais pas plus qu'elle, prenais celui de repousser également au lendemain notre « expérience de vie commune ». Le sort semblait d'ailleurs hostile à son application. Je voulus visiter un appartement muni, fait rarissime dans le Paris technocratique, d'un appareil téléphonique. Nous nous y rendîmes trois fois, trois fois la concierge ibérique ne put nous renseigner. Que serait-il arrivé en cas contraire ? Y aurions-nous transporté sur-le-champ nos valises, notre amour, notre lit ? Que serait-il advenu du tout ?

Quoi qu'il en fût, je ne recherchai plus de logement qu'avec mollesse, après cette louable tentative. De toute son apathie, Marthe se reposait sur moi de ce soin. N'étais-je pas l'Homme, dans notre couple ? Elle haïssait Agnès, elle m'aimait, cela lui suffisait, à moi de me charger du reste. Je m'en chargeai donc avec lenteur, et une circonspection que chaque jour accroissait. Marthe m'avait contaminé, je commençais à fuir, à reculer l'instant du choix, à voguer de délai en délai. Tout cela n'était pas formulé, demeurait vague en mon esprit. Vivre avec elle... oui... oui... pourquoi pas ?... elle était là... rien ne pressait...

Il me paraissait plus important, par exemple, de poursuivre notre escalade érotique, d'inventer des amusettes intimes, des joujoux très particuliers. Je lançai avec succès dans Marthe d'abord le pilon de notre mortier à aïoli, puis un étui métallique à cigares, enfin la bougie classique de nos ancêtres les Gaulois. Après les protestations d'usage à propos de mes « vices », elle appréciait, criait sous l'effet de ces mâles improvisés, les seuls dont je n'étais pas jaloux puisque je pouvais à tout moment les balancer dans un tiroir, les remplacer.

Profitant d'un répit dans la création de ma pièce, nous nous offrîmes des vacances. N'étaient-elles pas, les vacances, le vrai pays natal de notre amour ? Nous repartîmes pour quelques jours dans notre chère Belgique où pleut la bière sur Bruges, où toutes les villes s'appellent Bruges, où tout bonheur se rend à Bruges avec, hélas, en poche un aller et retour.

Je me rendis compte, chez Nane et Roro, que mon indécision, mes silences commençaient à agacer Marthe. Le doute était moins flou en elle qu'en moi, elle n'en parlait pas encore mais s'assombrissait plus souvent qu'à l'accoutumée, s'énervait pour des riens, ce qui m'énervait au rebond. Nous n'étions pas très loin, topographiquement, de Waterloo. Moralement non plus.

La première nuit, à Hamme-Mille, elle quitta notre

lit à balustres si riche de souvenirs, alla dormir dans la salle à manger, ne pouvant plus davantage supporter mes ronflements. Elle agit de même la seconde nuit. J'y vis un mauvais signe. Amoureuse, elle passait sur ce travers. Lorsqu'elle s'attiédissait, il lui devenait tare. J'entendis mal la sonnette d'alarme de ces deux nuits où nous ne nous serrâmes pas l'un contre l'autre, l'un sur l'autre. Je n'en conçus qu'une pointe d'humeur.

Je gardais secret que, chez moi, l'orage s'était éloigné, que nous évitions à présent, Agnès et moi, tout sujet ayant trait à une séparation qui ne nous paraissait plus aussi inéluctable qu'auparavant. Je m'assoupissais dans le *statu quo,* Marthe le percevait plus ou moins consciemment, s'en irritait, et je la trouvais difficile à vivre. Vivre avec elle, oui... oui... oui... était-ce vraiment indispensable ?...

Le troisième jour, nous nous rendîmes à Amsterdam avec nos amis. Elle ne put, à l'hôtel, faire chambre à part, enfin, et enfin nous fîmes l'amour aux tulipes, plus par habitude que par conviction. Une tension persistait, qui s'étala par à-coups sur toute la journée du lendemain. Au musée Van Gogh, sous le vague prétexte qu'elle avait traîné trois ans avec un peintre du dimanche, elle se piqua de connaissances picturales qu'elle ne possédait surtout pas, se froissa de mon scepticisme quant à son savoir. Durant le déjeuner, nous nous heurtâmes sur je ne sais plus quel problème politique. Elle me sortit en vrac les ultimes résidus de sa tardive éducation sentimentalo-marxiste. Les bouderies se succédaient par rafales de mitrailleuse sous les yeux affligés de Nane et de Roro.

Dans la voiture qui nous ramenait en Belgique, je tentai de dormir, bougon, loin d'elle qui me crispait, me fatiguait. Je ne l'aimais vraiment plus, cette fille acariâtre, cette caricature de Marthe. Elle écrivit quelques mots sur un papier, me le tendit : *Si tu veux, tu peux mettre ta tête sur mes genoux...*

Je souris. Elle était malgré tout charmante, malgré tout exquise. Bien sûr que si que je l'aimais toujours et pour toujours, ma Mine d'or, cette fille adorable ! Je la pris dans mes bras, cette fois plus par conviction que par habitude. Je vivrai avec elle. Je ne savais pas quand — plus tard — mais j'en étais certain. Elle était trop mignonne pour ne pas partager mon existence en deux comme le croissant chaud qu'elle était dans ma bouche.

A Bruxelles, tout se détériora encore alors que nous nous promenions côte à côte le plus tendrement que nous le pouvions après tant et tant d'affrontements. Nous achetâmes des chocolats pour nos amis parisiens. Elle dénombra un paquet de trop :

— Le compte n'y est pas, Régis. C'est pour qui, celui-là ?

Je devinai à quoi elle pensait, hargneuse, et rétorquai sur le même ton :

— Pour Agnès.

Elle ricana, pincée :

— Si tu crois qu'elle le mérite, ta bonne femme, il faut lui en ramener deux kilos !

Elle avait la rancœur mesquine, et qui lui altérait la voix. L'aigreur l'enlaidissait, creusait ses traits. Je m'en montrai navré :

— Ne te laisse pas aller à la haine, Marthe. Cela n'apporte rien du tout, que de l'appauvrissement.

Je la tenai au coude, elle se dégagea violemment. Si elle avait su son chemin, elle m'aurait planté là. Je l'eusse fait volontiers, moi, sans un reste de politesse. Les dents serrées, nous marchâmes sans plus nous regarder que des étrangers. Cela tournait à la dégradation totale. Nous allions tomber, de plus en plus tomber de haut que nous étions montés aux faîtes.

Le soir, elle coucha d'autorité dans la salle à manger, sans même passer par notre lit. Le bilan était désolant. Sur quatre nuits, nous n'avions dormi qu'une fois ensemble, et encore ! A son corps défendant ! Fait qu'une seule fois l'amour ! Nous ! Vivre avec elle ?... A quoi bon ?... pour se haïr comme elle me prouvait qu'elle pouvait haïr ?...

Lorsque nous quittâmes la Belgique, ce que nous laissâmes dans notre dos n'était pas Bruges-la-morte mais déjà Bruges-la-crevée, Bruges-la-ballonnée, verte, pourrie. Nous ne le savions pas de façon formelle, mais déjà rien n'était plus impossible, entre nous. Nous étions déjà capables, un jour, de ne plus nous revoir, de ne plus revenir ici la main dans la main. Nous le portions en nous, notre échec. Elle en était enceinte jusqu'aux yeux, je l'avais semé dans son corps par inadvertance, mêlé à mon plaisir en contrebande, tel un passager clandestin. Vivre avec elle... pour quoi faire ?... Pourquoi ? « Pour de rire », « pour du beurre », comme disent les enfants ?

Le soir de notre retour à Paris, las de nous écailler, de nous érailler, nous nous séparâmes. Elle regagna sa communauté fouriériste, je rejoignis, les chocolats de la discorde sous le bras, ma communauté de biens.

Nous n'allions cesser de nous rabibocher que pour nous lacérer, nous replâtrer à la volée le lendemain, nous griffer de plus belle le surlendemain. Nos amis ne nous suivaient qu'avec difficulté, ne savaient plus au jour près où nous en étions de nos brouilles ou de nos réconciliations. Je persiflai : « Oui, pourquoi vivre avec elle ? C'est déjà fait. Nous nous engueulons tout aussi bien que si nous étions mariés ! »

J'exagérais. Nous connaissions encore des moments délicieux. Le soir de la première de ma pièce, comme je lui avais ordonné d'être la plus belle en l'honneur de ma gloire, elle fut la plus belle, blonde de frais en fourreau noir orné d'une capuche qui lui donnait un air de religieuse immodeste ou de moinillon équivoque. Elle eut autant de succès que mon œuvre et je fus aussi fier de l'une que de l'autre, toutes deux signées et imprégnées de moi.

Marie-Sade me l'a dit, plus tard, que je l'avais transformée, que je lui avais appris à s'habiller, à tirer parti de sa beauté : « C'est à ta première que je l'ai vue la plus confiante, la plus resplendissante. Tous ces hommes autour d'elle ! Elle était à la fête et elle était, surtout, ta femme. » Elle l'était, oui, la mienne étant restée par ironie à la maison.

Nos réussites enchevêtrées nous valurent deux jours d'entracte et d'étreintes dignes de fiancés anticipant en cachette sur les félicités officielles et garanties sur facture de leur mariage proche. C'était toujours l'époque des cocktails où je devais me montrer dans ma maturité d'auteur en embellie, et où j'exhibais Marthe à mes côtés. A l'un d'eux, je l'informai que je devais dîner chez moi avec des amis. Elle s'offusqua que je puisse voir des amis sans elle, qui n'était, il est vrai, que « la maîtresse », que « la pute ».

— Tu ne m'invites pas, toi, quand vous vous réunissez à la communauté.

— Ce n'est pas pareil, tu es désagréable dès qu'il n'y a que des jeunes autour de toi.

— Ils ne m'amusent pas.

— Toi non plus.

Par malchance, une de mes anciennes familières se heurta à Marthe, la toisa et me reprocha de ne plus sortir qu'avec des « minettes », ce qui était plutôt flatteur pour le docteur. Excédée, Marthe m'abandonna et sortit toute roide sans que je la poursuivisse. Je me rendais avant mon dîner à un second cocktail. J'y retrouvai Harry, Marie-Sade et Marthe qu'ils avaient par téléphone consolée et récupérée. Je fus froid, elle triste, et sa tristesse me durcit le cœur au lieu de l'amollir. Nous étions sur les nerfs et, de scène en scène, touchions aux sommets de l'art dramatique. La présence de cette Marthe trop ostensiblement mélancolique et « mal aimée » m'exaspéra soudain et, imitant sa fuite de tout à l'heure, je disparus sans saluer quiconque.

C'était à qui barboterait le mieux dans les enfantillages, et je m'y entendais aussi bien qu'elle pour mes quarante-huit ans. Je trépignais comme en mes plus vertes années. Elle me demandait, au studio d'une voix tranquille exprès : « Tu veux du Valium ? » lorsque des rages m'agitaient et qu'elle feignait de croire que, maladives, elles nécessitaient l'emploi d'un calmant. Nos coups d'éclat n'arrangeaient rien, nous coexistions sous pression. Elle m'agaçait comme le bruit d'une tondeuse à gazon le dimanche matin à la campagne. Je n'avais plus le droit de rentrer chez moi, m'y rendais presque en cachette et en rasant les murs comme un amant.

Je confiais à Marthe ce que je pensais d'elle : « Je te vois sous un jour poétique, sous un jour esthétique, et tout cela n'est qu'un faux jour », ce qui était sans doute la vérité, pas bonne à dire comme chacun sait.

Un matin, le docteur prit l'abcès entre le pouce et l'index, le fendit au scalpel et le pus jaune et rouge jaillit en gerbe jusqu'au plafond. Rose d'émotion, gelée de bile, cette glace à la vanille qui était Marthe me rappela enfin que je devais quitter Agnès pour elle. Que je n'en parlais plus depuis longtemps. Que je ne parcourais plus les petites annonces pour y trouver notre « home » coquet et douillet. Habile en faux-fuyants, j'avais jusque-là esquivé le sujet. Dès qu'il me semblait planer au-dessus de ma tête à la façon du rapace jean-le-blanc faisant « le saint-esprit », immobile dans le ciel, j'aiguillais la conversation sur la température extérieure, estimais que le fond de l'air était frais, que le temps était de saison, bref qu'il fallait de tout pour faire un monde mais que les anticyclones mettraient bientôt du beurre dans les épinards de l'atmosphère. Il ne m'était plus loisible d'éviter la charge du taureau Sottomayor. Je fis front vaillamment, le nez baissé, les yeux sur une miette de pain égarée en navigateur solitaire sur l'océan de la moquette.

— Oui... tu as raison..., murmurai-je, au supplice. Mais... mais...

— Mais quoi ?

Je fis en un soupir de pneu qui se dégonfle lamentablement :

— Je n'en ai plus le courage... J'ai peur. Recommencer ma vie à mon âge, cela m'effraie.

Elle me fixait, dure, méprisante :

— Harry l'a recommencée sans hésiter à cinquante-cinq ans. Tu es un lâche, Régis, un lâche !

— Ben, oui... comme tous les hommes..., approuvai-je, prêt à toutes les concessions. J'ai cru que je pouvais partir, je n'en suis pas capable.

J'essayai de contre-attaquer :

— Souviens-toi que je t'ai dit un jour que je n'avais

rien d'autre à te proposer qu'une histoire d'amour, et que cela te convenait, à l'époque.

— Pour une histoire d'amour, il faudrait encore que tu m'aimes.

— Marthe !

— Tu n'aimes que tes conforts, le matériel et le sentimental. Tu aimes bien Agnès, tu m'aimes bien, mais tu n'aimes personne d'amour.

Elle m'engluait, m'embarrassait. Je protestai :

— Vivre ensemble, ce n'est plus de l'amour, c'est du ménage, et du ménage à deux, le moins drôle de tous les ménages. C'est parce que je t'aime que je ne veux pas nous voir nous engluer dans l'habitude. Si je vis entièrement avec toi, dans six mois, j'aurais moins envie de toi, dans un an, nous ne ferons plus l'amour que tous les quinze jours, comme cela t'est arrivé avec Rudi, et tu as vu le résultat !

— Il n'y a pas que cela, Régis ! Que fais-tu donc de la tendresse ?

J'eus un geste évasif. Oui, c'était amusant, la tendresse. Mais ce n'était pas le feu, et je ne demandais que du feu à toutes les passantes, de l'incendie.

Quelle idée avais-je eu d'évoquer cette « expérience de vie commune » ? Marthe s'y était accrochée avec furie. Il est vrai qu'elle l'eût lancée d'elle-même un jour sur le marché. Morveux, je me mouchai. Péteux, je balbutiai que je l'aimais. N'était-ce pas le principal, pour elle ? Non. Elle haussa les épaules et s'en alla.

Je rentrai chez moi, ennuyé. J'aurais dû la laisser à Rudi. Il m'eût protégé, lui, contre cette tentative de mainmise, de harponnage. Oubliant sans vergogne toutes mes jalousies, mes exigences, je songeai que c'était le bon temps, le temps du *chtit*, celui où j'étais l'amant de cœur. Aujourd'hui, on me menaçait de me transformer une fois de plus en mari, le plus mauvais rôle du répertoire comique. Dans mon fauteuil, dans mes pantoufles, épouse et chat près de moi, épaté dans le « confort » que Marthe me reprochait — mais qu'elle eût volontiers partagé —, je nourrissais des craintes et tremblais sur mes bases. Je la connaissais à présent rancunière. Me pardonnerait-elle ma dérobade ? Agnès me vit m'obscurcir, me mordiller la lèvre inférieure à la façon du docteur. Je cherchai, sinon une solution, du moins une échappatoire.

— Dis-moi, fis-je, est-ce que cela t'embêterait si j'allais vivre six mois avec Marthe ?

Paisible, elle me répondit sans cesser pour si peu de tricoter :

— Pas du tout. Tu reviendras au bout d'un mois, deux au maximum, et tu le sais.

Elle avait raison. Je le savais. J'étais sincère quand j'affirmais que l'amour ne peut résister au train-train du quotidien, s'y enlise inexorablement quoi qu'on fasse. C'était mon opinion et c'était ma nature. Je n'empêchais pas les gens d'être persuadés du contraire, mais l'exemple qu'ils me donnaient ne me convainquait pas. Ils traînaient derrière eux au bout d'une ficelle le cadavre de leur amour, soutenaient qu'il bougeait encore, déclaraient qu'il ne puait pas mais fleurait le jasmin. Peu d'êtres crient sur les toits qu'ils sont trompés ou, pis, qu'ils se sont trompés. J'acceptais mes défaites, pas eux. Leur réussite pseudo-sentimentale leur tenait plus à cœur encore qu'une position sociale dont ils ne se sentaient pas, à l'inverse de la première, pleinement responsables.

Tandis que je méditais au coin du feu sur les périls, les incertitudes et les misères de ce foutu amour, Marthe m'écrivait. Pour que j'eusse sa lettre au plus vite, elle vint la jeter dans ma boîte pendant que je dormais. Cela m'émut de m'imaginer cette fille traversant ma cour en catimini, la nuit, pour me donner de ses nouvelles, qui n'étaient pas gaies...

...finalement, Rudi est parti, je suis seule, disponible pour toi, mais c'est toi à présent qui fais marche arrière... Toi qui clames ton amour pour moi sur tous les toits de Paris et qui exiges tout de moi, que m'offres-tu ? Oui, une « histoire d'amour », tu aurais presque pu me dire comme Churchill à son peuple « Je n'ai à vous offrir que du sang et des larmes »... je t'accepte comme cela aussi longtemps que je pourrai le supporter... je ne suis pas très heureuse, demain cela ira mieux, ne t'inquiète pas, je serai souriante et belle comme doit l'être toute maîtresse...

Cette mélancolie ne fit qu'ajouter à la mienne. Cela me dégoûtait d'attrister Marthe et de la décevoir. Comme elle, je n'étais « pas bien dans ma peau ». Elle me paraissait un peu sale, ma peau. Je retournais contre moi comme un couteau cette phrase d'Anatole France : « Si on réfléchit, on ne s'envolera jamais. » Pourquoi m'étais-je mis à réfléchir alors qu'elle était prête enfin à s'envoler ? Je me disais que je n'agissais ainsi que pour nous sauver de l'usure, mais j'y croyais à peine. Peut-être l'aimais-je un tout petit peu moins sans oser me l'avouer en face ? Cela me semblait monstrueux. « Ma Corse, ma Bruges, ma Mine, chuchotais-je, tout cela n'est pas vrai, je t'aime. Tu seras toujours ma petite fille, mon beau petit toubib, toujours... » Alors que je le refusais, ce « toujours » qu'elle me tendait, et qui ne sonnait peut-être faux qu'en moi...

Le lendemain, malgré ce qu'elle m'avait écrit, cela n'alla pas mieux. Elle était belle, oui, souriante, non.

Après un déjeuner chez nous, un dîner au restaurant où nous avions été calmes, elle douce et moi tendre, elle réenfourcha au studio son cheval de bataille, et ce fut le conflit. La tondeuse à gazon se multiplia, devint un orchestre de tondeuses à gazon, un chœur de coquillages raclés contre une brique. Elle ne fit pas dans la fureur mais dans le désespoir, le désarroi, ce qui me fit plus mal qu'une simple colère de femme.

— J'ai cru que tu m'aimais, Régis, comme on ne m'avait jamais aimée. Tu parles ! Tu joues à croire que tu aimes follement, mais tu n'es pas fou. Tu bâtis ta vie avec soin, tu ménages tes arrières. Si la nouvelle t'abandonne, tu as toujours l'ancienne à la maison ! J'étais heureuse avec Rudi. Ne ricane pas. Ce n'était plus de la passion, mais on vivait ensemble vingt-quatre heures sur vingt-quatre, on ne se disputait jamais, je n'avais pas de moments de cafard et je ne pleurais pas comme ça m'arrive depuis quelque temps. Et puis tu es venu, je t'ai aimé et tu as voulu que je parte de chez moi. Car j'avais un chez-moi, moi aussi, comme tu en as un que tu ne veux surtout pas lâcher ! Et maintenant je n'ai plus rien, ni Rudi ni toi !...

— Quoi ! Je suis là !

— Tu n'y es qu'à moitié. C'est trop facile, ta vie à mi-temps ! Tu demandes tout aux autres, ils t'obéissent et tu ne donnes rien. Tu vis en retrait, je te le dis ! Prêt à rentrer à reculons chez toi en cas de danger. Ce n'est pas comme cela qu'on aime quelqu'un, Régis.

— Si ! C'est une aventure, l'amour, ce n'est pas un duo de grillons du foyer, de minables assis devant leur télé ! L'amour, c'est nous, ce que nous avons vécu comme des dingues depuis plus d'un an. En se battant, en se baisant à mort, en se courant après, en s'embrassant dans tous les coins dès qu'on trouve un coin ! C'est ça, l'amour, les grandes vacances! Pas la retraite des vieux!

— J'ai tout quitté, toi rien, répétait-elle, c'est là-dessus que je te juge.

— Tu n'as pas à juger. Tu m'aimais, il était normal que tu choisisses.

— Et toi ? éclata-t-elle, tu choisis ? Tu choisis de tout garder, oui !

— Moi, je t'aime. Cela ne te suffit plus ?

— Non ! Moi aussi, je t'aime, mais je te veux à moi, rien qu'à moi ! Comme tu l'as réclamé de moi !

Cette scène m'était odieuse. Je me butai, m'enferrai. Mort aux vaches ! Mort aux femmes ! Elle ne m'aurait pas au chantage, cette mesquine, cette sordide. Ce n'était pas par amour de moi qu'elle me voulait. Ce qu'elle voulait, par haine, c'était la peau d'Agnès. Il n'y aurait pas de docteur Ferrier. Tant pis pour moi si je n'étais pas brillant, je me frotterais avec un chiffon, scintillerais de plus belle. J'acceptais tous les torts apparents, mais sauverais cet amour de l'ennui, du ridicule bain de pieds où elle entendait le plonger. Si je ne pouvais le sauver, tant pis pour lui, tant pis pour nous, il en mourrait, et voilà tout. Ce ne serait ni le premier ni le dernier à en crever, de leurs médiocrités, de leur manque de qualité.

D'un œil sec et froid, je la regardais pleurer, car elle s'était mise à pleurer, à bout de nerfs et d'arguments. Je ne fis pas un seul geste pour la consoler. Elle pleura à flots, comme je ne l'en pensais pas capable. « A ce point-là, me dis-je avec méchanceté, ce n'est plus pleurer, mais pleuvoir ! Elle va gâter la moquette ! » Un peu ignoble, pour lui signifier que son chagrin ne me touchait pas, j'ouvris un livre, ce qui décupla ses sanglots.

Elle s'enferma dans la salle de bains pour ne plus se donner inutilement en spectacle au bonhomme insensible que j'étais. Éperdue de douleur, elle renifla longtemps. Elle dut pleurer une heure montre en main, sans discontinuer. Je me couchai, éteignis la lumière. « Pourvu que je ronfle, songeai-je encore sans pitié, mon Dieu faites que je ronfle comme un camion dans une côte, qu'elle me paie ce numéro déshonorant ! »

Plus tard, elle se coucha contre moi, trempée de larmes. J'aurais sans doute dû l'attirer contre moi, boire ses pleurs sur ses joues et sa bouche. J'aurais sans doute dû entrer en elle pour lui apporter un peu de paix.

Je ne le fis pas. Je la détestais, cette nuit-là. Je n'aimais pas, mais pas du tout, que le docteur Mabuse pût me mettre le bistouri sous la gorge.

29.

Se peut-il qu'on soit
Si méchante avec de jolis seins ?...

GEORGES BRASSENS

Elle ne pleura plus pour moi. Jamais.

Notre Dieu et la mer se retiraient de nous. Elle voulait vivre avec un homme. Je ne voulais pas vivre avec elle. L'homme ne serait donc pas moi...

Pour l'heure, je l'étais encore et, le lendemain, dès qu'elle eut vidé son sac lacrymal, nous fîmes l'amour tout le jour qui était un dimanche. Nous ne bougeâmes pas du studio, nourris de boîtes de conserve. Ce qu'elle n'obtenait pas debout, mon assentiment à ses vœux, elle tentait de toute sa chair de me l'arracher à l'horizontale. Elle fit des prodiges pour me persuader intimement que jamais je ne retrouverais à l'avenir une amante trempée de sa trempe. Cela, je le pensais, je le savais. Savais aussi que si je prétendais l'éterniser, ce corps, il me serait muet plus tard, et froid. L'impuissance est toujours à portée de la main, n'est qu'une simple prime du temps.

Nous nous vîmes moins. Je partais des quarante-huit heures en province pour promouvoir ma pièce, ce qu'on appelle hardiment « promotionner » dans le patagon des journaux télévisés. Je « promotionnais » donc, surpris de constater que mon travail m'intéressait encore, qu'aucun amour ne m'encanaquerait au point de le négliger tout à fait.

Nous nous disputâmes encore la veille d'un autre anniversaire, celui du jour où nous avions couché ensemble pour la première fois. Nous étions dans le métro. Comme dans un gag des Marx Brothers, je descendis *in extremis* à une station, de façon qu'elle ne pût me suivre. Je me rendis au studio, déterminé à boire — « en Suisse », ricanais-je amèrement — puisque l'amour s'asséchait et me desséchait. Peu après, je l'entendis ouvrir la porte. Ma fuite ne l'avait guère enthousiasmée. Elle fit, rogue :

— Tiens, tu es là ? Je te croyais chez ta femme, chez ton assurance vieillesse.

Elle courut faire pipi, puis :

— Bonne nuit. Je vais coucher chez Nadine.

Je ne la retins pas. Nos amours-propres prenaient le pas sur tout le reste. Elle ressortit aussi vite qu'elle était venue. Arrivée à 23 heures, elle était dehors à

23 h 2. Deux minutes pour être désagréable et poser culotte. Je pus mettre la table succincte — un verre, une bouteille — et retomber amoureux d'elle, et me cogner aux murs en psalmodiant son cher prénom.

A midi, le vingt-sept novembre, je reçus un télégramme chez moi. *C'est notre anniversaire. J'aimerais le fêter ce soir. C'était stupide, hier. Je t'embrasse.* Je ne l'aurais pas appelée. Elle était moins méchante que moi. L'anniversaire fut tendre, sentimental et cuit à point. J'aurais aimé un retour en arrière, comme au cinéma, je nous aurais souhaités plus jeunes d'un an. Physiquement, ce fut plus réussi, mais où étaient passées nos illusions ? Leurs miettes jonchaient le guéridon de marbre autour duquel nous nous étions tant pressé les mains en nous regardant « follement, passionnément » dans les yeux. Marthe fut le gâteau, la bougie celle avec laquelle j'avais pris l'habitude maligne de la caresser, épiant de près, de tout près, jusqu'au moindre frisson de sa peau. Plus tard, j'apporterais à Marthe des quantités d'autres perfectionnements, ferais d'elle la plus sophistiquée des *love machine.*

Un autre soir, La Godille, le metteur en scène inconnu, m'invita à dîner au Pavillon-Royal, dans le bois de Boulogne, pour m'entretenir encore du sujet que je lui avais confié un jour de générosité. Seule, Marthe s'embêtait. On ne se bousculait pas au portillon, dans sa vie intérieure. Elle m'accompagna. Elle était sombre, triste, molle. La Godille n'était pas fait pour la dérider, qui avait de l'esprit comme quatre, quatre paniers, hélas. Nous mangeâmes sans joie face à cet alevin rosâtre, ce blondin délavé pour drugstores et cinémathèques. A la réflexion, c'était à une tranche de jambon de Paris qu'il ressemblait, à un goret infatué de ses soies. Comme il n'avait tourné que des publicités pour des lessives ou des yaourts, il pouvait se prendre pour Chaplin sans crainte d'être contredit, et ne s'en privait pas. Il s'absenta.

— Qu'est-ce que tu as, Marthe ?

— Rien...

— Arrête de faire la gueule. La Godille, ce n'est qu'un mauvais moment à passer.

— Tu aurais dû amener ta bonne femme à ma place.

Et vlan ! Elle repartait dans l'idée fixe, dans l'obsession. Je soupirai à faire s'envoler le pesant La Godille déjà réapparu. Elle s'éclipsa à son tour. Jovial, le roi du zoom sur machines à laver se mêla de me rasséréner :

— Ne t'emmerde donc pas avec les nanas ! Je t'en présenterai un paquet qui veulent faire du cinéma.

— Je n'en vois jamais avec toi.

— J'aime être peinard. Les nanas, c'est fait pour le plumard, pas pour les dîners en ville.

Il m'agaçait aussi, celui-là, avec ses « nanas ». Marthe ne m'avait pas trop converti à ses féminismes nébuleux, mais je respectais et aimais davantage les filles, malgré tout, que ce commis charcutier de la pellicule, qui ne parlait avec affection que de ses deux enfants, conversation qui nous assommait, nous les contempteurs de toute progéniture. Nous eûmes du mal à l'empêcher de sortir les photos classiques de son portefeuille.

Il nous traîna ensuite au Yoyo, une boîte de Saint-Germain-des-Prés. Je ne dansais qu'un slow par an, quand j'étais saoul. Toujours hilare, La Godille fit donc danser une Marthe toujours aussi désenchantée. Je m'ennuyais ferme entre ce calicot et cette « nana » réfrigérée. Je dis à Marthe :

— On rentre ?

— Tout à l'heure...

Elle retardait l'instant fatal où nous ne manquerions pas de démoucheter les fleurets. Je n'allais pas passer la nuit en cet endroit, en cette déprimante et trémoussante compagnie. Je me levai posément de table, comme pour me rendre aux toilettes, et rentrai chez moi soulagé, les plantant là sans regret.

Deux jours plus tard, cette anicroche encore réparée, nous célébrâmes encore un anniversaire. Le mien, cette fois. Quarante-huit bougies remplacèrent l'unique, chère à Marthe. Sept amis, dont Harry et Marie-Sade, avaient été conviés au studio pour y partager la carbonnade flamande. Marthe avait appris ce plat en Belgique, l'avait ajouté au seul qu'elle savait déjà cuisiner, le poulet à la crème. Son bagage de ménagère s'était, en une seule fois, accru de moitié.

Je n'aimais plus voir Marthe en groupe, avec des couples qu'elle comparait au nôtre, et jamais à notre avantage. Elle jetait au vol de fines allusions qui me crispaient, alourdissaient l'atmosphère, gênaient les commensaux.

Ce fut le cas ce soir de fête, malgré les cadeaux dont on me combla. Elle m'offrit un sac de voyage. Un an auparavant, sans le sou, elle n'avait pu me faire don que d'une affiche. J'aurais voulu revivre le temps heureux de cette pauvre affiche. A l'intérieur du sac, elle avait glissé quelques carrés de papier, des extraits de mes lettres enflammées, subtilement choisis tout au long de ces derniers mois pour leur goût d'amour *éternel*. Elle y avait joint un mot de sa main : *... heureuse d'être là, encore, cette année... je t'aime, je t'embrasse longuement, éperdument...*

Elle agissait comme si elle redoutait de me perdre. Entre deux froids, elle redoublait de tendresse, me prodiguait mes caresses préférées, se comportait comme pour me « reconquérir » selon la langue des feuilletons. Notre « vie commune » devait toujours lui titiller l'esprit. Elle ne désespérait peut-être pas de m'aiguiller au dernier moment dans cette voie de garage, malgré mes soubresauts. Il ne me déplaisait pas qu'elle me fît ainsi la cour. Flatté, j'oubliais mes prudences, tout ce que l'existence m'avait enseigné à grands coups de marteau sur les doigts. Je l'ignorais brusquement, les yeux bandés, que les filles, plus légères que l'air, s'envolent, ce que j'avais pourtant prouvé à Rudi. Bref je pensais, en reculant, tenir Marthe qui s'avançait, la tenir mieux que jamais je ne l'avais tenue. J'étais de ces vieux galantins qui n'arrivent pas à vieillir et croient toujours, en dehors de leurs éclairs de lucidité, à une *Mère Noël* à eux ligotée pour la vie. Je me rapprochais là du commun des mortels, ce niais pour qui tout est acquis.

Cela dit, j'aimais Marthe. Je ne sais plus comment, pas comme elle le désirait, mais je l'aimais. Je lui citais deux petits vers de Jacques Brel, décidément un de mes auteurs favoris en matière de sentiment :

Je ne sais rien de tout cela,
Mais je sais que je t'aime encore...

Elle en souriait faiblement, hochait une tête que nos amours virulentes avaient beaucoup mûrie. Photos comparées à l'appui, elle avait ramassé cinq ans de plus sur le visage, en une seule année. Nous n'avions guère connu de repos. Son sourire même n'était plus celui, de petite fille, qu'elle avait depuis l'enfance gardé aux lèvres, jusqu'à nos tout premiers combats. Il était à présent plus lointain, plus grave, plus triste aussi, et cette mue me pinçait à la gorge. J'aurais voulu la rendre heureuse, comme Rudi y était autrefois parvenu. Je ne l'avais pu et cela m'accablait lorsqu'il m'arrivait d'y penser, loin d'elle, après deux verres bus en solitaire, verres qui me mouillaient de sensiblerie les paupières.

Auprès d'elle, je n'y songeais plus, puisqu'elle était là, faite femme par mes soins. Heureuse ou non, qu'importe : présente ! C'était tout ce que je lui demandais. Elle ne trouverait rien de mieux que l'homme que j'étais, sur tous les plans. Cela suffisait à mon bonheur Si elle n'y voyait pas le sien, c'est que la malheureuse était aveugle.

La froidure étant venue, je décidai d'avancer de trois semaines, pour Marthe, son cadeau de fin d'année. Je lui offris un blouson de renard pour qu'elle pût, ainsi déguisée en fauve, mieux me manger le cœur. En attendant ce festin de pierre, elle me l'embrassa, le serra sur le sien retombé un instant en fraîcheur.

Je ris en ouvrant un matin mon courrier. Deux compagnies théâtrales de Lausanne et de Genève souhaitaient monter deux de mes comédies. Leurs responsables m'invitaient à me rendre en Suisse pour en discuter. J'avais souffert d'un Suisse, je n'en voulais pas à l'Helvétie entière pour si peu. Je n'avais de racisme qu'en particulier, jamais en général. Mon Suisse à moi aurait pu être Papou, pour le même prix. Il est de bon ton, sinon de bon goût, de se raconter, à Paris, des histoires belges ou suisses. J'espère qu'à Bruxelles ou à Zurich on se régale d'histoires où les cons français — ils existent, j'en ai rencontré — brillent de tous leurs feux. Je dis à Marthe :

— Si on filait en Suisse trois jours, cela t'irait ?

Ce fut la dernière fois qu'elle battit des mains et

me piailla ses « Oh oui ! Oh oui ! » que j'aimais tant.

Ce voyage, supputai-je, lui changerait ses idées forcenées de cohabitation. Durant trois jours, du moins, nous serions loin de tout cela. De plus, je me pourléchais les babines à la pensée de lui faire le plus atrocement possible l'amour en terre suisse pour me venger des tourments que j'avais endurés de la part d'un de ses ressortissants. Il y aurait du Bruges dans l'air, à Genève ! Et à Lausanne !

La Suisse nous fut totalement désastreuse, et toutes les pommes de Guillaume Tell nous entonnèrent un parfait chant du cygne. Pour notre première nuit, à Lausanne, le docteur fut malade d'avoir trop picolé de fendant pour se consoler de mes tergiversations. Je dus encore le soigner, le hisser au-dessus des cuvettes, ce qui était sans doute de l'altruisme et de l'intimité, mais ne favorisait en rien les poussées érotiques. Je tentai néanmoins, pour réaliser mes desseins géographiques, de prendre ce paquet inerte, y renonçai vite. Une Marthe morte, cela ressemblait, au lit, à trop de femmes, à tout sauf à Marthe-la-Sainte, Marthe-des-explosifs, Marthe de toutes les Lubricités Partagées.

Nous étions escortés par divers Suisses passionnés des planches qui n'entendaient rien à nos saynètes mi-perverses mi-grognonnes. A Genève, lors d'une émission de radio réalisée en direct, je la conservai près de moi pour qu'elle pût apprécier l'aisance qu'avait son amant à parler de lui-même et encore de lui-même. De fait, elle m'aima et m'admira une heure durant, subjuguée par un rayonnement qu'elle ne percevait plus guère lors des mutismes dus à nos éclectiques bouderies. Ses dévotions durèrent peu. Elle acheta des chocolats pour ses amies. J'en pris deux autres grandes boîtes, lui en tendit une :

— C'est pour toi.

— Et l'autre, c'est pour qui ? fit-elle d'une voix de glace qui craque à la surface d'un lac.

Je ne répondis pas. Elle ricana. Elle était odieuse quand elle ricanait de la sorte. La fée Viviane devenait Carabosse.

— C'est pour elle, comme à Bruxelles ?

— Pourquoi pas ?

Quelle rage avait-elle de vouloir priver Agnès de tous les chocolats francophones ? Elle se replia sur sa haine, et je détestai cet oursin. Au dîner offert par la colonie française, elle flirta avec le vice-consul pendant que je batifolai avec ma voisine. Dans notre chambre, je ne desserrai pas les mâchoires. Son aversion pour mon « assurance vieillesse » me rendait vindicatif.

— Tu fais la gueule ? s'enquit-elle, vulgaire.

— Oui.

Elle se coucha violemment dans un des lits jumeaux et me tourna le dos. Pas les fesses. Le dos. Ce fut ainsi que nous ne fîmes jamais l'amour au pays de Rudi, Rudi qui l'avait tant fait avec elle...

La tension fut extrême le lendemain. Marthe émit l'idée d'aller seule à Bâle embrasser les parents de Rudi. Comme je n'y voyais aucun inconvénient, elle se ravisa, prit le train de Paris avec moi. Nous n'avions même plus le ressort de discuter, de nous enguirlander. Nous étions las de tout, d'amonceler tant d'échecs en ce monotone jeu de construction. Plus rien ne nous arrêterait sur notre pente. Elle posa pourtant sa tête sur mes genoux pour dormir, puisque je le lui avais proposé. Moi qui l'avais avec tant d'amour, tant de nuits regardée sommeiller, je ne la dévisageai plus, cette fois, qu'avec une amertume infinie. Elle allait donc mourir. Ce n'était plus qu'une question de temps.

Cette figure pâle et fermée allait s'éloigner, se diluer dans les eaux de l'oubli, s'y écrouler comme un morceau de sucre.

A Paris, sans un mot, je la reconduisis en taxi boulevard Bonne-Nouvelle puis rentrai chez moi. La vie ne demandait pas mieux que de nous séparer, s'affairait autour de nous avec sa paire de ciseaux. Le jour suivant, je fis ma petite crise de lâcheté masculine. « Égoïste comme tous les hommes » ainsi qu'elle me le serinait sans originalité depuis quelques semaines, je redoutai en toute simplicité de me retrouver seul, sans maîtresse, durant tout un proche avenir. En ces quatorze mois consacrés à Marthe, mon carnet d'adresses s'était dépeuplé jusqu'à ressembler au désert de Gobi. Les femmes n'attendent pas qu'on se souvienne enfin d'elles et qu'enfin on les siffle. Elles sont égoïstes. Comme tous les hommes.

J'appelai Marthe, l'envie d'elle au ventre, l'envie, aussi, de voir si ses yeux n'allaient pas à la longue s'éclaircir, redevenir les flaques de lumière où j'aimais me baigner nu. Je ne l'eus pas, dis à Éric de lui transmettre que je dînais chez mon ami André, qu'elle pouvait m'y rejoindre, que cela me ferait plaisir.

Il n'y eut pas de plaisir. Ce fut un mauvais soir encore, à rajouter à la liste des soirées perdues. L'azur de ses yeux tournait au bleu marine. Lèvres et narines pincées. Tête ailleurs alors que je la voulais tête en l'air comme autrefois. Non, pas même. Je la voulais plutôt vaincue, écrasée, détruite. J'avais en amour le goût, le vertige du suicide. Elle me demanda ce que nous ferions tous les deux le lendemain dimanche. J'imitai le ricanement qui lui tordait la bouche quand elle parlait d'Agnès :

— Toi, je ne sais pas. Moi, je vais à la campagne avec ma femme.

C'était sans réplique. Elle se tut. Je vis ses mains se nouer sur la nappe. Peu après, elle se rendit dans la cuisine, où André la rejoignit. Plus tard, il revint, seul.

— Où est Marthe ?

— Elle est partie. Elle est triste, malheureuse. Elle pleurait. Il faut dire que tu es dur, avec elle.

Je demeurai pantois quelques secondes. Allai-je m'élancer comme un fou dans les rues à sa poursuite ? Je n'avais pas prévu qu'elle pouvait fuir, aussi. C'était ma spécialité personnelle, la fuite. Je pris un parti :

— Eh bien, tant pis ! On sera plus tranquilles sans elle. Buvons.

Il me fallut quelques verres pour effacer l'image de Marthe solitaire, en larmes dans la nuit.

— J'en ai marre, confiai-je à mon ami. Elle n'est plus la même depuis qu'elle veut vivre avec moi. Ce n'est pas en me faisant cette tête-là qu'elle soigne sa publicité. Elle a empiété, André. Je n'aime pas les filles qui empiètent.

— Tu la regretteras.

— Eh ! Je le sais que je la regretterai, que j'en souffrirai. Mais j'en ai marre, je te le répète, de ce donnant-donnant : « Tu n'auras plus mes fesses si elles ne dorment pas à vie contre les tiennes. » L'amour, ce n'est pas ça pour moi. J'ai connu des gens, mariés chacun de leur côté, qui ne pouvaient se voir qu'une heure de temps en temps entre deux portes et qui, sans jamais un week-end ou un jour de vacances à eux, s'aimaient. Des années. Jusqu'au bout. Marthe n'est pas de ce sang-là. Dommage. Ce n'est pas une dame. C'est de l'ordinaire, et j'ai pourtant tout essayé pour améliorer cet ordinaire.

Il tenta de me raisonner, de me conseiller, mais j'en avais assez d'une histoire qu'elle entendait engluer dans le quotidien, enfoncer dans la mélasse jusqu'à ce qu'elle ne fasse plus la moindre bulle. « A bas le quotidien ! » avais-je lu sur un mur de Paris, et j'avais en moi-même félicité ce beau poète anonyme.

Elle commença très vite à me manquer. Je lui donnai un rendez-vous à un cocktail, elle n'y vint pas. Au troisième jour de vide, je lui écrivis. Elle me porta sa réponse le soir même, traversant encore ma cour nuitamment, en chauve-souris des P.T.T.

Je lui avais rappelé qu'il y a un an nous partions pour Londres. Elle s'en souvenait avec mélancolie, reparlait de la *vie commune* où elle m'aurait été *fidèle, oui, même fidèle,* insistait sur cette fidélité qui devait tant lui coûter qu'elle l'érigeait en sacrifice invraisemblable, en vertu d'exception. *Vie commune* que je lui avais proposée, insistait-elle encore, qu'elle n'avait acceptée qu'après mûres réflexions et par amour pour moi. Puis j'avais reculé, la décevant comme on n'a pas le droit de décevoir une femme.

Elle surmontait sa déconvenue, me confiait qu'elle avait *quelques soirées intéressantes de prévues,* que *nous nous verrions entre-temps,* que *les jeunes ont aussi de l'intérêt,* qu'il n'était pas digne d'elle de larmoyer, qu'elle avait *autre chose à faire dans la vie que de se lamenter sur un amour d'opérette,* qu'elle sortirait *quand j'en aurai envie et verrai qui je veux quand je veux comme j'ai déjà commencé à le faire...* Elle concluait sa lettre-fleuve — qui n'était pas le fleuve Amour — par *Je t'aime... peut-être encore... qui sait ?...*

Je fronçai les sourcils. Ces « soirées intéressantes » me semblaient proches parentes des « gens très intéressants » qu'avait jadis rencontrés Mouche. Ce genre de relations, « intellectuellement enrichissantes », s'achevait en général les jambes en l'air, le plus positivement du monde.

Elle commençait à sortir à sa guise ? Ce n'était pas rassurant pour qui la connaissait. Probablement avec ces jeunes si passionnants. Si menaçants. Je n'allais pas tarder à être cocufié par celle qui m'eût été *fidèle, oui, même fidèle* jusqu'à la mort sur un signe de moi. Si mon amour était d'opérette, le sien m'apparaissait de papillotes, enrubanné de vers de mirliton. Pouvait-on encore les sauver du trépas, ces amours devenues si modiques ? Je le tentai, effrayé par l'allure à laquelle elles filaient au tombeau sans que personne ne les retienne par le licou.

Le quatrième jour, je lui écrivis encore, téléphonai à Marie-Sade qui me développa l'étendue de chagrin d'une Marthe à son tour mise sur les rails de la marche arrière qu'elle m'avait reprochée. Le cinquième jour, je l'invitai à une réception où elle ne vint toujours pas. Le sixième, j'eus d'elle une réponse très sèche de quelques lignes. Elle n'était pas libre le week-end. *...peut-être pourrions-nous nous voir mardi ou mercredi soir ?...* Le mercredi soir était le réveillon de Noël. Il n'y avait plus, cette fois, de *Je t'aime... peut-être encore... qui sait ?...* Il ne restait plus qu'un *je t'embrasse* du bout des lèvres, de ces lèvres qui m'avaient parcouru tout le corps.

Que signifiait ce week-end où elle n'était pas libre ? Avec qui voulait-elle le passer ? Ou plutôt : sous qui ? En ces six jours, elle avait accompli bien des kilomètres sur le chemin du retour, tari son flot de larmes. S'était-elle déjà trouvé d'excellentes raisons de la perdre ? Le bistouri n'était déjà plus sous ma gorge, descendait, cherchait le cœur où se planter d'un coup précis.

Le septième jour, un samedi vingt décembre, je signais mes recueils de pièces dans le hall du théâtre où se jouait ma nouvelle comédie. Harry, au courant de mes difficultés passionnelles, cingla vers moi tout guilleret pour m'annoncer :

— Sois heureux, petit père ! Marthe va venir !

Marie-Sade et lui l'avaient décidée à m'affronter encore. Elle avait donc renoncé pour le moment à ce week-end avec le poilu inconnu, à ce week-end sans moi. Bref, j'allais la revoir. Me rapprocher d'elle. L'aimer encore. Lui faire l'amour encore. Tout recommencer depuis la Maison-Chambord, depuis le Congrès du P.C., depuis Londres... A zéro...

Elle m'apparut enfin, distante, triste toujours, mais toujours belle ainsi vêtue de noir comme une veuve de la vie. En deuil aussi de notre « vie commune ». Je ne vis sur elle nulle trace de ces six jours vécus au large de moi. S'il en existait, le maquillage de la peau et celui du mensonge les recouvraient d'un voile opaque. Elle fut aimable, sans plus. Souriante, pas davantage. Je ne l'interrogeai pas sur son mystérieux week-end. Il y avait d'ailleurs dîner le lendemain soir à la communauté. Sans moi de préférence, étant donné l'état piteux de nos relations. Ces commentaires n'étaient pas d'elle, je les lisais entre les lignes.

Après la signature, Harry enjoué, nous prit au bras :

— Je vous emmène, les amoureux ! C'est l'anniversaire de mon voisin David, l'animateur de radio. Il sera content de vous avoir à sa partie.

Nous ne protestâmes pas. Je n'aimais pas la voir en groupe, *avant*. J'avais peur à présent de la voir seule, et elle devait penser de même que notre face à face n'était pas d'une urgence extrême, qu'il surviendrait toujours bien assez tôt. Nous montâmes à l'arrière de la voiture, comme nous l'avions fait en revenant de Belgique, Harry jouant les chauffeurs hier comme aujourd'hui. Je chuchotai à l'oreille de Marthe :

— Pourquoi ne t'ai-je pas vue, tous ces temps-ci ? Je m'ennuyais.

Elle fit avec douceur :

— J'essaie de me détacher de toi.

— Et... tu y arrives ?

Elle me fixa :

— J'y arriverai, oui. Il le faut bien.

— Pourquoi le faut-il ?

— Tu le sais.

Je l'attirai près de moi, mis une main sur ses seins, l'autre entre ses jambes, puis entre ses cuisses qu'elle m'ouvrit, obéissante comme à l'accoutumée. J'en fus réconforté. Je la retrouverais dès cette nuit. Je lui dirais n'importe quoi. Que je divorcerais. Un jour. Parfaitement, un jour. Bientôt. Je lui mentirais. J'obtiendrais un sursis. Je l'illusionnerais une fois de plus. Ce serait malhonnête, mais l'honnêteté n'existe pas en amour. Je serais trompe-l'œil, elle faux-semblant. L'heure de la vérité était dans notre dos, pas devant. Nous l'avions entendue sonner autour de notre guéridon de marbre. Dix fois. Vingt fois. Elle ne tinterait plus pour nous. Je mènerais donc Marthe en bateau, un bateau en partance pour l'île de la Désirade d'une quelconque et laide mairie parisienne. Que m'importait le procédé pourvu qu'elle me reste encore six mois, un an !... Et je lui dis que je l'aimais... et c'était déjà faux même si ma voix chantait juste. Oui, faux, puisque j'en étais aux calculs...

Il y avait de tout, à la partie de David. Une comédienne connue. Béatrice d'Étretat. Mouche, toujours amie de Marie-Sade. Quelques anciens élèves de l'E.N.A., de l'espèce qui ne dépassera pas le stade de sous-chef de cabinet. Les deux tantes de service, recherchées par les femmes. Une Noire. Un guitariste pop, amant de madame David. Le flic qui fait sauter les contraventions. Un jeune député de gauche, très courtisé. Un chanteur de demi-charme qui ressemblait à La Godille. Un sportif fameux égaré dans les toxines.

Je dis tendrement à Marthe qu'elle était la plus belle en société mélangée, comme naguère. La musique et les regards des hommes la transformaient vite. Il y avait, hélas, indubitablement de la catin en elle, et que sept ans d'études de médecine n'avaient guère atténuée. Peut-être était-ce pour se venger d'eux qu'elle tournait si aisément à la midinette, jouait à la vendeuse à la moindre occasion ? Qu'elle effaçait ses nuits de veille par celles de l'équivoque ?

Tout d'abord, elle fut sage, réservée. Je m'étais assis sur le bras d'un fauteuil occupé par un trafiquant d'armes, elle était venue s'asseoir sur mes genoux, prouvant ainsi à l'assistance qu'elle m'appartenait. Que j'étais le privilégié, celui qui dégrafait sa robe à chaque soir de notre « vie commune ».

Mondaine et froufroutante, Marie-Sade nous embrassa, nous offrit des whiskies, ravie de nous voir réunis. Mouche nous embrassa. Les tantes aussi, dont l'une était décorateur de théâtre. Un couple se coucha sur la moquette, près de nous. La femme était jolie, brune, angélique. Le type, style haut fonctionnaire de l'E.D.F., avait l'élégance et le regard inexpressifs. On nous entretint de choses et d'autres, de Saint-Tropez probablement, de l'intelligence de Giscard d'Estaing sans doute. Enfin, l'électricien de salon invita Marthe à danser...

Je repris un scotch, un autre encore. Je n'aimais pas la voir aux bras d'un autre. Nous aurions dû aller au studio nous accouder au guéridon de marbre pour y refaire notre monde. Nous étions en danger, ici. Je ne la quittai pas des yeux. Elle ne m'adressait pas un regard, pas un sourire. Elle dansait. Bêtement. Telle une vache au bout d'un corde. Assuré de ses pouvoirs sur ce genre de dames, le serviteur de l'État ne lui parlait même pas.

Je savais Marthe sur le bout du doigt, au propre comme au figuré. Choisie, repérée, étalonnée, elle n'avait plus besoin de moi. Je ne lui manquerai plus, ni mon amour. L'admiration des n'importe qui et des n'importe quoi lui suffirait jusqu'aux premiers départs des invités. Elle dansait sans gaieté. Se souciant seulement d'être la plus belle et de paraître la plus libre, celle avec qui l'on peut coucher. Même si cela n'était pas toujours vrai, il lui plaisait de donner ce change aux hommes, d'être leurre, d'allumer toutes les mèches. Ce n'était pas tout à fait ce que ma mère pensait des docteurs.

Béatrice vint à moi :

— Toujours amoureux, Régis ?

— De plus en plus, et elle de moins en moins. Elle m'a collé le bistouri sous la gorge.

— Et tu n'en veux pas ?

— Je ne peux pas vivre avec tout le monde. Je n'ai pas don d'ubiquité.

Elle l'observa avec attention. Je fis en un soupir :

— Je cherche ses yeux depuis une demi-heure, je ne les trouve pas.

— Je vois ça.

Elle me posa gentiment la main sur l'épaule :
— Tu veux mon avis ?
— Au point où j'en suis, je t'écoute.
— Laisse tomber, Régis.
Je ris en gond bourré de sable :
— J'ai déjà entendu ça quelque part.
— Ne te fâche pas. C'est comme une impression que j'ai. Je peux me tromper.
— Elle peut me tromper, tu veux dire. Même avec le ver blanc qui l'enlace. Elle est mûre.
Je la pris par le cou :
— Drague-la, Béa. Propose lui une deuxième expérience homosexuelle. Je préfère que ce soit toi que cette larve. Vis avec elle, puisqu'il faut qu'elle vive avec quelqu'un. Je viendrai rendre visite à votre petit ménage.
Elle, sérieuse :
— Ce serait avec plaisir, mais j'aime Alban.
— C'est bête, d'aimer, conclus-je avec hargne en désignant Marthe, et surtout d'aimer... ÇA !
— Tu es rosse. On ne choisit pas.
Béa ne m'avait pas fait entrevoir l'avenir sous des couleurs de cuisse de médecin femelle. Sombre, je me tapis dans un recoin pour y siroter la ciguë d'un whisky encore.
L'épouse de l'électricien vint me tenir compagnie. J'avais du fuel dans les yeux, et l'ombre d'une larme. L'angélique me souriait, prometteuse. Je me demandais ce qu'elle me voulait. J'étais si petit. Tout petit. Pourquoi ne me relogeait-on pas au fond du ventre de ma mère qui respectait tant les docteurs ? Ou au fond d'une bouteille bien bouchée dans une cave bien noire ?
L'épouse me susurra que j'étais beau, ce qui me

dégrisa quelque peu. Elle devait être saoule pour me tenir des propos aussi incohérents. Non. Elle était simplement proposée au rabattage. Elle me montra Marthe et son mari :

— Si vous voulez... nous pouvons finir la soirée ensemble ?... Elle n'osait pas dire : la nuit. On se fichait de moi. Cela ne se voyait donc pas, que j'aimais ? Étais-je un si grand comédien ? Je toisai la madone des partouzes et lui lançai, le plus grossièrement que je le pus :

— Madame, je ne mange pas de ce vagin-là.

Je me relevai, très digne, et m'éloignai d'un bloc. Mouche flirtaillait de son côté. Dieu merci, je n'attendais plus de souffrances d'elle depuis longtemps, et cela m'étonnait toujours de ne plus ressentir le moindre picotement quand je la voyais rire avec un autre. Quel admirable cicatrisant que les années qui coulent sur une plaie ! Hélas, il est unique...

Mouche m'intercepta, soucieuse :

— Ne bois pas, Régis.

— Elle se conduit comme une morue, une traînée, une pouffiasse, lui confiai-je, à deux doigts de la crise de rage.

Elle me connaissait, elle aussi. Elle n'allait pas me répondre : « oui ». Elle fit :

— Mais non. Elle danse. Elle ne fait pas de mal.

— Je viens de refuser une partie carrée. Mais elle était peut-être d'accord, elle...

Je jetai un regard dans la salle. Le cavalier du docteur était revenu à sa monture légale. Marthe n'était plus là. Était-elle partie ? Partie tout à fait ? Dehors ? Je me mis à sa recherche, hagard. Je ne sais qui me retarda pour m'offrir un scotch que je lampai au vol. Je traversai l'appartement au hasard à vastes enjambées de soudard. Je l'aperçus enfin dans une chambre, en conversation animée avec Marie-Sade. Son visage s'obscurcit à ma vue.

— Viens, bredouillai-je, nous rentrons.

— Tu vois bien que je parle. Laisse-nous, s'il te plaît.

J'étais l'indésirable, le gêneur, l'empêcheur de baiser en rond. Je ne pus supporter ce ton de fausse marquise à vrai laquais. Une flèche de feu me transperça le crâne. Un flot de whisky et de rancœur me fouailla les oreilles. Ce fut le coup de folie dans toute son horreur. Le « Je l'aimais trop, je l'ai assassinée ! » des drames romantiques. Il fallait en finir avec tous ces derniers jours de tortures, en finir avec cette fille qui, détournée de moi, haussait les épaules avec dédain. Bref, il me parut normal et urgent de la massacrer puisqu'il ne restait plus que cette solution expéditive.

J'empoignai un coussin, le lui balançai de toutes mes forces dans le dos. Le projectile était dérisoire, ridicule, qui ne pouvait la blesser gravement. Un cendrier suivit, qui lui rebondit sur le cuir chevelu. Enfin, je me ruai sur elle, pelotonnée sur un divan, le nez sur le velours, passive, résignée à la mort comme elle avait été soumise à la vie.

Marie-Sade, héroïque, m'enlaça, brisa de tout son corps mon élan de haine. Je ne parvins pas à lui faire lâcher prise, la secouai, donnai des coups de pied à Marthe sans l'atteindre par la faute de son rempart. J'étais grotesque, écumant, hurlant des insultes de charretier. Hors d'haleine, Marie-Sade résistait, me maîtrisait toujours. Se sentant sans doute fléchir, elle ordonna à ma victime :

— Va t'enfermer dans les cabinets !

Marthe n'eût jamais pensé, toute seule, qu'elle pouvait échapper à ma vindicte. L'à-propos de notre amie la sauva. Marie-Sade ne cédait pas, quelqu'un m'étreignit par-derrière et Marthe put s'enfuir. La colère me donna des muscles inattendus. Je me débarrassai de mes molosses, me jetai en sanglier blessé sur la porte des W.-C., m'y meurtris les poings pour la fracasser, réduire en bouillie l'amour blotti à l'intérieur, l'amour à tuer, l'amour à en mourir. Mes mains saignaient et je criais, scandaleux, effrayant, plus fort que la musique et que les piaillements d'effroi des gonzesses :

— Je vais te crever, salope ! Te le piétiner, ton cul, te le pulvériser, ton sale cul de putain, qu'il ne puisse plus servir de récipient à tout le monde !

C'était du mauvais, très mauvais Grand-Guignol, de la rixe de chiffonniers, une reconstitution en quartier chic de *L'Assommoir*. On m'arracha enfin à cette porte derrière laquelle elle devait trembler comme du papier de soie, on me repoussa, on me traîna dans l'appartement voisin, celui de Harry. Je m'écroulai dans un fauteuil, anéanti, la bouche ouverte pour recouvrer une respiration perdue. J'étais prisonnier, me doutais qu'on ne me laisserait plus me relever pour poursuivre une Marthe qui devait, de toute façon, être déjà loin et à l'abri du forcené que j'étais devenu en une explosion d'inconscience.

Mouche, Marie-Sade, Harry, d'autres encore s'attachaient à me calmer. On me savait un brin cardiaque, et il n'y avait plus de docteur dans la maison. Harry, qui ne connaissait pas d'autre médicament, me faisait boire un whisky à petites gorgées, comme à un bébé. J'entendais en une brume rouge, puis blanche, puis rouge :

— Aussi, elle s'est mal tenue ! Elle l'a provoqué !

— Ce n'était pas une raison pour lui taper dessus !

— Moi je ne sais pas si je n'en aurais pas fait autant... Finalement, je crois que si...

— C'est ça, les femmes. Des coquettes...

— Et vous, les hommes ? Des brutes ! C'est quand même pire, non ?

Sa manière insultante de m'ignorer avait été somme toute mal notée. On me serrait toujours de près. Je fis d'une voix morne et vaincue :

— C'est fini. Repartez danser. Excusez-moi auprès de David, de tous les invités. C'est fini. Tout.

Je vis Mouche, toute proche, lui flattai la joue, attendri :

— Tu n'étais quand même pas comme ça, toi.

J'étais bizarrement soulagé, délivré du poids de Marthe. Je répétai, presque avec volupté :

— C'est fini.

Je ne la reverrais plus, ne l'attendrais enfin plus, ne me soucierais plus de son pas dans l'escalier. Je souris en coin à Marie-Sade :

— Tu as été brave, tu sais. Sans toi, je ne sais pas comment elle s'en serait sortie.

— Très mal, je crois.

— Il vaut mieux que ce se soit passé comme ça. Elle n'a pas la tête au carré, elle peut te dire merci.

Je me levai, léchai le sang de mes deux poings :

— Après cet intermède comique, je m'en vais. Harry, raccompagne-moi. Un taxi serait trop triste. Trop suicide. J'ai quand même besoin d'un ami, je ne suis pas de bois.

Nous ne parlâmes pas beaucoup.

— Je te dépose où, Régis ? Chez toi ?

— Non. Au studio. J'y ai mes petites habitudes pour souffrir à mon aise.

— Qu'est-ce que tu vas faire ?

— Me saouler, pardi. Ce numéro m'a dessaoulé, tout est à recommencer.

En fait, j'avais l'espoir dément d'y retrouver Marthe. Elle n'était pas si bête, malgré tout. Moins que moi. Elle ne m'aimait plus. Moi, si. Je savais que je ne dormirais pas sans un certain harnachement. Ce fut seul que je m'accoudai à notre guéridon. Je pris un comprimé de P...ium, deux de somnifère, poussai le tout en ce moi saccagé à l'aide de quelques Pernod qui sentaient davantage la tombe que le soleil du Midi. Je n'eus pas le courage de me coiffer du chapeau de papier de « pantin dérisoire et tragique ». Je l'étais sans cet ornement. Je rassemblai tout mon humour — délabré, celui-là ! — pour chantonner un refrain de la Belle Époque :

Y m'cogne, y'm'démolit, y m'crève,
Mais que voulez-vous, moi, j'aime ça...

J'avais froid aux pieds, au cœur, aux doigts. Fidèle à la coutume, je n'avais pas mis le chauffage. Je m'endormis dans les sueurs du P...ium, dans notre lit désert, une main sur l'endroit où aurait dû se trouver le sein droit de Marthe, le plus gros des deux.

Je m'offris ainsi un dimanche désespéré, sans manger, privé du dessert de sa bouche, de tout. Je ne rentrai chez moi qu'au soir, l'âme hérissée de brosses à dent. Agnès était avec Sabine, une comédienne de nos amies. A ma vue, on comprit que je flottais sur l'Achéron plutôt que sur la Grande Bleue. Je me confessai. Le cendrier sur le crâne de Marthe n'attrista pas Agnès outre-mesure. Amer, je songeai au dîner qui se donnait à l'instant même boulevard Bonne-Nouvelle. Elle devait être heureuse et rire, sans moi. Libérée.

— J'irais bien la gâcher encore, leur petite fête, grommelai-je, mais je suis trop fatigué.

Sabine, un rien sadique, inventa quelque chose :

— Je vais leur téléphoner, si tu veux.

Je le voulais, elle le fit. Elle eut mon neveu au bout du fil, prit sa voix angoissée d'actrice :

— Dites à Marthe de se cacher ! Régis est parti comme un fou il y a cinq minutes, et Agnès vient de s'apercevoir que son revolver n'est plus dans le tiroir où il le range !

L'idée était amusante. Hugues me raconta plus tard la panique qui régna à bord du « Potemkine ». A chaque coup de sonnette, Marthe courait, comme la veille, s'enfermer dans les cabinets, attendait, épouvantée, recroquevillée sur la lunette, qu'on vînt ou la trucider ou la délivrer. Il y eut beaucoup de coups de sonnette. La soirée fut, paraît-il, moins charmante que prévue. Le présumé meurtrier n'arriva jamais, et pour cause, à destination.

Contre toute espérance, je revis Marthe. Marie-Sade ne se résignait pas à cette fin lamentable, intercédait en ma faveur pour que nous passions ensemble malgré tout, Marthe et moi, le réveillon de Noël au studio. Marie-Sade, fille de caractère, exerçait sur le docteur, qui n'en avait aucun, une forte influence. Quand elle parlait la dernière, il s'inclinait, en général. Je ne sus pas ce qu'elle put lui raconter pour le décider mais il céda. A contrecœur peut-être mais dit « oui », ce qui était le principal. Allions-nous pouvoir recoller les mille morceaux de notre cendrier ?

L'anniversaire à célébrer, cette fois, était celui du Christ, un personnage qui n'avait pourtant joué aucun rôle dans notre amour à la dérive. Je dressai la table, ce soir-là, sur notre guéridon symbolique, fatidique. J'avais, comme un vieux célibataire, fait mes emplettes : champagne, château-gruaud-larose, foie gras, saumon fumé, bûche. Je n'avais pas faim. Mais elle aurait de l'appétit si elle ne m'aimait plus.

Elle m'avait appelé, à midi. Très réticente, malgré mes excuses les plus plates. Elle viendrait vers dix-huit heures... Dix-neuf, plutôt... J'avais cru ne plus subir le supplice des pas dans l'escalier. Je dus l'endurer jusqu'à vingt et une heures. Et Dieu sait s'il y en eut, des pas, des tas de pas, des centaines de pas perdus sur tous les paliers de cet enfer... Ce fut long, très long, atroce, plus qu'atroce puisqu'il me fallut vivre tout cela sans boire afin de conserver une lucidité dont j'aurais fort besoin...

Elle arriva enfin, en jupe longue et corsage noirs. Plus belle que jamais. Plus nouée que jamais. Les traits figés, glacés. Sans un sourire. Sans une lumière. Pour cette nuit de la Nativité, les hautbois ne jouaient que des couacs, les musettes ne résonnaient que dans le vide. Cette attitude me pétrifia. C'était elle sans être elle, n'était déjà plus que son ombre. Elle se tirait sur les mains, sans s'asseoir, me regardait comme si j'avais été un spectre.

— Je suis tendue, Régis, trop tendue. Je n'aurais pas dû venir. C'est idiot, pardonne-moi, mais je vais repartir. Je ne peux pas rester ici.

Je me jetai sur elle, suppliant :

— Tu n'as pas le droit de me faire ça, Marthe. Ce serait horrible.

Elle dut se dire qu'effectivement ce ne serait pas d'une correction parfaite. Elle hésita. J'avais l'air inoffensif. La bonne éducation l'emporta. Marthe soupira, acculée à la perspective de réveillonner avec un monstre.

— Tu as raison. Mais je regrette, j'ai été folle.

Elle me fixa, encore inquiète :

— Je reste, Régis, mais nous ne ferons pas l'amour.

— Comme tu voudras. Ce n'est pas l'important. L'important est que tu sois là. L'an dernier, tu pensais à moi, à la Maison-Chambord. Nous étions loin l'un de l'autre. C'est notre premier Noël ensemble.

Nous étions moins séparés l'an passé que nous ne l'étions aujourd'hui. Nous n'étions pas du tout ensemble, hélas. Elle le sentait comme moi. Elle était triste, accablée, nerveuse. Je m'efforçai à un semblant de bonne humeur, de gaieté, lui fit entendre de la musique. Cela lui adoucit un peu les mœurs, qu'elle n'avait pas légères, par extraordinaire. Enjoué, je dissimulai mon propre abattement. Ma docilité, ma tendresse eurent à peu près raison de sa froideur. Nous nous mîmes à grignoter, à boire un verre, à parler un peu. Elle me reprocha, bien sûr, mes voies de fait, ne s'étendit pas, en revanche, sur son propre manque de tenue, dont elle ne devait pas être très fière, que Marie-Sade avait sans doute flétri. Elle s'apprivoisait vaguement, en mangeant. Je touchai à peine à la nourriture, lui fis cadeau de mon foie gras. J'osai dans la conversation mentionner son futur travail au laboratoire. Elle répliqua avec une sorte de rancune :

— Je ne vais pas te remercier toute ma vie !

Je me tus pour ne pas enflammer ce pétrole. Pour qu'elle me pardonnât de lui avoir procuré une situation, j'effleurai de mes lèvres les siennes avec douceur et, aussi, timidité. Elle ne me mordit pas, ce qui était encourageant. Le jeune Jésus volait à mon secours. Encouragé, donc, j'appuyai ma bouche, pris enfin sa langue... Le champagne aidant, elle qui m'avait prévenu qu'il ne fallait surtout pas la toucher dut se dire, en fin de compte, que c'était, le fait de « succomber », le meilleur moyen de passer une heure agréable en ma pauvre compagnie...

Je ne sais plus au juste comment tout cela se fit, mais nous nous étendîmes à tout hasard sur le lit. « Tendue » ou pas, la garce avait envie de moi, de moi ou de n'importe qui. D'un mouvement vif, je m'en assurai. Je m'étonnai en silence d'un désir qui n'était certes pas feint, qui existait violemment sous mes doigts. Et si Marthe m'aimait encore ? Je préférais, modeste, penser qu'elle aimait surtout les hommes et que j'étais à cet instant celui qu'elle avait sous la main.

Puisqu'il n'y avait plus que cela d'évident entre nous, nous fîmes l'amour comme nous l'avions toujours fait, sur ces hauteurs d'où la vie exigeait que nous redescendions. Nous nous prîmes en une sorte d'adieu désespéré, retrouvâmes avec brusquerie nos corps qui ne s'étaient plus approchés depuis quinze jours entiers de drames. Elle ne garda plus aucune distance, et notre étreinte, toutes hardiesses et familiarités recouvrées, fut digne des plus parfaites que nous avions connues. Elle cria trois fois, comme le coq des Évangiles, avant que je n'éclate en elle, en cette serre, en ce verger que j'avais tant aimés. Me les donnerait-elle encore une fois, demain, je ne le savais pas...

Je ne la berçai pas longtemps entre mes bras, après. Elle se reprit vite, trop vite. Pour la séduire, je lui proposai de vivre le plus possible ensemble, un jour sur deux, par exemple. Elle dédaigna mon offre :

— Non, Régis. L'amour, je ne veux plus le vivre à mi-temps. Ce n'est pas un boulot de labo. Je vais trouver quelqu'un qui m'aimera, que j'aimerai.

— On ne se verra plus ?

— Je ne te verrai que s'il me le permet. Je lui obéirai.

— Tu veux vraiment obéir à tout le monde, quand tu t'y mets !

— J'obéirai au garçon qui partagera ma vie.

— N'importe qui, quoi !

— Au moins, il aura bien voulu de moi, lui !

Elle posa ses deux pieds sur la moquette.

— Que fais-tu ?

— Je ne reste pas coucher ici.

— Comment ?

— Je rentre.

— A cette heure-là ?

— Je rentre, insista-t-elle. Ne me retiens pas, s'il te plaît. Je ne suis pas à l'aise.

Elle était déjà debout, ajoutait, de nouveau indifférente :

— Mais je te remercie. Tu m'as très bien fait l'amour.

Je balbutiai, déchiré :

— Ne me dis pas des choses pareilles. Tu sais très bien qu'il faut être deux. Nous l'avons été.

— Oui, soupira-t-elle encore, nous l'avons été...

Elle se rhabilla inexorablement. Elle enfila son slip blanc, agrafa son soutien-gorge blanc, ajustant ses seins dans les bonnets avec les menus gestes de routine que je lui avais toujours connus.

— Rudi rentre de Suède après-demain, m'apprit-elle en achevant de se vêtir de noir.

Elle se recoiffait, à présent, des épingles à cheveux dans la bouche.

— Je ne comprends pas pourquoi tu t'en vas en pleine nuit, fis-je sans relever l'allusion au Suisse.

Un soupçon m'effleura l'esprit :

— Quelqu'un t'attend, en bas ?

— Je te jure que non. Sur ma tête.

Elle vit que cet accès de narcissisme constituait presque un lapsus. Elle rectifia :

— Sur la tête de mes parents.

Je dus me contenter de l'infime garantie de ces deux têtes basses de Français moyens. Nous nous embrassâmes sans élan, poliment, comme le font deux glaçons dans un verre d'eau. Je l'accompagnai jusqu'à la porte. Elle sombra dans l'escalier, se retourna, me fit un signe de la main, puis disparut.

Je dégustai le bruit de ses pas, jusqu'au dernier. C'était inhumain, insupportable, ce bruit... Il s'éteignit enfin. Une voix le remplaça, qui me battit aux tempes, me hurla aux oreilles que jamais plus je ne reverrai Marthe. Qu'elle était partie sans retour.

Je n'y crus pas, écrivis sur mon tableau noir : « Joyeux Noël quand même, nom de Dieu ! » Une détresse sans nom me roula sur le lit. Sans larmes. La terreur sèche, métallique. J'achevai le vin, le champagne, tout juste si je ne les mélangeai pas. Je me rendis à l'armoire à pharmacie, m'équipai pour la fin de cette nuit de Noël et pour la fin de tout. Je me jetai encore sur le lit, les yeux morts rivés au plafond. Noël, oui. Il sentait le sapin, celui-là. Le sapin gluant de résine des cercueils à bas prix. Qu'aurai-je dans mes souliers, à l'aube ? De la boue. De la poussière. De la merde. Des os. Des clous. Enfin, le plafond bascula et redevint plancher, ce qu'il n'aurait jamais dû cesser d'être.

Elle me téléphona deux jours plus tard à midi, me donna rendez-vous pour le soir, au studio. Elle avait été fort aimable, m'avait même traité de « mon amour ». Sur ces bonnes paroles, elle filait au Bourget chercher Rudi qui y débarquait.

— A ce soir, répéta-t-elle.

Elle n'avait donc pas l'intention de passer la première soirée parisienne de Rudi avec lui. Ce n'était pas très gentil pour le *chtit,* mais me soufflait dans l'éventail un alizé d'espoir. J'avais été trop humble. Une fille ne pouvait se détacher aussi facilement de moi qu'un fruit tombe d'un arbre. Ne lui avais-je pas « très bien fait l'amour » ? Cela ne s'oubliait pas en quarante-huit heures. « A ce soir, mon amour. » Je lui referai Bruges. Tout. Lui louerai un appartement. Tenterai d'y vivre avec elle. Un peu. Beaucoup. Je réexaminerai la question. Je ne savais plus rien d'autre que ceci : je la voyais ce soir. Comme elle serait belle, nue dans mes bras. Radieuse, telle qu'au printemps, telle qu'à l'été, bref telle que me la changeait l'éternité !

Je devais aller chez Hugues l'après-midi. Cela m'éviterait de bouffer des kilomètres sur ma moquette, chez moi, en attendant ce soir de gloire qui n'en finissait pas de ne pas arriver.

— Comment tu vas, tonton ? me demanda Nadine.

— Comme ci, comme ça. Mais on dirait que ça s'arrange mieux pour moi que pour le Suisse, qui n'a pas l'air de se pointer sous un arc de triomphe.

Elle nous quitta bientôt.

— Elle a paru gênée de me voir, ta bonne femme.

— J'en sais rien, moi. Des histoires de louloutes, probable. Il fit, intéressé par mon état :

— Tu ne commences pas à en avoir ras la casquette, toi, des louloutes ?

— Si, mais qu'est-ce que tu veux faire d'autre dans la vie, surtout l'hiver ? C'est moins casse-gueule que le ski.

— Savoir... En tout cas, j'en ai assez d'une ! Toi, tu multiplies les emmerdes.

— Tu ne disais pas ça quand je t'ai fait connaître Clotilde.

— Ouais... oh... et qu'est-ce que ça m'a rapporté, Clotilde ? Des ennuis à la maison, comme Marthe chez toi.

— Ça ne rapporte pas souvent autre chose, mais ce n'est pas fait pour la paix chez soi. C'est fait pour qu'on vive un peu plus vite, pour couper la respiration... J'enviai mon neveu, que les filles n'empêchaient pas de dormir. Elles m'empêchaient plus prosaïquement de mourir. Je comptais sur mes doigts — d'abord sur les deux mains, ensuite sur une seule — les années qui me restaient où j'aurais encore le pouvoir de les amuser. Quand je l'aurai perdu, je m'en irai.

J'enviai mon neveu parce qu'il était jeune, qu'il avait toute la nuit devant lui. « Les jeunes aussi ont de l'intérêt », m'avait écrit Marthe qui se croyait jeune parce que quelqu'un avait dû le lui dire.

Sur le chemin du studio, j'achetai des fleurs. Pour elle, j'achèterai une conduite. Je ne me disputerai plus avec elle. « Rien ne trouble la sérénité des moules » selon Mark Twain. J'avais pourtant troublé celle de Marthe. Je ne le ferai plus. J'apprendrai à jouer de la flûte pour charmer, non les serpents, mais les mollusques. J'apprendrai de même à l'aimer à sa guise, à son gré. J'abordai presque aux terres molles des gentillesses fades quand je pénétrai dans le studio.

Il était vide, non seulement d'elle, mais de tout ce qui lui appartenait. Déménagé. Cambriolé. D'un coup d'œil, je vis qu'il ne restait plus rien de Marthe. Pas un colifichet. Pas un chemisier dans l'armoire. Je n'eus pas à chercher la lettre de rupture. Appuyée à un siphon d'eau de Seltz, elle trônait sur le guéridon de marbre. Je ne l'ouvris pas aussitôt. Rien ne me surprendrait de son contenu.

Je regardai autour de moi. Elle n'avait rien oublié, à part moi. Partie, la perruque rousse dont je l'affublais parfois pour l'amour. Parties, les thèses qui emplissaient un tiroir du lit-bateau. Partis, les gros livres de médecine. Elle avait même emporté les sandales d'intérieur que je lui avais offertes à Amsterdam. Il ne demeurait d'elle que quatre épingles à cheveux éparses dans la salle de bains.

— Ce n'est plus une femme, me dis-je, c'est un aspirateur !

Ils avaient dû venir à plusieurs pour embarquer ses biens, qui représentaient malgré tout un certain volume. J'étais gêné comme après une descente de police, une perquisition. Qui avait traîné avec elle « chez nous » ? J'étais froid, calme. C'était donc pour cela qu'elle m'avait fixé un rendez-vous auquel elle ne viendrait pas, un « lapin » ? Me sachant chez Hugues, elle avait pu accomplir en toute tranquillité son sale petit nettoyage. Tant de mesquinerie entassée dans des valises me levait quelque peu le cœur. Cela ne lui ressemblait pas. Quelqu'un de plus lamentable qu'elle avait dû lui donner des ordres. Qui ? Rudi ? Un autre ?

Je me servis un verre, m'assis auprès du guéridon, décachetai enfin sa lettre. Il s'échappa de l'enveloppe un billet de train pour Bruxelles, un autre des « motorbootjes » de Bruges, un ticket de métro de Londres. Marthe recrachait nos pépins, crachait dans l'eau de nos souvenirs, ne savait sans doute pas qu'en les reniant elle reniait toute une partie de sa vie, méprisait la fille qu'elle avait été quelque temps.

Je lus. Cela commençait par *Mon amour*. Se poursuivait plus loin par *...tu prends plaisir à détruire ce que tu touches, les choses, les êtres, les gens heureux...* Pour cette raison, je n'étais qu'un *pauvre homme*. Elle revenait sur son dada : *C'est un processus inexorable qui se déclenche en toi : détruire, me détruire...* Un dada qui donnait au passage le coup de pied de l'âne : *Je veux recouvrer ma façon d'être d'il y a un an, auprès d'êtres jeunes, la grande bouffée d'oxygène dont j'ai besoin.*

Alors qu'elle me rendait — comme dans une cuvette — nos souvenirs, elle avait l'inconscience d'en parler, d'agiter notre passé dans un shaker : *Conservons intacts nos souvenirs, nos premières « vacances » au studio, nos soirées qui passaient trop vite, tellement vite, nos discussions interminables autour de notre table (que j'aimais parler avec toi !), notre bière à deux après que nous eussions fait l'amour, nous le faisions si merveilleusement, nos dînettes, dans notre bulle, où nous nous sentions tellement mieux qu'au restaurant, Bruges la morte où j'ai été si pleinement heureuse, où nous nous sommes beaucoup aimés, la Corse...*

Tout cela était mal écrit, d'un pied, sans vraie émotion. Ces pages disaient surtout qu'elle avait tourné la page. Marthe n'irait pas avec moi en Belgique pour le Nouvel An. *Je pars ce soir, je vais passer le week-end au Mont-Saint-Michel chez... une vieille tante.* L'ironie était lourde, grossière. Le docteur concluait de façon plus poétique sa rédaction d'école primaire, empruntant en route aux vers d'Apollinaire inscrits sur mes murs : *Régis, mon Régis, nous ne nous verrons plus sur terre. Je t'embrasse longuement, tristement, j'ai dans la bouche un amer goût de regrets...*

Je ricanai :

— La *vieille tante* t'en donnera un autre, de goût dans la bouche, pauvre pomme !

La *vieille tante* avait apparemment celui de la nouveauté, comme m'en informait le post-scriptum : *Je ne vais pas vivre avec Rudi. Sois content, tu as même réussi à détruire complètement ce qui existait entre lui et moi.*

Elle m'avait restitué, en ultime méchanceté, le bouchon de la bouteille de Heidsiek sur lequel elle avait écrit autrefois « Vingt-sept novembre », date du premier jour où je l'avais prise, il y avait treize mois de cela. Je ne la prendrai donc plus, puisque nous ne nous verrions plus sur terre...

Je refermai cette lettre avec des points de suture. Je ne la relirais pas de sitôt. Je me mis à grelotter. Le marbre du guéridon était verglacé. Je jouais les icebergs dans ce studio désolé où ne circuleraient plus ni ses jambes ni ses fesses, où ne résonneraient plus les grelots de sa voix, de son rire, la forge de ses râles. Elle ne pleurerait plus dans la salle de bains, assise sur le tabouret. Elle irait faire ailleurs tout cela, désormais, l'amour et le reste.

Avait-elle seulement jeté un dernier regard derrière elle, cette bourrique brimbalante de paquets ? Un regard sur ce qu'elle avait aimé « follement, passionnément » ? Sur cette pièce où elle avait vécu, joui, chantonné, espéré, désespéré ? Où elle avait connu un homme au point de le vouloir à elle, rien qu'à elle ?

Peut-être avait-elle, malgré tout, balayé ces trente mètres carrés de ses yeux froids ? De ses yeux bleus sans une larme ? De ses yeux à présent confiants et posés sur la « vieille tante » surgie — à quelle vitesse ! — de quelle nuit ?

Comme elle je ne versai pas un pleur. Je n'aurai plus rien d'elle, pas même l'ombre d'une ombre de sourire dans l'ombre. Je n'avais plus qu'à afficher sur la porte, comme d'habitude, « fermeture annuelle » ou « fermé pour cause de deuil ». Je débranchai les radiateurs, le ballon d'eau chaude, le réfrigérateur. Je me retournai, moi, avant de m'en aller. Considérai les ruines, le gâchis, les morts pétrifiés dans les postures de l'amour, éclaboussés de sang, de bave. Il n'y avait plus rien de la vie, là-dedans.

Il n'y avait plus de docteur dans la salle.

Je dormis mal, bien que gavé de somnifères. Le bizarre comportement de Nadine, la veille, me revint à l'esprit. Elle savait quelque chose dont je ne savais rien. Connaissait de quel acier était trempé le scalpel qui me fouillait les tripes. Je redoutai d'en apprendre trop. Neuf fois sur dix, la vérité est épouvantable à entendre, je ne l'ignorais pas. Je retardai l'instant où j'aurai la tête plongée jusqu'au cou dans les poubelles à la façon d'un fêtard désarmé par l'horreur du matin. A la longue, il me les fallut pourtant, je les réclamai, ces poubelles pour y fouiller du crochet, y récolter la ration d'immondices sans laquelle je ne pouvais plus exister.

Après m'être vautré tout le jour sur les tessons de la solitude et ceux de l'angoisse, je courus à la nuit chez ma nièce. Elle était chez elle, par chance. Par chance encore, Hugues travaillait ce soir-là. Ses commentaires me seraient évités, lui qui avait prévu dès le début que « tout cela finirait mal ». Je n'avais plus à « laisser tomber » Marthe. Elle s'en était chargée sans pitié ni scrupules, en toute lâcheté. Nadine ne fit pas trop de difficultés pour me carder le cœur. J'avais vu juste. La « vieille tante » de ce week-end n'était pas un fruit pourri de l'imagination de Marthe. Je m'en doutais, puisqu'elle n'en avait aucune. En ce moment, s'il n'y avait plus de docteur dans la salle, il y avait du moins un homme dans le docteur, et qui y frétillait à ma place, ma place toute chaude. Le troisième homme que j'avais prédit à Rudi. Celui qui nous mettrait d'accord, lui et moi, nous renverrait dans notre coin, coucherait avec notre femme comme si nous ne lui étions jamais passés sur le corps. Je me gonflai de haine :

— Mais d'où il sort, ce type ? Il date de quand ?

— D'avant le samedi où tu as tapé sur Marthe, je suppose...

Je réfléchis, vite. L'animal était né des « soirées intéressantes » dont elle m'avait entretenu par lettre. Ils s'étaient vus pendant les six jours où je ne l'avais pas rencontrée. Avant ces six jours, nous ne nous étions pas quittés, ce qui rendait impossible l'éclosion de leur idylle souterraine, de leur accouplement de rats.

— Tu le connais, Nadine ?

— Je te jure que non. Elle ne m'a même pas dit comment il s'appelait. Il est marié, en instance de divorce, il a son âge, c'est tout ce que je sais.

Son âge ? cela correspondrait encore à la phrase qu'elle avait écrite : *Les jeunes aussi ont de l'intérêt.* Nadine poursuivait :

— Elle veut nous le présenter, à Pascale et à moi. Pour qu'on lui dise comment on le trouve. Elle se demande s'il n'est pas un peu léger sur le plan intellectuel. A côté de toi, ce ne serait pas impossible.

— Merci. En somme, elle est incapable de se faire une idée par elle-même, comme d'habitude. Elle s'en remet aux autres.

— Aux derniers qui parlent, je t'avais prévenu.

— Pour qu'elle en arrive à se poser la question, il

doit être con comme la mort. C'est toujours ça de pris. Elle va s'amuser. Plus que moi, en tous les cas.

J'étais blanc comme son linge, qu'avait tant lavé Rudi. J'accusai ma nièce :

— Tu le savais, hein, hier, que je ne la verrais pas le soir.

— Oui. Mais je ne pouvais pas la trahir. D'une part, elle voulait se venger, de l'autre, son mec a dû lui imposer de déménager, de rompre et de ne plus jamais te revoir.

— Il a déjà de l'influence, le léger de l'intellect !

— Il parle le dernier, je te le répète. Elle m'a dit que pour le soir de Noël elle était très décolletée. Il l'a fait se rhabiller plus stricte.

— Et elle a obéi...

— Au début, elle obéit toujours.

— J'ai eu plus de fil à retordre, avec elle et Rudi.

— Elle était culpabilisée, pour Rudi. Pas pour toi. Elle t'en veut.

— A cause des coups ?

— Tu lui as fait bien plus de mal en ne vivant pas avec elle. Maintenant, elle espère vivre avec celui-là.

J'eus le ricanement classique de Marthe pensant à Agnès :

— Il n'y a pas deux semaines, c'était moi qu'elle voulait pour époux, aujourd'hui c'est un autre ! C'est une rapide ! C'est la fusée porteuse de l'affection ! En médecine, on dit d'un malade dérangé dans ses fonctions qu'il a le transit intestinal accéléré. Notre toubib a l'air, lui, de souffrir d'un transit sentimental accéléré !

Je soupirai, souffrant, moi, de partout :

— Quelle comédie, Nadine ! Quelle tristesse ! Quelle déroute !

Gentiment, elle prit ma main :

— C'est ta faute, tonton. Tu l'as idolâtrée. Tu nous as tous agacés, aussi, en lui serinant qu'elle était la plus belle, qu'elle était la mieux, la plus intelligente, etc. Elle a fini par le croire. Personne ne lui chantait ça, avant toi. On la rabrouait, au contraire, et elle restait modeste.

— Et douce !

— Oui, douce... Tu l'as drôlement perturbée. Et même ravagée, sur la fin.

La fin. Ce mot m'était intolérable, me frappait aux dents. Je la repoussais encore, cette fin, comme on repousse le bras armé d'une hache. Cette fois, je n'étais pas éloigné de pleurer. L'évocation de Marthe, de ma Mine au lit avec ce voleur qui me l'arrachait si vite, encore mouillée de moi, me déchirait.

— Puisqu'il n'a pas de nom, le nouveau membre de notre club très ouvert des amants du docteur, je vais le baptiser, pour les commodités de la conversation.

Nadine rit, tentant d'ôter le voile qui me passait devant les yeux :

— Comment tu le massacres ?

— Népomucène.

— Pourquoi, Népomucène ?

— Pour qu'il soit ridicule comme dans la vie. Or donc, Népomucène, la nuit du réveillon, a permis, du sommet de sa toute-puissance sérénissime, qu'elle vienne me faire ses adieux. Elle avait même un bon de saillie en poche. L'autre l'attendait probablement en bas pour la renifler au sortir de mes bras. En argot, on les appelle des soupeurs, ces charognes-là.

Je fis, presque pour moi, et ma voix en trembla :

— Oui, je l'appelais Mine. Mine. J'ai sauté sur une mine. Et je saigne.

—Tu n'es pas le seul. Le pauvre Rudi n'y a rien compris, dès le Bourget. Naïf comme il est, quand il l'a vue, il a cru que c'était bon pour lui, que c'était l'Afgha qui recommençait. Elle a été tout de suite agressive, odieuse. Elle lui a piqué une crise de nerfs, boulevard Bonne-Nouvelle. Elle criait : « Pour une fois, qu'on me laisse faire ce que je veux ! Si ça me plaît maintenant de me faire sauter par tout ce qui bouge, je le ferai ! » Il est tombé de plus haut que de son Boeing. D'encore plus haut quand il a su que tu n'étais même plus dans la course, qu'il y avait un nouveau sur le coup. Lui, c'est une bassine d'eau qu'il a pris en pleine figure. Il aurait mieux fait de rester en Suède.

— Et moi à Paris plutôt que d'aller à la Maison-Chambord l'an passé. Je n'aurais jamais su que Marthe existait et je n'en serais pas là aujourd'hui, la gueule dans le gravier.

Je me levai, je titubai sans avoir bu.

— Merci pour les nouvelles, Nadine. Je ne te trahirai pas, puisque je ne dois plus la voir sur terre. Toi, dis-lui quand même que je l'aime, pour la faire rire.

Je ruminais, dans les rues. Mourais, dans mon lit. Se venger. Le rendez-vous où Marthe n'était pas apparue, c'était sa vengeance, Nadine l'avait dit. Elle se vengeait sur moi d'haïr Agnès et de m'avoir aimé. Elle avait dû être un enfant sournois tirant la queue du chat. Le fulgurant Népomucène la tripotait. A quoi ressemblait-il ? De liège sur le chapitre de l'intellectualité, il devait être beau, la moindre des choses. Brel, encore lui, me le décrivait :

Être une heure, rien qu'une heure durant,
Beau, beau, beau et con à la fois !

L'heure de Népomucène n'avait sans doute rien d'unique. Au contact de ce Fantômas ahuri, Marthe allait retrouver le ras de terre, son altitude naturelle, obéir au sifflet de cette tour de contrôle. Son scepticisme quant à l'acuité des méninges de son partenaire ne durerait pas. Pour justifier son choix, idiot ou pas, elle l'aimerait à la longue « follement, passionnément », comme tout le monde, même s'il n'était pas présentable à ses amies.

Elle était déjà probablement souillée, le vingt, soir de la partie mouvementée chez David. Encore plus polluée à Noël. Davantage si possible le vingt-six, où elle m'écrivait dans sa lettre funèbre : *Il me faut apprendre à vivre seule.* Elle s'y entendait mieux en fourberies qu'en antibiotiques. Népomucène était marié mais allait divorcer, LUI, pour vivre avec elle ! Il apprendrait à laver les slips, ce qui ne nécessitait pas une intelligence hors du commun.

A propos de slips, je ne tardai pas à rencontrer Rudi mon ami, mon frère, mon *alter ego.* Il était tout aussi déboussolé que moi.

— Alors, môme, lui dis-je, on a fini par se ressembler ! Pour la première fois, on ne se cocufie plus l'un l'autre. Les fesses de Marthe ont fait un tour complet, au lieu d'un demi-tour à gauche, d'un demi-tour à droite. Ce n'est plus toi qui les pétris ni moi, Népomucène s'en occupe mieux que nous.

Pas plus que moi, il ne savait qui était notre successeur ni de quel trou était sorti ce lombric inattendu. Il s'en montrait sidéré, toujours aussi candide, lui qui pensait m'enlever Marthe dès son retour d'exil.

— Mais enfin, gémissait-il, si elle veut vivre avec quelqu'un, je suis là !

— Il faut croire que tu n'y es plus, voilà tout.

— S'il est beau, moi aussi !

— Tes séductions ont fait leur temps. Place aux jeunes !

— Je suis jeune !

— Pas tant que ça. Les cocus n'ont pas d'âge. On a le même, aujourd'hui.

Je l'avais invité à dîner dans les Halles. Son chagrin ne me consolait pas du mien. Mais tant que durerait ma douleur Rudi me serait indispensable. Tous les deux, nous pouvions parler d'ELLE. Des heures. Sans nous fatiguer. A lui, je pourrai raconter comment nous faisions l'amour. Il participerait, blessé, me blesserait à son tour en me racontant qu'elle avait recouché avec lui après que je l'eus obligée en avril à le quitter. Honnête, il avouait :

— Je n'ai pas de quoi m'en vanter. Elle l'a fait par charité. Après la Corse, elle n'a plus voulu.

Nous nous animions en buvant. Il me confia la peine qu'il avait éprouvée quand elle s'était refusée à lui sur mon ordre, au temps où je l'avais mise à la porte du studio.

— C'est ce qui m'a fait le plus de mal. C'est affreux, tu sais, quand une fille repousse ta main, la main qui l'a caressée trois ans.

J'en convins poliment. Il m'apprit qu'à l'heure actuelle elle ne répondait plus au téléphone de crainte d'entendre ma voix. Elle avait peur de moi, de mes irruptions, de ma violence, de mon revolver. Il reprenait, brisé :

— Tu sais qu'elle va partir de la communauté ? Partir avec ce con ?

Lui aussi détestait Népomucène. Brave Rudi ! Je ris :

— Prions pour qu'il le soit vraiment ! Qu'elle en bâille à mourir en pensant à nous !

« A moi », me disais-je plus hypocritement. De verre en verre, nous fûmes saouls. Bras dessus bras dessous nous sortîmes du restaurant, traînâmes dans les rues, couple insolite de poivrots bousculés de tendresses, de regrets, de désespoirs jumeaux. Un prénom, un visage, un corps, tout ce qui nous avait séparés nous unissait, nous soudait enfin l'un à l'autre.

Du déchirant cornet de Bix Beiderbecke pleuvaient, pleuraient sur nous, les sombres éclats du solo de *Singin' the blues*. Ses flashes rouges nous poursuivaient. Bix ne m'abandonnait pas, l'immortel Bix mort à vingt-huit ans dans les flammes de sa musique et celles du whisky.

J'avais bu davantage que Rudi, ces derniers temps, trébuchais dans une marée haute d'alcool. Il était obligé de me soutenir et nous devions offrir aux rongeurs de la nuit le plus pitoyable des spectacles. Nous nous illuminions, dans notre ivresse, y puisions des raisons insensées d'espérer, de rêver.

— On ne sera plus jaloux, jamais ! bredouillai-je. Quand elle reviendra...

— Elle reviendra ?

— Oui ! Quand elle nous reviendra, on la gardera rien que pour nous deux. Plus de Népomucène !

— Népomucène est une ordure ! brailla le Suisse.

— Comme elle ne veut pas vivre seule, elle vivra avec nous. Je louerai un appartement. On se relaiera dedans, toi et moi. On aura nos jours. On la baisera comme avant. Deux hommes, ça lui suffira peut-être, qui sait !

Ravis de cette solution, nous nous embrassions pour sceller notre pacte.

— Ramène-moi au studio, môme. Je vais me faire engueuler par Agnès si je rentre à quatre pattes.

Il me secourut. L'ardent Népomucène chevauchait Marthe sur un rythme de carabine à répétition. J'entendais les cris du docteur. Il allait réveiller tout Le Mont-Saint-Michel.

— Tu entends, Rudi ?

— Quoi ?

— Tu es sourd ! Marthe jouit !

— Elle jouit ?

— Parfaitement. Sans nous. Elle n'a plus besoin de nous. Népomucène a trouvé chaussure à son pied, Marthe prend son pied de grue !

— Pied de biche ! rigolait Rudi. C'est une biche, Marthe !...

Les murs du studio nous tombèrent dessus comme des pans de glace. J'achevai le Suisse au whisky, me foudroyai de même. Nous la pleurions côte à côte, effondrés sur le guéridon. Il parlait allemand, je parlais désespoir.

— Peux pas rentrer non plus, fit-il entre deux hoquets. Suis noir...

— Couche ici, grognai-je en me déshabillant.

Il m'imita et nous nous allongeâmes sous les draps où, cinq jours auparavant elle s'était étendue une dernière fois pour faire l'amour avec moi une dernière fois.

Au matin, ensommeillé, je crus qu'elle était revenue, touchai machinalement des cheveux blonds, une peau. Le grain de cette peau m'éveilla en sursaut. Ahuri, je reconnus Rudi. Furieux, je le secouai. Il fut lui aussi interdit de me voir dans ce lit. Il ôta de ses oreilles les boules de cire que Marthe laissait toujours à portée de sa main.

— Qu'est-ce que tu peux ronfler ! bougonna-t-il.

— Népomucène ne ronfle pas, lui, répondis-je. Népomucène baise !

J'avais à la campagne un vieux disque désopilant enregistré par la Musique de la Garde républicaine. Un adjudant du Périgord annonçait au début du morceau le titre de l'œuvre : *Réveil infernal des Titans.* Comme la situation ne manquait pas de cocasserie, je bramai d'une voix réglementaire, après avoir longuement considéré Rudi, ce Rudi qui était tout ce qui me restait d'elle :

— Réveil infernal des cocus !

Puis j'imitai, « pantin dérisoire et tragique », les sillons usés jusqu'à la trame :

— ... des cocus !... des cocus !... des cocus !...

30.

Je lui ai dit Titine
Titine ô ma Titine
Pourquoi m'avoir quitté ?

BREL

Il alla en Belgique sans elle. Il n'aurait jamais passé un Nouvel An avec elle, ne lui aurait donc jamais souhaité la bonne année. A son retour, Nadine lui restitua les clés du studio, celles qui n'avaient pas quitté le sac de Marthe pendant quatorze mois. Elle les lui avait rendues, le condamnant sans appel.

A Bruxelles, Il avait offert sur un plat d'argent sa revanche à Marieke. Elle l'avait saisie au bond. Non, elle ne recoucherait pas avec lui. Elle couchait à présent avec Walter, qu'elle aimait très égoïstement. Beau joueur, il ne se montra pas trop dépité par la crevaison de cette roue de secours.

« Je suis cornard de tous côtés, songea-t-il pourtant. De préférence par celles qui m'aimeraient toujours, ne m'oublieraient jamais. Mots, mots, mots ! comme disait Hamlet. Et moi je conclus par leur corollaire mathématique : femmes, femmes, femmes ! »

Il oublierait moins vite qu'elles. Paris le torturait, ce Paris aux yeux bleus. Il se réfugia dans la Nièvre, la neige et la nuit. Se réfugia dans les bouteilles, et dans leur solitude, et dans leur abjection. Il se mit à repenser à la mort. Quand il aimait, il n'y pensait plus. C'était pourquoi, aussi, il aimait tant aimer. Marthe, Rudi, Népomucène étaient jeunes, eux, et immortels pour le moment. Pas lui, qui zigzaguait sur le bord des goulots, s'écraserait bientôt sur le pavé.

Un jour, Hugues lui téléphona du boulevard Bonne-Nouvelle :

— Marthe est là. Tu veux lui parler ?

Sans hésiter, il répondit : « Non. » Il n'aurait pu supporter de l'entendre. Il sut plus tard que, devant son refus, elle s'était contentée, dédaigneuse, de hausser les épaules.

La neige le recouvrait. A quand le marbre ? Népomucène baisait toujours, infatigable. Régis jalousait ce fier tempérament, se réveillait éperdu de douleur, accablé par ces graffiti pour vespasiennes ou murs de cabines téléphoniques. Il gémissait entre deux eaux, entre deux vins, entre deux sangs : « Mine, ma petite fille, ma toute petite fille, tu m'as donné le sein, tu me l'as arraché des lèvres, et j'ai soif... » Népomucène tétait, bébé goulu, un brin léger sur le plan intellectuel, soit, mais véloce sur le mamelon de sa bonne vache à lait. Ferrier se levait, attrapait un litre d'eau-de-vie pour remplacer la poitrine de Marthe. Dès qu'il la voyait double, il ne la voyait plus inégale...

Il avait des visions originales, personnelles, de l'angoisse. Ce n'était pas, l'angoisse, la fausse tristesse des cimetières de la Toussaint. Celle qu'il vivait émanait plutôt des barrages hydro-électriques, de leurs profondes étendues noires de silence. Aussi des élevages de poulets qui luisent dans la nuit, le long des routes, comme autant de petits camps de la mort. Les cubes de glace dans le whisky lui évoquaient le froid des guillotines dressées dans les cours sales de l'aurore.

Il n'avait plus de joie, aucune. Il avait encore joué, encore perdu. Népomucène ricanait dans les chênes, ce hibou, ce grand-duc de l'imbécillité. Ferrier se recouchait, malade d'alcool. Ivrogne. Il y avait encore une chanson de son cher Brel qui s'appelait *L'ivrogne.* Régis n'en citait qu'un seul vers — ou qu'un seul verre ? — avec délectation :

Buvons à la putain qui m'a tordu le cœur !

A jeun, il songeait à Marthe avec moins de fureur, davantage de mélancolie, murmurait, le nez sur les vitres givrées :

— C'était un oiseau, au printemps dernier. Il n'y avait que cela, dans sa tête, un oiseau. J'aurais dû savoir qu'avec un oiseau on court forcément le risque de tomber sur un bec...

Il avait étranglé cet oiseau, l'avait contraint à se changer en femme comme dans un conte de mauvaises fées, en femme qui avait laissé grande ouverte dans le dos de son amant, pour qu'il en crève, la porte de l'hiver.

Au bout de quinze jours de ce régime d'onanisme psychique, il n'y tint plus. Ce pays qu'il avait tant aimé n'était plus son pays. Son vrai pays s'appelait l'amour, qu'il pouvait transporter partout avec lui. Les lits, ici, n'étaient pas anonymes. Il y avait pris Marthe. Ils lui parlaient d'elle. Il dit à Agnès :

— Je rentre à Paris.

— Tu ne sais pas où tu es bien.

— Si, je le sais. Mais je n'y suis pas et je n'y serai plus.

Il revit immédiatement Rudi, au studio. Heureux comme un malade rencontrant enfin quelqu'un atteint du même mal que lui. Personne au monde n'était plus proche de lui que ce garçon. Il était toute sa famille. Ils s'étaient combattus, détestés. Vaincus, dans les cordes, ils regardaient au travers de leurs ecchymoses dans la même direction, celle du bonheur qu'ils avaient eu, puis négligé, et puis perdu. Ils s'étaient crus invincibles, Marthe sous eux, dolente, faible, façonnable à merci. Sans avoir l'air d'y toucher, elle en avait tué un. Puis deux. Sans recours.

Ils ne s'asseyaient pas autour du guéridon de marbre, conversaient à l'autre table.

— Quelles nouvelles ? demanda d'emblée l'aîné au cadet.

— On la voit de plus en plus rarement, à la communauté. Elle ne passe que pour prendre son courrier.

— Elle vit avec Népomucène, ça y est ?

— Ça y ressemble.

Ils étaient moroses, au fond de leurs cales respectives et mitoyennes.

— Tu n'as rien tenté pour la reprendre, Rudi ?

— Tout.

— Et alors ?

— Rien. Et toi ?

— Je garde le silence qui convient à mon âge. A quarante-huit ans, on est acculé à la dignité, et ce n'est pas marrant. Je préférerais me rouler par terre.

Rudi le fixait avec une sorte de réprobation. Il s'en aperçut :

— Tu me regardes d'un drôle d'air, toi.

Le Suisse hochait la tête. Il savait quelque chose d'intéressant. Ferrier le connaissait. S'il ne l'interrogeait pas, il parlerait. Ils étaient tous les deux incapables de se taire dès qu'il s'agissait d'elle. Le secret de Rudi était en effet trop lourd pour lui. Il fallait qu'il le partage, que Ferrier en traîne son lot, s'y ébrèche à son tour les dents.

— Quand je pense, commença le jeune homme, que c'est ta faute, tout ça !...

— Tout ça quoi ?

— Népomucène.

— Ma faute ?

— Eh oui !

Lancé, Rudi n'allait plus s'arrêter. Il grommela avec une pointe de rancœur :

— Tu ne soupçonnes rien, non ? Rien du tout ?

— Non...

— Réfléchis bien. Depuis mon départ en Suède, Marthe ne t'a pas quitté d'une semelle, ou à peu près.

— Et alors ?

— Et alors ? Si elle a rencontré quelqu'un, c'est avec toi.

Ferrier, qui leur versait à boire, reposa si fort la

bouteille sur le plateau qu'il crut l'avoir cassée. Un peu pâle, il fit :

— Tu veux dire que je lui ai présenté Népomucène ?

— Exactement.

Ferrier rit, non sans un grain d'appréhension :

— C'est impossible, Rudi. Je ne fréquente pas de cons.

— Tu en voyais au moins un de temps en temps, et ç'a été le bon.

— Mais où, bon Dieu ? Dans le métier ? Un copain à moi ? Je te répète que c'est impossible.

— Je ne sais pas si c'est un copain à toi, j'espère que non, mais tu es sorti avec Marthe et lui. Et il nous l'a piquée. Et je t'en veux.

— Ce serait plutôt à moi de m'en vouloir...

Il n'était plus pâle, mais rouge. Il prit Rudi aux épaules :

— Assez de devinettes, maintenant. Le nom ?

Rudi, hargneux, détacha les syllabes :

— La Godille.

Ferrier partit d'un grand éclat de rire :

— La Godille ! Tu plaisantes !

— J'en ai la tête ?

— Je n'y crois pas. Tu vois Marthe partir avec cette espèce d'accordéoniste de village ?

— Je ne la vois pas du tout, mais elle y est, et grâce à toi.

— Ce n'est pas vrai, Rudi ?

— Hélas si.

— Tu n'es plus drôle.

Le Suisse s'emporta presque :

— C'est toi qui amènes les catastrophes, et c'est moi qui ne suis pas drôle ! Demande à Hugues, à Nadine, à Éric, à qui tu veux. Tout le monde le sait sauf toi. Il faut quand même que tu en profites, de tes gaffes. Ça devait arriver, d'abord, à force de la montrer partout !

Cette fois, Ferrier le crut. Abasourdi, il vida d'un trait son verre. Il ne riait plus. Un dégoût profond, au contraire, montait en lui. Suivi d'un flot de haine qui le fit trembler. Il détestait son Népomucène anonyme mais, faute de pouvoir l'imaginer, il ne l'exécrait que dans le vide. Dépourvu de traits, un Népomucène lui était moins écœurant qu'un visage dont il portait en outre l'entière responsabilité. Ferrier s'assit, anéanti, bredouilla d'une voix cassée par le mépris :

— Marthe avec ça !... Marthe avec ce minable !... Avec cette merde !... Vous en êtes sûrs ?

— On l'a vu à la communauté. J'étais là. J'avais envie de lui faire une tête. Il est tellement débile, ton pote, qu'il a d'ailleurs fait beaucoup rire les autres. Patère en redemande.

— Ne l'appelle pas mon pote, s'il te plaît.

— J'en avais honte pour Marthe.

Ferrier se releva, plus malheureux que jamais, chuchota :

— Pas tant que moi, Rudi. C'est affreux.

Il changea de ton, lança avec violence :

— Mais enfin, quoi ! Il faut faire quelque chose ! On ne va pas laisser Marthe avec ce ringard ! Ce serait de la non-assistance à personne en danger !

Rudi était plus philosophe :

— La Godille ou pas La Godille, qu'est-ce que ça change, au fond ? C'en serait un autre que ça serait pareil.

— Non ! hurla Régis. Ça me ferait déjà du mal si elle était avec un type bien ou un type, disons normal, mais là je vais en crever de la savoir avec ce godiche, cet emplâtre, ce cornichon, cette pantoufle !

— Crèves-en ou pas, mais elle y est, avec ton La Godille !

Rudi, en souvenir de son « imper de la Gestapo », écorcha méchamment Ferrier au bon endroit :

— Et ton La Godille la baise ! Tant qu'il peut ! A ta santé ! A la mienne ! Un coup pour Rudi ! Un coup pour Régis ! Une maille à l'endroit ! Une maille à l'envers !

— Tais-toi !

Hors de lui, Ferrier avait levé la main sur son camarade de régiment. Il l'abattit enfin sur la table, souffla :

— Pardonne-moi, mais ne dis pas des trucs comme ça ! Je pourrais tuer tellement ça fait souffrir. Oh ! ça va me passer !... Dans un sens, c'est trop beau. Je ne continuerai pas à aimer une fille qui peut coucher sans dégueuler avec le premier La Godille venu. Avec un flic. Avec un porc.

— Moi si, fit Rudi. Elle n'y restera pas. Je l'attendrai.

Ferrier eut un rire insultant :

— Ne te gêne pas ! Vas-y ! Moi, je n'ai aucune envie d'aller patauger dans les sanies de La Godille. Parce qu'il avait la vérole, La Godille, quand je l'ai connu. Sa queue tenait par des trombones, à La Godille !

Il prononçait avec volupté le nom ridicule qui avait fait pouffer Marthe du temps qu'elle avait de l'humour.

— Elle le soignera. Avec amour, glissa Rudi qui devenait plus tranchant, moins enfant, depuis que la vie s'était occupée sérieusement de lui.

Il ajouta, perfide :

— Après tout, La Godille, ça va la reposer des intellectuels.

Défait, Ferrier rapprocha sa chaise de lui, s'assit

encore, quitte à se relever dans les trente secondes :

— Ne sois pas agressif alors que j'en bave à mort.

— J'en bave autant que toi, Régis. Mais je ne peux pas la détester, elle est paumée.

Ferrier était déjà debout, ricanant :

— Paumée ! C'est votre grande excuse ! La panacée du jour ! Quand vous faites des conneries, c'est toujours parce que vous êtes paumés ! On dirait que ça vous tombe dessus de la part des dieux, qu'il n'y a rien à faire contre. C'est commode. Je, tu, il, elle, on est paumés ! Je me tape La Godille parce que je suis paumée ! Je me came parce que je suis paumé ! Je ne veux pas travailler parce que je suis paumé ! C'est trop pratique. Moi, si je bois, c'est parce que je le veux bien, au moins ! Pas parce que je suis paumé ! Je prends mes risques. Je n'incrimine pas la fatalité. Pour Marthe, c'est trop facile, aujourd'hui que le dernier à parler est comme par hasard le dernier de la classe. S'il suffit d'être con pour lui faire entendre enfin la voix de la raison, c'est qu'elle est conne. Preuve par neuf ! Certificat de garantie ! Son cul en a vu d'autres, d'accord, mais il n'a jamais volé aussi bas, le malheureux !

Il se tut, soudain perplexe, les yeux à ce plafond où il ne monterait plus jamais. Son effort de réflexion intrigua Rudi.

— A quoi tu penses ?

— Je pense que La Godille, non content d'être con, ce qui est excusable et à la portée de tout le monde, est doublé, ce qui est plus rare, d'une monumentale salope. Je voudrais me tromper, mais...

Il sortit son agenda de sa poche, le feuilleta avec fébrilité, triompha :

— Parfaitement ! La Godille est une ordure de course. Je vais pouvoir le haïr sans aucun remords, en bonne justice, tranquillement, en toute indépendance d'esprit. Écoute bien, Rudi : le vingt-quatre décembre, les fesses de Marthe me font leurs adieux déchirants. Le vingt-six, elle déménage d'ici. Quatre jours plus tard, quatre, le trente, La Godille s'amène chez moi sous prétexte de me parler de son film. Hugues était là, on a bu un verre tous les trois. Ça veut dire, ça, que La Godille est venu me narguer en toute impunité, est venu me regarder sous le nez pour voir à quoi je ressemblais depuis que Marthe était dans ses bras !

— Il faut le faire..., avoua Rudi.

— C'est une lettre anonyme, ce mec ! Un chacal ! Une hyène ! Qu'il couche avec Marthe, soit, c'est son affaire, on n'était pas amis. Qu'il se soit introduit dans la place grimpé sur mes épaules, ce n'est pas très élégant, mais ça se pratique, encore que je ne l'aie connu que pour lui rendre service. Admettons ! Que tout se soit déroulé dans mon dos en toute lâcheté, en toute infamie, c'est dans la ligne des deux personnages. La Godille a œuvré dans l'ombre où il demeurera toute sa vie, passons ! Mais que, de plus, bien à l'abri, il se pointe à domicile pour jouir de ma tête de cocu, non ! Ce n'est pas le fait d'un incroyable enculé, ça ?

— Oui, approuva Rudi. On aurait pu mieux tomber...

Le soir, dans son lit, Ferrier remua à l'infini tout cela. Tout ce fumier. Sans même l'aide d'une fourche. A pleines mains. La Godille. La Godille. Il ne se lassait pas de cette torture suprême, de ce supplice de choix. Il se tordait. De rire parfois, mais de douleur ensuite. C'est insensé. Nadine n'avait pas tort, il avait magnifié Marthe, avait sublimisé cette pauvre fille.

« L'amour n'est pas aveugle, songeait-il, il a tout bêtement de la merde dans les yeux. »

On le lui avait dit, qu'à la fin, dans la communauté, elle avait « la grosse tête » comme un comédien imbu de lui-même, qu'elle se prenait pour ce qu'il l'avait pris et lui avait fait croire : quelqu'un. Il avait pensé, lui, fermement, innocemment, qu'on pouvait présenter à une Marthe trente, cinquante, cent La Godille, qu'elle était au-dessus de cela, qu'aucun La Godille n'avait l'ombre d'une chance auprès d'elle. Un seul hélas avait suffi. Le premier.

Ce n'était pas crédible, et pourtant c'était arrivé, sans coup férir ni même coup de foudre : elle allait *vivre avec quelqu'un*. Cela seul comptait désormais pour elle, dégradant ou pas : *vivre avec quelqu'un,* fût-il « intellectuellement léger », fût-il n'importe quoi, n'importe qui. C'était, de l'avis de Ferrier, une réaction de laide que de se jeter au cou du premier type qui acceptait de partager avec elle le lit, le couvert, le quotidien et la salle de bains. On opposerait ses défauts aux qualités de La Godille. C'était risible et déprimant. Elle avait dû se dégonfler, sa « grosse tête », au contact de ce miteux.

« Ce n'est pas un couple de tourtereaux, s'amusait Ferrier, plutôt un couple de tourteaux. »

Mais que leur importaient, à eux, ses ironies ? Ils *vivaient ensemble.* « Ce n'est pas un grand ensemble », raillait-il encore.

Il raillait mais souffrait. Quoi qu'il ait pu prétendre, il aimait encore Marthe. Malgré La Godille. Il ne pouvait pas l'oublier. Ç'aurait été aussi trop facile de l'oublier POUR SI PEU. Aux pires moments, il la plaignait et l'estimait, comme Rudi, « paumée ». Cela les arrangeait, les flattait dans leur amour-propre, les deux cocus, de penser que leur femme n'agissait pas dans son état normal, que seule la dépression nerveuse était la cause de sa lourde chute dans les grossiers filets de La Godille.

Ferrier but, ne mangea plus. La terre et le monde de chaque jour ne l'intéressaient plus. Il perdit cinq kilos, se dit, en redescendant de la bascule, qu'il était sans nul doute la proie d'un authentique chagrin d'amour. Ces cinq kilos en moins lui étaient un critère formel. Ne les avait-il pas perdus jadis, très exactement, au gramme près, quand il avait eu la douleur d'être abandonné par Else ? Il fut satisfait d'ainsi demeurer dans ses normes, dans ses canons. Il ne vieillissait pas, menait la même carrière sportive qu'autrefois, aussi bien dans l'alcoolisme que dans l'anorexie.

Cela ne le gênait pas, non plus, qu'elle eût couché sur-le-champ avec La Godille. Il n'y avait pas de romantisme à espérer du metteur en scène-sic friand de « nanas ». Ni même d'elle. Il s'était plu, lui, Ferrier, à prolonger un mois durant des « fiançailles » envers et contre elle, d'ailleurs. Pour le plaisir et la beauté du geste. Mais il ne s'appelait pas La Godille, dieu merci, n'était pas encore un bidochard de bas étage. Ce qui le décoiffait le plus était la dimension réduite de son « rival ». Il ne se souvenait pas en avoir eu d'aussi piètre en face de lui, d'aussi terne, d'aussi obscur. Il le devait à Marthe, ce médiocre, lui en tenait rigueur.

Tout avait dû commencer au Yoyo, à Saint-Germain, le soir où il les avait plantés là au milieu de leur danse. L'empressé La Godille avait dû la consoler des incartades de son amant. Gentiment, bien sûr. Une main dans les cheveux. Faut pas pleurer. Une main dans le dos. Faut pas se laisser aller... Réagir... Chasseur sordide, il avait tiré la perdrix à la piète. Il l'avait raccompagnée, probablement. Peut-être avait-elle fait « l'amour » le soir même avec lui, pour se « venger » de Régis. Celui-ci ne le saurait jamais. Ils avaient du moins échangé leurs numéros de téléphone. Après l'échec du voyage en Suisse, elle l'avait appelé, c'était sûr. Ou lui. Et ç'avait été le début des « soirées intéressantes » avec un « jeune qui avait de l'intérêt ».

« Fallait-il qu'elle soit " paumée ", goguenardait Ferrier, pour s'intéresser à ce parfait manque d'intérêt ! Elle devait sacrément être à côté de son slip ! En plein " stress " ! Elle devait " flipper " " pas possible ", " pédaler dans la choucroute " ! »

Au vrai, il se fichait du processus de leur histoire dérisoire. L'aimant toujours, il tentait de suivre Marthe à la trace. Ce n'était pas aisé. Elle avait peur de lui, comme elle avait eu peur des vaches corses. « La peur de toutes les bêtes à cornes, quoi ! » ironisait-il. Elle craignait aussi, il le sut par la suite, qu'il n'apprît l'identité du mystérieux Népomucène. « Il peut lui faire du tort dans son métier » se lamentait-elle auprès de ses amies. La niaise s'imaginait déjà que La Godille était dans le métier alors qu'il n'en piétinait qu'aux portes closes, accroché aux sonnettes.

Ferrier ne réclamait pas auprès de Nadine ou de Marie-Sade l'adresse, par exemple, de Marthe. On la lui eût refusée. Qui plus est, elle n'en avait pas de fixe. Il demandait de ses nouvelles. On lui en donnait, au compte-gouttes. Il devait parfois les arracher au forceps. Rudi aussi, de son côté, obtenait, ramassait des miettes. Ils se partageaient leur butin.

Il reconstituait ainsi, de bric et de broc, la nouvelle aventure de Marthe, la suite des péripéties de cette Bécassine de l'amour. Désargentés, les amants ridicules étaient sans toit, voguaient d'hôtels en studios de copains de La Godille absents de Paris ne fût-ce que le temps d'un week-end. Déménageaient sans relâche, vivaient d'amour tiède et d'eau glacée. Qu'importe, elle *vivait avec quelqu'un !*, même s'il était, le quelqu'un, quelconque, « ou quel con ! » soulignait Ferrier du plus haut de sa haine.

Parfois, La Godille regoignait, contraint et forcé, sa femme et ses enfants, de préférence quand Marthe et lui changeaient de local. Elle se procurait alors une voiture et se coltinait seule les valises. Au nom, sans doute, du Mouvement de libération de la femme. Ce détail charmant enchantait Ferrier ravi d'évoquer son docteur chéri transformé en bête de somme. Il commentait, cruel, la pauvre scène de la sorte :

— Et voilà la bourrique changée en baudet !

Qu'importe, elle *vivait avec quelqu'un !*

Elle empruntait à tous de l'argent — sauf à lui — pour que son Orson Welles de poche ne meure pas de faim. Il allait bientôt tourner son premier film. Bientôt. Demain. Au plus tard, après-demain. Il avait des projets, l'artiste, et n'avait que cela. Le cinéaste raté avait avantageusement remplacé le peintre maudit.

Malgré son indulgence toute neuve pour Rudi qui, éloigné d'elle, réussirait peut-être, Ferrier se posait la question. Marthe la faible avait le goût des faibles. Il n'avait été, lui, pour elle, qu'un accident. Il n'avait eu besoin d'elle que sur le plan sentimental, jamais sur le matériel, encore heureux. L'avait frustrée de son insolite côté maternel. Les bras en croix sur le bitume, sans le sou, il l'eût davantage séduite, et le savait. Quoique il l'aimât, il ne pouvait pour elle devenir employé de métro. Vu par ce petit bout de la lorgnette, il reconnaissait ses torts.

La Godille, Ferrier aurait dû se pencher plus avant sur la question, La Godille était l'idéal même de Marthe, et elle le prouvait. Affectivement, on adopte des chats, des chiens ou des tortues. Marthe n'avait adopté le poisson rouge La Godille qu'à bon escient. Elle lui obéirait ? Il ne la commanderait jamais qu'en surface. Du sous-sol, elle en tirerait les ficelles. *Vivrait avec quelqu'un.*

Ce n'était pas prémédité. Elle ne s'analysait pas de façon si concrète. N'était-elle pas « paumée » selon tous et surtout selon elle ? Elle n'eût jamais, sans ses parents, effectué des études de médecine. Orpheline, elle eût fait le trottoir, Ferrier en était tout au fond de son être persuadé, lui qui pouvait parler sciemment, amicalement aussi, des prostituées. N'avait-il pas été l'amant de Babette, présumée ange rue Saint-Denis ? Pour avoir connu des Babette, au carrefour des zincs et des lits, il savait que Marthe en était proche et sœur. Les dénégations de la fille Vivier ou du docteur Vivier n'eussent rien changé à sa religion. Ferrier se le répétait, ébloui : Marthe la molle n'aimait que plus mou qu'elle. « Dieu les fait, Dieu les assemble », expose le proverbe. Régis pensait d'ailleurs, acerbe, que la chienne n'avait pas poussé son dernier aboi. Il avait des « chances » encore de la retrouver, docteur ou pas, d'ici quelques années, au coin de la rue aux Ours ou de celle de la Grande-Truanderie, pour entretenir La Godille ou un autre. A ce coin-là de la vie, n'avait-on pas rencontré d'anciennes religieuses ?

Les femmes sont plus insondables encore que ne le supposent les gynécologues eux-mêmes. La Godille, avec ses allures de maquereau 1930, ne s'y était pas trompé, lui qui allait mener la jument Marthe en cocher de fiacre. Au pas. De l'extérieur, soit, mais le dedans ne le regardait pas du tout. Il le lui laissait. La vie intérieure n'était pas comprise dans le service de La Godille. Il fallait aussi le comprendre, lui, ce qui n'était pas trop abstrait. Il voulait un con au sens propre, Marthe en voulait un au figuré, à moins que ce ne soit le contraire, la langue française fourchant quelque peu sur ces définitions. Quoi qu'il en soit, ayant chacun le leur, ils s'avouaient satisfaits. Si tout cela manquait un poil d'élévation, cela ne les « concernait » pas, n'était pas leur « problème ». Qu'importe, elle *vivait avec quelqu'un !*

Elle l'avait écrit autrefois à Ferrier, et il en riait : *Le couple est la négation de l'égoïsme. C'est une création, chacun enrichit l'autre...* L'enrichissement moral par La Godille, promu maître à penser, voilà qui déridait l'auteur dramatique. Bah ! Elle *vivait avec quelqu'un !*

ENFIN SEULE !

Marthe possédait en propre, à son nom, un matelas. Il avait voyagé d'Aubervilliers au boulevard Bonne-Nouvelle. Sur cet élément de literie, elle avait fait l'amour avec Rudi, avec Régis. Fin janvier, elle le récupéra pour s'y vautrer sous son garçon coiffeur, et cela divertit encore Ferrier de se l'imaginer, fourmi laborieuse tirant dans les rues sa couche au bout d'une corde pour la grimper jusqu'aux hauts lieux de l'érotisme.

S'ils se roulaient dans le stupre, les La Godille ne roulaient pas sur l'or, d'où l'épisode populiste du matelas. Marthe ne travaillait pas encore au laboratoire. La Godille allait, comme d'habitude, tourner bientôt son premier film. « Quand ? Bientôt, ma poulette. Je serai Fellini. Promis. En 1980 ou 90, je ne sais pas. J'ai quelque chose là ! Pas là, ailleurs ! En attendant que ça sorte, tourne tes miches, mémère ! Tu vis enfin *avec quelqu'un,* et c'est quelqu'un que ce quelqu'un. Forman, Sautet, Visconti, c'est de la crotte auprès de moi, cocotte ! »

Entre-temps, Marthe suivait scrupuleusement son idiothérapie pour guérir de son passé. Nadine avait confié à son oncle que La Godille ne satisfaisait pas le docteur sur le plan sexuel.

— On ne peut pas tout avoir, fit Régis, elle est quand même comblée sur le plan intellectuel. Mais ne t'en fais pas pour elle, les rapports deviendront positifs, comme avec moi. Après quoi, elle fera l'amour « merveilleusement », comme avec moi. Elle est comme ça, Marthe, inventive quand il le faut. Heureuse dès l'instant qu'on vit avec elle. Elle se charge du reste.

Ferrier avait la chance, lui, de ne pas vivre avec La Godille. Il avait, en revanche, le malheur de dormir, parfois. Toutes les nuits, à quatre heures du matin, barbituriques ou pas, la face de La Godille lui apparaissait, l'éveillait, s'ébrouait sur l'oreiller. Toutes les nuits, la tête de veau blafarde de La Godille venait ricaner au-dessus de lui. Il pleuvait du persil des narines du joyeux La Godille, et Ferrier n'osait plus se coucher, hanté par ce fantôme au drap douteux. La félicité des itinérants M. et Mme La Godille eût été totale s'ils avaient su le martyre onirique qu'il endurait.

Le trente janvier, un mois jour après jour après que La Godille eut été chez lui l'inspecter sous toutes les déchirures, Ferrier reçut un coup de téléphone tout à fait réel de son spectre abhorré. Nullement gêné, le bon La Godille, ignorant qu'il était démasqué, espérait toujours mettre en scène la pièce de sa victime, histoire de seconder enfin Marthe, l'an prochain, ou le suivant. Ferrier sentit s'accélérer son cœur, se refroidir son sang.

— C'est toi, La Godille, toi ! Ce n'est pas vrai !

— Ben quoi, si. Ça t'étonne ?

— Si j'en avais le courage, je te laisserai parler dix minutes, La Godille, pour voir jusqu'où tu peux aller dans la saloperie, mais je ne l'ai pas.

— Bon... O.K..., murmura La Godille, dépité. Encore un film qu'il ne tournerait pas. La vie était dure pour les jeunes.

— Tu es une morue, La Godille.

— O.K., O.K...

— Une fiotte, une vomissure.

— O.K., O.K...

La Godille reprenait ses esprits, ce qui n'allait guère l'alourdir.

— Écoute, Ferrier, on ne va quand même pas s'engueuler pour une nana ! C'est pas digne de nous.

— Ta gueule !

— Tu n'es pas content, mais c'est con. C'est rien, une nana. Ça va, ça vient, c'est pas grave. Je t'en donnerai d'autres, si tu veux.

— Écoute-moi à ton tour, La Godille. Je vais te faire un très beau papier dans tout le cinéma. Un splendide papier hygiénique. Si tu travailles un jour, ce ne sera pas ma faute.

— J'ai le temps, grogna La Godille, qui se renfrognait.

— A plus de trente ans, ça presse quand même, dans ce métier. Mais c'est vrai que tu as tout ton temps. Marthe ne vend pas des chaussettes sur les marchés, n'est pas dame pipi dans un café-tabac. Le hasard fait bien les choses pour les La Godille. Comme par hasard, justement, ils tombent sur des toubibs. Incapables de tomber amoureux des économiquement faibles, les pauvres diables ! La Godille, tu vas bouffer jusqu'à ta mort sans rien foutre, si tu sais t'y prendre. Et tu le sauras, je te fais confiance au moins sur ce point. Tu ne dis plus rien, La Godille ? Redis-moi « O.K. », La Godille.

— O.K., Ferrier, O.K...

— Continue, c'est grisant comme qualité de texte. Tu es un grand réalisateur, La Godille, si, si, si, même si tu ne réalises qu'une chose, à savoir qu'elle peut te nourrir. Ne râle pas, c'est son rêve, à elle, de régler les additions. En revanche, il faudra que tu laves les slips. Tu demanderas à Rudi comment on fait. O.K., La Godille ?

— O.K...

— Un petit détail, encore. D'après Nadine, qui le tient de Marthe, tu baiserais notre docteur comme une savate. N'aie pas peur, ça va s'arranger. Tu vas la baiser merveilleusement, ta nana. Je ne ris pas : merveilleusement. Fous-lui une bougie dans le cul. Oui, dans le cul. Tu sais où c'est ? A part ça, tu... vois Marthe... de temps en temps ?

— Ça m'arrive, fit La Godille enfin en état de supériorité.

— Puisque ça t'arrive... et tant pis pour elle... dis-lui que je l'aime, à ta nana.

— O.K., je n'y manquerai pas.

— Adieu, La Godille !

Il raccrocha à en briser son appareil.

La Godille se vengea, qui revint de plus belle agiter chaque nuit son persil sur Ferrier. Celui-ci se demandait parfois s'il n'allait pas en mourir. A tout prendre, il valait mieux que ce fût La Godille. Au moins, personne ne s'en apercevrait, hormis Marthe, et encore ! Un soir, il se rendit à Montmartre. Comme tous les gens du spectacle, il connaissait des voyous, ministres ou hommes de main. Il dîna avec Max, un connaisseur en vins de Champagne. Max était un monsieur disert, cultivé, poli. Un amant idéal pour Marthe qui n'y entendait rien, hélas, et ne s'envoyait plus que la racaille du tout-venant.

— Max, dit-il à l'heure des liqueurs, peut-être pourriez-vous me rendre un petit service ?

— Je vous écoute, Régis.

— Un type m'agace.

— C'est enfantin. La suppression, cinq mille francs nouveaux. Une destruction partielle, la moitié.

— Je ne suis pas trop gourmand, je ne réclame que les testicules. Sur un plateau. Avec du persil.

— C'est une opération classique.

Max tira sur son cigare, fit un rond de fumée ironique :

— C'est un endroit très prisé par la clientèle.

— Il s'impose, dans l'esprit des cocus.

Max sourit :

— Nous sommes tous des cocus juifs allemands, Régis. Vous m'êtes sympathique, pour le même prix je vous ferai cadeau des dents.

En fin de compte, Ferrier résista à la tentation. Il décommanda les animelles de La Godille. Si Max était discret, ses garçons d'honneur l'étaient peut-être moins. Il ne renonça à cette bonne farce que pour cette raison terre à terre. Le chantage, il venait d'en prendre. En outre, Marthe récupérerait aussitôt d'autres attributs en état de marche. A la longue, ce serait ruineux.

La Godille conserva donc l'essentiel de ses facultés, put continuer à honorer sa « nana » en poussant des « O.K. ! » lubriques. C'était un prince du verbe, La Godille, un charmeur d'intellectuelles, même si son vocabulaire n'était pas des plus étendus. Ce qui déchirait le plus Ferrier était l'éducation sexuelle qu'il avait donnée en pure perte à la « nana ». La Godille en profitait, s'en gavait, des progrès que son prédécesseur avait fait accomplir dans ce domaine au docteur. La rosse savait à présent sur le bout des lèvres des caresses qu'elle ignorait ou presque auparavant. Sans parler de son initiation belge. La Godille était un homme heureux, aurait pu avoir la délicatesse de remercier Ferrier pour les améliorations apportées à cette machine de compétition livrée clés en main. « Après les bons mots, les fines saillies ! » grinçait Régis désespéré par des évocations érotiques dont il était le seul responsable.

Il ne fit qu'une tentative auprès de Marthe, qui s'était plainte, au début de son collage avec La Godille, qu'il n'était pas, lui Ferrier, « allé la rechercher ». Elle n'en était déjà plus là. Il écrivit à la « nana », après le coup de téléphone de La Godille, pour lui signaler qu'elle courait aux abîmes et qu'à tout prendre, perdue pour perdue, il préférait la voir revenir auprès de Rudi qui, du moins, ne l'avait jamais traitée en objet de série.

Elle lui renvoya sa lettre sans la décacheter, poussa même la cruauté gratuite jusqu'à faire rédiger l'adresse de Ferrier par La Godille qui se sortit brillamment de ce devoir d'écriture. Marie-Sade lui reprocha ce geste, elle ricana pour toute réponse. Régis avait insulté, menacé le grand La Godille, il ne fallait pas toucher à son greluchon. Elle le lui devait, pourtant, son gigolo, ainsi que son emploi. Cette double dette était la cause première de sa haine. Elle aurait pu avoir la reconnaissance du ventre, et le louanger soir et matin pour ces présents de marque. Ses amies ne la voyaient plus guère. Elle savait, dépitée, qu'elles n'accepteraient pas — leurs conjoints encore moins — de fréquenter un La Godille. Elle n'en avait cure : il était là. A elle !

A Marie-Sade encore, qui lui demandait si la différence spirituelle entre Ferrier et La Godille ne la gênait pas trop, elle rétorqua, pincée, un « c'est relatif ! » qui en disait long sur l'emprise qu'exerçait « O.K. ! O.K. ! » sur sa « nana ». Admettre une infériorité quelconque de La Godille était avouer la sienne. Elle ajouta que Maurice — pudique, elle n'employait jamais le plaisant patronyme — était gentil, attentionné, aux petits soins pour elle. Toujours à la maison, et pour cause, les producteurs ne se l'arrachant toujours pas. De plus, et cela fit sursauter Ferrier, « Maurice la faisait rire ». Il s'interrogea, perplexe, sur les pouvoirs comiques de La Godille. Avait-il le pet stéréophonique ou à changement de vitesses ? Racontait-il des histoires marseillaises ? Maniait-il en virtuose boules puantes et fluide glacial ?

Elle disait aussi, quand Marie-Sade la questionnait sur son bonheur :

— Heureuse ? Je ne sais pas, mais je suis plus calme, plus stable. Avec Régis, j'étais angoissée.

— Mais enfin, tu comptes rester avec ce La Godille ?

— Même si c'est momentané, j'y suis attachée, je suis bien. Il fait les courses, il m'attend.

Elle avait surtout besoin d'un homme à tout faire. Rudi était battu sur son terrain. La Godille lavait à présent les slips aussi bien que lui. Elle s'enquérait pourtant à tout coup de Régis, poliment :

— Tu as de ses nouvelles ?

Elle le détestait mais fulminait lorsqu'on lui narrait les récentes aventures du délaissé :

— Il m'a vite remplacée !

Elle reconnaissait avoir vécu une « forte passion »

avec lui. Cette passion n'avait hélas pas été « comblée », puisqu'il était resté chez lui. A Marcel, qui lui avait téléphoné au laboratoire où elle était enfin entrée en fonctions, et qui s'inquiétait de cette rupture :

— C'est définitif ?

Elle répondait :

— Je crois... j'espère...

A Roseau, elle dit :

— Ce n'était plus possible...

Elle écrivit à Nane et Roro, en Belgique : *Il s'est passé entre Régis et moi des choses que je ne peux pas oublier, et je préfère ne plus le revoir...*

Ferrier bondissait : les autres choses, les belles, les « merveilleuses » étaient donc oubliées, elles ? Marthe, vraiment, n'oubliait qu'à sens unique. Il ne finissait pas de s'étonner de l'incroyable facilité qu'elle avait eue d'ainsi changer de vie, d'amis, d'aller de studio en studio, de quartier en quartier, tout cela pour être à la remorque du premier type qu'elle avait croisé, ramassé. Cette aisance que Marthe mettait à tout recommencer à zéro — au sens propre, en l'occurrence — le sidérait. Elle avait l'âme débraillée, le cœur décolleté. Un cœur qu'elle ne pouvait tremper, comme ses fesses, que dans l'eau tiède.

Elle lui avait lancé, autrefois, qu'elle n'avait pas sa « capacité sentimentale ». Il lui paraissait, au contraire, qu'elle les avait toutes, les capacités. En un peu plus d'un an, elle avait eu trois hommes, « n'avait pas désempli » commentait Ferrier avec rage. Il poursuivait, amer : « Heureuse mortelle, si le bonheur se mesure au nombre, à la longueur ! » En un peu plus d'un an, elle avait aimé Rudi, aimé Régis, n'allait pas tarder à aimer le troisième « follement, passionnément ». Elle avait une capacité de citerne, oui !

Ferrier, au fil des jours, désira la revoir. La réponse fut nette, par voie d'intermédiaire : « C'est non. Je ne veux pas retourner en enfer. » Cet amphigouri sous-entendait sans doute que La Godille était le paradis. Toujours féroce et en veine de fatuité, Marthe s'expliquait : « Il m'a repoussé, lui, vieux et malade. Je lui ai donné une chance de me garder, il ne l'a pas saisie. » Ferrier se moqua. A quarante-huit ans, était-il donc beaucoup plus « vieux et malade » qu'à quarante-sept, quand elle lui écrivait entre mille autres amabilités *Je t'embrasse longuement avec tout mon amour ?*

Il ironisait, méchamment lui aussi : « J'ai peut-être pris un coup de vieux, en un an, mais elle en a pris plus d'un, elle, au lit, des coups de vieux ! »

Le bât blessait malgré tout Marthe sur la question non résolue des qualités mentales de La Godille, qu'elle avait été d'ailleurs la première à mettre en doute. Elle y avait trouvé une parade, quand on lui rapportait que Ferrier le traitait de cruchon : « C'était son copain, non ? » Ferrier n'avait vu que trois fois La Godille, avec de plus en plus d'agacement. Mais, s'il était son « copain », cela dédouanait mathématiquement La Godille. Copain de Ferrier, il ne pouvait plus l'être l'idiot annoncé à l'extérieur. Il n'eût plus été que le séducteur d'une femme d'ami, qu'un salaud, ce qui était tout de même moins grave qu'un abruti.

Régis pensait souvent que l'un des charmes de Marthe, et non le moindre, aux yeux de La Godille, avait été de vivre ou presque avec un monsieur connu, plus connu que lui en tout cas. Couchant avec elle, l'anonyme croyait être devenu quelqu'un, enfin. Il devait se rengorger d'avoir supplanté un homme cité par *Quid* et par *Who's who ?*, devait clamer partout : « C'était la nana de Régis Ferrier, parfaitement. Je la lui ai piquée facile. Une bonne affaire, sa nana, au plumard. Et ça file doux ! » Bref, quand il pénétrait l'ancienne nana de l'auteur, il s'imaginait entrer un peu dans le monde du spectacle, monde qui se refusait hélas davantage qu'elle.

Marthe continua son escalade sentimentale. En février, elle était « attachée » à La Godille. En mars, « très attachée ». En avril, « amoureuse ». En mai enfin, « très amoureuse ». « Merci, il n'y a pas de quoi ! » riait Ferrier quand on lui donnait des nouvelles de l'irrésistible ascension du docteur Vivier. La Godille l'aimait de même, cela allait de soi comme les autres l'avaient aimée.

Marthe avait dépassé le stade du « momentané », louchait à présent carrément — car elle approchait des trente ans fatidiques — vers l'ivresse, la béatitude, la félicité de s'appeler madame La Godille, ce qui sonnerait cristallin et faisait se pâmer Ferrier de joie. C'eût été pour lui la plus douce des consolations, la plus inespérée des vengeances que de la voir accoutrée d'un nom pareil. Il tombait à genoux, hilare mais les mains jointes : « Mon Dieu, faites qu'elle l'épouse ! Qu'elle devienne madame La Godille ! Le docteur La Godille ! Bonjour, madame La Godille ! J'ai mal là, docteur La Godille ! »

Naturellement, elle haïssait les deux enfants de Momo La Godille, haïssait son épouse. Elle haïssait beaucoup de monde, en ce temps-là. De sang-froid, elle aurait plutôt dû plaindre les marmots, mâles qui étaient La Godille pour la vie, détester en revanche la légitime qui aurait l'agrément de changer de titre.

Fallait-il qu'elles l'aiment, entre parenthèses, pour avoir brigué hier ou briguer aujourd'hui une semblable étiquette... Passe encore pour Marthe, qui se serait appelée n'importe comment, Hémorroïde ou Réfrigérateur, pour *vivre avec quelqu'un,* mais l'autre ? Momo devait être beau. Ne dit-on pas d'un furoncle qu'il est beau ? Ferrier se voulut objectif, interrogea ceux qui avaient approché le futur de Marthe.

Pour Hugues, il avait la beauté cotonneuse, la face molle et le manque de charme qui conviennent aux lectrices de la presse du cœur : « C'est tout à fait le type qui pose pour les tricots, le blond sans sel et bien peigné qui sourit pour montrer toutes ses dents. » Rudi, qui lui ressemblait vaguement, ne le trouvait pas mal. Nadine l'avait décrété laid, sans autre commentaire. Marthe excitée était un jour montée chez Marie-Sade :

— Maurice est en bas, au café. Viens ! Tu me diras ce que tu en penses !

Marie-Sade fut catastrophée, dit à Ferrier :

— Il est d'une vulgarité, ce garçon ! Comment une fille comme Marthe peut vivre avec ce type sans classe, ce commis !

— Elle vit avec quelqu'un, on te le répète !

— Du coup, elle a compris à ma tête que ce n'était plus le moment de me demander mon avis.

— Elle l'aime comme il est. Et puis, elle vit avec quelqu'un, elle ne réclame pas en plus que ce soit Einstein multiplié par Gary Cooper ! Pourvu qu'il fasse les courses et la cuisine...

Personnellement, Ferrier, de mauvaise foi ou pas, avait toujours estimé que le beau Maurice avait un faux air de petits cochons de Walt Disney. A la vérité, il ne s'en souvenait plus très bien, n'avait pas la mémoire de ces visages neutres et dénués de vie. Il s'amusait à confier aux gens :

— Marthe a changé de métier. Elle est éléphante.

— Comment ça, éléphante ?

— Oui, elle est éléphante dans un magasin de porcelets.

Comme il l'avait prédit à Nadine, parallèlement à l'évolution amoureuse de Marthe, ses rapports physiques avec La Godille avaient suivi une courbe ascendante. Il n'avait jamais été dupe. Même un robot pouvait faire l'amour « merveilleusement » à Marthe. Du moins l'affirmerait-elle toujours pour épater les opinions publiques. D'après elle, ils connaissaient « une chouette vie sexuelle, mais *simple* ». Ferrier en conclut qu'elle avait renoncé à l'usage de l'étui à cigare. La carotte du mariage, qu'on lui agitait sous le nez, l'émoustillait davantage.

Régis soupçonnait La Godille d'avoir « emballé la nana » par le biais de ce piège vieux comme la Terre. Quand il apprit que madame La Godille — l'autre, la vraie — refusait de divorcer, il s'écria : « Je l'aurais juré ! » Le futé La Godille pouvait éterniser l'escroquerie tant que cela lui chanterait, tant qu'il aurait envie de garder Marthe, tant qu'il aurait besoin de son salaire, plutôt. S'il l'épousait un jour, la gourde paierait du moins de ses deniers la pension alimentaire des enfants — oui, Marthe, des enfants ! — et de la répudiée.

Selon Hugues, un La Godille comblait Marthe comme l'avait satisfaite Rudi jadis. La folle espérance de Rudi, le retour de Marthe dans ses bras, ne tenait plus debout. Tant que La Godille ne serait rien, le docteur veillerait sur lui, monterait la garde, lui assurerait le boire, le manger, le lit, la protection. C'était sa conception enrichissante — pour La Godille — du couple. Si, par extraordinaire, il réussissait, il la ficherait dehors sans hésitation. Dans la version Ferrier, cette crainte d'une promotion de La Godille était vaine. Il reprenait, avec une variante, le couplet qui lui avait servi autrefois pour Rudi : « Ils vécurent heureux et eurent beaucoup de petites têtes de veau », la triperie succédant en son esprit à l'horlogerie.

Malgré ses obsessions où l'amour le disputait à la haine, où ces deux sentiments si voisins s'entremêlaient, s'enchevêtraient, s'entendaient pour troubler son sommeil et taveler son printemps, Ferrier se frottait parfois les mains dès qu'il songeait qu'au moins il n'avait jamais lavé les slips de la prochaine madame La Godille, si toutefois elle accédait à cet avancement. Qu'il avait échappé à une fabuleuse carrière de cocu à répétition. Qu'il lui faudrait faire graver une plaque : « Au metteur en scène inconnu, Régis Ferrier reconnaissant. » Qu'il ne couchait pas, lui, avec une équivalence de la féminine de La Godille, avec une sotte qui eût fait sourire et fuir ses amis. Que tout cela engageait dramatiquement à la longue, la vie de Marthe, pas la sienne...

Elle commençait à sentir le renfermé, d'ailleurs, la vie de Marthe. « Très amoureuse » en mai, il lui fallut obéir à La Godille devenu jaloux comme un simple Rudi, comme un pauvre Régis qui avaient eu leurs bonnes raisons de pâtir avant lui de cette maladie. Il serait dit que la malheureuse croupirait toujours derrière les barreaux des prisons qu'elle avait tant reprochées à Ferrier. Dès qu'on l'aimait, il faut croire qu'on s'en défiait. Elle avait le don, le génie de susciter les jalousies, de les motiver probablement. Parfois, elle l'avoua encore, celles, frénétiques, de La Godille, lui pesaient. Mais La Godille était son homme ! Son avenir !

Il y avait en Marthe de l'héroïne de chanson réaliste

d'avant-guerre. Elle s'était voulue libre comme l'oiseau, en paroles. En fait, on flanqua la perruche en cage sans qu'elle en piaille. « Très attachée », on l'attacha. Si La Godille perdait la « nana » de Ferrier, il perdait l'importance sociale qu'il pensait en retirer. Jamais la « nana » ne ferait tout ce qu'il lui plairait ainsi qu'elle l'avait imprudemment clamé en décembre. Elle s'en accommoda à quatre pattes, marcha au sifflet et fut fidèle, enfin.

La Godille, comme Paris, valait bien une messe, surtout de mariage. Il l'accompagnait au laboratoire pour qu'elle ne fît pas en chemin de mauvaises rencontres — les La Godille courant les rues —, rentrait chez eux préparer le repas, revenait la chercher, soupçonnant l'ombre, le chat, le facteur et l'employé du gaz. En dehors de son travail qui était sacré — et pour cause — aux yeux d'un La Godille de plus en plus désœuvré, Marthe n'avait pas le droit de quitter d'une semelle l'impérieux Maurice. On ne vit plus l'un sans l'autre dans tous les endroits où l'on tente de monter des films de quatrième ordre. Jouerait-elle un jour dans un « porno » par amour de l'immense La Godille ? La présence d'un docteur rehaussait le niveau de ces arrière-salles de café, de ces sociétés de mythomanes et de filous.

Qu'importe, elle *vivait avec* La Godille ! Elle n'avait d'yeux bleus que pour son Maurice. Il la « rendait heureuse ». Ferrier lui eût volontiers expédié ce passage prémonitoire d'une de ses lettres, par ironie : *Or personne n'appartient à personne, sinon on devient une chose soumise, emprisonnée...* Il se réjouissait de la mise en tutelle de Marthe, « soumise, emprisonnée », un peu ahuri malgré tout qu'on ait plu l'aplatir, la brider de la sorte avec une pauvre promesse de bague au doigt. Les fameux trente ans devaient jouer dans cette démission un rôle capital. Puisqu'elle en avait fait une date critique, elle devait penser que ce n'était plus le moment de ruer.

— Mais enfin, demanda-t-il à un ami romancier, qu'est-ce qui les prend quand elles attrapent leurs trente balais, qu'est-ce qu'elles ont ?

Son ami lui répondit simplement :

— Elles ont froid.

C'était cela, Marthe avait froid. Se réfugiait dans la chaleur animale, et bien nommée, de La Godille. Ne pas vieillir seule. *Vivre avec quelqu'un.* Le troisième âge commençait tôt, chez elle.

Ferrier plaisantait avec Rudi sur les libertés totales qu'elle avait aussitôt perdues qu'exigées. Il ne l'appelait plus par son prénom, qui lui faisait mal à entendre. Il ne l'appelait plus que « la chienne ».

— Môme, d'accord, on n'a plus la chienne, mais on est plus heureux que La Godille. On peut sortir sans elle, nous. Pas lui. Si elle n'est pas à ses côtés, il se ronge, il se mine. Son teint rose de goret se plombe de souci. Nous on est cocus, c'est fait. Il lui reste à l'être à son tour. Il ne vit plus, La Godille. Il attend ses cornes. Sacré La Godille, il ne tournera jamais qu'en bourrique !

Depuis son ténébreux Noël, Ferrier ne se vêtait plus que de noir, observait le deuil, sauf pour ses chaussettes, qu'il portait rouges. Il prétendait que c'était la couleur moderne de l'espérance. Il n'avait pas cessé d'aimer Marthe. N'était pas pressé de l'oublier, de n'en plus souffrir. Il préférait un cœur pincé à un cœur vide. Il l'aimait en paix, ne se disputait plus avec elle. Enfin modeste, il n'était plus jaloux que du tout petit La Godille, alors qu'auparavant il l'était — comme La

Godille — de toutes les silhouettes. Il regrettait Marthe du plus profond de lui, mais n'avait-il pas su, dès son arrivée, qu'elle repartirait ? Il reprendrait un à un les kilos qu'elle lui avait coûtés. Il pouvait déjà relire ses lettres, regarder ses photos sans en pâtir outre-mesure, s'entraînait à l'aimer sans elle.

Il ne recherchait plus les confidences des amis de Marthe, les empêchait même de lui en parler. Il lui enverrait simplement un cadeau, le jour béni de son mariage. En verre, pour que madame La Godille pût le casser. Elle n'avait pu casser Ferrier. A peine le fêler.

Le temps vint où il rouvrit le studio, où les courants d'air chassèrent les odeurs dernières de Marthe. En éternel souvenir d'elle, il ne toucha pas l'éphéméride, le laissa où il en était resté, au feuillet du vingt-cinq décembre.

31.

... parce qu'une demi-vieille
parce qu'une fausse blonde
T'a relaissé tomber...

BREL

Quoique « vieux et malade » comme le disait cette garce de Marthe, qui s'était pourtant longtemps contentée de ce grison grabataire, l'aurait même épousé volontiers, tonton n'amusait toujours pas le terrain !

Pour un vieux, il était plutôt rapide de la béquille. Refaire surface, plaire encore le plaçait en salle de réanimation. Qui aime les femmes les attire et les trouve. Puisque l'indomptable avait perdu une blonde aux yeux bleus, il doubla la mise, remplaça la disparue par deux blondes aux yeux bleus. Cynique, le *vieux* les choisit même plus *jeunes* qu'elle.

L'une était lointaine, habitait Nantes, était l'épouse d'un prof d'histoire, la mère de trois enfants, avait quatre mois de moins que le docteur. L'autre était plus que proche puisqu'elle habitait l'immeuble où tonton avait son studio, qu'il pouvait lui parler, lui sourire de fenêtre à fenêtre. Elle avait vingt-huit ans, étudiait la décoration, était kabyle.

L'une s'appelait Christine et l'autre Farida. Le sortilège de la lettre M était rompu. Elles avaient toutes les deux quelque chose de Marthe, dans les formes ou l'allure. Malicieux, tonton me confia sa satisfaction de revoir enfin « des seins égaux en nombre, en poids, en qualité ». Il pensait que cela n'existait plus.

Comme il aimait Marthe pour la seule joie d'aimer, se contentait de cet amour platonique et sans péril, il n'aimait aucune des suppléantes. Il s'accordait un entracte. Les boxeurs mis knock-out sont interdits de ring pendant quelque temps par leur fédération. Las d'être acteur, tonton devint le spectateur de sa propre vie.

Christine, que je n'ai pas connue, l'aimait furieusement, tout chenu et délabré qu'il fût. Il se serait volontiers passé de ce débordement, lui qui n'entendait que les siens. La Nantaise, en toute innocence, s'imaginait qu'aimer suffit pour être aimé, s'étonnait qu'on ne répondît à ses envolées qu'avec tendresse et courtoisie. En toute frénésie, elle parla de divorcer pour vivre avec lui. Toutes voulaient supplanter tata, c'était devenu une manie chez elles. Tonton haussa les épaules. S'il n'était pas parti avec celle qu'il aimait, ce n'était pas pour prendre la main d'une autre. Christine voulut malgré tout quitter le domicile conjugal pour vivre à Paris. Sans lui, soit, mais pour le voir du moins plus fréquemment. Régis regimba, que l'on n'acculait pas si vite à la fidélité, vertu qu'il pratiquait sans y songer sous condition d'aimer. Il n'avait jamais trompé Marthe, s'avouait là-dessus sans mérite.

Il avait de l'affection pour les maris. Celui de Christine désirait s'entretenir avec lui de sa pénible situation. Tonton accepta, tomba sur un garçon avenant, lui exposa qu'il n'avait nullement l'intention de briser son ménage en flammes mais qu'en revanche, pour avoir la paix chez lui, l'époux devait accorder à sa femme quelques permissions de détente. Le mari en convint, ils s'entendirent sur ce *gentlemen's agreement* puis ramassèrent ensemble une cuite pharamineuse.

L'oncle n'évoluait à l'aise que dans l'insolite. Son but était de mettre les deux nouvelles en concurrence et alternance.

J'ai vu Farida. Il l'a même emmenée à la communauté pour que Marthe en fût informée. Il n'avait certes pas à la cacher. C'était une fille éclaboussante, d'une beauté de sauvage pour film de Tarzan et qui avait à la fois le charme du sable et celui de la mer. Il l'appelait « la bête », « la lionne ». De fait, sa crinière fauve lui cachait souvent les yeux, qu'elle avait d'un bleu flou, d'un bleu roi, de ce bleu qui couronne les feux de bois. De l'avis de tous, et du mien, une Marthe pâlissait auprès d'un engin pareil explosant tous azimuts de caractère et de personnalité. Il fallait vraiment que tonton revienne de guerre pour ne pas aimer à en grimper après les rideaux cette Farida super-démente.

Rudi en était malade. Elle n'était pas à ses cotes, l'eût fait éclater comme une groseille. Tonton lui-même avait grand mal à maîtriser ce cheval arabe caparaçonné de poudre noire et de soleil. Elle ne l'aimait pas comme Christine, hélas, ne l'aimait que du haut de l'Atlas, du bout des yeux. « Elle m'aimera, jurait Régis qui adorait qu'on lui fît front. Je ne l'aimerai pas, moi, mais je veux la voir à plat ventre avec son orgueil, son soufre dans les veines, sa peau de cachemire ! »

Le travail serait de longue haleine, il n'était pas pressé. L'ombre de Marthe le protégeait contre toute agression de plein fouet. Dissimulé par elle, il ne tirerait plus qu'à coup sûr, à l'affût. Sa Kabyle est d'une trempe de cimeterre. D'un seul rire, elle tranche les méduses en deux. Cette solitaire ne veut vivre avec aucun homme. Encore moins avec celui qu'elle aimera. Ce n'est pas de la nouille, Farida. Il me plairait d'assister au « plof ! » d'un La Godille s'écrasant comme une bouse sur ce mur de tungstène.

La Godille, Rudi l'a aperçu à un mariage, en compagnie de Marthe en laisse, venue là sans doute s'entraîner pour ses noces. L'élégant La Godille avait la taille prise dans un veston ceintré, beige et soutaché de traînées brunâtres, arborait de surcroît un nœud papillon d'une envergure de vampire et qui, d'après le Suisse, lui cachait les narines.

Rudi a rapporté tout cela à tonton qui s'est empressé de décrire le gandin à Farida sans lui préciser de qui il s'agissait. Il ne souhaitait que lui poser cette question :

— Lionne, est-ce que tu sortirais avec ce type ?

Elle l'a canonné d'un regard pétrole, a pris la mouche, qui est plutôt une guêpe, dans son cas :

— Tu me prends pour qui ?

— Pour un docteur.

Elle a hoché sa tête dure qui, selon Régis, se change en oasis pendant l'amour :

— Tu dis n'importe quoi.

C'est son expression favorite, paraît-il, quand elle s'adresse à lui.

Coincé entre ses femmes toutes fraîches, tonton attendait le dégel de son cœur.

32.

On n'oublie rien de rien,
On s'habitue, c'est tout...

BREL

Je t'aime, Marthe.

Cela dit, elle me facilitait la vie. J'avais honte de la fille que j'aimais, la méprisais. Elle me répugnait un peu, même. La mer entière et tous les parfums d'Arabie ne me l'auraient jamais lavée de La Godille, ce ver blanc entré dans son corps comme un ankylostome. Ne l'estimant plus, j'en souffrais moins. Oui, je haïssais le greluchon, le haïssais même davantage que je n'aimais Marthe. Ce n'était pas un sentiment nourrissant, je le savais. Je le haïssais du moins en connaissance de cause. J'aimais Marthe et il me l'avait diminuée, ravalée, humiliée. « Objection, Votre Honneur ! » me rétorquait-on : Marthe l'avait élu. Hélas...

Mouche, parfois fofolle du coup de foudre, aurait peut-être couché avec La Godille un soir, mais n'aurait pas vécu deux jours à ses côtés. Christine ne l'aurait pas aperçu. Agnès eût vomi. Farida eût craché dessus s'il avait osé approcher d'elle son nœud papillon. Marthe en faisait ses choux gras dégoulinants de graisse. Mais je l'aimais, elle. Sans lui pardonner pour si peu, je l'aimais. Je m'arrogeais le droit de haïr celui qui avait cassé la potiche que j'avais mise à la place d'honneur sur ma cheminée.

Je t'aime, Marthe.

Mais ce n'était pas une raison pour vivre avec elle et y laisser la peau de mon amour. Je n'étais pas Rudi qui, tous les matins, espérait qu'elle reviendrait frapper à sa porte et me chantait qu'il l'attendrait un an, deux ans, cinq ans. Je n'avais pas de temps à perdre, moi qui ne connaîtrais pas, à mon âge, la joie d'apprendre la mort de La Godille, à moins d'un beau cadeau de Dieu.

Marthe, ricane : quand je me promène dans les rues de Paris, le M des Monoprix, le M des entrées de métro me griffe encore au cœur. Ricane, toi qui ne sais plus rire.

On m'avait rapporté ce qu'elle avait dit, non sans pertinence, en apprenant que je me partageais entre Christine et Farida : « S'il a deux filles, c'est qu'il n'en a aucune, qu'il ne m'a pas oubliée. » Je ne l'oubliais pas, je l'aimais. De loin, du plus loin. Avec des pincettes.

Elle clama à Marie-Sade :

— Je vis mon amour *(quel style !)* jusqu'au bout. Je vais épouser Maurice à la fin de l'année.

Elle en était capable. Mis au pied du mur, La Godille obtempérerait ou sauterait comme j'avais sauté. L'espoir de la voir s'appeler madame La Godille grandissait. Tous mes vœux de malheur l'accompagnaient. J'escalerais de femme en femme, elle serait amarrée dans la vase, y « vivrait son amour ».

J'appris pourquoi mes deux comiques déménageaient ponctuellement tous les quinze jours. Ce n'était que pour fuir les victimes des escroqueries variées de La Godille, victimes qui me réclamaient — à moi ! — l'adresse de Marthe. Pour l'aimer encore et toujours, la chienne, il me fallait avoir le cœur décidément bien accroché...

Elle perdit sa grand-mère, et j'en fus bien content. Rien de ce qui pouvait l'affliger ne me laissait indifférent, puisque je l'aimais. Je la suivais par la pensée, dans ce laboratoire où elle gagnait le pain de La Godille, quatre heures les lundi, mercredi, vendredi matin et les mardi, jeudi après-midi. Je me demandais quelle était la nature de ce travail pour lequel elle m'avait chaudement et doublement remercié. Si elle m'était restée, elle m'en aurait quotidiennement relaté les détails. La Godille les recevait. En son absence, il trimait dur en lisant des romans policiers. Les slips du docteur séchaient, un ragoût mitonnait.

J'évitais les endroits où je risquais de rencontrer la chienne et son piqueux. Je n'avais aucune envie de crever de douleur en l'apercevant au bras de son poulpe, d'accrocher le nœud papillon de la chenille, de croiser les yeux glacés de Marthe. Quand le temps était au beau, les week-ends surtout, j'étais triste de les savoir au soleil dans les lieux mêmes où nous avions flané ensemble. Je préférais la pluie. Hélas, que faire, quand il pleut, sinon l'amour ? Toute météorologie m'était sans issue et fatale.

Parfois, au contraire, armé, dangereux, insoucieux de la prison, dopé à l'alcool comme un nettoyeur de tranchées, je les recherchais dans tout le quartier Latin, dans tous les bars belges de Paris pour leur faire passer le goût de la bière.

J'aimais Marthe. Elle avait, paraît-il, jeté à la poubelle tout ce qu'elle nommait son « trésor » quand elle était petite, mes lettres, mes photos, tous nos souvenirs. Avait balancé dans un égout la montre de ses vingt-neuf ans. Avait donné son blouson de renard. S'était nettoyée de moi sur l'ordre de son maître. Et je l'aimais...

J'eus à subir *a posteriori* les reproches de mes amis. Beaucoup me surprirent, ceux de Germain Brunel en tête. Son affection, son jugement m'importaient avant tout. Lui qui avait reçu si gentiment à maintes reprises Marthe chez lui m'annonça que c'était « une conne ».

— Tu aurais pu me le dire avant, protestai-je.

— Impossible, tu étais aussi con qu'elle, insista-t-il. Si elle t'a viré au profit de La Godille, c'est qu'elle a trouvé plus con que toi, que la connerie est son royaume, et voilà tout.

Impitoyable et mort de rire, il me demandait toujours des nouvelles de « madame La Godille ». Il était plaisant de constater que chez le premier metteur en scène français le nom de La Godille était célèbre alors que j'avais mis en garde en pure perte les gens du métier contre l'objet de mon ressentiment. Le premier sourire passé, on m'avouait n'avoir jamais entendu parler de ce pèlerin.

Un soir que le cafard me déglinguait, me dégringolait dans l'alcool, Harry me sermonna, lui qui avait été dans les meilleurs termes avec Marthe, chez lui, chez nous, en vacances, partout :

— Tu ne vas quand même pas te laisser descendre par cette petite rien du tout ! Elle ne te mérite pas !

— Je ne mérite pas davantage, larmoyai-je.

Il n'était pas très conséquent, ni logique, Harry, puisqu'il me tançait le lendemain d'une tout autre façon :

— Tu as été d'un monstrueux égoïsme ! Elle t'aimait, cette fille, elle t'avait choisi et tu l'as répudiée. Tu l'as déçue, et tu t'étonnes qu'elle soit tombée dans les pattes du premier imbécile qui passait ! La Godille, c'est un suicide. Il ne tenait qu'à toi de l'éviter.

Je la défendais contre les condamnations sommaires de ses accusateurs. Comme au lit, nous avions été deux, dans notre courte vie, contre tout et tous, contre nous, surtout. Nous avions été nos pires ennemis, et ils l'avaient emporté. Puisqu'on la traitait avec cette sévérité, que je l'avais moi-même, avant les autres et davantage, traînée dans la gadoue, il me fallait peut-être me regarder en face avec un rien d'honnêteté.

Honnêtement, justement, rien n'était reluisant, à l'heure du bilan. Navré, escorté par mes M de Monoprix et de métro qui me criaient « Marthe ! » par toute la ville, je m'interrogeais sur les démons que j'avais déclenchés en elle. Je l'injuriais, la chienne, un peu à la légère. Qui l'avait changée en chienne, cette fille qui n'avait pas trompé Rudi pendant trois ans, l'avait aimé, avait été sa femme ? Qui, sinon moi ?

Que lui avais-je apporté, en fin de compte ? La réponse était brève : La Godille. Joli cadeau, en vérité. « Moi qui me suis dit ange », comme le criait Rimbaud, je n'avais pas à être fier de mes ailes. J'avais voulu lui offrir le monde sur un plateau et ne lui avais donné, par ricochet, que La Godille. Quel résultat ! Quoiqu'il m'en coûtât de le reconnaître, La Godille était, hélas, un peu beaucoup mon œuvre.

Certes, je m'étais battu, englué, dans le spaghetti qu'était Marthe, mais n'avais-je pas été puéril, lamentable, dans nos colères, nos fâcheries ? Ne m'étais-je pas, plus souvent qu'à mon tour, conduit en père stupide de famille française plutôt qu'en ami, qu'en copain qui a la permission de vous prendre la bouche entre deux bains de minuit, entre deux verres du vin de la tendresse ? Je n'avais pas souvent été un homme. Étais-je beaucoup plus grand qu'elle lorsque, trépignant tel un gosse, je l'abandonnais à un arrêt d'autobus ?

Quoi qu'en dise Germain, elle n'avait pas toujours été digne du seul La Godille. Elle lisait Buzzati, appréciait des poètes, me citait Balzac dans une lettre : « En amour, la femme est une lyre qui ne livre ses secrets qu'à celui qui en sait bien jouer », y ajoutait ce commentaire flatteur de son cru : « Comme tu es bon musicien, mon amour ! » Sept ans d'études de médecine ne devaient pas favoriser le développement d'une culture générale. Là n'était pas la question. Je l'avais parfois entendue discuter aussi intelligemment qu'une autre quand elle ne récitait pas le bréviaire politique de Rudi. La gauche, elle y avait joué. Issu d'un milieu ouvrier, je l'avais en moi de naissance. Certes, son annexion par un La Godille — cette déviation du goût — ne plaidait pas en sa faveur, je l'interprétais par sa vieille peur des trente ans, sa panique devant la solitude. Ce n'était pas une excuse, mais une tentative d'explication du comportement pusillanime d'une fille dénuée d'essence et de tournure particulières, originales. Marthe n'était pas Farida. Mais j'aimais Marthe.

Marie-Sade me disait : « Tu aurais dû, quand même, vivre trois mois à l'essai avec elle. Tu n'aurais rien à te reprocher, elle non plus. » J'y pensais fréquemment, à ces trois mois, regrettais par instants de n'avoir pas eu le courage de risquer l'expérience. Je n'y aurais pas perdu davantage que je n'avais perdu sans même me jeter à l'eau. Agnès me lançait, quand je soupirais là-dessus, que La Godille était dans l'air, que je ne l'aurais évité en aucune façon. Ce n'était qu'une supposition. Pas plus que moi, Agnès, partie prenante, ne pouvait poser à l'impartialité.

Satisfaisante ou non, mon autocritique de vieux militant du cœur ne me menait nulle part, ne changeait rien à mon présent. Christine et Farida, malgré les diverses tendresses que j'éprouvais pour elles, ne m'avaient pas encore, dans MON lit, fait oublier qu'il avait été le NÔTRE. J'étais en exil de la chair, la vraie, la nôtre. Qu'elles me le pardonnent, mais l'amour me manquait. Je n'avais auprès d'elles pas grand-chose à donner ou à recevoir. J'ignorais si Marthe, au plus secret d'elle, était dans mon cas. J'espérais naïvement, malgré ses rodomontades de façade, qu'elle était aussi démunie, dépouillée que moi de ce côté enflammé de la vie.

Je m'entendais : aucune vantardise n'était ici en cause. Marthe non plus, ni moi, ni mes chéries, ni La Godille. Nous avions eu l'insigne chance de vivre ensemble, Marthe et moi, en ce domaine, ce que l'on peut appeler un miracle où Dieu, s'il existait, avait sa part. Par définition, les miracles ne se reproduisent pas à la cadence des Hindous. En quelle nuit avaient sombré, Marthe, les quelque deux centaines de fois que nous fîmes l'amour? Je les recréais en songe, ces images violentes, phosphorescentes, solaires, de nos possessions. Elles me traversaient alors tout le corps pour le meurtrir, le tordre. J'en frémissais comme une grenouille soumise à l'électrolyse.

Non, je ne rapportais pas tout à l'esprit. Jamais je n'oublierai ton jardin blond des Hespérides, le fruit salé de ton verger, les récoltes que nous en ramenâmes, étalées sur nos draps de victoire. En bref, jamais je n'oublierai ton cul, ma douce Mine, mon bel œillet, la martre fauve de ton cul. Seigneur, c'était plus que cela, plus qu'un mot, plus qu'une réalité! Quoi qu'il fût devenu sous d'autres mains, quoiqu'un nœud papillon s'efforçât de le ridiculiser en se penchant sur lui, il me demeurait. Je m'abîmais et m'effondrais toujours en lui. J'avais gardé en moi, bon gré mal gré, celui d'Else, celui de Mouche. Je gardais celui-ci. Dans mon cercueil, ils me parleront de la vie. S'il est un jugement dernier, je les retrouverai intacts.

Sentimentalement, j'étais un train de nuit qui regardait passer les vaches. Les chats siamois et leurs yeux bleus. Les monstres. Mes monstres. Les poivrots éperdus. Les seins des filles d'été. Les vagues. Les truites, du haut d'un pont. Les étoiles descendues en flammes par les bazookas de l'aurore Et je me regardais passer aussi...

Farida m'avait dit, joliment : « Tu marches comme un enfant qui rentre de l'école. » Je n'en finissais pas de rentrer. Ma mère m'attendait. Je ne rentrerais pas. Je serais porté disparu. J'étais passé, oui, mais à l'as. De bouche en bouche. Par les profits et pertes...

Je haïssais donc La Godille, qui me le rendait bien. J'avais marqué sa « nana » au fer rouge de nos nuits blanches. Il me plaisait d'être haï de La Godille, qui n'était rien sans ma haine. Sans elle, il retournait à son néant. Pour rire un peu, je l'avais surnommé Concorde, le con supersonique. La haine se dispense d'être spirituelle, elle mord et lacère. Le sang est son whisky.

Marthe me haïssait de même « follement, passionnément ». Me le prouvait par la destruction systématique de tout ce qu'elle avait pu tenir de moi. J'étais en état d'infériorité vis-à-vis d'elle. Je la haïssais mal, avec des lacunes, des faiblesses. Il ne faut pas aimer pour haïr à la perfection. J'avais de la peine à entrevoir d'où lui venait sa haine de moi. Je m'en ouvris au pertinent Brunel.

— Ce n'est pas difficile à comprendre, m'expliqua Germain. Tu ne sors de chez toi que pour des opérations de commando, que pour des coups de main. Tu plonges en piqué sur ta proie. Tu l'aimes, admettons-le. Elle t'aime, supposons-le. En fin de compte, tu retournes à ton aire de départ, tu reviens à Agnès. Les femmes ne supportent pas qu'on leur en préfère une autre. Les hommes non plus, d'ailleurs. Marthe ne l'a pas mieux encaissé que tu n'encaisses La Godille, voilà tout. Tu n'as pas choisi Marthe, ne t'étonne pas de sa rancune.

Puisqu'elle ne m'aimait plus, je m'accommodais donc de sa haine, qui ne changeait pas grand-chose au résultat. « La haine est l'amour qui a sombré », affirme Kierkegaard. Nous gisions par mille mètres de fond, au moins. L'indifférence ne m'eût-elle pas davantage choqué ? Ou la vague amitié qu'elle témoignait encore à Rudi ? Elle lui téléphonait de temps à autre, malgré les ukases du geôlier La Godille qui lui interdisait tout, en vrac, y compris de revoir ses anciens amis, à plus forte raison ses amants démodés. La Godille, qui n'avait pas d'avenir, se méfiait du passé.

Boulevard Bonne-Nouvelle, Rudi m'avait montré une pauvre boîte qui contenait les quelques petits bijoux qu'il avait pu offrir à Marthe. Elle ne les avait pas même emportés, les avait abandonnés là. J'en avais été ému, attristé pour lui. Tant de sécheresse m'avait refroidi. Ce n'était pas le cœur qui étouffait Marthe. Elle ne mourrait pas du côté gauche. Elle s'indignait lorsque le Suisse lui disait qu'il me revoyait. Elle s'écriait : « Comment peux-tu encore fréquenter cet être ignoble ? » Elle me faisait rire autant que La Godille la faisait s'esclaffer. Je m'étais donc, à mon insu, métamorphosé en « être ignoble ». Infect individu, je me reportais par malice, personnage putride, à ce qu'elle m'avait écrit quelques mois seulement auparavant, me le récitais en contre-chant...

Je t'aime et n'envisage pas de ne jamais te revoir. Ni de vivre sans que tu sois à mes côtés...

Attrape, ordure !

C'est banal, mais notre histoire est tellement importante, notre amour si merveilleux, que cela ne peut pas se terminer entre nous... J'ai besoin de toi, follement. Tu m'es indispensable. Tu m'as appris tant de choses, sentimentalement, intellectuellement, physiquement...

« Comment peux-tu revoir cet être ignoble ? »

J'aime que tu me fasses l'amour, que nous fassions l'amour, nous le faisons si bien, si merveilleusement bien...

Tu vas me faire rougir, Marthe. Un vulgaire membre de mon acabit ne saurait t'émouvoir aussi bien qu'un nœud papillon !

Depuis le deux juillet, j'ai vécu la période la plus passionnante de ma vie et je ne t'oublierai jamais...

Mais si, mais si ! On m'oublie parfaitement, tu verras. Aussi bien qu'Alain-Xavier. Aussi bien que

Rudi. Seul La Godille est inoubliable, et pour cause : il est unique.

Si, un jour, je décide de ne plus te revoir, je sais que je ferais la plus grande erreur de ma vie, et je te donne l'autorisation de me tuer, car renoncer à l'amour doit être puni de mort.

Comme c'était dûment signé, « l'être ignoble » s'était enquis auprès d'un avocat sur la valeur que revêtait semblable blanc-seing. Légalement aucune, hélas. Elles pouvaient en toute impunité écrire ou dire n'importe quelle bourde. Elles vous permettaient de les occire mais à l'aide d'une paille seulement. C'était dommage. Je l'eusse volontiers envoyée rejoindre sa mère-grand, l'eusse truffée, ma jolie poularde, de six balles aux quatre coins de son agréable paillasse. Parce que je l'aimais. Que, pareil à Rudi, j'en guérissais fort mal, connaissais des rechutes et des poussées de fièvre et des montées de larmes. A ce propos, avait-elle, la chienne, des montées de lait dans son gros sein à la simple vue de La Godille ? Il me hantait toujours, le misérable.

Le vent dans les arbres, le vent dans les voiles lorsque j'étais ivre, le vent de la nuit rugissait « La Godille ! » dans la forêt parisienne des antennes de télévision. « La Godille ! » ululaient les klaxons, roucoulaient les pigeons. « Demandez La Godille ! » braillaient les derniers vendeurs de journaux du soir. « Allez, La Godille ! » hurlaient à pleins poumons les quarante mille spectateurs du Parc des Princes. « Libérez La Godille ! » criaient les masses populaires de la Bastille à la République.

— Mon beau La Godille, susurrait M la Maudite, je t'aime follement, passionnément. Comme j'ai aimé Alain-Xavier, Rudi, Régis, les autres, et j'en oublie. Tu m'as appris tant de choses, sentimentalement, intellectuellement, physiquement, superbe La Godille, ô fier chevalier de ma Toison d'Or et du Nœud Papillon réunis !...

Les trompettes de la renommée prenaient le relais : « La Godille Lion d'Or à Venise ! », « La Godille Palme d'Or à Cannes ! » « La Godille seul en tête au Galibier ! », « La Godille number one ! », « Arriva La Godille ! » « Arriba La Godille ! »

Non. Tout cela était faux. Taillé dans les brouillards des insomnies. La Godille n'existait pas. La Godille n'était qu'un mythe. Ne représentait que le mufle du Léviathan qui tue l'amour, humilie les enfants, écrase les chats, arrache les rosiers, colle des moustaches à la Joconde, change les Marthe en citrouilles. Non, La Godille n'est pas unique. Le monde grouille de La Godille. La terre en meurt, craquelée. Les pétroliers battant pavillon La Godille irisent de poison l'océan.

La haine se mange brûlante. Je me hâtais de l'avaler, de profiter de l'obsession. Elle ne durerait pas. Haïr ce minus ne m'était qu'un passe-temps. Il me servait à moins aimer Marthe, à en souffrir moins. Il avait son utilité, il désherbait ma cour. Sous forme d'amanite, évidemment phalloïde, il ferait crever de toxémie l'oiseau bleu aux yeux bleus. Marthe aurait donc ses trente ans près de lui. Elle ne pourrait enfin plus parler de sa jeunesse qu'au passé. A l'imparfait de préférence. M'avait-elle assez cassé les pieds avec ses jeunes, l'idole des jeunes ! Elle allait pouvoir vieillir sagement aux pieds de La Godille. Elle le soignerait avec amour et dévouement, prolongerait sa précieuse existence. Donnerait peut-être, revenue aux bons sentiments, à ce père rose un enfant bleu ?

Le docteur m'avait rendu malade, moi. Sa seringue

et son tonicardiaque, désormais inutiles, étaient toujours dans l'armoire à pharmacie du studio. Je les gardais en souvenir des temps où elle veillait sur moi. Elle ne se regarderait plus dans les glaces de l'armoire. Quand je voyais, du lit, s'y mirer, s'y recoiffer, s'y maquiller Christine ou Farida, je songeais à Marthe, à toutes celles qui les avaient précédées là, soucieuses pour moi de leur image. Je gouaillais : « O combien de marins, combien de capitaines... » Toutes perdues depuis dans des courses lointaines, mes fiancées... Évanouies dans les mornes horizons... Toutes libérées de « l'être ignoble »... Bah, cet été, j'irai à Londres avec Farida. En pèlerinage en Corse, avec Christine. Avec qui l'an prochain? Après le toubib, les infirmières!

D'avoir aimé, d'aimer encore un médecin ne m'arrangeait guère dans ma vie quotidienne. Je n'avais jamais remarqué combien, autour de moi, on parlait de médecins, de médecine, et je sursautais, frissonnais dès que le mot « docteur » me tintait aux oreilles. Il ne m'évoquait strictement que Marthe. Si j'entendais « gynécologie », je pensais aussitôt à une table, à notre table. La vue d'un stéthoscope me rappelait Marthe nue m'auscultant, moi lui prenant les seins pendant, qu'ensuite, elle me prenait le pouls.

Je ne pus m'empêcher de sourire, lorsque, atteint d'une trachéite, je reçus la visite d'un toubib qui n'était ni femme ni Marthe. Ses gestes étaient les mêmes que les siens, je m'abstins de ceux que je risquais autrefois. Gauche, je lui donnai du « monsieur », ne pouvant décemment le désigner par son titre. Il n'y avait qu'un docteur pour moi, un seul, celui que j'avais fiché dans la chair comme une lancette. Les autres n'étaient que des imposteurs ignorant tout de la polymyosite fibreuse primitive à forme pseudo-myopathique.

Pour Rudi aussi le corps médical se réduisait à un exemplaire unique. Nous nous rencontrions toujours, malgré Marthe. Nous n'avions qu'un sujet de conversation, elle, et Éric, quand il nous servait de témoin, nous traitait d' « anciens de 14 ».

« Je suis heureuse », répétait toujours Marthe à Marie-Sade pour que celle-ci me rapporte une profession de foi qui ne pouvait que m'attrister. Patère, un soir, me fit entendre un autre son. Il avait gardé des relations amicales avec Marthe, me confia qu'elle s'ennuyait à périr avec La Godille. Il employa un terme plus cru.

— Alors, qu'est-ce qu'elle fait avec lui ? Qu'elle le quitte ! m'indignai-je.

— Elle doit se dire : autant celui-là qu'un autre. Elle ne doit pas avoir les hommes en grande estime...

Bâillante ou non, elle *vivait avec quelqu'un.*

L'ennui mortel de Marthe auprès de son promis me fit chanter dans les rues.

Je t'aime, Marthe.

Mais j'entrais en gare. Nous avions fait un beau voyage. Je gagnais la sortie. Rudi, sur le quai, guettait l'arrivée d'un autre train. Celui où elle serait, lui reviendrait...

— En ce moment, m'expliquait-il, pour me convaincre, elle se contente de peu...

— Ça me semble évident. Elle se contente même de rien du tout.

— Mais elle reviendra, j'en suis sûr.

— Dans quel état !

— Nous revivrons ensemble...

Nous aimions Marthe. Il serait invité à son mariage. Pas moi, l'ignoble.

Adieu, ma chienne, adieu. J'ai arraché la plaque d'identité de ton collier. Va-t'en à la fourrière. Aboie, ma belle. Oui, ma Mine. Oui, mon amour. Tu as raison : « Nous ne nous verrons plus sur terre »...

« O.K., O.K... », comme dirait l'autre.

33.

Non, tu ne sauras jamais,
Ô toi qu'aujourd'hui j'adore,
Si je t'aime ou si je te hais,
Si je raille ou si je souffre encore...

MILLANDY

Rien n'allait plus. Le diagnostic du docteur Marthe La Godille était sûr : Régis était vieux et malade. Pour s'être trop penché sur les amours de ces deux médiocres, il tomberait sur ce trottoir-là. Par ce jour de froid, l'angine de poitrine lui cerclait le torse. Il avait croqué une dragée de trinitrine, puis deux, puis trois. La crise ne passait pas. Il abordait aux étages supérieurs de l'infarctus du myocarde, cette Légion d'honneur des cardiaques.

Il ne marchait pas comme un enfant qui rentre de l'école. Il trottinait comme un vieillard. Il se massait le cœur. Marthe en giclait, déshabillée, se jetait dans ses bras. Pour toujours. *L'auteur dramatique Régis Ferrier meurt dans la rue.* Foudroyé.

Il s'immobiliserait, livide, s'adosserait à un mur. La ville tournerait autour de lui. Les gens tourneraient aussi, la tête en bas, les pieds en l'air. On frapperait, on taperait dans son cœur. Quelqu'un voulait sortir.

Il appellerait, entre ses dents :

— Marthe !

Il soufflerait :

— Viens, Marthe. Vite. Je t'aime. Ne me laisse pas crever.

Il crèverait sans elle, pourtant. Au coin du boulevard Sébastopol et de la rue Étienne-Marcel. Il s'effondrerait, pantin dérisoire, tragique et définitif, parmi les crottes de teckels, les crachats des clochards, souillerait ses habits mortuaires.

La douleur l'empoignerait, fulgurante. Million d'aiguilles. Million de bistouris. Il penserait à Marthe une dernière fois. Il glisserait sur le sol.

Marthe. Je t'aime. Adieu. O.K., on se verra au ciel !...

On l'allongerait. Quelques badauds accourraient, enchantés par le spectacle gratuit offert par la mort. La mort d'un homme, c'est rare, en fin de compte. On n'y assiste pas tous les jours. Ferrier se sentirait partir, partir à l'infini.

Un docteur qui ne serait pas blonde, un docteur qui n'aurait pas les yeux bleus s'agenouillerait près de lui, porterait une oreille à son cœur arrêté, puis se relèverait en disant :

— C'est fini...

34.

Mais ce qui devait arriver arriva...
Tonton rencontra Mathilde.

FIN

Paris-Jaligny-sur-Besbre. 15/1-10/6/1976.

DU MÊME AUTEUR

Romans

BANLIEUE SUD-EST, Denoël et Folio.

LA FLEUR ET LA SOURIS, Galilée.

PIGALLE, Oswald.

LE TRIPORTEUR, Denoël et Folio.

LES PAS PERDUS, Denoël *(épuisé)*.

ROUGE À LÈVRES, Denoël.

LA GRANDE CEINTURE, Denoël et Folio.

LES VIEUX DE LA VIEILLE, Denoël et Folio.

UNE POIGNÉE DE MAIN, Denoël *(épuisé)*.

IL ÉTAIT UN PETIT NAVIRE, Denoël *(épuisé)*.

MOZART ASSASSINÉ, Denoël et Folio.

PARIS AU MOIS D'AOÛT, Denoël et Folio *(Prix Interallié 1964)*.

UN IDIOT À PARIS, Denoël et Folio.

CHARLESTON, Denoël *(épuisé)*.

COMMENT FAIS-TU L'AMOUR, CERISE ? Denoël et Folio.

AU BEAU RIVAGE, Denoël.

LE BRACONNIER DE DIEU, Denoël et Folio.

ERSATZ, Denoël.

LE BEAUJOLAIS NOUVEAU EST ARRIVÉ, Denoël et Folio.

LA SOUPE AUX CHOUX, Denoël et Folio *(Prix R.T.L. Grand Public 1980, Prix Rabelais 1980)*.

CARNETS DE JEUNESSE 1.

CARNETS DE JEUNESSE 2.

CARNETS DE JEUNESSE 3.

La trilogie sentimentale

L'AMOUR BAROQUE, Denoël.

Y A-T-IL UN DOCTEUR DANS LA SALLE ? Denoël et Folio.

L'ANGEVINE, Denoël et Folio.

Essais

BRASSENS, Denoël.

LES PIEDS DANS L'EAU *(illustré par Blachon)*, Denoël.

LE VÉLO *(illustré par Blachon)*, Denoël.

Album de photos

LES HALLES, LA FIN DE LA FÊTE, Duculot *(photos de Martin Monestier)*.

Livre pour enfants

BULLE *(illustrations de Mette Ivers)*, Denoël et Folio Junior.

Poésie

CHROMATIQUES, *Poésies 1952-1972*, Mercure de France.

Nouvelle

LES YEUX DANS LES YEUX, Atelier Marcel Jullian.

Ouvrage sur l'auteur

SPLENDEUR ET MISÈRES DE RENÉ FALLET, *entretiens et témoignages, de Jean-Paul Liégeois*, Denoël.

Impression S.E.P.C. à Saint-Amand (Cher),
le 18 octobre 1994.
Dépôt légal : octobre 1994.
1er dépôt légal dans la collection : mai 1984.
Numéro d'imprimeur : 2668.

ISBN 2-07-037568-4./Imprimé en France.
Précédemment publié par les éditions Denoël
ISBN 2-207-22322-1.

70149